闽南文化丛书

MINNAN
WENXUE

总主编　陈支平　徐　泓

闽南文学

主　编

朱水涌

周英雄

海峡出版发行集团

福建人民出版社

图书在版编目（CIP）数据

闽南文学／朱水涌，周英雄主编. -- 2 版. -- 福州：福建人民出版社，2023.9

（闽南文化丛书）

ISBN 978-7-211-08273-5

Ⅰ.①闽… Ⅱ.①朱… ②周… Ⅲ.①地方文学史－文学史研究－福建 Ⅳ.①I209.957

中国版本图书馆 CIP 数据核字（2019）第 287780 号

（闽南文化丛书）

闽南文学

MINNAN WENXUE

作　　者：朱水涌　周英雄　主编
责任编辑：田成海
责任校对：陈　璟
出版发行：福建人民出版社　　　　　　电　　话：0591-87533169（发行部）
网　　址：http://www.fjpph.com　　　电子邮箱：211@fjpph.com
地　　址：福州市东水路 76 号　　　　　邮政编码：350001
印　　刷：上海盛通时代印刷有限公司
地　　址：上海市金山区广业路 568 号　电　　话：021-37910000
开　　本：700 毫米×1000 毫米　1/16
印　　张：21.25
字　　数：257 千字
版　　次：2023 年 9 月第 2 版　　　　　2023 年 9 月第 1 次印刷
书　　号：ISBN 978-7-211-08273-5
定　　价：65.00 元

增订版说明

　　《闽南文化丛书》自出版以来，受到社会各界的普遍肯定；初版之书，也早就销售一空。许多读者通过不同的渠道，向我和其他作者，向出版社，征询购书途径，以及何时可以购得的问题，我们都愧无以应。

　　我认为，《闽南文化丛书》得到广大读者的接受和肯定，根本的原因，在于闽南历史文化自身无可替代的精神魅力。我们在丛书中多次指出：闽南文化是中华文化的一个重要组成部分，同时又是中华文化中的一个极具鲜明特色的地域文化。中华文化的核心价值促进了闽南文化的茁壮成长，而深具地域特色的闽南文化又使得中华文化显得更加丰富多彩。闽南文化是一种辐射型的区域文化，闽南文化既是地域性的，又带有一定的世界性。深具东南海洋地域特色的闽南文化，以其前瞻开放的世界性格局，在中华文化的对外传播乃至世界文明的发展史上，留下了不可磨灭的足迹。

　　当今世界，国际化的潮流滚滚向前。我们国家正顺应着这一世界潮流，大力推进"一带一路"建设的宏图。而作为中国海上丝绸之路核心区的福建特别是闽南区域，理应在国家推进"一带一路"建设的宏图中奋勇当先，追寻先祖们的足迹，不断开拓，不断创新。正因为如此，继承和弘扬闽南历史文化，同样也是我们今天工作事业中所不可忽视的一个重要组成部分。

从我们自身来说，虽然《闽南文化丛书》的问世受到社会各界的普遍肯定，深感欣慰，但总感到丛书还是存在不少有待修改提高的地方。出版社方面，也希望我们能够对丛书进行修订，以便重新印行出版。不过碍于种种的原因，或是各自的工作太忙，无法分身；或是年事已高，心有余而力不足，竟然一拖再拖，数年的时间，一晃而过。自2016年下半年始，我们终于下定决心，组织人员，原先各分册作者可以自己修订者，自行修订；原先作者无法修订者，另请其他人员修订增补。到了2017年3月，全部修订最终完成。

在这次修订中，由原先作者自行修订的分册有：《闽南宗族社会》《闽南乡土民俗》《闽南书院与教育》《闽南民间信仰》《闽南文学》。

其余分册，另请人员以增补章节的方式进行修订，各分册参加增补章节的人员及其增补章节分别是：

杨伟忠撰写《闽南方言》第四章《闽南方言的读书音与读书传统》；

庄琳璘撰写《闽南音乐与工艺美术》第七章《泉港北管》；

方圣华撰写《闽南戏剧》第二章《闽南戏曲主要剧种》；

林东杰撰写《闽南理学的源流与发展》第十二章《闽南理学家群体的多重面相》；

张清忠撰写《闽南建筑》第八章《金门的闽南传统建筑》。

此次修订，虽然增补了一些新的内容，但是我们内心还是感到离全面系统而又精确地表述闽南文化的方方面面，依然还有不少差距。这种缺憾，既是难以避免的，同时也为我们今后的研究工作留下了空间。我们希望与热爱闽南历史文化的社会各界同好们，共同努力，把继承和弘扬闽南历史文化的时代使命，担当起来，不断前进。

陈支平　徐　泓

2022 年 3 月 20 日

于厦门大学国学研究院

第一版总序

在社会各界的关心支持下，《闽南文化丛书》终于与读者见面了。我们之所以组织撰写这套丛书，主要基于以下的三点学术思考。

一、闽南文化是中华文化的一个重要组成部分，同时又是中华文化中的一个极具鲜明特色的地域文化。闽南文化的形成及发展，是漫长的历史演变与文化磨合以及东南沿海地带独特的地理环境等多种因素逐渐造就的。中华文化的核心价值培育了闽南文化，而深具地域特色的闽南文化又使得中华文化更加丰富多彩。当今，区域文化研究已经成为一个世界性的学术热点，从中华文化整体性的角度来考察区域文化，闽南文化的研究理应引起学术界的高度重视。

二、闽南文化是一种二元结构的文化结合体。这种二元文化结合体既向往、追寻中华核心主流文化，又在某种程度上顽固地保持边陲文化的变异形态；既依归中华民族大一统政治文化体制并积极为之做出贡献，又不时地超越传统与现实的规范与约束；既有步人之后的自卑心理，又有强烈的自我表现和自我欣赏的意识；既力图在边陲区域传承和固守中华文化早期的核心价值观念，却又在潜移默化之中造就了诸如乡族组织、帮派仁义式的社会结构。这种二元结构的文化结合体，可以把许多看似相互矛盾、相互排斥的人文因素，有机地磨合和交错在一起。也许正是这种二元文化结合体，在一定程度上滋生了闽南区域文化及其社会经济的持续生命力，从而使得闽南社会及其文化影响区域能够在坚守中华文化核心价值的同时，有所发扬，有所开拓。对闽南二元结构文化结合体的研究，应该有助于我们从宏观上审视中华文化演化史。

三、闽南文化是一种辐射型的区域文化。从地理概念上说，所谓闽南区域，指的是现在福建南部包括泉州、厦门、漳州所属的各个县市。然而从文化的角度说，闽南文化的概念远远超出了以上的区域。由于面临大海的自然特征与文化特征，闽南文化在长期的传承演变历程中，不断地向东南的海洋地带传播。不用说台湾以及浙江温州沿海、广东南部沿海、海南沿海，深深受到闽南文化的影响，形成了带有变异型的闽南方言社会与乡族社会，即使是在东南亚地区以及海外的许多地区，闽南文化的影响都是不可忽视的社会现实。因此，闽南文化既是地域性的，同时又是带有一定的世界性的。在当今世界一体化的趋势之下，研究闽南文化尤其深具意义。

闽南文化的内涵是极为丰富深刻的，其表现形式是多姿多彩的。为了把闽南文化的整体概貌比较完整地呈现给读者，我们把这套丛书分成十四个专题，独立成书。这十四本书，既是对闽南文化不同组成部分的深入剖析，同时又相互联系、有机地组成宏观的整体。我们希望通过这套丛书的出版，一方面有助于系统深入地推进闽南文化研究，另一方面则促进人们全面地了解和眷念闽南文化乃至中华文化，让我们的家园文化之情，心心相印。

最后，我们要再次对众多关心和支持本套丛书的写作和出版的社会各界人士，深致衷心的谢意！

陈支平　徐　泓

2007 年 10 月

目　录

第一章

闽南文学的特征

第一节 文化血缘与闽南文学
形象的审美性格

"闽南"作为一个地域概念，指的是福建南部区域，即现在的泉州市、漳州市、厦门市。任何一个地域文学的产生、存在、发展和传承都离不开一片文化的沃土。从西晋永嘉之乱开始，至12世纪宋室南迁的800年间，闽南大地接受了数次中原大规模的移民高潮。中原移民带来的中原文化，累积成为闽南文化的主体。因而，就文化血缘上看，闽南文化脱胎于中原文化，是中原文化这一母体文化的重要分支，是中原文化不可分割的组成部分。有学者认为这种不可分割性具体表现在如下几方面：一是闽南方言基本上保留了唐宋以前汉族北方话的原貌。这种在闽台等地广泛使用的方言，系由中原辗转迁徙而来，是中华文化在闽南文化中传承与发展的生动体现。二是闽南的经济文化和风土习俗，源于中原文化。[①] 现在的闽南地区，其工商文化和风土习俗，

---

① 苏振芳：《闽南文化与中华文化的内在联系及其特点》，载《福建论坛》2004 年第 2 期。

保留着与中原文化非常密切的乡土遗迹，梨园戏、高甲戏、南音（南曲）等戏曲艺术，至今仍显露出晋唐时期的艺术风韵，漳州、泉州的掌上木偶和提线木偶，依然留下了河洛唱腔的音律，闽南一带的寺庙，其名称大多也来源于中原寺庙，众多的石刻墓碑，亦都留有中州、固始等河南府郡的名称。闽南文学作为闽南文化的重要一部分，自然是脱胎于中原传统文化，闽南文学形象的审美性格必然带有母体文化的基因。仁义忠孝、古道热肠、慷慨豪迈，这些由自然经济基础形成的从黄河血脉流淌出来的文化品性，一样成为东南沿海一带的文化性格，投射在闽南文学的影像中，构成闽南文学形象的主导美学性格。

一、仁义精神与闽南文学形象

诞生于黄河流域的中原文化，其文化主心骨是儒家文化，儒家文化的核心思想是仁与义，作为一种伦理文化，"仁义"是儒家用来指导人们道德行为的最高准则。"仁"的观念起源于周初统治者"敬天保民"的思想，到春秋战国时期发展成为一种谨慎的道德责任意识，孔子从"仁"之实践出发，将"仁"的原始意涵扩展成为亲亲、爱人等，形成了他的仁学思想①，继孔子后，《中庸》将"仁"与"义"并举，进一步发展了传统的性命天道思想。孟子规定"仁义"是人本有的人性内涵，提出"恻隐之心，仁之端也"（《孟子·公孙丑上》）、"仁义礼智非由外铄我也，我固有之也"（《孟子·告子上》）。"仁"只有按仁心所做出的"义"之决断，才可转化为"仁之事"，即德行。所以孟子提出了"居仁由义"的人生实践论。至此，儒家"仁义"思想正式形成。

在文学创作中，仁义精神寄寓、渗透在闽南文学的各种创作

① 徐复观：《中国人性论史·先秦篇》，第83页，上海三联书店，2001。

类型里，其呈现形态有的十分完整透彻，有的并不那么充分，但仁义思想对闽南文学创作的影响之大是毋庸置疑的。这也是闽南文学中关于爱的主题表现甚多的重要原因之一。

"一个人不能只让自己活着，而不让别人活着。"这样一种贴近"仁义"道德的意识，是林语堂创作中经常表现的思想。在林语堂的《京华烟云》等小说中，姚木兰、老彭、丹妮、博雅等，都有一颗博大的爱心。姚木兰在抗战期间，在迁徙中接二连三地收留许多孤儿（中国未来的象征）；老彭与丹妮为了抗战可以倾家荡产而全力救护难民；博雅为了爱情和友情而宁愿牺牲自己的生命。特别是老彭，更是仁义的化身，他具有高尚的品质，倾家荡产救助难民，看重友情，倾心尽力照顾丹妮。正是这种仁爱精神深深地吸引了丹妮，使她舍弃了风流倜傥、博学富有的博雅而决定嫁给年老的老彭。需要指出的是，林语堂小说所表现的仁爱思想比较复杂，既有儒家的、基督教的成分，又有佛教的成分。林语堂从小就接受基督教文化的熏染，也在父亲的指导下学习四书、五经。特殊的生活环境、独特的家庭背景以及教育历程，使得林语堂的思想呈现出"亦孔亦耶""半东半西"的驳杂多元倾向。他既信仰基督教，也肯定以孔孟为代表的儒家文化的优秀成分，还钟情于以老庄为代表的道家文化的精华，并对佛教文化中的博爱、宽容等文化精义非常推崇。因此，悲欢离合的个人遭际、荣辱兴衰的家族历史、富于激情的牺牲精神、宽厚仁爱的行为举动等都是林语堂经常思考的人生课题。

历代的闽南文学创作，弥漫着"仁义"思想和情绪。从闽南文学的启明星欧阳詹的"室在周孔堂，道通尧舜门"，到黄道周《石斋逸诗》中对不仁不义的斥责，也无论是"开漳圣王"陈元光在《恩义操》中宣扬"怀恩抱义成人伦"，还是十岁能诗的陈黯在《辨谋》中赞尧舜禹"为天下之人谋"、批士人"求利于身"，都体现了"仁义"思想与精神对于闽南文学历史的贯穿，而呈现在闽南诗歌中的抒情主人公，有不少就是体现"仁义"精神的形象。

儒家伦理道德的"孝"，作为"仁义"的组成甚至"为仁之本"（《论语·学而》），在中国是一种社会意识。闽南文学作为中原文化南移的产物，其"孝义"意识的表达和作家"孝"心的流露，也就成了这块地域文学的鲜明特色。

就作家自身而言，那种"父母在，不远游"的生活状态都是存在的。唐代的欧阳詹就因为双亲健在，为奉养双亲便无心科举，舍去功名，只想长期在家读书。后来又因双亲严命，亲友激励和常衮、席相等长官的提拔，才去参加科举考试。当欧阳詹荣登"龙虎榜"回家省亲时，他的母亲已经长眠地下，欧阳詹痛哭流涕，当即作诗一首怀念母亲，诗云："高盖山前日影微，黄昏宿鸟傍林飞。坟前滴洒空流泪，不见叮咛道早归。"诗歌塑造了一个在母亲坟前伤心流泪的抒情主人公形象，虽然日落黄昏，倦鸟归林，主人公仍然于坟前哭诉听不见母亲的叮咛。在闽南历史上，为恪守孝道而放弃科举、仕途的文人有之，以亲养辞官的文人更不在少数。

与此相对应，闽南文学塑造出许多孝顺型的人物形象，这些人物形象折射出了中原文化传统对闽南地域文化的影响。对父母必养且敬，不违背父母意志且遵从父母之命，这样的人物因为贴近闽南人的行为方式而受到闽南作家和读者的爱戴。《京华烟云》中的姚木兰明知自己真正爱的人是孔立夫，但还是遵从孝道，服从父母给她安排的婚姻，嫁给了曾荪亚。作为曾家的媳妇，木兰首先要做的是保持家庭的和睦，其次要学着减除公婆的烦忧，分担公婆的负担。对这样的女性，林语堂在小说中不是称之为"一个媳妇"，而是"一房媳妇"。木兰首先是大家庭的媳妇，而后才是丈夫的妻子。木兰嫁入曾家，处处小心，左右逢源，竭力讨得公婆的欢心。当木兰因女儿阿满之死精神抑郁，想要离开北平这个伤心之地换个环境生活时，荪亚却不能同意，因为父亲虽然去世，母亲却还健在，"父母在，不远游，游必有方"（《论语·里仁》），讲孝道的苏亚不能为了自己和妻子的精神解脱而离开年迈的母亲。林语堂在塑造这对夫妇时，并没有让他们像五四的个性解放者那般冲出家庭寻找人的解放，而是以赞赏的眼光叙述着他们的生活。

敬亲是闽南人家庭生活的一个良好传统，在很长的一段历史时期，闽南的家庭生活保持着儿孙早晚向长辈请安的礼俗，以此行为让长辈精神上得到欣慰，使他们心情愉快。而实现父母或祖先一生不能实现的特殊愿望，弥补长辈心中的遗憾，则是最能令长辈欣慰不已的事情。《京华烟云》中的曾家原是官宦之家，曾文璞在袁世凯当权时，是朝廷的一个权威人物，官居直隶总督兼铁路矿务督办、电报局督办、新军训练处督办。在袁倒台以后，他自然失势，再加上社会动荡，曾先生为了全家的安危，辞官不做。但曾先生内心深处还是很希望自己的儿子能够继承自己的事业。二儿子经亚虽然不热衷于官场，但他还是子承父业，恪尽职守。牛太太将女儿牛素云许配给经亚，也是希望找到一个会做官的女婿。在她看来，好人不能做官，好动的人不能做官，缺乏耐性的人不能做官，诚实的人也不能做官。而经亚聪明，受正常的教育，因此，牛太太推断经亚在官场上会平步青云。经亚也确实尽心尽力地在官场上谋求发展，希望能够光宗耀祖。即使在其岳父家出事后，他还是尽力做好一个低级员司的事情，努力不让父母失望。敬亲演化为光宗耀祖，这是闽南文学创作中的一种叙事逻辑，它对应了闽南现实生活中百姓的观念和想法。遇上危难时不惜一切地保护长辈的生命安危，这也是闽南文学中经常叙述的内容。在何乔远的《名山藏》中，我们可以读到许多舍身救护高堂的故事。这些故事的共同特点就是儿辈不惜自己的生命、舍生忘死地保护父母的生命。何乔远将这些故事列入《名山藏》的"本行记"，宣扬孝道，以便让这些人物流芳百世。闽南文学中的这些叙事，体现了"夫孝始于事亲，中于事君，终于立身。扬名于后世，以显父母，此孝之大者"① 的道德伦理。

二、忠义精神与闽南文学形象

在中原文化南移的历史过程中，忠义精神是延绵不断的。"忠者，中也，至公无私。""临患不忘国，忠也。""忠者，德之正也。""义者，仗正道也。""死节曰义。"在中国古代社会，忠与义是紧密联系在一起的。"忠"是对社稷、人生、事业、友谊之忠。在古代中国，君王象征着国家社稷，亡国的标志就是君王被推翻，所以忠又主要表现在君臣关系中对臣的要求，从某个方面看，忠于本朝的皇帝也是对社稷国家的忠诚；"义"是对此所担当的应尽义务。自晋以来，"忠义"思想就在不断地发展和完善着。根据《左传》《国语》《史记》的记载，在晋文公的"尊王""重义""征信""敦礼""尚贤""赏功"等一系列政治思想中，"忠""义"思想居于十分重要的地位。

闽南地处东南沿海，傍山面海，虽与中原相距遥远，但在改朝换代之际却成为不甘屈服的前朝遗臣和遗民延续故祚的根据地，甚至形成与新政权对抗的"小朝廷"。如南宋末年益王赵昰的流亡政权和明末的明郑政权。这一特殊的历史情境培养了闽地坚贞不屈、忠君报国的"遗民精神"，这种精神的基础和底蕴实际上是儒家的忠义观念。闽南文学生长在这样一块特殊的土壤上，其"忠义"精神的表现是比较突出的。

南宋的邱葵，明末的黄道周、徐孚远、卢若腾等作家普遍表现出强烈的"遗民忠义精神"，无论是诗还是文，他们作品中的抒情主人公或塑造的形象，都或隐或显地表达了对新朝的愤恨或

---

① 司马迁：《太史公自序》，见《史记》卷一三〇。本书所引古籍用通行本时不再详注版本，亦不注明页码。

对故国的怀恋，充满强烈的爱国忠义之情。如黄道周悼念好友倪鸿宝的诗歌："竭来风雨此飘摇，一夜天倾失斗杓。江左于今微管仲，兴时谁复举皋陶。""兵农礼乐亦长城，孤掌难支大厦倾。志养已教生不憾，英魂岂为死垂名。龙蛇退笔存钜鹿，虎豹遗姿照二京。千古词臣谁第一，髯苏宣陆让先鸣。"① 诗歌不仅塑造了一个为国捐躯的英雄形象，也表达了诗人对国家失去一位忠臣贤才的悲痛。黄道周被捕后在牢室中所作的 300 多首诗中，表现的是"捕虎仍之野，投豺又出关""席心如可卷，鹤发久当删""诸子收吾骨，青天知我心"忠贞报国之信念，俨然是位"留取丹心"的抒情主人公形象。

在闽南文坛的历史中，郑成功抗清复明、驱逐荷兰人、收复台湾的英雄事迹一直是文人争相叙述的题材，有关郑成功的史志、文献、诗歌、小说、戏剧不计其数。闽南本土或流寓文人咏颂郑成功的作品不绝如缕。诗歌方面如苏镜潭《访鼓浪屿郑延平水操台故址》、王石鹏《游鼓浪屿吊延平王》、林树梅《过鼓浪屿》、连横《鹭江秋感》，诗人借郑成功事迹，浇胸中忠贞块垒。小说有《台湾外记》《郑成功的传说》《郑成功》等，这些作品主要以南明朝与清廷的激烈对垒为背景，以郑成功抗清为主线，概括了郑成功传奇的一生，塑造了一个忠贞不移、足智多谋的英雄形象，歌颂了郑成功的忠义精神。如江日昇的历史小说《台湾外记》就极力彰显了郑成功以及明代遗民的忠义精神，并赞曰："成功髫年儒生，能痛哭知君而舍父，恪守臣节，事未可泯。"

除郑成功外，抗倭名将俞大猷、忠义志士黄道周、抗英英雄陈化成的故事也一直是闽南文学创作的重要资源。粘良图的《俞大猷蒙难记》② 就是一篇以俞大猷为题材的历史小说，小说描写

---

① 黄道周：《黄漳浦集》卷四七。

② 许谋清、李灿煌编：《新时期晋江文学作品选》，海峡文艺出版社，1998。

俞大猷受奸臣严嵩的爪牙浙江总督胡宗宪的陷害，含冤入狱，从浙江抗倭前线被押解进京的故事。小说塑造的俞大猷，奋勇杀敌，屡建战功，爱民如子，即使身陷囹圄，仍不计个人安危，一心挂念海疆战事和国家安全。人物形象的忠肝义胆、儒将风范，传承和延续了中原文化对于民族英雄的想象。江日昇的《台湾外记》虽主线写的是郑成功，但对黄道周着墨颇多，从黄道周官历崇祯朝到自募义军抗清兵败就义，作者都做了细致的描述。特别是黄道周被捕后忠贞不屈的行为，江日昇更是作了生动的描绘，此成为该书中最精彩最具文学性的一部分，其中张天禄和洪承畴亲至劝降、黄道周当头棒喝的情节，黄道周"从容自若，望南谢君恩，望东谢亲恩，坐于旧红毡，引颈受刑"的赴死情景，更将闽南历史上的一位忠义英雄的民族气节表现得极为慷慨悲壮。陈化成的抗英事迹则在多种文学著作中被叙述，晋江龚显曾的《亦园脞牍》，同安苏廷玉的《亦佳室文抄》《亦佳室诗注》，谢章铤的《赌棋山庄杂著》，林昌彝的《射鹰楼诗话》，姚莹的《东溟文后集》，黄钧宰的《金壶浪墨》，彭昱尧的《画像记》，从不同侧面记叙了陈化成的英勇事迹，写出陈化成"武臣死于疆场，幸也"的忠勇报国精神。

当历史走进 20 世纪，闽南的"遗民忠义精神"已经超越了对某一特定朝代和最高权力的忠诚，而成为一种代代相传的价值观念，具有普遍意义的民族精神、爱国主义精神，是对国家、民族和人民的忠诚。在闽南现当代文学史的人物形象画廊里，这种忠义之士的身姿随处可觅。《小城春秋》（高云览）中的剑平、吴坚、秀苇，《风雨桐江》（司马文森）中的林天成与蔡玉华，《解放者》（许地山）中的女教员陈邦秀，《朱门》（林语堂）中的李飞，《浪迹天涯》（陈福朗）中的容闳，这些形象无不流淌着民族忠贞性格的血液，表现出崇高的审美理想。

三、侠义精神与闽南文学形象

侠文化是中国传统文化结构的组成部分。"千古文人侠客梦"，历代中国文学总会塑造出一群急公好义、慷慨大方、重友谊、讲信义、不图报答的侠义之士，以此来抗拒不公的社会现实，惩治罪恶势力，表现扬善惩恶的理想。司马迁把这些人物叫作"游侠"，在《游侠列传》中称其性格为"其言必信，其行必果，已诺必诚，不爱其躯，赴士之厄困，既已存亡死生矣，而不矜其能，羞伐其德"。这种重然诺、讲义气、敢为朋友两肋插刀的侠气，一直是闽南人所向往和称道的。闽南人的一句口头语"做事敢担当"，表现的也是这种侠气。由此，在闽南文学尤其是小说、戏剧文学中，总有这样的侠客式人物出现。

洪琮的《前明正德白牡丹传》讲述的是正德皇帝寻觅绝代双娇白牡丹、红芍药而太监刘瑾趁机谋反的故事。小说的主要内容由寻美、谋反和侠客救驾护驾等情节构成。小说中最吸引读者的是李梦雄兄妹的侠义行为。李梦雄武艺高超，使一手好枪法，"一杆枪，好似银龙出水，又如玉蟒翻江"，杀得敌人狼狈不堪。妹妹李桂金为女中豪杰，使一手好剑法，双剑恰似"飞云闪电""蛟龙出海"，杀得太行山喽啰望风逃窜。两人本为民间侠士，做的是扶弱济困的事，因正德皇帝遭遇奸人谋算，便在危难关头仗义行事，将生死置之度外，舍身护驾救驾，凭一身正气和高强武艺严惩恶人。洪琮笔下的这对兄妹，是典型的传统民间英雄形象，具有中原游侠的典型人格。

如果说洪琮的《前明正德白牡丹传》中的李梦雄兄妹的侠义精神还停留在通俗文学的想象层面，那么高云览的《小城春秋》中的吴七形象，则是一位由侠肝义胆和革命精神交融而成的现代侠客，已经具备了更丰富的文学内涵。吴七原来是一个"山地好汉"，"个子像铁塔"，"连鬓胡子，虎须狮子鼻，粗黑的眉毛压着滚圆的眼睛"，因"一拳打死一个逼租的狗腿子逃亡到厦门来"，他的背后有极为复杂的角头势力。吴七为人耿直，好打抱不平，常常无偿地帮助受苦受难的老百姓，流氓个个都不敢和他作对，背地里骂他、恨他，可是又都怕他，这延续了中原侠客的性格。他因为与共产党人剑平是好朋友，所以尽管闹不清剑平他们"印小册子啊，撒传单啊，这顶啥用"，却是满腔热情地支持剑平等人的革命行动。他常说"俺是没笼头的马，野惯了"，但是"什么时候用到俺，只管说，滚油锅俺也去"，一副随时为朋友两肋插刀的姿态。当剑平遭受歹徒暗杀时，是他出手相救，才使剑平免于一死。而对于汉奸，则是"哪个是汉奸，你把他杀了，这就是道理"。吴七的人生道路，是因为他喜欢剑平、吴坚这样的"好小子"，从而同情他们所从事的革命，最后才走上革命道路的，这很符合一位革命时代民间侠客性格的成长历程。这个历程由打抱不平、为朋友不顾生死开始，逐渐为朋友的事业所感召，最终由"角头老大"转变为一名革命战士，这实际是侠气精神在一个革命时代的现实呈现。高云览之后的当代厦门作家张力的小说，更是将叙述集中在闽南人物的这种侠气上，他的长篇小说《剽悍家族》和中篇小说《别裂切迭》，都是以闽南的码头生活为叙述的基础，内中的人物呈现了这个区域各种形式的侠气与豪气。

文化的发展总是累积性的，而不是替代性的。闽南文化作为源自中原的一种移民文化，移民所带来的中原文化精神在长期的历史发展过程中已积淀为闽南人深层的"文化心理结构"或"集体无意识"，在一千多年的闽南文学中反复表现。闽南作家所创造的文学形象，在中原儒家文化的范式导引和"集体无意识"的心理作用下，体现了中华民族黄河母亲所孕育的文化精神和气质。

第二节　海洋环境与闽南文学的
创作意识

　　"闽天不长闽海长"，福建是海洋大省，闽南地区因其自身的自然、社会历史特点更有着深厚的海洋文化传统，闽南精神中无疑融汇着海洋文化精髓。与此同时，作为闽南精神有机构成的海洋文化，也对闽南文学产生了深远的影响，这不仅直观地体现为作品中有着较多的涉海内容，而且表现在闽南作家较为自由的个性、开放的心态和敢于冒险进取的创作风格上，他们在不同文化之间的交流和冲突中，展开的是渗透着海洋文化精神的艺术创新追求。

一、闽南海洋文化的形成

　　所谓海洋文化，是指涉海人群在从事涉海性活动中所创造的物质财富和精神财富的总和。闽南地处东南沿海之滨，面对台湾，扼东北亚与东南亚航运的要冲，与亚太地区的海上联系十分便捷。其海岸线绵延数百公里，湾中有湾，港中套港，海湾众多，并具有不冻不淤、风平浪静、深水岸线长、通海航道优良等特点，港口资源得天独厚。此外，闽南沿海岛屿众多，较大的就有金门岛、厦门岛、东山岛等，辽阔的海域蕴藏着丰富的物产，拥有宝贵的渔业资源优势。正是这独特的地理位置、便利的海洋活动条件和优厚的海洋自然资源，使海洋自古以来就成为闽南人生活不可分割的一个部分，闽南民众"以海为田""赁海为市"的生存方式，孕育了海洋经济和海洋社会的基因，创造出内容丰富、形式多样的海洋文化，形成一种浓郁的海洋文化氛围。

　　闽南古文化萌芽初期，即与海洋文化相伴而行。迄今为止，考古发掘的闽南新石器文化遗址主要都出现于沿海地区，这些遗址又被称为贝冢遗址，由人类食用海洋贝壳类生物的弃物堆积而成，这说明闽南最初的人类是以贝壳为主要食物的。很多遗址中还发现了数量不少的鱼类骨头，其中有些属于远海鱼类，这就进一步表明，新石器时代的闽南古人类已经向蔚蓝的大海进军，这足以让人想象闽南祖先与浩瀚大海搏斗的勇气和技巧。到了春秋战国时期，越族在南方有了很大的发展，作为其分支的闽越人以"习于用船，便于水斗"而闻名，他们活跃于福建、浙江、广东的海岸线，创造了长途远航的奇迹。闽越国灭亡之后，原为闽越人一支的疍家人继续漂泊于福建沿海各地，他们最早被称为"游艇子"，后改称"白水郎"或"泉郎"，其典型特征就是以小船为家，坚持海上生涯。要知道，台湾海峡风暴盛行，浊浪滔天，古代疍家人却能在如此恶劣的环境中出没自如，这不能不让人佩服他们高超的航海术和造船术。据史料记载，两汉三国期间，台湾海峡的交通已是十分频繁，还曾有过数次大规模的海上军事行动，这都与疍家人这个世界历史上少见的海洋民族有着直接联系，他们不断融入闽南人中，滋养了闽南人的海洋文化。总之，闽南濒海先民从"兴渔盐之利"的近海渔猎，到"行舟楫之便"的渡海远征，典型地体现了早期海洋文明的特征，为闽南后来拓展海洋事业奠定了基础。

六朝时期，中原南来的汉族移民大量迁入闽南沿海，汉人精致的工艺技巧和本土居民的海洋实践日益融合，逐渐形成了精于造船和擅长航海的闽南海洋文化传统。自唐宋以来，福建成为全国造船业的中心，闽南则一直是福建造船业的核心区，其利用海洋资源的能力进一步提升，海外贸易有了重大突破。到了唐代中期，泉州已是外商进入中国的主要口岸之一。宋元之际，中国的对外贸易中心由广州转到福建境内，泉州港一跃成为中国对外最大的贸易港口，进入鼎盛时期，同东亚、南亚、西亚、东非共计一百多个国家和地区发展了贸易关系。由于海外巨商不断前来，泉州渐有许多番商定居，泉州港不仅成为东方第一大港，而且成了中外经济、文化交流活跃的"光明之城"。此外，悠久的航海历史使闽南产生了许多海洋神灵，到了南宋，妈祖崇拜风行于闽南民间，元初朝廷加封湄洲神女"护国明应天妃"尊号，终使妈祖超越众神，成为海洋的最高保护神。此后，妈祖信仰随闽南人的足迹传播海内外，至今已是国际性的华人信仰，妈祖文化也成了中国古代海洋文化的象征。

明清时期，朝廷几度厉行海禁，但闽南地瘠民稠，生存空间狭小，向海发展是势所必然，于是民间出海走私贸易在官方禁令的夹缝中悄然兴起，发展到后来影响到朝廷对外贸易政策的改变。明代隆庆元年，漳州月港成为当时中国沿海唯一被允许进行出海贸易的港口。到了明万历年间，每年进出月港的大商船，多达二百余艘，月港与中南半岛和南洋群岛各国，以及朝鲜、琉球、日本等四十七个国家和地区有着直接贸易往来，并且以吕宋为中转站，与欧美各国进行间接贸易。依托着这一背景，闽南海商集团迅速崛起，成为中国商界一支重要的力量。明末清初，明郑政权经营台湾，对外贸易逐渐向海上的岛屿转移。自此一直到清代中叶，厦门港的海外贸易在国内都居领先位置，中国各口岸的海商集团，也大多是闽南海商，他们在很长一段时期内不仅控制着中国的海上贸易，而且控制着南洋各国间的贸易，于逐波争利中将闽南人的海洋精神发扬光大。

当近代中国沿海各地的海外贸易重新繁盛的时候，对外贸易重心转移，闽南的外贸在全国的地位有所下降，然而闽南与海外的联系则进一步向人的交往和文化的交往两个层次延伸，由此迈上了文化交流的新台阶。一方面，闽南人以更大的规模向海外移民，有相当多的闽南人直接依靠侨汇生活，这种国内少有的现象成为闽南海洋文化高度发展的又一标志；另一方面，闽南长期以来是中国与海外文化交流的一座桥梁，鸦片战争后，严重的民族危机激起了有识之士寻求救国图存之路的热情，他们穿越重洋向西方取经。闽南作为近代海上丝绸之路和繁忙商贸的大动脉，得风气之先，成为传播西方先进思想的黄金海道。而东西方文化在闽南这一土地上的激荡，也构成中华文化革新的一个重要因素，并最终确立了闽南海洋文化的独特地位。

二、发现海洋：诗意与写实的交融

德国哲学家黑格尔在《历史哲学》的"历史的地理基础"一节中提出，西方文化所代表的海洋型文化，以商贸为其经济重心，是一种动的文化，具有冒险、扩张、开放、斗争等特点；东方文化所代表的内陆型文化，以农耕为其主要生产方式，具有保守、苟安、封闭、忍耐等特征。虽然这一观点明显带有欧洲中心主义的历史偏见，带着片面性和内在的悖论，但其在解释人类文明的起源和揭示不同文明的性质上，却有着合理的内核。中国毕竟是一个以大陆文明为主导的农业国家，中国封建社会的上层建筑，从政权结构到思想规范，都建立在农业经济基础之上，"国以民为本，民以衣食为本，衣食以农桑为本"和"重农抑商、陆主海从"的观念根深蒂固。农业文明对于海洋文明的涵化，以其不从根本上动摇和改变的农业社会结构的基础为限度。因此，海洋文化长期以来在中国传统主流文化中没有地位。与之相对应的是，古代文学创作中很少出现海洋形象，海洋在文学中大多是作为寄托情感想象的喻体，带着与现实描写很不一样的幻想成分。因此，从《山海经》等上古文本和秦皇汉武海上求仙的叙事开始，中国古典文学绵亘着一个海上神仙想象的抒情和叙事传统[①]，产生了诸如《镜花缘》《聊斋志异·罗刹海市》等神异作品。

---

① 王立：《心灵的图景——文学意象的主题史研究》，第 265 页，学林出版社，1999。

在漫长的封建社会中，中央对地方的统辖，既是政治的、经济的，还是文化的，因此闽南文化仍然是以中原移民为主体建构起来的文化。然而闽南的地理环境既远离中原，又恰是中国大陆的濒海部分。如果说地处边陲所赋予的文化上的"远儒性"特征，使闽南较少受到儒家正统文化的教化规范和制约，从而表现出更多的非正统、非规范的文化特征的话，那么在海洋环境中生长并逐渐发展起来的海洋文化，作为一种中华文化大传统下地方文化发展的小传统，已经浸透在闽南民众日常生活方式与生产方式之中。在闽南，"海洋"有如农耕者的"田亩"一般，是人民赖以生存的根本，而由此产生的闽南海域风情也别有韵味。这一切，深刻影响了闽南籍知识分子的思维方式和价值体系，与封建统治者对波涛汹涌海洋的陌生、恐惧、禁海的心态不同，他们往往能够跳出以陆地农耕为中心的认知框架，融入与海洋有关的社会生活实践中。这些深受儒家经典文化熏陶的传统文人，一旦有了与海洋多加接触的机会，眼界和心胸都大为开阔，这也就带来了闽南传统文学的海洋性特征。

首先是闽南古代文学中新鲜的海的意象与形象。海洋世界给予闽南文人墨客的震撼，激起他们的创作冲动，从而将海的种种新奇景象形诸笔墨，抒写一种极为开阔的情怀。如元末龙溪诗人林弼在《呈克明县尉》一诗中咏道："长帆破浪出南溟，天际成山一发青。上国重来观壮丽，东州近喜洗膻腥。儒冠未际风云会，神剑长冲牛斗星。尊酒宜春楼上月，也胜细雨夜然灯。"[①] 作者描写在大海风涛中乘风破浪的情景，表达的正是一种由目光拘囿走向眼界宽广的欣喜，其报国襟怀和大海的壮阔与苍茫交集为一，诗的形象与多数报国情怀之作有别。明代漳州才子郑怀魁盛赞月港："富商巨贾，捐亿万，驾艨艟，植参天之高桅，悬迷日

---

① 林弼：《呈克明县尉》，见《林登州集》卷六，文渊阁四库全书本。

之大篷，约千寻之修缆……"① 遣词造句极尽铺陈之能事，抒情中描绘了当时大多数人依然极其陌生的海港情景。闽南文人对于海洋的关注、考察、感受和描绘，因与自己切身体验的密切关系，而与内陆文人幻想海上仙境有很大的不同，往往融入写实性的因素。例如北宋蔡襄作《宿海边寺》诗，就写出了以打鱼为生的疍民的生活情景："潮头欲上风先至，海面初明日近来。怪得寺南多语笑，疍船争送早鱼回。"② 诗描写的是渔户满载而归后的交货场景，诗人却能在喧闹的日常情景中体味到一种简单生活的快乐与满足，由此心情舒畅，困意顿消。这种诗意与写实性的交融抒写，即使在描绘海洋神仙的作品中，也是区别于内陆诗人的一个标志。元代闽南海神妈祖的崇拜之风盛行，天妃宫庙的相继兴建，为闽南一种特殊的人文景观，不少文人咏之叹之。时人洪希文的长诗《题湄洲圣墩妃宫》，是现存较早且描绘详赡细致的天妃宫诗。作者不仅详细描写了妃宫周围的环境、妃宫的建筑、天妃的形象，而且以想象夸张之笔勾画天妃如何出入波浪、不畏艰险护佑过往船只，从而受到民众的真心爱戴和敬重。诗虽颇具浪漫色彩，却又富有写实的海与宫庙的描绘。

海洋文化的要点，一是在生产经营方式上，它并不局限于农耕，而是更倚重于商贸；二是在民性特征上，不再本分守成，而是勇于冒险拼搏，信守"爱拼才会赢"的准则。闽南文人丰富的涉海生活阅历，使他们敏锐地看出向海洋发展对于沿海民众的重要性，从而在诗文中增强了对海洋的认同。五代时期泉州莆田人黄滔的《贾客》云："大舶有深利，沧海无浅波。利深波也深，君意竟如何。鲸鲵凿上路，何如少经过。"③ 在这首诗中，海洋不

---

① 郑怀魁：《海赋》，《古今图书集成·职方典》。
② 蔡襄：《蔡襄全集》卷八，第192页，福建人民出版社，1999。
③ 《全五代诗》卷八四。

止是诗人表达想象欲望的意境所在，它还成为向现实挑战的地理存在——大海仍然是浩瀚无边的，但它的波涛起伏中蕴藏着无限机遇和丰富宝藏；人在大海面前依然是渺小的，但只要敢冒险、勇于探索，未尝不会获得巨大的回报。北宋时惠安进士谢履所作《泉南歌》曰："泉州人稠山谷瘠，虽欲就耕无地辟。州南有海浩无边，每岁造舟通异域。"① 此诗表明了一种向海洋要生存的新意识，道出闽南人放弃单靠耕种的生活方式，将眼光投向浩瀚无边的大海，造舟通异域的社会现实。元代泉州开元寺僧人释大圭诗赠商人曹吉："君今浮舶去，因识远游心。衣食天涯得，艰难客里禁。春帆连海市，暮鼓起香林。一笑归来好，高堂寿百金。"② 此诗十分准确、生动地反映了当时海商的观念和对理想的追求，同样显现了诗人视野的开阔和海洋文化意识的增长。至于海洋经济带给闽南社会的种种变化，也被闽南文人尽收眼底，成为他们描写的重点。泉州在唐朝已是"市井十洲人""涨海声中万国商"的重要贸易港口。到了宋代，海外贸易的厚利使传统价值观受到极大冲击，诗人刘克庄的《泉州南郭二首》咏道："闽人务本亦知书，若不耕樵必业儒。惟有桐城南郭外，朝为原宪暮陶朱。海贾归来富不赀，以身殉货绝堪悲。似闻近日鸡林相，只博黄金不博诗。"③ 诗歌对民众重商趋利意识与铤而走险精神的把握，可说颇得海洋文化之精髓。商业繁荣还引来了大量外籍海商，元末明初僧人宗泐《清源洞图为潔上人作》所云"缠头赤脚半蕃商，大舶高檣多海宝"④，典型地体现了中外文化的交汇和融合，同时也凸显了海洋文化的开放性特征。而在长期以海为田的实践中，闽

---

① 王象之：《舆地纪胜·福建路》，第 3753 页，中华书局，1992。
② 释大圭：《曹吉》，见《梦观集》卷三，文渊阁四库全书本。
③ 刘克庄：《后村先生大全集》卷一二，上海涵芬楼影印四部丛刊本。
④ 宗泐：《全室外集》卷四，见《四库明人文集丛刊》，上海古籍出版社，1991。

南地区逐渐形成了“海中以富为贵”的社会风气。明代曾任漳州府通判的王祎在其《清漳十咏》中写道：“奢竞乃民俗，纤华亦土工。杯盘萧鼓里，灯火绮罗中。茉莉头围白，槟榔口抹红。良宵上元节，纨扇已摇风。”① 此诗详尽描绘了漳州府城及漳州地方崇尚奢侈、俗好浮丽的情况。同安名士池显方（天启四年举人）所撰《大同赋》曰：“又有嘉禾，弥迤鹭门……旁达西洋，商舶四穷。冬发鹢首，夏返梓桄。朱提成岳，珍巧如嵩。醽醁如淮，肴品若徙。俳优传奇，青楼侑觞……”② 他以典雅的韵文，勾画出一幅海外贸易所带来的辐辏奢靡的港市生活图景。观念和世风的转变，标志着一种文化特质的真正形成，而闽南文人对这一过程的吟咏，也代表了海洋文化和大陆文化一道鲜明的分野。

除了在诗文中“发现海洋”，闽南文人还应用其他文体表达自己的海洋见识和观点。清康熙二十二年（1683 年）夏，明末郑氏政权败亡，江山归于一统。20 多年后，福建同安人江日昇完成了一部记录明末清初郑成功史事的长篇小说《台湾外记》。作者既能就近采撷大量确凿史实，灌注一种闽南人对闽南人特有的感情和评价，又对地方文化特色特别是海洋文化特色有着很好的把握。例如小说写到郑成功秉持强烈的海洋意识，发挥其家族性的经商特长，走上“通洋裕国”的道路，还翔实记录了一些沿海官员对于清廷禁海迁界政策的非议和抵制，这些都和当朝者“农桑为本”的立国思想大异其趣。

此外，与一般的地理著作和传统的文人游记不同，元代久居泉州的汪大渊的《岛夷志略》、明代漳州著名学者张燮的《东西洋考》、清康熙年间同安人陈伦炯的《海国见闻录》、乾隆年间漳州落第举子王大海的《海岛逸志》，以及近代厦门人林鍼的《西

---

① 光绪《漳州府志》卷三八《民风》。

② 民国《同安县志》卷二五《艺文》。

海纪游草》等，都放眼于海外，或是基于闽南人海洋经验的积累，或是根据作者亲自游历的见闻，不仅备述各地航海路线、风土人情、贸易货物等，具有文献价值，而且借异质文化对本国封闭心态进行反省，阐明自己的海洋观，可谓海风熏染下闽南文学的特殊产品。

如果说历史上的闽南文人出于经世致用思想，更多偏重于揭示海洋的社会属性，那么进入现代以后，闽南作家在西方文化思潮的东渐大潮中，通过对海洋自然天性的发掘，既拓展了海洋的文化意境，又融入了新时代精神和创作主体的人格情趣。以许地山为例，他的作品无论是小说《海世间》《海角底孤星》，还是散文《海》，都有着大海那如梦如幻的影子。在科学知识甚少的古人眼里，海洋因其博大和深邃显得神秘莫测，从而被想象成孕育着超人类生存的空间，在许多文学作品中就存在着把海复杂化、人间化、神秘化的倾向。许地山笔下海的意象则有明显的现代性和私人性。他的小说《海世间》中的"海"是海底生命的根源，它像生命一样神秘、美丽，又是几近透明的简单，"海底美丽就是这么简单——冷而咸"。许地山还原了海的自然面貌，拂去了古人加在海上的神秘面纱，同时他又以海为载体，宣扬他对生命、对美的理解："什么叫人造世间，什么叫自然世间？只有你心里妄生差别便了。我们只有海世间和陆世间底分别"，"凡美丽的事物，都是这么简单的，你要求它多么繁复、热烈，那就不对了"。然而海作为意象，不可能是原来的事物本身，必定要掺入作者的主观意识，许地山在这里通过对海的"简单"本质的凸显，试图唤醒人们不要沉迷于自己心造的海的图景之中，表现自己不同于古人的审美意识和生命哲学。大海有时也成为许地山表达佛教哲理的审美触媒，散文《海》写到大船在海难中沉毁后，"我"和朋友于风狂浪骇的海面上，坐在一只不如意的救生船里，随着波浪颠来颠去，朋友说："划桨么？这是容易的事，但要划到哪里去呢?""我"说:"在一切的海里,遇着这样的光景,谁也没有带着主意下来,谁也脱不了在上面泛来泛去,我们尽管划吧。"以大海作为自己宗教人生观的隐喻和象征,而这种隐喻包含着现实人生态度,其中略带有宗教悲观色彩。

三、自由·包容·创新

海洋文化是以海洋为背景生成的文化。正如黑格尔就海洋带给人们的独特观念和心理所做的精辟论述:"大海给了我们茫茫无定、浩浩无际和渺渺无限的观念;人类在大海的无限里感到他自己的无限的时候,他们就被激起了勇气,要去超越那有限的一切。大海邀请人类从事征服、从事掠夺,但是同时也鼓励人类追求利润,从事商业。平凡的土地、平凡的平原流域把人类束缚在土壤上,把他卷入无穷的依赖性里边,但是大海却挟着人类超越了那些思想和行动有限的圈子。"[①] 海洋自然天性浩瀚壮观,变化多端,自由豪放,奥秘无穷,蕴藏着巨大能量,人类在与海洋的互动中所创造的海洋文化,具有独特的文化品格。艺术作品是艺术家的个性创造,它追求独创,从这个角度看,勇于进取、善于变通、敢于超越的海洋文化精神就与艺术创造精神有着一定的内在联系,海洋文化也必然会对作家的创作意识产生深层的影响。[②] 就闽南文学而言,"海洋"在其中长期扮演着一个重要的角色,历代闽南作家大致都在闽南海洋文化精神的文化氛围熏陶中成长,养成了较为自由的个性、开放的心态和敢于冒险进取的精神,这促使他们不断萌发较强的艺术创新的愿望和动力。

首先,海洋的不羁天性造就了海洋文化自由开放的特征,使

----

① 黑格尔著,王造时译:《历史哲学》,第 134 页,生活·读书·新知三联书店,1956。

② 柳和勇:《试论海洋文化对浙江现代作家创新追求的深层影响》,载《浙江教育学院学报》2005 年第 4 期。

人们在与大海的亲密接触中接受了自由个性心理的熏陶，自然地敞开胸怀，朝向大洋的辽阔海上航行，与面对土地的朝夕刻苦经营，无疑有着很不同的思维和视野。因此，面对浩瀚大海的闽南作家往往能够以真挚的情怀去拥抱生活，在创作中留下自由心灵的印记。明代晋江人王慎中就不断探讨古文的得失，率先提出了师法唐宋的观点。当时古文走上了复古的道路，但明代前期古文复古以秦汉散文为标准，由于过于泥古，在模仿古人的过程中便失去了自己的个性。王慎中就此弊端倡导唐宋古文精神，他本人对宋代的曾巩最感兴趣。虽然"唐宋八大家"中曾巩的成就远远比不上韩愈、苏氏兄弟等人，但王慎中则能从曾巩的散文中看到独特的价值，认为唐宋八大家中韩文虽好，却因过度泥古而艰深晦涩难懂。而宋人的散文平易流畅，强调心灵的自然流露。王慎中虽倡导学习唐宋古文，却不盲目崇拜八大家，而是有自己的选择，在继承唐宋古文的"文道合一""法度自饰"的基础上，提出了"自为其言"，反对机械模仿，主张作文要形成自己的风格，要有自己的思想、自己的语言，相比同时代的林鸿等"闽中十才子"的泥古，更体现出一种海洋的气息。王慎中的文学主张和对唐宋古文的提倡，对明清之际的文学观念和创作产生了重要的影响。

其次，海洋连接着世界绝大多数国家，是人类异质文化产生交流、联动的最重要途径。流动沟通的海洋赋予海洋文化多元包容性，使人们具有海纳百川的胸怀，敢于在比较中继承文化传统，也敢于突破传统，面向未来。生活、成长于大海边的闽南作家，往往就先天性地具有宽阔的文化视野和兼容并蓄的文化气度，能够很快地接收来自异域的最新事物和最新信息，善于在不同的文化碰撞中，取长补短，自觉吸取外域艺术的精华，丰富自己的文学创作。可以看到，自近代以来，闽南文人在沟通东西方世界方面有着特殊的贡献。精通六国语言的辜鸿铭，曾在欧洲游学多年，其最重要的贡献之一是将中国儒家经典《论语》《大学》《中庸》译成英文，又用英文写了《春秋大义》《尊王篇》等，以莎士比亚式的典范英文向西方展示中国的古代经典与中国人的文化精神。另一位风格独特的文化学者林语堂在中外文化交流史上起着不可低估的作用，尤其是他既向西方人讲中国文化，又向中国人介绍西方文化的活动，无论是对西方人还是对中国人都产生了深刻影响，充分体现了闽南作家"两脚踏东西文化，一心评宇宙文章"的文化品性。

再次，生命本源性的海洋，容易引发人们对生命的思考。海洋文化往往积淀着有关个体生命、个人价值的深层哲理蕴涵。人的精神本质在与大海搏斗中得到淋漓尽致的呈现，面对汹涌的大海，既让人感到自己的渺小，生命的脆弱，也培育着人对生命的尊重，看到人的力量、人的伟大。文学是人学，从艺术创造与人的本质力量有密切联系的角度看，海洋文化无疑蕴涵着较强的表现人的本质的审美创造因素，这促使闽南作家对艺术表现人的本原精神展开思考和探索。明代泉州人李贽，祖先曾以航海经商为业。作为明代文化界最不安定分子，他涉足许多领域，不论在哪个领域，他都要向权威挑战，冲击禁锢人们思想的"围墙"，疑他人之所不敢疑，道他人之所不敢道。李贽文学理论的核心是主情性，其《焚书·读律肤说》云"发于情性，由乎自然"，而为了强调情性之真的重要，他进一步提出了"童心说"，直指所谓儒家经典、圣贤之书对个性的束缚乃至对人性的扼杀，已包含了关注个体生命、重视个人价值的因素。这样一位历史上第一个对封建统治思想提出全面批判的思想家、文学理论家出现在闽南地区，显然与闽南的海洋精神有着紧密的关系。

最后，变幻莫测的海洋容易培育人类开拓的意愿和创新的意识。大海的深不可测、变化无常、亘古常新，不断激励着人类去认识它、利用它。因此，人类创造海洋文化的历程，实际是一个逐渐加深认识和探索创新的过程。海洋的变幻与人类的执着追求，熔铸成海洋文化的开拓创新特性，充分体现了人类的创新追求。创新是艺术精神的集中体现，是艺术审美创造的重要美学内涵。海洋文化的开拓属性就此蕴涵着艺术创新精神，它让人们在真切感受海洋文化独特魅力的同时，养成追求创新的思维趋向，也成就了闽南作家在文学史上开风气之先的实绩。纵观闽南文学的发展，有不少艺术创新表现。李贽是中国文学史上典型的文化开拓创新者，他不仅在文学理论方面为中国文学史开辟了一个崭新的天地，而且开了明清评点小说的风气之先，成为中国历史上第一个评点长篇小说的评论家。他还第一次将小说、戏剧这两种民间流传的艺术形式与传统的经典文学相提并论，推崇个性化的人物塑造方式，提出"化工"的艺术境界，强调人与自然化为一体，奇天地造化之功，为中国的文学发展做出了突出的贡献。除李贽之外，闽南文学的开拓创新实绩不胜枚举，清代俞大猷开始的一批闽南军旅诗人，以豪迈的气概、坦荡的胸怀开创了中国"海战诗"的新类型；现代诗人杨骚早在1921年求学日本时就开始新诗的创作尝试，他在1924年创作的《心曲》是新文学史上较早出现的诗剧之一，他也是20世纪30年代"中国诗歌会"的发起人之一，和同仁一道推动新诗现实主义创作，其代表作长篇叙事诗《乡曲》，无论在新诗题材还是在农民英雄形象的塑造上都具有开拓性的贡献；作为当代新时期"朦胧诗"的主将之一，舒婷的诗多以第一人称写成，信念、理想、正义与良知，都通过"我"这一抒情形象表现出来，诗行中充满了对人的自我价值的思考，在抒情中大胆融入了现代主义的技巧，成为一代诗风的代表人物。

　　尽管闽南文学的种种艺术创新追求不尽然由海洋文化的直接影响所致，但海洋文化内涵的多元包容性和拓展创新特性，必然有益于闽南作家养成宽阔的艺术视野，进行大胆的艺术创新实践。大海，无疑赋予闽南作家艺术创新的灵感和精神。

第三节　闽南文学与台湾文学的亲缘①

闽南与台湾仅一水之隔，是台湾同胞最主要的祖籍地，这里与台湾地缘相近，语言相通，血缘、文缘和习俗相同。一道时浅时深、时狭时宽的海峡，表面看来将两地隔开，其实却是将它们紧紧地连在一起，并在共同的"以海为田"的生产方式和共同的传统文化的孕育下，滋生出海峡两岸人民共同的文化意识。闽南文学与台湾文学，同样在黄河母亲的怀抱中诞生，一起在浩瀚的大海中催生，共同在民族语言艺术的发展中成长。

一、移民高潮与台湾文学的产生

据考古资料显示，居住在中国南部的古越族中的一支，是台湾原住居民的先祖之一②，而作为台湾社会的核心组成，则是由汉族移民形成的台湾移民社会。

从文献记载看，台湾与大陆的交往，自三国时代开始。隋唐以后，台湾便有汉族移民出现。到宋代，福建移民开始在台湾的澎湖列岛"编户"建屋。南宋以来，政治、经济中心南移，大规模的汉族移民陆续迁往台湾。元代在澎湖设立巡检司，经营台澎地区。到明代、清代，台湾出现三次移民高潮。其一为明代天启年间，郑成功之父郑芝龙在台设置官衙，招引大陆居民渡台，时逢福建大旱，郑芝龙的船只载饥民渡海至台垦荒，东南亚的一些华人也相继到了台湾；第二次是 1661 年至 1662 年郑成功驱逐荷

---

① 本节在朱双一的《闽台文学的文化亲缘》（福建人民出版社，2003）相关章节的基础上修改而成。
② 参见陈碧笙：《台湾地方史》，第 16—18 页，中国社会科学出版社，1982。

兰人收复台湾时期，大批汉人怀抱"反清复明"的政治抱负，与郑成功的军队一起开赴台湾，建立明郑政权；第三次是清政府统一台湾以后的乾嘉年间，在清政府的"海禁"的控制下，东南沿海民众还是大规模偷渡到台湾。闽南人就是在这三次移民高潮中大量地迁住台湾，成为台湾社会最主要的政治、经济、文化等方面的力量。

台湾文学也是伴随着这样的移民高潮而产生的。"台湾最早的文学创作，如果不计早期那些史志上的记载，主要产生于第二次移民高潮的 17 世纪中叶以降。其作者，一类是不满清朝统治、投身郑氏政权的明末文士；另一类则是清统一台湾初期来台任职的宦游文士。他们或者结社，或者办学，或者述异，或者修志，所有酬唱和撰述，基本上都属于咏怀和问俗两大类。而无论咏怀还是问俗，所秉承的都是中国古代文学中的诗歌与散文传统。台湾文学的奠基，始之于这批来台文士对于中国传统文化的香火传播。"① 而这些最早的台湾文学创作，与闽南文学有着千丝万缕的瓜葛，有些甚至就兼具闽南文学与台湾文学两种身份。如郑成功和他的儿子郑经的诗文。

郑成功（1624—1662 年），初名森，字明俨，南安人。1647 年在小金门岛誓师起兵，1650 年夺取厦门，以厦门、金门为据点反清复明，被永历帝朱由榔册封为延平王；1661 年，率领将士二万五千多人，自金门出发，经澎湖，入鹿耳门，克赤嵌城，驱除荷虏，收复台湾，据台抗清复明。写于台湾的诗作，既是台湾文学史上的开拓之作，也是闽南文学的重要成果。如《复台》云："开辟荆榛逐荷夷，十年始克复先基。田横尚有三千客，茹苦间关不忍离。"这首诗在台湾文学史上具有重要的意义，它以田横

---

① 刘登翰、庄明萱、黄重添、林承璜主编：《台湾文学史》（上卷），第 8 页，海峡文艺出版社，1991。

这个秦末齐国贵族宁可悲壮自刎不愿称臣的典故，表现了宁死不屈的"遗民"气节，这种"遗民"气节成为此后数百年台湾诗文的传统之一。郑成功之子郑经（1642—1681 年）在父亲去世后，承续父业，细心经营台湾政务，保持了台湾二十年的稳定。他也像郑成功一样，念念不忘抗清复明，对于明朝的为清所亡，心中有无限的悔恨。他的诗文作品，同样表达了闽南明末清初文学与台湾早期文学共同的遗民忠义精神。如《痛孝陵沦陷》云："故国河山在，孝陵秋草深。寒云自来去，遥望更伤心。"《悲中原未复》云："胡虏腥尘遍九州，忠臣义士怀悲愁。既无搏浪子房击，须效中流祖逖舟。故国山河尽变色，旧京宫阙化成丘。复仇雪耻知何日，不斩楼兰誓不休。"

台湾的乡土文学创作和乡愁、归思的诗歌主题，最早也是由闽南的作家根植的。

卢若腾是明末闽南文学社团"海外几社"的六子之一，时为同安金门人，他的文学创作既张扬"遗民"文学的忠义精神，也开创了台湾乡土文学的风气。其诗《村塾》写的是"弹丸海中岛"的邹鲁淳风，将村舍孩童弦诵学书的风情写得极为细致真实；《鬼鸟》则写闽南与台湾一代流行的信巫好鬼的传说，民俗意味强烈；《海东屯卒歌》写开垦台湾海东的艰巨；《石尤风》《长蛇篇》写闽海自然环境的险恶；《番薯谣》《田妇泣》《老乞翁》写闽台百姓的苦难艰辛。这些作品都可以称作是台湾乡土文学的奠基作。卢若腾将自己在台湾写的诗结集取名为《岛噫诗》，是因为"岛居以来，虽屡有感触吟咏，未尝作诗观，未尝作工诗想；如痛者之呻，哀者之哭，噫气而已"[①]。

延绵几百年的台湾文学的乡愁、归思主题，也是伴随着汉族

---

① 卢若腾：《岛噫诗·小引》，第 3 页，"台湾文献丛刊"第 245 种，台湾银行经济研究室，1968。

移民尤其是闽南人的抵达台湾才出现的。随着南明政权的败亡，许多不愿向清朝俯首称臣的明代遗民遗臣，包括复社、几社中人，齐集郑成功麾下，而随郑成功来到台湾的将士，则大多为闽南人。他们来到蛮荒的孤岛，生存环境恶劣，离亲别子，自有旅人羁客的思乡之情，乡愁情愫油然而生。泉州惠安人王忠孝的《东宁友人贻丹荔数十颗有作》，由友人赠送的荔枝而"遥忆上林红杏天"，写出"客归"之思。在台湾滞留时间最长、至死也未能返乡的明朝遗民沈光文，乡愁诗很是苍楚凄恻，其《感忆》《思归》六首充满了流离之痛，游云别坞，飞雁鸣蝉，总会引起他那"苦趣不堪重记忆""岁岁思归思不穷"的痛苦。沈光文虽是浙江人，但他作为明代遗民早早到了福州、泉州，与郑成功门下的闽南人有颇多交往唱酬，他是"台湾文献初祖"，也是台湾文学"归思"主题的最早抒写者。台湾文学数百年不间断的"乡愁""归思"主题，代表着台湾与祖国大陆割不断的血缘情感和文化联系。而这一主题的滥觞，就出自流离于闽南和台湾的明朝遗民文人，这之中有不少的闽南人。

二、台湾新文学的发生与闽南文学的关系

台湾新文学发轫于 20 世纪 20 年代初，以新民会、台湾文化协会的成立和《台湾青年》《台湾》《台湾民报》等的创办为标志，以白话文的倡导、赖和的创作和张我军发起的新旧文学的论争为实绩，表征着台湾新文学的发生、发展，并开始成为在民众中具有广泛影响的文学主流。作为中国现代文学的一个组成部分，台湾新文学的发生发展自然与五四新文学有着最紧密的关联，它是在五四新文学与新文化运动的启迪和激励下产生的。由于特殊的地缘、亲缘和语缘的关系，台湾新文学的发生发展与闽南这块土地和闽南本土文学有着更加密切直接的关系。

台湾新文学的发生是由到祖国大陆学习的台湾青年学子推动

起来的。1920 年前后，赴祖国大陆学习的台湾青年猛增，他们受到五四新文化运动的熏陶和启迪，在各地成立了许多进步文化团体，而厦门则是当时台籍学生比较集中的地方，也是台湾青年学生团体十分活跃的地方。1923 年 6 月，经由台湾嘉义人李思祯的倡议和联络，在闽南学习的台籍青年学生组成了"台湾尚志社"，创办了《尚志厦门号》，以互助精神切磋学术，谋求文化促进为宗旨，学习五四新文化，启蒙台湾民众的民族意识，以摆脱日本的殖民统治。1924 年 4 月，"闽南台湾学生联合会"在厦门成立，成立当天还演出两出反日剧《八卦山》与《无冤受屈》，联合会创办了《共鸣》杂志，由嘉义籍的厦门大学预科生庄泗川与张梗负责编务。1925 年，台湾学生林茂铎与张梗等又联络厦门的学生，共同组成厦门"中国台湾同志会"，出版发行《台湾新青年》杂志，宣称"我们台湾人本亦属汉民族，我们的祖先来自（福建）漳州、泉州和（广东）潮州等地"，"绝不要假借日本的势力"，"勿为日本人所利用"，号召"昏睡的狮子该睁开眼睛成为清醒的狮子"。[1] 一个月后，五卅惨案爆发，厦门"中国台湾同志会"的学生在厦门街头贴出宣言书《留厦台湾学生之泣词》，宣称上海同胞"所受的痛苦和我们现在所承受的并无两样"，号召同胞"加强联络、合作"，"以互助合作的精神来对付压迫者"。

20 世纪 20 年代前后在厦门的台湾学生，既受到反抗帝国主义压迫和侵略的斗争洗礼，也受到五四新文化运动的激励，他们回到台湾，就将祖国大陆的民主、科学的新文化火种带回台湾。1923 年 8 月，集美学校学生翁泽生就在《台湾民报》发表小说《谁误汝》，这是台湾新文学史上较早出现的白话小说。同年年底，厦门的台湾学生陈崁、潘炉、谢树元等，于寒假回台时带去了厦门通俗教育社的剧本《社会台阶》和《良心的恋爱》，并排

---

① 　曾雄主编：《台湾儿女祖国情》，第 2—7 页，台海出版社，2000。

练上演，他们于 1925 年成立台湾最早的文明戏剧团"鼎新社"。
1924 年 11 月，张梗在《台湾民报》第 2 卷第 17—23 号发表长文
《讨论旧小说的改革问题》，将五四文学革命思潮带到台湾。曾就
读于集美中学的台湾学生郭秋生，在厦门时深受五四思潮的影
响，回到台湾后积极参加新文学运动，参与创办并编辑《先发部
队》《第一线》，为《南音》杂志同仁，1933 年又与廖汉臣等筹组
"台湾文艺协会"。他在《台湾新民报》《台湾新文学》上开辟
"社会写真"与"街头写真"专栏，以小品形式传达社会真相，
他所创作的小说《死么?》《跳加冠》《王都乡》《猫儿》等，也带
着五四写实小说的色彩。1930 年，他还与黄石辉一起，出于"文
艺大众化"的目标，倡导用台湾大众的语言创作乡土文学。他的
文学观念，在当时已接近左翼革命文学的观念。

　　对台湾新文学的产生和发展具有更直接关系的是赖和与张我
军两位作家，他们曾在厦门受到五四新文学的熏陶和激励，对台
湾新文学的发生和发展做出了重要贡献。

　　赖和（1894—1943 年）被称为"台湾现代文学之父""台湾
的鲁迅"，1917 年在故乡台湾彰化开设"赖和医院"；1928 年 2 月
到厦门，服务于鼓浪屿博爱医院；1919 年 7 月返台后走上文学道
路。赖和走上文学道路，与在厦门的 1 年 6 个月的生活有紧密联
系。在厦门，由于悬壶济世的心愿受到挫折，他的文学才华反而
得到了较充分的体现。他游遍了闽南的山山水水，作为郑成功复
台基地的闽南的古迹遗存、人文景观，使他流连忘返，写下了许
多游历感怀诗篇，如《漳州杂咏》《厦门杂咏》《郑成功废垒用张
春元韵》《施琅墓道碑》《万石岩》《洛阳桥》《承天寺》《南普陀》
等，也写下了许多"满眼田荒草不青"这样反映民间疾苦的诗
作，关注着"茫茫故国罹烽火"的祖国命运。在他的《于同安见
有结账于市上为人注射吗啡者趋之者更不断》一诗中，则表现出
与鲁迅相似的医治国家贫弱与国人精神病症的意愿，所以归台

后，虽不是鲁迅般的"弃医从文"，却也由此热情地投入了医治非肉体病痛的文学创作和文学活动中。

张我军（1902—1955 年）是台湾新文学运动的先锋，祖籍闽南的南靖县，出生地是台北板桥市。原名张清荣，1921 年，被他所供职的新高银行派到厦门鼓浪屿的支行工作，改名为张我军。1923 年冬，新高银行结束营业，张我军带着遣散费离开厦门前往上海，加入"上海台湾青年会"，后转赴北京。离开厦门前，在《台湾》第 4 卷第 6 号上发表《咏时事》一诗，表达对"十年造劫遍干戈"的感慨。1923 年 12 月入北京高等师范学校的升学补习班学习，开始新诗创作。1924 年 9 月写的新诗《秋风起了》有一节回述离开厦门的情形，抒写"一只船送了母亲，回到故乡去；一只船载着我，向了中国流浪的旅程"的惆怅。1924 年 10 月回到台湾担任《台湾民报》编辑，开始了向台湾旧文学阵营发起猛攻的文学行动，发表了《糟糕的台湾文学界》《为台湾的文学界一哭》《诗体的解放》《新文学运动的意义》等一批论争文章，大力介绍五四新文学。1925 年 12 月，在台北出版了台湾文学史上的第一部新诗集《乱都之恋》。1926 年 6 月，他再度前往北京，考入中国大学国学系，次年转入北师大国文系。毕业后，先后任教于北京师范大学、中国大学、北京大学等高校，直到台湾光复才回到台湾。刊登于 1926 年 2—3 月间《台湾民报》的《南游印象记》表达了厦门两年生活对张我军生活、眼界、观念的重要影响，所以有人将厦门作为张我军一生的转折点。

台湾新文学发生与闽南本土文学亲密的文缘关系的表现是处处可见的，创办《赤道报》的林秋梧与庄松林，在台湾与蒋渭水组建台湾文化协会的李应章，在台湾倡导学习鲁迅的林金波，他们的文学生涯与闽南这块地域都有着密切关联。他们和赖和、张我军一样，在 20 世纪 20 年代来到厦门，接受了五四新文化运动和左翼新思潮的洗礼，再将新文化的火种带回台湾，推动了台湾新文学的发生与发展。

三、厦门大学校友中的当代台湾文坛名家

1999 年，台湾举办"台湾文学经典"的评选，选出台湾文学的 30 部经典著作。三位曾经在闽南的厦门大学学习或工作过的作家王梦鸥、姚一苇、余光中的作品一起入选，占了选出的"台湾文学经典"的十分之一。以《姚一苇戏剧六种》入选戏剧类经典的姚一苇，在戏剧创作、教学和理论方面的成就，使他无疑地成为当代台湾戏剧界的泰斗。以《与永恒拔河》入选新诗类经典的余光中，不仅在诗坛执牛耳，在散文、评论以及翻译方面，也有极高的造诣。以《文艺美学》入选评论类经典的王梦鸥，则是望重学林、桃李芬芳的学界大家。早几年也曾有人做过一项统计，在历年两大报文学奖评奖聘请的决审委员中，以姚一苇和余光中受聘次数最多，分别达到十七八次。这也从一个侧面说明了这些作家在文坛的地位。此外，毕业于厦门大学的台湾作家，还有陈香等，亦有出色的表现。厦门大学校友在台湾文坛所取得的巨大成就，与他们在厦门大学时受到母校特殊的人文熏陶不无关系，他们的经历和创作，也是闽南文学与台湾文学文化亲缘的一个显著例证。

王梦鸥（1907—2002 年），福建长乐人，1926 年就读福建法政专科（后改制为福建学院）。学生时代受到何振岱（梅生）与陈衍（曾为厦门大学国文系主任）两位诗人老师的影响。20 世纪 30 年代初曾两度负笈日本，入早稻田大学文研所研究。日本学者的细腻学风，给王梦鸥深刻印象和影响。他于 1936 年返国，曾于南京《中央日报》编辑"电影周刊"，在报上发表一些随笔、短评和译文，也在国民党中央党部电影事业指委会编写剧本。七七事变后，先回妻子的老家湖南任中学教师，后受厦门大学萨本栋校长之聘，往当时内迁福建长汀的厦门大学任教。40 年代初曾在

重庆两年，后又返回厦门大学。抗战胜利后，先后任职于海疆学校、福建师范专科学校和中央研究院，1949 年随"中央研究院"到了台湾。在厦门大学时，王梦鸥文学活动的重心在话剧剧本创作和编导。到台湾后，则转向国学研究，特别是在《礼记》《文心雕龙》和唐人小说研究方面，成果斐然，成为大师级学者。在文学界特别是文艺理论和美学领域，也有极大的影响，其《文学概论》（晚年自订稿改名为《中国文学理论与实践》）长期是台湾高校的教科书。林明德以"博大与精深"来形容这部著作，称其"驰骋古今，进出中外，旁征博引，例证中国"，结合了美学、语言学、心理学、潜意识及文化感情，成就了独特的具有"较大的诠释力量与发展潜力"的文学理论。[①] 二十世纪六七十年代，王梦鸥还参与了《文学季刊》的创办，为台湾乡土文学的再兴，做出了贡献。纵观王梦鸥一生，任职厦门大学期间是他文学活动的一个重要时期。

卢沟桥事变后，全面抗战爆发，王梦鸥在南京《中央日报》接连发表《把我们武装起来》《肃静，听着》和《野兽，杀死它》等文章，大声疾呼："我们有一秒钟的时间，也是为着杀敌而活着。我们有一寸土地，也是为着杀敌而存在着。"以一介书生的身姿，在大敌当前、民族危难之时挺身而出，表达了拿起武器与敌血战到底的中华民族的血性和气概。1938 年 3 月，王梦鸥在厦门大学的《唯力》刊物上刊出《龙岩道中》等两首诗，表达"驽骀不厌崎岖苦，家国深仇志在胸"的决心。1939 年，他受小学同学、厦大校长萨本栋的聘请到厦门大学任教，"息影于一个十分清秀的山城"[②]——长汀。在厦门大学，他除任中文系讲师外，

---

① 林明德：《斟酌古今中外——论王梦鸥〈文艺美学〉》，收入陈义芝主编：《台湾文学经典研讨会论文集》，第 471 页，（台北）联经出版公司，1999。

② 王梦鸥：《火花·附记》，第 146—149 页，国民图书出版社，1944。

还兼任厦门大学剧团的导演，将一批热血青年团结在自己的抗战戏剧的周围。那时，戏剧演出是最受民众欢迎的抗日宣传方式，但原本的剧本常有"花厅气味太重"等毛病①，王梦鸥就自己创作剧本，于是他在躲避日本飞机空袭轰炸的间隙中，写下连载于《唯力》上的国防三幕剧《生命之花》②，以白玲、安东这对抗日爱侣前赴后继、不畏牺牲、最后炸毁敌寇军火为剧情，歌颂了抗日志士英勇机智的行动。该剧作为厦门大学纪念抗战二周年募捐演出的话剧，演出反响极好，所得剧资，捐给抗战将士作为慰劳金或其家属抚恤金，"民众莫不感奋"。③ 此剧后来在福建省内外各地广为上演，甚至从长汀、重庆一直演到包头，成为一部影响广泛的爱国抗日戏剧。

此后，王梦鸥成为当时闽省一个十分活跃的剧作家和剧运活动者，在当时福建的《抗敌戏剧》《剧教》《福建剧坛》等剧运刊物上，时常出现他的创作和活动消息。在厦门大学期间，他除了创作出三幕剧《红心草》、四幕剧《冤仇》④ 等之外，还撰写和发表了一些独幕剧和有关抗战戏剧运动的理论文章。

1941 年初夏，王梦鸥离开长汀前往重庆。1941 年 12 月和 1942 年 1 月，福建连城出版的《大成日报》先后发表王梦鸥寄自重庆的《战都的剧运》和《战都拾零——谈话剧及其它》。编者附加的一段按语写道："我们虚心检讨战后的中国剧运，谁也不

---

① 《厦大剧团从花厅走出街头》，载《唯力》第 2 卷第 5 期，1939 年 6 月。

② 王梦鸥：《生命之花》，连载于《唯力》第 2 卷第 3—5 期，1939 年 5—6 月。该剧正式出版时改名《火花》。

③ 详见《厦大通讯》第 1 卷第 8 期，1939 年 8 月 21 日；《唯力》第 3 卷第 2 期，1939 年 9 月 1 日。

④ 该剧原名《同命鸟》，后改名《冤仇》亦称《仇》，1942 年由独立出版社在重庆出版时再改名《乌夜啼》。

会忽略了以《生命之花》《同命鸟》《红心草》等几个大剧本献给戏剧界的王梦鸥先生。王先生过去从事于电影脚本的创作,战后由水银灯下走上舞台,针对各剧团的剧本荒,献出了大大小小十几个剧本。这些剧本在福建、在赣州、在昆明、在重庆、在广大的祖国土地上,都被各团体热烈地演出。作者今夏应重庆全国文协总会之约,由福建入渝,××站在战时首都的文化岗位上,与曹禺、宋之的、陈白尘、老舍并肩作战,想不久我们必可读到作者的新作。"①

在重庆,王梦鸥创作了大型三幕剧《燕市风沙录》和传记作品《文天祥》,修改和补充了《红心草》《乌夜啼》《火花》等,并交付出版社出版。1943年末,王梦鸥从重庆再度进入厦门大学,担任校长秘书,业余时间继续从事戏剧与文学活动。他担任了长汀抗敌剧团的导演,他的《燕市风沙录》由厦门大学机电学会排练演出,深得观众好评。这段处于抗战相持阶段的厦门大学时期,是王梦鸥戏剧创作活动的高峰期。除多幕剧外,他的独幕剧《守住我们的家乡》《动物园的血案》《草药》《无题喜剧》等散见于《文艺月刊·战时特刊》《福建青年》《剧教》《文艺先锋》等报刊,他这时期的戏剧理论文章则有:《研究戏剧的途径》《乐教思想与戏剧运动》《展开积极性的戏剧运动》《学校剧》等,也分别载于《剧教》《文艺月刊》《青年戏剧》等刊物上。在内容上,王梦鸥在厦门大学创作的剧本绝大部分与抗战有关,表现了一股民族正气,感染了全国的民心;在艺术上,则紧紧抓住"戏剧冲突"这一戏剧艺术的关键,精心设计布景、道具、灯光,调动人物造型、对话道白、旋律运用、氛围渲染等技巧,使广大观众接受、喜欢,从而发挥戏剧的抗敌教育的作用。他秉持戏剧活动应与生活实践相连接的创作理念,从教育性和娱乐性并重的中

---

① 见福建连城《大成日报》1941年12月2日。

国古代乐教思想中吸取营养，处理好宣传性与教育性、建设性的关系，从而写出兼顾思想性和艺术性，具有较强艺术感染力的抗战戏剧作品。

抗战后期，王梦鸥的著述重心开始转向"礼""乐"研究。王梦鸥的同乡兼同事的郑朝宗先生曾写道："眼看抗战胜利的日子快要来临了，他忽发奇想，要为中兴的国家制礼作乐，因此工作之余便关起门来攻读《礼记》《乐记》以及《王忠悫公遗书》中的有关文章。"① 抗战胜利后，王梦鸥于国立海疆学校之后，又来到福建师专任教，并从《建言》周刊第 8 期起接编该刊，想借助刊物"替社会扬点正气，存点公道"②。此时，"他的制礼作乐的想法早已付诸东流，代之而起的是满腔的悲愤，有时还形诸笔墨"，"他自己也意态消沉，全无平日谈笑风生的样子"。

20 世纪 40 年代后期，王梦鸥应萨本栋邀请到南京，进中央研究院工作，1949 年到台湾。到台湾后，王梦鸥不再写剧本，而将主要精力转到学术研究中。

姚一苇本名姚公伟，1922 年出生于江西鄱阳，祖父是前清遗老，父亲是中学的文史教师。1938 年进入吉安中学，随学校迁至遂川县的山村藻林。1941 年 4 月，姚一苇突然和十几位同学被拘禁，在监狱里关了一个多月，直到高考的前一天晚上才被释放，于是带着一把钢笔，直接从看守所赶到考场。6 月，为当时内迁山城长汀的厦门大学所录取。此后在厦大学习了四年半的时间，1946 年初在厦大毕业后，为求职而于该年 9 月赴台，10 月 1 日起供职于台湾银行③。1957 年因偶然机会，得到当时台湾艺专校长

---

① 郑朝宗：《忆王梦鸥先生》，见《海滨感旧集》，第 20 页，厦门大学出版社，1988。

② 本社：《来一个人工呼吸》，载《建言》创刊号，1946 年 5 月。

③ 根据李应强（映薔）整理：《姚一苇口述自传》，2000 年 3 月李应强发给朱水涌的电子文档。

张隆延的延揽，赴该校演讲，从此一发不可收，数十年来在戏剧创作、文艺学、美学理论乃至重要文学刊物的编辑上，都有非凡的建树，成为当代台湾文坛最重要的作家之一。其学术论著有《诗学笺注》《艺术的奥秘》《戏剧论集》《美的范畴论》《戏剧原理》《审美三论》《艺术批评》等；剧本创作有《姚一苇戏剧六种》《傅青主》《我们一同走走看——姚一苇戏剧五种》《X小姐·重新开始》等，共14种；散文与评论有《姚一苇文录》《欣赏与批评》《戏剧与文学》《说人生》《戏剧与人生——姚一苇评论集》等。其《红鼻子》一剧在大陆上演多场，引起极大反响。陈映真称他为台湾文坛"暗夜中的掌灯者"，认为对于自己和黄春明、王祯和他们这一代作家来说，"姚一苇先生的存在，是极为重要的"。[①]

姚一苇高中18岁时开始以"姚宇"等笔名发表作品，在浙江《东南日报》"笔垒"副刊、桂林《救亡日报》"文化岗位"副刊、浙江《新青年》杂志、江西《大路》杂志以及《宇宙风》等报刊上，密集地发表散文，表现了自己的文学才华和天赋，体现出当时姚一苇寡言内向、踏实耿介、外拙内秀的性格特征，也流露出青年姚一苇对鲁迅先生的崇敬，他在厦门大学期间发表的小说《输血者》《翡翠鸟》等，可见鲁迅影响的痕迹。

抗战时期的厦门大学虽然僻处闽西，但它仍保持着一贯的特点，甚至因环境特殊而使这些特点更加明显。一是具有良好的学风。全校师生因条件艰苦而更加奋发图强，以"止于至善"为校训，闻鸡起舞，兢兢业业，在全国专科以上学校学业竞赛中，连续两年取得了总评第一的好成绩，因此有了"粤汉路以东仅存之唯一最高学府"之称（蒋廷黻语）[②]。二是国内不少著名教授因避

---

①　陈映真：《暗夜中的掌灯者》，载台湾《联合文学》第152期，1997年6月。

②　蒋廷黻的巡视报告中语。引自洪永宏编著：《厦门大学校史》第1卷，第180页，厦门大学出版社，1990。

战乱或其他原因受聘于厦门大学。他们大多博学多才，学有独专，为学生多方面的发展，创造了良好的师资条件。如现代著名作家施蛰存、诗人林庚、剧作家王梦鸥等，对厦门大学学生的文学活动，多所推动。三是当时厦门大学的图书资料十分丰富，特别是有许多外文原版书，其图书馆的藏书，为当时疏散至西南的各大学无法望其项背，致使美国专家在参访厦门大学的设备后，竟有厦门大学为"加尔各答以东之第一个大学"的赞语①。四是学生社团活动十分活跃，除了各系有本专业的各种学会、研究会，并在地方报纸上开辟种类颇多的学术性专栏外，还有一些跨院系的全校性社团组织，如剧社剧团、歌咏队、木刻社等。其中有个学生自发的沙龙式文学社团"笔会"，集合了一群爱好文学的青年，姚一苇和后来成为他妻子的范筱兰均为其中的成员。这是一个相当自由、活泼的组合，每个人都可以充分发挥他的兴趣和特长，如公丁（勒公贞）擅新诗，伯石（朱遵柱）多译诗，他们都有诗集或译诗集正式出版；欧阳怀岳作旧诗，马祖熙填词，隽之（潘茂元）写散文和评论。姚一苇用功于小说，此外还发表了散文、评论、翻译等。正是在这样的环境和氛围下，并非文学科系学生的姚一苇，得以锤炼他的文学才能。

姚一苇大学时代以"姚宇"笔名正式发表的小说作品，现已知的有《输血者》《料草》《春蚕》②《翡翠鸟》等。其中《春蚕》一篇，可见受施蛰存影响的明显痕迹。

种种资料表明，大学时代的姚一苇和当时任教于厦门大学的施蛰存有较多的接触和交往。当时施蛰存的宿舍无形中成为学生自发文学社团"笔会"聚会的场所，姚一苇、范筱兰都是这里的常客。这种师生情谊甚至延续到双方都离开厦门大学后。1947 年

① 载《厦大通讯》第 6 卷第 3 期，1944 年 3 月 31 日。

② 《料草》刊于《中央日报》（福建）副刊《每周文艺》，1945 年 7 月 4 日；《春蚕》刊于《改进》第 12 卷第 2 期，1945 年 10 月。

4 月，已毕业一年多、并且已到了台湾的姚一苇，在上海《大晚报》副刊"每周文学"发表《乡间婚礼》①，当时《大晚报》副刊的主编就是抗战胜利后回到上海的施蛰存。

从对一些中外文学作品的共同喜爱中，也可看出两人的密切关系。1972 年姚一苇在《有感于威廉·英吉之死》一文中写道："我在大学读书的时候，曾一度是萨洛扬（William Saroyan）迷……"无独有偶，1992 年施蛰存在接受新加坡作家访问时称："譬如说有一位短篇作家，我是受他影响的，就是萨罗扬。"②1960 年，姚一苇在台湾《笔汇》上发表《显尼志勒的〈恋爱三昧〉》，介绍这位奥地利著名作家以"精神分析"的方法进行心理描写的特长。文中并列举了几部很早就被翻译成中文的显尼志勒的小说，其翻译者其实就是施蛰存。施蛰存翻译显尼志勒作品，其目的之一即是引进"精神分析"写作方法。在中国现代文学史上，施蛰存是以其独树一帜的精神分析小说而著称的。而施蛰存的转向写作心理分析小说，显尼志勒的影响具有关键性的作用。由于姚一苇与施蛰存过从甚密，他的小说创作受到施蛰存，或通过施蛰存而受到显尼志勒的影响。像《春蚕》，即是一篇运用了弗洛伊德理论的心理小说。小说的主人公洪蓝小姐，在大学时代的尊贵和愉悦随着大学毕业而消散时，面对着上司——一个满嘴口臭的 40 岁男人的死追硬缠产生了恍惚心理；也因了厌烦留美博士王教授，而突然产生了教授变猪猡的幻象；她还在一个多月的梦话中叫着高中时的旧情人"陈士毅"的名字。小说细腻地刻画

---

① 《乡间婚礼》刊于上海《大晚报》副刊《每周文艺》第 12 期，1947 年 4 月 25 日。

② 施蛰存：《为中国文坛擦亮"现代"的火花》，收入《沙上的脚迹》，第 177 页，辽宁教育出版社，1995；姚一苇：《有感于威廉·英吉之死》《显尼志勒的〈恋爱三昧〉》，收入《姚一苇文录》，（台北）洪范书店，1977。

了洪蓝小姐在现实中欲望受到挫折时的心理精神活动。而待到她的这样的意识压抑宣泄之后，她也就高高兴兴地和弃学从政的王教授结了婚，像大多平常女人一样，建立小家庭，生儿育女。

在后来姚一苇数十年的著述生涯中，并不乏弗洛伊德学说的引用和阐发，甚至将精神分析运用到剧本创作中，如《申生》。这都和他在厦门大学与施蛰存的这段文学因缘不无关系。

对姚一苇一生的文学生涯影响最为深远的，应数他在厦门大学时与戏剧的初次结缘。尽管在厦门大学时，姚一苇只创作了一部《风雨如晦》的五幕七场长达 10 万字的未曾发表的话剧，但这段时间对他树立从事戏剧活动的志向和兴趣、积累有关戏剧的知识，乃至奠定创作方法的基本路向，都有不可忽视的重要意义。

厦门大学内迁长汀正值民族存亡的紧要关头，抗敌宣传成为热血青年自觉承担的责任。也许出于抗日宣传的需要及其他机缘，这时期是厦门大学历史上学生戏剧活动最为蓬勃的一个时期。据载，刚开始时厦大学生采用的是街头宣传抗战的方式，但"为了要再鼓起这快低落的民族意识"，决定立即更改宣传方式，"以演剧和家庭访问暂时来代替街头演讲"①。厦门大学学生轰轰烈烈的抗敌戏剧运动，便这样应着时代的要求而热烈展开，并传递火把般地一届又一届延续下去。此时除了厦门大学剧团的经常性活动外，还常有女生纪念三八节、学校迎接新生以及青年团组织的演出等。以姚一苇刚进校的 1942 年上半年为例，就有元旦演出的《炮火升平》，二月下旬演出的《野玫瑰》，三八节演出的《女子公寓》，校庆（4 月 6 日）期间演出的《人之初》，迎新大会上演出的《处女的心》《一杯茶》《约法三章》等。从小就对戏剧有着浓厚兴趣的姚一苇来到这样的环境里，真有如鱼得水之感。

---

①　许荣度：《一年来厦大学生的救亡活动》，载《厦大通讯》创刊号，1939 年 1 月。

半个世纪后，姚一苇在其口述自传中，就提起他在进厦门大学时
为演戏所吸引、第一次观看《野玫瑰》的情景，以及后来成为姚
太太的范筱兰在剧中扮演"家玫瑰"角色的情况。1983 年 4 月，
姚一苇为怀念刚刚过世的妻子范筱兰写下《遣悲怀》① 一文，文
中提到在厦门大学时为学生剧团帮工打杂的情况；他大学时代发
表的散文《后台断想》，写的即是前台在彩排《家》，自己坐守后
台浮想联翩："这里面有多少辛酸，多少眼泪……"，他想起了小
时候在家乡，大人小孩争看野台戏的情形，想起了契诃夫《樱桃
园》和阿胥《复仇神》里的年轻人欢乐嬉戏、充满青春活力和自
然生活气息的片段。当他因疲倦而昏昏欲睡时，突然听到了一种
"像古井里的钟声似的"声音："你们，你们这戏剧的拓荒者，你
这不可轻侮的力量，你们要创造什么就创造什么，你们的前面是
这样一条辉煌的路——虽然是充满杂草与蘼芜的，虽然是被别人
歪曲过的，而你们是可以清除它们的，只要多用一点点力气。"在
厦门大学，姚一苇就这样树立了为戏剧而真诚努力工作、奋斗的理
想和决心。这种信念的表白，我们后来在姚一苇一生不同时期的文
字中可以反复看到，像 1980 年《写在第一届实验剧展之前》，1987
年写的《我们一同走走看·自序》，都在不断强调："我要坚持下
去，为文学戏剧奋斗到底，哪怕成为最后一名唐·吉诃德！"②

　　厦门大学的特殊环境发展了姚一苇的戏剧兴趣和才能，厦门
大学当时相对完善的办学条件，又提供了姚一苇接触大量中、外
戏剧名作的机会。后来姚一苇回忆道：我自小爱好戏剧，进入高
中，正值抗战初期，演剧之风甚炽，当时所接触的只是一些国人
作品和翻译，"进入大学，在图书馆中发现大批英文本西方戏剧，

---

　　①　姚一苇：《遣悲怀——代序》，见《戏剧与文学》，第 1—10 页，
（台北）联经出版公司，1989。

　　②　姚一苇：《我们一同走走看·自序》，第 2—3 页，（台北）书林出
版公司，1987。

使我眼界大开，只要得暇，就捧着字典读。读得越多，就越着迷，以至于也想编一部戏剧"①。1992 年出版的《戏剧原理》，为姚一苇数十年戏剧教学的结晶，书中提及、引用的多为具有世界性声誉或对姚一苇本人有所启发、影响的戏剧大师、理论家、经典著作。以该书附录的"注释""主要参考书目""西洋人名、剧名中译对照表"等为线索，翻查厦门大学图书馆的西文书目卡片，结果发现书中提及、引用的作者及其著作，有不少是 1945 年以前出版的姚一苇在大学时有可能接触到的英文版书籍。也就是说，像亚契尔、亚理斯多芬尼斯、亚里士多德、贝克、艾力克·班特莱、柏格森、布里欧、塞万提斯、契诃夫、高乃依、丹尼尔·狄佛、狄更斯、朱莱敦、小仲马、优里匹得斯、弗格特、佛斯特、弗洛伊德、汉弥尔顿、霍普特曼、黑格尔、霍布士、荷马、雨果、易卜生、琼斯、康德、克鲁伊夫、莱比熙、莱兴、梅特灵克、毛姆、麦里底斯、莫里哀、尼采、平尼罗、普鲁特斯、拉辛、卢梭、席勒、叔本华、莎士比亚、索福克里克、约翰·辛、威尔森等人的英文版书籍，在长汀时期的厦大图书馆里都可以找到。这为年轻的姚一苇提供了广泛阅读的有利条件。姚一苇大学时期大量接触的这些欧美著名剧作家的作品，无疑为他以后成为一位戏剧大师，打下了坚实的基础。

　　除了大量阅读中、外戏剧作品外，姚一苇在厦门大学期间还尝试着撰写评论。当时发表的戏剧评论至少有《论〈总建筑师〉》《论〈女伶外史〉》《原野的评价》等②。评论易卜生剧作的《论

---

　　① 姚一苇：《回首幕帏深——〈姚一苇戏剧六种〉再版自序》，见《戏剧与人生——姚一苇评论集》，第 32 页，（台北）书林出版公司，1995。

　　② 姚一苇：《论〈总建筑师〉》，刊长汀《中南日报》副刊《每周文艺》第 8 期，1945 年 4 月 25 日。据李映蕾整理《姚一苇先生著作目录》，《原野的评价》刊于长汀《兴华月刊》；《论〈女伶外史〉》刊于长汀《民治日报》1945 年 10 月 15 日。

〈总建筑师〉》发表于 1945 年 4 月《中南日报》上。姚一苇紧紧扣住时代和社会的变动，特别是欧洲资本主义由上升而转向下坡的历史变迁来观察易卜生的剧作，精辟地勾勒出易卜生创作的演变过程，其中可见现实主义乃至历史唯物主义观点和方法的运用。这篇评论表现出作者早年文学理念的现实主义基本倾向。在后来姚一苇半个世纪的文学生涯中，尽管对于现代派手法也有相当的吸收，但无论是其理论或创作，都没有离开现实主义（或称"写实主义"）的基本立场。

名列台湾最著名诗人行列的余光中，原籍福建永春，出生于南京，从小随父母在南京、重庆等地生活。21 岁时，就读于南京金陵大学的余光中，于 1949 年二三月间转学来到厦门，进入厦门大学外文系二年级学习，同年夏天离开厦门。1949 年 1 月 9 日厦门《星光日报》曾报道：北京大学和金陵大学的学生，因着在北方念书的诸多不便（按：应指时局变乱），纷纷南下向厦门大学借读，"教育部青年辅导会"甚至在此设立办事处，协助安置战地流亡学生。余光中应是随这股潮流来到厦门的。

在厦门大学期间，余光中为走读生，他家住厦门公园路，每天骑着母亲特地为他购置的自行车上学。怀着对缪思的憧憬和虔诚，余光中在课余独自埋头读书和写作，并单枪匹马地投入了一场文学论争。从 1949 年 5 月至 10 月，余光中在厦门的《星光日报》《江声报》两报至少发表了 7 首诗、7 篇文学理论批评文章和 2 篇译文，其中包括写于南京的新诗处女作《沙浮投海》。从公开发表的时间看，这是余光中首次发表的新文学作品，堪称余光中文学创作的开端，具有重要的意义。尽管这些作品在整个余光中文学世界中，只占了极小的份额，但它们是起点，它们所体现的某些艺术因素，长期或显或隐地发挥着有如金字塔之基石的作用。

余光中在《星光日报》《江声报》两报的《星星》《人间》副

刊上发表的诗作有:《臭虫歌》《给诗人》《扬子江船夫曲》《沙浮投海》《歌谣两首》、《旅人》(短诗剧,未刊完)等①。这些诗作根据其内容和艺术特征,可约略分为几类。一类是描写普通劳动人民的生活,作品具有民谣风、乡土味,诗风清新。如《扬子江船夫曲》以重沓反复的段落和诗句、劳动号子般的感叹词以及出奇的想象,赋予诗作以民歌风味:"上水来拉一根铁链,/把船儿背上青天!/哎唷,哎唷,/把船儿背上青天"、"疯狂的浪头是一群野兽,/拿船儿驮起就走!"、"早饭在叙府吃过,/晚饭到巴县再讲!"充分表现出劳动者粗犷、豪放的性格和气势;《歌谣两首》包括《清道夫》和《插新秧》两首,一方面描摹贫苦劳动者辛勤劳苦的情景,另一方面也透露了劳动者对生活的新希望。《臭虫歌》也大约可归入此类。它以反讽笔触"称颂"这"黑色的英雄",诗的最后写道:"你的美酒我的血,/你的大菜我的皮;/你这寄生虫,/自称主人翁。/臭虫,臭虫,/黑夜的英雄!/请你当心,/没有不醒的梦!"鞭笞了靠剥削过活的吸血虫,具有十分强烈的批判性。

《给诗人》一诗自成一类,因它实际上是一首论诗的诗,流露出当时余光中秉持的文学理念。作者呼吁诗人走出象牙之塔,走进民众的生活之中,给民众以真正的关怀。诗的开头就是几个连续的"我求你",求你"别再用瘦弱的笔尖,/在苍白的纸面,/写温柔敦厚的诗";求你"抓紧死难者的枯骨,/沾热腾腾的鲜血,/在人民的心里,/有力地刺几笔"。整首诗以十几个"求你"的句式,呼吁诗人脱胎换骨,走进现实世界抒写。这种文学观念,明显属于现实主义范畴。而其形成,则是与当时厦门文坛乃至整个大陆文坛的文学主潮有关。就在余光中进入厦门大

---

① 这些诗作分别刊于《星光日报》1949 年 5 月 13 日、1949 年 6 月 5 日、1949 年 6 月 22 日;《江声报》1949 年 7 月 31 日、1949 年 8 月 7 日、1949 年 10 月 19 日。

学读书的当月，1949 年 3 月 26 日，由厦门地下党员杨梦周等发起，厦门文坛举办了关于"文艺大众化"问题的座谈会，并于当月 31 日在《星光日报》上刊出座谈会记录，座谈会的地点就在厦门大学某学生宿舍。初来乍到的余光中虽然没有直接介入这些左翼的文艺活动，但受到文坛风气的影响，则是不可避免的。

抒情诗《沙浮投海》和短诗剧《旅人》属于另一类型。沙浮乃希腊女诗人，恋菲昂而遭弃，郁郁投海而死。诗作拟沙浮告别人世时的情景和她的口吻，女诗人站在高岩上，向苍天和大海投予最后的一瞥，向菲昂道"永别"，也向生养自己的希腊说"再会"。已刊出的《旅人》片段，写的是一孤独旅人遭遇魔鬼变成的妩媚少女诱惑的故事，抒写了旅人的艰难和落寞："永无休息的途程，/从清早到黄昏；/驮一个沉重的包裹，/挑一肩零乱的灰尘。/⋯⋯啊啊！小鸟也有巢可归，/啊啊！只是我无家可回！/人生的道路我早已走累，/疲倦的心儿怕就会枯萎。"这两首诗均发表于作者离开祖国大陆前往港台地区的前后，表明作者敏感的心灵似乎已感受到即将到来的离乡别井的羁旅愁绪，从而"超前"地切入了乡愁主题。从艺术角度言之，这两首诗语言清新明朗，声韵流转可人，在意境的营造方面颇有可观者。它们或写域外题材，或写孤寞寂寥的心绪，却没有西方现代派常有的艰涩之病，承续的是五四以来中国新诗传统。后来余光中不断写出脍炙人口的乡愁诗，似乎在这里已见先声。

余光中在厦门的诗创作，虽然数量并不很多，但题材广泛，形式多样，已显示其横溢的才华和较好的语言驾驭能力。它们显示作者当时同情、关切下层劳动民众生活的思想倾向和要求文学密切时代、社会的现实主义文学理念。这种思想倾向和文学观，在同一时期发表的几篇理论批评文章中，表现得更为明确和清晰。这些文章均发表于《星光日报》的《星星》副刊，包括：《为莎士比亚伸冤——驳海天先生的〈写作的道路〉》（1949 年 7

月 8 日)、《读书和救国》(1949 年 7 月 13 日)、《文学与情欲》
(1949 年 7 月 18 日)、《臧克家的诗——〈烙印〉》(1949 年 7 月
25 日)、《莎士比亚的伟大》(1949 年 7 月 28 日)、《郊寒岛瘦——
从时代观点看孟郊和贾岛》(1949 年 8 月 7 日)、《答欧、树两先
生(上、下)》(1949 年 8 月 14—15 日)。此外还有两篇译文。

余光中在厦门的文章基本上可分为两类。其一包括《臧克家
的诗——〈烙印〉》《郊寒岛瘦——从时代观点看孟郊和贾岛》等
文。它们通过对作者所喜爱的古今诗人创作的论评,显露了余光
中当时强调诗的现实性、时代性、反抗性和大众化的审美倾向。
此外,还可看到那种将诗视为第二生命的艺术兢业精神对余光中
年轻心灵的感召和引起的共鸣。

《臧克家的诗——〈烙印〉》一文认为"无论就内容上或形式
上看来",臧克家的《烙印》都可以说是"新诗中最前进最优秀
的作品",其主要原因就在于它与现实紧密相连。为此文章追溯
了久远的中国诗歌发展历史,指出中国古代大半诗人对生活抱不
积极的态度,缺乏鲜明的时代意识;民国后的新诗,则多数仍不
脱旧诗的范围;而新诗的作者群里,"却也有一些'沉着而有锋
棱'的前进的号手,吹着和他们同伴不同的调子。臧克家,他便
是其中最值得我们注意的一位"。文章认为臧克家的诗,"找不到
旧诗人的惆怅和闲逸,或某些新诗人的强调和神秘",在内容上,
"一面暴露了现实的黑暗,一面却讴歌着永恒的真理",在形式
上,"打破了传统的羸弱形式而发挥出散文化的有旋律的力量",
具有五大优点,即"严肃的态度""强有力的旋律""善用字,尤
善用动词""散文化""美的诗意"等。

《郊寒岛瘦——从时代观点看孟郊和贾岛》一文与上文相比,
更着重强调诗的反抗性。文章写道:贫穷和被压迫,本是大多数
诗人的命运,然而"除了杜甫等诗人外,简直可说没有人大胆地
鸣过不平。而孟郊和贾岛却曾把他们的愤怒表露在他们辛苦经营

的诗篇里"，极力推崇孟郊、贾岛敢于鸣不平、表愤怒的精神。余光中推崇孟、贾的另一方面，是他们"把艺术看成第二生命"，一诗吟三年，总要千锤百炼地推敲。这种对艺术的执着精神，对余光中后来数十年文学生涯中的方方面面，产生了深远的影响。

　　除此二文外，余光中其余评论大多牵涉一场颇为热闹的文学论争。1949 年 7 月 5 日，《星星》副刊上发表了署名"海天"的《写作的道路》。三天后，余光中即在同一副刊发表《为莎士比亚伸冤》一文。主要辩驳"海天"将作家截然分为资本主义国家的和社会主义国家的两类，将作家的创作和其所属国家的性质相等同，从而贬抑前者、崇扬后者的做法。文中提出要建立以本国的现实为中心的艺术，而不要盲目学习外国；认为现在的文学问题不是"要不要"，而是要"如何"创造出"大众的"文学，"要不忘文学到底是艺术"，显出余光中当年较为周延的特色。此文发表两天后的 7 月 10 日，"海天"又发表了《也算答辩——敬复余光中先生》。事隔三天，余光中又有《读书与救国——答海天先生》。余光中和海天的争论很快引起了广泛的注意和反应，一个多月内，《星星》副刊先后发表了艾里戈、亚丹、吴炳辉、欧海澄和树长青的论战文章。最后结束这场论争的，是余光中于 8 月 14 日至 15 日发表《答欧树两先生》，在此余光中表明自己"并未迷信艺术万能"，同时又强调自己"并不认为强调艺术为不当"，重新强调"文学是一种艺术，自然应该注意艺术之所以为艺术……文学的要素固必须包括现实，但其特性却在于是'艺术'的"。

　　在上述论争的同时，还发生了其他规模较小的笔墨交锋，且多少与那场大的争论有点关系。7 月 18 日，余光中发表《文学与情欲》长文，针对一个星期前一篇吴姓作者的《扯谈文艺与情欲》提出不同看法；7 月 28 日，余光中发表《莎士比亚的伟大》长文，反驳 7 月 19 日李光的《伟大的莎士比亚？》中的观点。此外，在 8 月 1 日和 8 月 19 日，余光中还发表了两篇译文——萧伯纳的《百万财主的烦恼》和艾克斯利的《白朗宁小传》。

一个月左右的时间，余光中连续撰写了如此之多的理论批评文字，不能不令人惊叹这位年轻学子才思的敏捷和涉猎的广泛。从这些文章中还可看到余光中文学理念的一个重要特点，即较为持中和周延。这对于一个初出茅庐的文学青年而言，是难能可贵的。

从余光中在厦门的文学创作和理论批评中，可以发现如下几点：一、余光中对中国现代文学相当熟悉和喜爱，多次提及鲁迅、郭沫若、巴金、茅盾、冯至等，特别对臧克家的诗推崇备至，而余光中的早期诗作亦可见臧氏影响的痕迹；二、余光中推崇敢于鸣不平、表愤怒的古代诗人孟郊、贾岛；三、这时的余光中已具备较广博深厚的文化修养，从诗经、楚辞到柏拉图、尼采、克罗奇等古今中外的素材，均随手拈来，供其使用，显示其后来多样化的艺术风格所必需的知识基础；四、余光中的文学观点一般较为持中，这种文学观念上的折中性和周延性后来贯穿着余光中的整个创作生涯。

余光中在厦门，年纪轻，时间短，但作品颇多，相对而言也有较高的质量，虽然只是初露锋芒，却已充分显示出较深厚的知识根底和才气。余光中后来一手新诗，一手散文（评论）的"艺术多妻主义者"的创作风貌，以及较为辩证、周延的理论特色，在此已露雏形。值得注意的是，这时的余光中并不特别排斥左翼的和社会主义的文学，对五四以来新文学也相当熟悉和喜爱，其文学观念和创作方法总的来说倾向于现实主义，这是和当时祖国大陆文坛（包括厦门文坛）的主要潮流相吻合的。这充分说明，尽管遭到人为的隔绝，当事人有时自己也加以否认，但一个不争的事实却是，中国现代新文学的某些传统和资质，还是会随着一些曾亲炙这一文学传统的作家到达海峡彼岸，并在那里生根和繁衍。余光中来到厦门，对厦门文坛来说，增添了一点年轻弄潮儿

的朝气和热闹，对余光中本人来说，则是他一生文学生涯的良好
开端。①

<hr />

① 有关余光中早年在厦门文学活动，详见朱双一：《余光中在厦门的
文学活动》，载《厦门日报》1987 年 9 月 18 日；《小荷已露尖尖角》，载台
湾《联合报》1995 年 3 月 24 日；《余光中早年在厦门的若干佚诗和佚文》，
载香港《现代中文文学研究》第 3 期，1995 年 6 月；《青年余光中的文学发
端》，载台湾《联合文学》，1995 年 7 月号。

第二章

唐宋时期闽南文学

第一节　中原文化南移与
闽南文学生成

　　在两千多年中华文明的历史长河中，发端于黄河流域中部黄土谷地（即仰韶文化或彩陶遗物分布的核心地区）的中原文化不断地南移北渐，成为中华文化的主体，闽文化也是在这个"南移北渐"的历史运动中生成的。

　　福建古称"闽"，是闽越族分布的区域之一。《周官》载："职方氏，掌天下之图。以掌天下之地，辨其邦国、都鄙、四夷、八蛮、七闽、九貉、五戎、六狄之人民。"[1] 汉代经学家郑玄为"七闽"注曰："闽为蛮之别种，而七乃周所服之国数也。"[2] 远古时代黄河流域汉族先民对于闽地的想象是《山海经》描述的"闽在海中""瓯在海中"。"珠贝""舟楫""文身"的海洋性特征与华夏文化的"金玉""车马""衣冠"的内陆文化很不一样。但随着历史变迁汉人南下，当时比闽越先进的代表着农耕文明的中原

---

　　① 朱维幹：《福建史稿》上册，第15—16页，福建教育出版社，1985。
　　② 朱维幹：《福建史稿》上册，第16页，福建教育出版社，1985。

文化便日渐融化与取代了"七闽"先民的文化，成为闽文化的主体。作为"七闽"之地，闽南文化的生成、发展是与闽文化的生成、发展相伴相生的。学界一般将闽文化的发展划分为四个时期：一、战国中期以前，是闽文化的形成期，主要以考古发现的新石器时期文化为标志。二、战国中期至汉武帝灭闽越国，是闽越族文化时期。此时因闽越族与中原的秦汉有着广泛的政治经济交往，时而降从，时而反叛，中原文化已开始为闽越文化所吸收。三、西汉后期至唐五代，这时期中原汉族文化融合了闽越文化，逐渐成为福建社会的文化基础和主导，是福建文化的发展期。四、宋元以后，汉文化成为闽文化主体，闽文化走向全盛的成熟期，其标志是朱熹理学建立自身体系，对中华文化的发展做出了重要贡献。[1]

一、中原文化的南移轨迹

战国中期，楚灭越后，越王的部分子孙、臣民逃入闽地，与闽人结合，形成闽越族。越王勾践的后裔无诸统领闽越各族，建立闽越国。这个时期的闽地还是未开化区域，基本上与中原文化隔绝，土著民族为主的百越文化占主导地位。

秦代设置闽中郡（治所在东冶，即今福州市），辖福建、浙江的南部。闽地设郡，开始打破闽越落后、封闭的状态。秦朝末年农民起义，诸侯乘势伐秦，闽越王无诸、越东海王摇率领闽越部队由闽中北上，"从诸侯灭秦"。[2] 闽越军剽悍善战，追随刘邦义军入武关、战蓝田，功勋卓著。高祖五年（前202年），无诸被封为闽越王，闽越国成为汉朝的藩国，汉室对闽采取以闽治闽的政治策略，并无设立郡治。无诸仿效秦汉王朝建立官制，官名和

---

① 刘登翰：《中华文化与闽台社会》，第123—124页，福建人民出版社，2002。

② 《史记》卷一一四《东越列传》。

封号均用汉名,宗庙祭祀也取秦汉礼制。无诸的领导,改变了闽越人"非有城郭邑里"、"处溪谷之间,篁竹之中"的原始生活状态。闽越王无诸死后,其子郢、馀善和孙丑相继继位,历三代九十二年。随着闽越国的强盛,闽越与汉朝廷的矛盾日益尖锐。《汉书·严助传》载,闽越"数举兵侵陵百越,并兼邻国","欲招会稽之地,以践勾践之迹"。① 汉武帝便发兵征讨,杀馀善,灭闽越,采取秦代迁徙六国豪强的策略,"诏军吏皆将其民徙处江淮间。东越地遂虚",② 将闽越贵族、官僚和军队迁往江淮,并在闽地设立冶县,隶属会稽郡。东汉末年,闽中又增设建安、汉兴诸县。就在这分分合合的争斗与闽越军队的南征北战中,中原文化通过各种途径传播到福建,闽越人受到汉文化潜移默化的濡染,开始了汉化进程,这是福建社会历史的一大进步。明代学者瞿庄曾高度评价无诸时代对中原文化的吸收,认为:"自时厥后,渐摩风教,用夏变夷。驯至唐、宋之世,笃生秀民,或立言垂训,或为世宰辅。蝉蜕荒服之习,澡沐邹鲁之化者,王实开之。"③ 福建出土的汉代文物也足以说明汉文化在闽地的广泛传播。

三国魏晋时期,中原文化伴随着大批的中原移民大规模南下福建,促成了闽文化中原核心的加快形成。孙吴政权曾五次用兵福建,历经六十二年,最终巩固了在福建的统治地位。其间,一些将士留在福建,繁衍后代,东吴文化自然繁衍开来。魏晋南北朝时期,中原士民为避战乱大批南移,永嘉之乱是中原士民南移的第一次高潮。根据学者考述,正史记载中原避乱入闽者,以《陈书》卷三《世祖》为最古:"侯景以来遭乱移在建安、晋安、

---

① 《汉书》卷六四上《严助传》。
② 《史记》卷一一四《东越列传》。
③ 乾隆《福州府志》卷十四《坛庙一·闽县》。

义安（今潮州）郡者，并许还土木，其被略为奴婢者，释为良民。"① 民国《建瓯县志》卷一九《礼俗志》记载："晋永嘉末，中原丧乱，士大夫多携家避难入闽。建为闽上游，大率流寓者居多。时危京刺建州，亦率其乡族来避兵，遂以占籍。"唐末林谞《闽中记》云："永嘉之乱，中原士族林、黄、陈、郑四姓入闽。"乾隆《福州府志》载："永嘉二年（308年），中州板荡，衣冠始入闽者八族，林、黄、陈、郑、詹、邱、何、胡是也。以中原多事，畏难怀居，无复北向，故六朝间仕宦名迹，鲜有闻者。"尽管史家对永嘉之乱的"四姓入闽"和"八姓入闽"说法有所存疑，但大批中原移民入闽是个不争的历史事实。中原移民作为中原文化的创造者与传播者，他们的南移实际上也意味着中原文化向南方发展。

值得一提的是，两汉六朝时期，由于种种原因，不少中原文人曾流寓闽中。他们为福建的文学做出了贡献，为唐宋福建文学的发展奠定了基础。有关六朝时期外地文人入闽活动情况，列表如下：

六朝时期外地文人入闽活动表②

时　间	活动地区	人物	入闽原因	文化成就与活动纪要	资料来源
孙吴时期	建安郡	郑胄	任建安太守	以举贤能闻名	《三国志》卷四七注引《文士传》
刘宋元嘉年间	建安郡	傅郗	避祸入闽	诗人傅亮长子，善辞赋	《宋书》卷四三、《南史》卷一五
刘宋明帝时期	晋安郡	袁昂	以父罪流放	擅长文章	《南史》卷二六、《梁书》卷三一

---

① 朱维幹：《福建史稿》上册，第67页，福建教育出版社，1985。

② 林拓：《从化外之地到两个文化带的相继发育——宋代以前福建文化地域格局的演变》，载《中国历史地理论丛》第16卷第1辑，2001年3月。

续表

时　　间	活动地区	人物	入闽原因	文化成就与活动纪要	资料来源
刘宋元嘉年间	建安郡	阮弥之	任昌国太守	兴学校，使家有诗书，市无斗嚣	《三山志·公廨》
刘宋泰始年间	晋安郡	谢飏	任晋安太守	大诗人谢庄之子，有文化修养	《宋书》卷八五、《南史》卷二〇
刘宋泰始年间	晋安郡	虞愿	任晋安太守	文学家，在郡立学堂讲授	《南齐书》卷五三、《南史》卷七〇
刘宋元徽年间	吴兴县	江淹	任吴兴令	在闽创作文学作品多篇	《梁书》卷一四、《南史》卷五九，并见《江醴陵集》
南齐建元年间	晋安郡	王秀之	任晋平太守	诗人，称闽中为"沃壤""珍阜"	《南齐书》卷四六、《南史》卷二四
南齐建元年间	建安郡	何胤	任建安太守	文人，著作多部	《梁书》卷五一、《南齐书》卷五四、《南史》卷三〇
南齐永明年间	建安郡	王思远	任建安太守	文人	《南齐书》卷四三、《南史》卷二四
南齐永明年间	晋安郡	王德元	任晋安太守	诗人	《南齐书》卷四二、《南史》卷二四
南齐永明年间	晋安郡	王僧儒	任晋安郡丞	诗人，谱牒学家	《梁书》卷二三、《南史》卷四九
梁天监年间	晋安郡	范缜	任晋安太守	博通经术，哲学家、文学家	《梁书》卷四八、《南史》卷五七
梁天监年间	建安郡	到溉	任建安内史	文人，以才学知名	《梁书》卷四〇、《南史》卷二五
梁天监年间	建阳县	江洪	任建阳令	诗人，好学博览	《南史》卷七二

续表

时　间	活动地区	人物	入闽原因	文化成就与活动纪要	资料来源
梁天监年间	建安郡	萧洽	任建安内史	擅长文辞	《梁书》卷四一、《南史》卷一八
梁天监年间	晋安郡	萧机	任晋安太史	博学强记，善谈吐	《梁书》卷二二、《南史》卷五二
梁天监年间	建安郡	萧子范	任建安太守	撰《建安城门峡赋》	《梁书》卷三五、《南史》卷四二
梁大通年间	晋安郡	徐悱	任晋安太守	文人	《梁书》卷二五、《南史》卷六〇
梁中大通、大同年间	建安郡	顾野王	随父入闽	博通经史，撰《建安地记》等	《陈书》卷三〇、《南史》卷六九
梁中大通年间	晋安郡	羊侃	任晋安太守	雅好文学、博涉书记	《梁书》卷三九、《南史》卷六三
梁太清年间	建安郡	谢嘏	任建安太守	善属文	《陈书》卷二一、《南史》卷二〇
梁末	晋安郡	虞寄	避祸	会稽名流	《陈书》卷一九
陈永定年间	建安郡	萧乾	任建安太守	书法家	《陈书》卷二一、《南史》卷四二

　　此外，这一时期还有少数文人曾在福建短期逗留，如许靖、张协、谢灵运等。

　　入闽文人的活动虽然范围有限，但他们开了福建文学风气之先，对当时的福建文学有一定的推动作用。如后人是这样评价顾野王入闽的："六朝时，自顾野王讲授其中，文学以显。"①顾野王编写《建安地记》，也是以文学的笔墨向人们介绍闽北的风土民情。而江淹任吴兴令的三年间，则留下了许多抒情言志，描绘

---

　　① 乾隆《武夷山志》，史贻直序。

闽中碧水丹山、珍木灵草的优秀诗章。

总体而言，从无诸立国到隋亡，中原文化由中原向南延伸进入福建是个缓慢的过程。在这个缓慢的过程中，中原文化按照闽北、闽东、闽中、闽南的空间顺序推进，闽南文化还处于极不明了和落后阶段。秦汉时期，闽越人主要在闽江流域活动，较少涉足闽南。至孙吴时期在闽中设立建安郡，辖会稽南部，以建安、将乐、建平（建阳）、吴兴、东平（松溪）、东安、侯官等九县为建安郡。此九县，位于闽南境内的也只有东安（今南安、同安、晋江）一县，中原文化对闽南区域的影响还很有限。魏晋南北朝时期，汉人大批南移，除进入闽北外，还扩散到闽东、闽中、闽南一带，闽南人口有所增加。迄至南朝梁时，闽南地区设立了南安郡。从南安郡的设置来看，闽南地区有了进一步的开发，但迁徙至闽南的中原士民仍是少之又少，所以闽南在唐以前基本上还属于化外之地。

二、从中州到闽南

唐宋时期，中原文化开始统摄闽越文化，跃居闽文化的主导地位。唐五代是福建的一个重要发展时期，也是闽南地区开发的一个重要时期。隋朝刚统一南方的时候，在南方贯彻北方式的严厉管制政策，南方民众纷纷起来造反。《北史·苏武传》载，"江表依内州责户籍"，刑法峻急，对地方豪强"无所纵舍"，地方豪强怨恨，频频发动武装抵抗。① 唐太宗吸取了隋朝失败的教训，对于南方人口稀少的区域，实行轻徭薄赋的政策。这使得福建众多豪强率领民众，主动投靠唐朝设在福建的官府，结束了唐初福建豪强割据的局面。唐代福建的发展体现于州县的建立上。南朝时期，福建已有三郡并立的建制，这就是闽北的建安郡、闽东的

---

① 《北史》卷六三《苏绰子威传》。

晋安郡、闽南的南安郡。隋代将三郡并为一郡，名为闽州，后又改为建安郡。唐朝建立后，逐步恢复了三郡并立的建制，而后又成立了漳州与汀州两郡。于是，福建有了五个州郡，即福州（又名长乐郡）、建州（建安郡）、泉州（清源郡）、漳州（漳浦郡）、汀州（临汀郡）。新县的设立也很突出，盛唐时期，福建已有 25 个县的建制。开元二十一年（733 年），唐王朝设福建经略使，领福、泉、建、漳、潮五州，福建的人口数达到高峰。唐天宝十四年（755 年），福建五州共有 109311 户，比之隋代增加了几倍。[①] 唐代中叶安史之乱以后，北方战乱延续不断，唐亡后，梁、唐、晋、汉、周各朝交换更替，到 960 年宋朝建立，北方的战乱持续了 205 年。北方战乱，东南沿海的福建倒成了安定的世外桃源。因此，在中唐以后，许多北方家族南迁福建，移民的浪潮一浪高过一浪，"七闽"大地人口骤增。到宋代初年，福建人口攀升到 46 万多户。

　　闽南的政治、经济、文化和社会发展，也在这个时期赢得了良好的历史机遇。这首先表现在唐代在闽南增设州县上。唐武德五年（622 年）重建丰州，其州治在今天的南安，后撤销。永淳二年（683 年），陈元光平定闽粤边境的蛮獠之乱，请设一州在泉、潮之间，即为漳州。唐王朝采纳陈元光的建议，武后垂拱二年（686 年）置漳州。武后圣历二年（699 年）重建武荣州。景云二年（711 年），武荣州改名泉州。漳、泉两州的设立，无疑将闽南在全国的政治、经济和文化地位提升到一个前所未有的位置。而设置泉、漳两州的主要原因是闽南人口数量的增加，其中中原移民的增长数量更大。

　　唐五代闽南的中原移民主要有三类人。

---

　　① 徐晓望：《论隋唐五代福建的开发及其文化特征的形成》，载《东南学术》2003 年第 5 期。

一为戍闽将士。唐总章二年（669 年），陈政、陈元光率府兵
5600 人进驻闽南，驻军绥安（今漳浦县西 50 千米），守闽南九
年，陈政于唐仪凤二年（677 年）病故。其子陈元光代父率众，
经历了二十几年的艰苦征战，平息了战乱，任漳州刺史。陈氏一
家，四代守漳，达百年之久，其部属五十八姓亦大多在漳州落
籍。现存的《颍川陈氏开漳族谱》言陈元光之父陈政“世居河南
光州固始县之浮光山”，又言陈政兄长陈敷、陈敏率军校五十八
姓入闽（关于陈政、陈元光是否来自中原，因唐史无传，学界历
有争议。一说是“岭南土著”人；一说是“中原固始人”）。唐
末光启元年（885 年），王潮、王审知兄弟随王绪率河南光州固始
军民避战乱，辗转粤北、赣州等地，最后入闽。同年八月，王潮
兄弟在南安（今南安东）发动兵变，囚王绪自立。次年，他们攻
占了泉州，景福二年（893 年）攻占福州，又逼降汀（今长汀）、
建（今建瓯）、漳三州，占据闽五州之地。唐朝先后封王潮为泉
州刺史、福建观察使、威武军节度使。乾宁五年十二月初六
（898 年 1 月 2 日），王潮卒，王审知继立。天祐元年（904 年），
唐封王审知为琅琊王。后梁开平三年（909 年），梁太祖朱晃又封
王审知为闽王，升福州为大都督府。王审知死后，其子王延翰称
帝（926 年），国号闽，是五代十国中的闽国。这样，由王审知父
子带到闽南一代的中原人马就有数万之多。《新五代史·闽世家
第八》说王绪所部“有众数万”，这些兵士大多在福建落籍。有
学者推算，若以四万人计，仅仅王绪所部及其家属就占了唐代福
建总人口的五分之一。[①]

二为闽仕宦者。如在浯州（今金门）为牧马监的陈渊。据清
光绪年间《金门志》记载：唐德宗贞元十九年（803 年），在泉州
设置五个牧马场，浯洲（明洪武二十年筑城始名金门）是其中之

---

① 徐晓望：《闽南史研究》，第 22 页，海风出版社，2004。

一。陈渊为牧马监，与陈渊同去金门的有蔡、许、翁、李、张、黄、王、吕、刘、洪、林、萧十二姓，他们都在岛上安家立业。陈渊被尊为"开浯恩主"。

三为避乱者。安史之乱后，大量中原民众为避战乱入闽（包括闽南）。特别是王潮、王审知兄弟掌权后，大量招徕北方人口，众多北方的政客、文人、商贾、贫民入闽定居。从泉州的族谱来看，当时确实有许多家族为避乱才南迁泉州的。

唐代中原汉人大量进入闽南地区，是闽南文化生成与繁荣起来的最重要基础和条件。

宋代是福建特别是闽南地区政治、经济、文化全面发展的重要时期。赵宋王室受儒学的影响，在统一中国的历程中，注意"以德服人"，在福建免除了许多不合理的赋税，使福建民众的负担大为减轻；尤其是朝廷采取开放的海洋政策，鼓励福建沿海人民出海贸易，鼓励海外商人在中国定居，想方设法对前来贸易的海外商人提供优惠政策，甚至起用番商管理市舶司贸易。此时的泉州，开始成为四方商贾云集的东方第一大港、海上丝绸之路的起点，连接着日本、东南亚和阿拉伯国家的经济文化往来，海外贸易的发展带动了福建经济文化的全面活跃。后来宋室南渡，政治中心南移，宋朝将南外宗正司与西外宗正司设置于福建，于是有了"惟昔瓯越险远之地，为今东南全盛之邦"的称道。① 宋代中原汉人照旧大批南移，福建人口大幅度增长，到北宋末年已经有了100多万户。南北宋之际，金兵南下，宋室南迁，中原士庶无不携老扶幼南渡。南宋中叶福建人口已达到300多万人，是国内人口最密集的区域之一，而位于沿海岸线的闽南地区，据泉州、厦门一代的地方志描述，此时也就成了"海滨邹鲁"之地、"昌明文物"之乡。

① 独孤及：《毗陵集》卷六《谢除知福州到任表》。

　　中原文化在闽南地区的扎根和生成，一方面是通过中央政权的统治实现的，具体就体现在唐宋时期闽南州、郡的建立上；另一方面是中原移民带入闽南地区的。随着州、郡的建立和中原移民成为闽南区域的居民主体，中原文化便替代了原本就不发达的闽越文化而成为闽南文化的主体。唐宋时期中原文化对闽南的影响主要表现在以下几个方面。

　　第一，儒学发展。儒学是发源于中原的一种文化思潮，也是中原文化的核心。它由孔子创立，由孟子所继承和发展，由荀子掺入法家理论加以改造，由董仲舒整理为具有系统性的伦理纲常，是我国历代封建王朝的正统统治思想。中原民众的不断移入，以及朝廷在福建等地积极提倡儒学，使福建人形成了崇尚儒学的文化氛围。至唐末五代，福建的儒学已经达到相当的水平，宋代福建出现了理学的巅峰，形成闽学流派。虽然闽学重镇在闽北，但闽南地区儒学也得到了较充分的发展。以漳州为例，唐景龙二年（708 年），陈元光在原"唐化里"中心区域北溪浦南的松州创办松州书院，为儒家文化的传播搭建了很好的平台。"时州治初建，俗尚莽鄙，王向开引古义，于风教多所裨益。"[①] 南宋绍熙元年（1190 年）理学宗师朱熹任漳州知州，他采取了多种措施促进儒学在漳州的进一步发展。其中朱熹的得意门生——北溪先生陈淳一生潜心钻研朱熹学说，并到闽南各处讲学，为诠释程朱理学，推进儒学在闽南的传播发展做了很大努力。朱熹离开漳州之后，在漳州以李唐咨、在泉州以杨至、在莆田以郑可学为中心，形成三个闽学的分支群体。

　　第二，文教昌盛。唐代前期，福建教育落后，闽中士人贪恋家乡山水，不肯远游出仕，无心参加科举。如隋代科举制度开创以来，180 年内泉州竟没有一人参加进士考试。引起福建学风彻

---

　　① 　光绪《漳州府志》，见《漳州市地方志》，第 548 页，1994 年缩影本。

底改变的是唐后期李椅与常衮倡导的两次重要的兴学活动。唐大
历七年（772 年），李椅出任福建观察使，对教化提倡甚力。礼部
员外郎独孤及为此所写的碑记言："缦胡之缨，化为青衿。"意思
是说结麻绳戴斗笠的野人，开始穿上读书人的儒服了。唐建中初
年，宰相常衮被贬为福建观察使，到任后大兴文教事业，亲自讲
学，发现县乡小民有能诵书作文辞者，特别优礼，闽人读书之风
因此渐开。常衮之后，任泉州刺史的薛播、席相，任泉州别驾的
姜公辅，任泉州刺史的裴次子等在闽南都重教兴学。到了宋代，
书院等教育机构已是星罗棋布，比比皆是。从各地通志记载来
看，南宋时，福建有府州县学 56 所，书院 20 多所。仅朱熹在漳
州创办的书院就有龙江书院、华圃书院、观澜书院、梁山书院、
高东溪书院、石屏书院、丹诏书院等十余所，培养出许多杰出人
才。泉州则是"闽人务本亦知书，若不耕樵必业儒"①。中国古代
文、史、哲不分，统称文学，教育发展的直接成果是福建科第人
数的增加，文学兴盛。唐贞元八年（792 年）闽南晋江的欧阳詹
进士及第，在闽学子的心中引起了极大的震动。欧阳詹中举之
后，又有许多闽人相继考上进士，迄至唐末，已有五六十人考中
进士。两宋共开科取士 118 次，进士总数为 35093 人，其中福建
7038 人，约占总数的 1/5，成为科举强省。② 泉州继欧阳詹之后，
登第者继踵不绝，有林藻、蔡沼、陈诩、邵楚苌、许稷；举明经
的有林蕴、林著、林荐、林应；还有荐举而上者，继之又有盛均
等人。自唐贞元八年（792 年）至清光绪三十年（1904 年）的
1100 多年间，登科举、载志书者达 6000 多人，其中进士 2473
人。唐朝漳州生员登进士者 3 科 4 人，两宋进士及第者 72 科 268
人，著名的有周匡业、潘存实、戴归德、戴添应、周汉杰、高

① 刘克庄：《后村先生大全集》卷一二《泉州南郭二首》。
② 陈培坤：《论宋代的重教兴学和福建教育的发展》，载《漳州师范
学院学报》2002 年第 2 期。

登、颜思鲁、王遇、黄彦臣等登榜进士。而小小的厦门同安，据民国《同安志》记载，宋代亦"举进士五十五人"。中国科举制度与作文紧密相连，热衷科举而及第者众，自然促进了闽南文学的快速发展。

第三，禅宗盛行。佛教是中国历史上影响最大的一个宗教，发源于印度，在向东方传播时形成两大教派：大乘与小乘。大乘教派从陆路传入中国，盛行于中原；小乘教派是从海路传到东南亚国家，其主要国家有缅甸、泰国等。从地理位置上说，福建其实是属于古代东南亚的一部分，在历史上也和东南亚国家有密切的关系，但福建接受的不是小乘佛教而是大乘佛教。这与北方文化对福建的影响有很大关系，可见中原文化的影响。① 佛教流派之一的禅宗在闽南十分盛行。禅宗是印度的达摩法师在少林寺面壁九年而后开创的，后来禅宗不断向南方传播。闽南自古到今都以禅宗发达而闻名遐迩，各地都看得到禅宗古刹名寺，如泉州开元寺、漳州南山寺、同安梵天寺、厦门南普陀寺等。佛教以公案说事，一个公案就是一篇哲学故事，尤其是宗教故事奇特的想象，这都成就了闽南文学的生成与发展。

第四，传播中原民间习俗。在闽南保存了许多唐代中原人民的习俗与风尚。如在房前屋后树立"泰山石敢当"。传说泰山石敢当是一位勇敢的将军，有他在此，任何煞气都无法作恶。闽南人常常树立一块"泰山石敢当"来镇邪驱恶，对付煞气。又如唐代中原仕女有簪花的习惯，泉州地方的女性至今还保留簪花的风俗。清代周亮工的《闽小纪》写道："闽素足女多簪全枝兰，烟鬓掩映，众蕊争芳。响屐一鸣，全茎振眉。予常笑谓昔人有肉台盘，此肉花盏也。继在京师，见唐人美人图，亦簪全兰，乃知闽

---

① 徐晓望：《论隋唐五代福建的开发及其文化特征的形成》，载《东南学术》2003 年第 5 期。

女正堪入画，向者之评，谬矣！"①

　　第五，闽南方言的形成。闽南方言受中原语言影响极大，至今保存了唐宋中原音韵的风貌。根据史书的记载和近几十年来学者所做的研究表明，闽南话的形成与发展，正是中原汉人历史上因避乱或因"征蛮"，数次从北方中原一带迁入闽地，将中原汉语带到福建境内与当地的土著语言相结合，经过长期的交汇融合逐渐衍化而成的。陈元光、王审知带领的两批汉人使用的是属于中古汉语——唐朝官话。由于生活安定和经济的发展，汉人文化比闽越人发达，因此较好地留存了中古汉语，汉人在与当地人一起生产和生活中又吸收了一些当地的土著语言，慢慢形成了以汉语为基础的闽南方言。同时，在与海外诸岛国的交往中，又吸收了一些外来词汇。这样，从晋开始，经过隋唐五代，由古汉语分化出来并经过几个历史时期衍化发展而形成的闽南方言到宋代就基本定性。因此，闽南话又叫作"河洛话"。

　　从中州到闽地，在漫长的历史迁徙中，中原文化经历了四次南移高潮，即西晋末年的"八姓"入闽、唐代陈元光的开发漳州、唐末王审知治闽和宋室南渡百姓南迁，最终在"七闽"大地扎根，同化了福建土族的闽越文化，形成了中原文化大传统。这四次中原文化的南迁高潮，有三次直接对闽南区域产生了关键性影响，由此在唐宋时期构成了以中原文化为基本框架和核心内容、又融合了百越海洋文化性格的闽南文化。地处东南沿海岸线的闽南人，面对的是浩瀚的大海，流淌的是黄河的文化血脉，这里的政治、经济、文化教育和社会形态，以中原文化为蓝本，这里的语言、文化、伦理道德和行为方式，承接着中原汉族的传统。

---

　　① 周亮工：《闽小纪》卷二《闽女》，第33页，福建人民出版社，1985。

第二节　唐宋时期泉州文学

中原文化的南移为闽南文学的生成创造了条件。在唐以前，闽南区域是陆地莽荒、大海浩瀚，充满神秘与恐惧。本土文化贵巫尚鬼，古越族"信巫重祀"传统流传甚广，虽说这种文化遗传有益于文学创作的想象，但那时闽南地区整体文化水平低下，罕有文学才士出现，基本上无文学可言。随着中原文化南移，特别是在科举教育制度的直接影响下，闽南地区开始孕育出自己的诗人和作家，有了自己的书面形式的文学。至宋时闽南文学已经颇具规模，文风昌炽，作家辈出。据乾隆《泉州府志》载："泉自唐以来，席相、常衮倡导于前，蔡襄、王十朋诸贤激扬于后，重以紫阳过化之区，薪传不绝，乡先生遗泽，类足以陶淑后辈。海滨邹鲁，厥有由也。"唐代泉州出现了一个具有全国性影响的作家欧阳詹，漳州开漳以来涌现了周匡物、潘存实等有影响的作家。宋代更有了一个诗词创作的辉煌时期，留下诗篇的先贤竟达49 人。厦门虽然开发较迟，但也有陈黯、苏颂、苏氏等名家文存留世。唐宋时期，是闽南文学的生成、成熟时期。

一、唐代有影响的泉州作家

泉州是闽南地区开发最早的区域。从唐代开始，泉州逐渐成为闽南地区的政治、经济、军事、文化中心，泉州文学开始勃兴。贞元八年（792 年），欧阳詹首登龙虎榜，"温陵甲第破天荒"。他和韩愈、柳宗元、李观、崔群等共同倡导古文运动，振起一代雄风，其行为和创作对闽南文学的发展产生了很大的激励和推动作用。继欧阳詹之后，泉州又出现了许稷、颜仁郁等诗人。收入《全唐诗》的唐代泉州籍诗人有：欧阳詹（349 首）、许稷（2 首）、颜仁郁（2 首）。

　　唐代泉州最有影响的文学家当推欧阳詹（下详），他也是福建第一位在全国有一定名气和影响的文人，于"建中、贞元间文词大振，瓯闽之间唯知有詹"。《闽政通考》云："欧阳詹文起闽荒，为闽学鼻祖。"

　　欧阳詹之后，泉州有影响的作家有唐代许稷，五代的颜仁郁、黄仁颖。

　　许稷，字君苗，生于唐大历七年（772 年），莆田（时属泉州）人。许稷少年时曾与闽县举子陈舍人等会饮，遭陈轻蔑。他将酒杯投地，隐入终南山，学了三年复出，贞元十八年（802 年）中进士，历官至衡州刺史。许稷工诗词，词继李白、白居易之后，也作有小令，为人所传诵，对词的发展起推波助澜的作用。他的词吸取民间歌词的情调，内容比较清新、明朗、活泼，语言朴素、明畅。今流传者有《江南春》，诗云："江南正月春光早，梅花柳花夹长道。江南二月春光半，杏花桃花香蕊散。江南三月春光暮，蝴蝶闲飞绕深圃。"清末，许稷后裔集资修建祠堂于赐恩岩寺西侧，将其《全唐诗》未载的二诗《稷公游九鲤湖诗》《稷公〈江南春〉诗》，勒之石碑，分位于许氏大祠堂大门口左、右侧石垛上。

　　颜仁郁，字文杰，德化人，仕王审知为归德场长。颜仁郁"有诗百篇，婉转回曲，历道人情，邑人途歌巷唱之，号'颜长官诗'"。[1] 他的诗"皆道民疾苦，皇皇不给之状"（《五代诗话》引《龙寻稿》）。颜仁郁诗现只存《农家》《山居》二篇。《农家》云："夜半呼儿趁晓耕，羸牛无力渐艰行。时人不识农家苦，将谓田中谷自生。"该诗以平实的语言捕捉生活的细节，表现农耕的艰辛与劳苦，应用对比手法，嘲讽四体不勤、五谷不识的"时人"。《山居》云："柏树松阴覆竹斋，罢烧药灶纵高怀。世间应

---

　　① 《十国春秋》卷九六《闽七·颜仁郁传》。

少山间景，云绕青松水绕阶。"① 其诗写山居生活，情趣闲淡
盎然。

黄仁颖（900—962 年），字福佑，号潘湖翁，五代晋江潘湖
人。他于后唐同光三年（925 年）通过会试，后唐天成二年（927
年）高中丁亥科状元，先后历明宗迪功郎、四门学正、中书舍
人、端明殿掌院学士职，又历末帝李从轲、石敬瑭二朝，于后晋
天福二年（937 年）十二月辞官归故里。南唐后主李煜欣赏其才，
特赐黄仁颖谥号"文杰"。著有《黄状元文集》5 卷。其诗《新都
行》载于《中华姓氏诗选》黄氏卷："缥缈空中丝，朦胧道傍树。
惹彼花上露，翻兹岁月知。苒蒻花枝注，悠扬画中诗。天长春日
暮，何计脱缠绵？"

二、两宋时期泉州作家

到了两宋时期，随着福建地位的提升，泉州刺桐港的开发，
泉州在仁宗朝成为全国 20 多个重要的州府之一。随着经济、教育
的发展，宋代泉州的文化、文学发展很快，出现了一批有一定影
响力的文人，如钱熙、陈从易、曾公亮、谢伯初、蔡确、林
外等。

钱熙（953—1000 年），字大雅，南安人。"幼颖悟，及长，
博贯群籍，善属文。"当时泉州的节度使陈洪进因赞赏他的才华，
将侄女嫁钱熙为妻。宋雍熙时钱熙初登甲第，补授度州观察推
官，后"迁殿中丞"，擢参知政事，不久因事获罪罢免。又先后
谪任朗州、衡州、杭州、越州通判。钱熙自罢职后，愤恚成疾，
北宋咸平三年（1000 年）48 岁时英年早逝。钱熙所撰《三钓酸
文》，世称精绝，有佳句"渭水凝碧，早抛钓月之流；商岭排青，
不逐眠云之侣"和"年年落第，春风徒泣于迁莺；处处羁游，夜

---

① 曾阅编：《晋江古今诗词选》，第 20 页，海峡文艺出版社，1998。

雨空伤于断雁"流传,史家评价他"负气好学,善谈笑,精笔札,狷躁务进"。钱熙也曾拟古乐府作诗作文,著《杂言》十数篇及《措刑论》,有集十卷,为识者所许。[①] 钱熙描写泉州山水的诗歌形象生动,追求诗中有画、画中有诗的效果,如《题清源山》:"巍峨堆压郡城阴,秀出天涯几万寻。翠影倒时吞半郭,岚光凝处滴疏林。"又如《九日溪景偶成》:"渔家深处住,鸥鹭泊柴扉。雨过山迷径,潮来风满衣。岸幽分远景,波冷漾晴晖。却忆曾游赏,严陵有旧矶。"

陈从易(966—1031年),字简夫,晋江人,中进士及第。他任太常博士时,参与编纂《册府元龟》。宋真宗在崇和殿宴请近臣,召陈从易参加,陈赋诗称旨,迁侍御史,改刑部员外郎、直史馆、知虔州。晚年任湖南转运使,后又从荆南、广州,入为左司郎中,知制诰兼史馆修撰,迁左谏议大夫,进龙图阁直学士。史书评论他的品格:"为人激直少容,喜别白是非,多面折人,或尤其过,从易终不变。"著有《泉山集》20卷、《中书制诰》5卷、《西清奏议》3卷。他文采出众,据说王钦若罢相,往杭州,朝中士子作送别诗,陈从易所作的"千重浪里平安过,百尺竿头稳下来"诗句最佳。他与杨大雅都以文风古朴齐名,故有"杨陈"之称。"景德后,文士以雕靡相尚,一时学者乡之,而从易独守不变。与杨大雅相厚善,皆好古笃行,时朝廷矫文章之弊,故并进二人,以风天下。"[②] 欧阳修《六一诗话》也评价说:"陈舍人从易,当时文方盛之际,独以醇儒古学见称。其诗多类白乐天。"欧阳修对其反拨雕琢靡靡文风、独守"醇儒古学"的文章之道多有赞赏。

曾公亮(999—1078年),字明仲,号乐正,晋江人,著名政

---

① 《宋史》卷四四〇;民国《福建通志》总卷三九分卷三。
② 民国《福建通志》总卷三四分卷四。

治家、军事家，从小怀有抱负，气度不凡，北宋端拱二年（989年）考中榜眼。嘉祐六年（1061 年），曾公亮拜吏部侍郎、同中书门下平章事（宰相）、集贤殿大学士，与宰相韩琦共同主持朝中政事。曾公亮历仕仁宗、英宗、神宗三朝，是泉州第一位入阁拜相的人，元丰元年（1078 年）逝世，终年 80 岁。曾公亮死后，神宗帝赠太师、中书令，御篆其碑首称"两朝顾命定策亚勋之碑"①。曾公亮明练文法，熟习朝廷台阁典宪，一生中最重要的建树是历时四年编纂了一部多达 40 卷的《武经总要》。晁公武在《郡斋读书志》中写道："康定中，朝廷恐群帅昧古今之学，命公亮等采古兵法及本朝计谋方略，凡五年奏御，仁宗御制序文。"②《武经总要》是中国历史上由中央政府主修的第一部武备经典著作。除此，他还主修了《英宗实录》30 卷，监修《新唐书》250卷等。

曾公亮的诗气势磅礴，与其政治、军事身份比较吻合。其诗《宿甘露寺僧舍》是不可多得的好诗，诗云："枕中云气千峰近，床底松声万壑哀。要看银山拍天浪，开窗放入大江来。"诗的一、二句由"枕中""床底"推至"千峰""万壑"，"枕中云气"与"床底松声"写出了甘露寺所坐落的北固山的高峻和甘露寺远离红尘的清肃；诗的三、四句以小写大，从小窗俯视大江，将长江的排山倒海之势与窗边的涛声巧妙结合起来。"放入"二字，写活了滚滚长江的浩大气势，比苏轼《南堂》诗的"挂起西窗浪接天"一句更显气魄。南宋诗人周紫芝的"倚杖独看飞鸟去，开窗忽拥大江来"（《凌歊晚眺》），就直接化用了此诗意境。

谢伯初，名或作伯景，字景山，晋江人。北宋天圣二年

---

① 《宋史·列传七一》。
② 《四库全书总目》卷九九《子部·兵家类》第 838 页，中华书局影印本，1965。

（1024 年）进士。官许州法曹，与欧阳修交友。① 欧阳修所撰《六一诗话》中，载有谢伯初《寄欧阳永叔谪夷陵》全诗："江流无险似瞿塘，满峡猿声断旅肠。万里可堪人谪宦，经年应合鬓成霜。长官衫色江波绿，学士文华蜀锦张。异域化为儒雅俗，远民争识校雠郎。才如梦得多为累，情似安仁久悼亡。下国难留金马客，新诗传与竹枝娘。典词悬待修青史，谏草当来集皂襄。莫谓明时暂迁谪，便将缨足濯沧浪。"② 这首诗是欧阳修贬官到武陵时谢伯初写给欧阳修的，写得婉转关情，头四句借景抒发谪贬之苦，中间笔锋荡开夸赞欧阳修才华蜀锦张，万民景仰；末尾以"莫谓明时暂迁谪，便将缨足濯沧浪"作结，诗风俊迈流转。欧阳修在《六一诗话》中言此诗"颇多佳句"，"逮今三十五年矣，余犹能诵之"。《六一诗话》中还写道："景山诗颇多，如'自种黄花添野景，旋移高竹听秋声'，'园林换叶梅初熟，池馆无人燕学飞'之类，皆无愧于唐诸贤。而仕宦不偶，终以困穷而卒。其诗今已不见于世，其家亦流落不知所在。"

谢伯初今存的诗还有《许昌公宇书怀呈欧阳永叔韩子华王介甫》："十年趋竞浪求营，因得闲曹减宦情。乱种黄花看野景，旋移高竹听秋声。驱驰贱事犹干禄，约勒清狂为近名。早晚持竿钓鲈鳜，双溪烟雨一舟横。"其笔调自然流畅、挥洒自如。

蔡确（1037—1093 年），字持正，晋江人。北宋嘉祐四年

---

① 乾隆《晋江县志》卷二；《欧阳文忠公文集》卷四二《谢氏诗序》。

② 按：《宋文鉴》卷二四亦有此诗，然文颇有异，兹录于此。《走笔寄夷陵欧阳永叔》：舟行无险似瞿塘，满峡猿声断旅肠。万里更堪人谪宦，经年应合鬓成霜。长官衫色江波绿，学士文华蜀锦张。去似长沙非黜辱，比于连郡亦遐荒（韩退之以言事初贬连州令）。可能作赋嘲巫渚，好为投文吊耒阳（杜子美下耒阳，路经峡）。下国难留金马客，新诗传与竹枝娘。才如梦得多为思，情甚安仁久悼亡。绝境化成儒雅客，远民争识校雠郎。典词悬待修青史，谏草当来露皂囊。不用临流羡渔者，便将缨足濯沧浪。

（1059 年）进士，调邠州司理参军。熙宁四年（1071 年），权监察御史里行，擢知制诰、知谏院。元丰元年（1078 年），为御史中丞，二年，为参知政事，五年，任尚书右仆射兼中书侍郎，后任尚书左仆射兼门下侍郎。元祐元年（1086 年），罢为观文殿学士、知陈州，之后再贬至英州别驾、新州安置。蔡确被贬至时有"烟瘴最甚""人间地狱"之称的新州，开创了宋廷朝臣贬谪岭南的先例。蔡确终日忧郁，不久就染疾不起，元祐八年（1093 年）死于新州贬所。史载蔡确为人"善观言察色，与时上下"，"智谋尚气，不谨细行，以贿闻"。① 蔡确少时诗作，见于《泉州府志》引《过庭录》所载："窗前翠竹两三竿，潇洒风吹满院寒。常在眼前君莫厌，化成龙去见应难。"这是蔡确在泗洲道中山寺读书时，题在绝壁上的诗。蔡确有名的作品是《车盖亭》诗十章，是他在元祐二年（1087 年）游安州车盖亭所作。诗云："纸屏石枕竹方床，手倦抛书午梦长。睡起莞然成独笑，数声渔笛在沧浪。"更为后人称道的诗是《春日》："十二天街雨压沙，秋千咿喔响人家。东风会劝十分酒，寒食初开百玉花。年少斩新金络马，柳荫无数画轮车。春来谁道迟迟日，尤觉春来日易斜。"这首诗被刘克庄选入《后村千家诗》，其语言平易，富于生活情趣，"写得很有春天的新鲜气息"。②

　　林外，字岂尘，号肇殷，晋江马坪村人。林外豪于酒，工诗词，"词翰潇爽，诙谐不羁"③。年轻时曾游学苏、杭一带，屡试不第，至南宋绍兴三十年（1160 年）55 岁时登进士，后为兴化县令，著有《懒窠类稿》，已逸。林外曾在吴江垂虹亭桥（位于苏州城东）下，信笔在一桥洞飞梁上题《洞仙歌》一词。该词收

　　① 《宋史》卷四七一《奸臣传》；乾隆《泉州府志》卷二三；《名臣碑传琬琰集下》卷一八《蔡忠怀公确传》；民国《福建通志》总卷三四分卷六。

　　② 陈庆元：《福建文学发展史》，第 126 页，福建教育出版社，1996。

　　③ 周密：《齐东野语》卷一三。

入张思岩《词林纪事》卷十。词云："飞梁攲水，虹影澄清晓，橘里渔村半烟草。叹来今往古，物换人非，天地里，唯有江山不老。雨巾风帽，四海谁知我？一剑横空几番过，按玉龙，嘶未断，月冷波寒。归去也，林屋洞门无锁。认云屏烟障是吾庐，任满地苍苔，年年不扫。"很久以后，人们才知道：林外是乘大篷船穿桥洞，自己站到船舱顶，仰面朝天，把词题写在飞梁上的。据时人叶绍翁《四朝闻见录》记载，这阕词不食烟火，轰动一时，时皆以为是吕洞宾所书。有人抄呈宋高宗赵构，赵构谙熟诗词格律、音韵，读罢笑曰："是福州秀才云尔。"左右大臣请教所以然。赵构说："以其用韵盖闽音云。"（此词下半阕中"帽""过""锁""扫"，只有用闽南话来吟，方能押韵）。可见这阕词在当时的影响。就词作言，运笔疏朗、洒脱，豪放不羁，读来令人顿生超旷绝尘之想。据宋代周密《齐东野语》记载，有一次林外独游西湖，在西湖小旗亭饮酒，风姿角巾羽氅，飘飘然似神仙中人。他叫酒保从他背上的虎皮荷包中随意取钱，按钱买酒饮酒，直至傍晚，荷包中的钱好像循环无穷尽。离去时，索笔题诗壁间："药炉丹灶旧生涯，白云深处是吾家。江城恋酒不归去，老却碧桃无限花。"于是第二天，杭州城有了某家酒肆神仙所至的传言。有一次，林外看到西湖附近的云盖峰，半隐半现在晨雾中时，灵感一来题下一诗："一峰特立出尘寰，自古相传云盖山。不是云来盖山顶，只缘峰峭入云间！"有次过南剑黯淡滩，湍流险峻，浪覆行舟，行人大多畏避，林外却笑傲恶水，站立滩旁驿壁题诗："千古传名黯淡滩，十船过此九船翻。惟有泉南林上舍，我自岸上走，你怎奈我何？"一副天马行空、狂放不羁的神态，极富个性。

中国是诗的大国，唐代与宋代更是中国诗歌的创作高峰，闽南文学的生成一开始便承接了唐宋诗词的传统。泉州作为唐宋时期的一座重要城市，与整个中国文坛一样，诗歌创作的成就尤为突出，这也表明了闽南文学的成熟。

这时期泉州还有一批文人虽然名声不显，却都有诗文传世，微微星光也为文学的星空增添了光彩，他们是构成闽南文学多彩世界的人物。

刘昌言，字禹谟，南安人，北宋太平兴国八年（983 年）进士，著有文集 30 卷，今已佚，《全宋诗》卷四七录其诗三首，《全宋文》卷九七存其文一篇。

黄宗旦，字叔才，惠安人，北宋咸平元年（998 年）进士，从小能文善诗，7 岁时即景赋咏七绝《早春》，被誉为神童诗，著有《襄州集》10 卷、《易卦象赋》2 卷，被欧阳修称为"闽中名士"。①

曾会，字宗元，晋江人，北宋端拱二年（989 年）进士，著述有《杂著》20 卷、《景德新编》10 卷，诗文散见于《泉州府志》和《晋江县志》。

吕夏卿，字缙叔，晋江人，北宋庆历二年（1042 年）进士。吕夏卿与欧阳修、宋祁奉命编纂《新唐书》，历时 17 年，吕夏卿还编纂有《唐文献考》和《古今世系表》二书，撰有《新唐书纪志传义例》《唐书直笔新例》《唐兵志》和《唐文献信考》等书。《宋史》称吕夏卿"于《新唐书》最有功"②。吕夏卿有《吕舍人文集》50 卷，流传下来的诗有《春阴》《咏九日山琴泉轩》等。

留正，字仲至，泉州永春人，南宋绍兴三十年（1160 年）进士，理学名臣，与朱熹交谊甚厚，官至左丞相，有诗文、奏议、外制 20 卷行世。

傅自得，字安道，泉州人，赵明诚、李清照的外甥，有《至乐斋集》32 卷，已逸。

---

① 乾隆《泉州府志》卷五四《文苑·宋文苑一》；民国《福建通志》总卷三九分卷三。

② 《宋史》卷三三一；民国《福建通志》总卷三四分卷六。

　　梁克家，字叔子，晋江人，南京绍兴三十年廷试第一，所撰
《三山志》是福建省现存年代最早的地方志，入编清代《四库全
书》，著作还有《中兴会要》《梁文靖集》。梁克家的诗意境不凡，
抱负甚大。

　　傅伯寿，字景仁，晋江人，南宋隆兴元年（1163年）进士，
著有《文编史说》，诗多至三百余首①，谈笑戏谑辄成文章。

　　傅伯成，字景初，傅伯寿弟弟，与兄伯寿一样是南宋隆兴元年
进士，著有《竹隐居士集》，已佚（事见《后村先生大全集》卷一
六七《龙学竹隐傅公行状》，《宋史》卷四一五有传）。其诗《送留
正知赣州》载《舆地纪胜》卷三二，《素馨花》②载《舆地纪胜》卷
九八，《五峰岩》载《永乐大典》卷九七六五，《拟和元夕御制》
《拟和元夕御制（闰正月）》载《永乐大典》卷二〇三五四。

　　留筠（一作留端），字端父，南宋晋江人，其诗《水帘洞》
载清代宋广业《罗浮山志汇编》卷一八，《冲虚观》载《罗浮山
志汇编》卷一九，《题淡山岩》载清代王昶《金石萃编》卷一三
五，《题浯溪清源留筠嘉定丁丑腊前，行郡来游》和《舟还浯溪
再留二绝》载清代陆增祥《八琼室金石补正》卷九二。③

　　留元刚，字茂潜，永春人，南宋开禧元年（1205年）登博学
宏词科，初授国子监学录，著有《云麓集》。人称留元刚"博学
强记，为文奇峭"。

　　傅雍（一作雍），字仲珍，晋江人，南宋庆元二年（1196年）
进士。其诗《题五曲溪》载明代赵琦美《赵氏铁网珊瑚》卷
一一。

　　曾治凤，字君仪，一字君辉，晋江人，南宋开禧元年进士，
《宋史翼》卷二二有传。其诗《妙庭观》载清代汪文炳光绪《富

---

　　① 乾隆《泉州府志》卷五四《文苑·宋文苑一》。
　　② 《端溪诗述》卷一题作《题刘王女墓》。
　　③ 康熙《漳州府志》卷九。

阳志》卷一六。

王南一，晋江人，南宗绍定二年（1229 年）进士。《西湖》一诗载《永乐大典》卷二二六三。

徐明叔，字仲晦，晋江人，南宋绍定五年进士，著有《徐择斋文集》，已逸。徐明叔与后村刘克庄、竹溪林公、阳岩洪天锡一起被评为"吾闽文章宗匠"。①

储叙（一作敦叙），字彦伦，晋江人。北宋崇宁五年（1106 年）进士，著有《玉泉集》，已逸（事见清乾隆《泉州府志》卷五二）。其诗《仙湖》载宋代梁克家《三山志》卷一六。

温革，字叔皮，惠安人。北宋政和五年（1115 年）进士。明代嘉靖《惠安县志》卷一二、一三有载温革事。其诗《凤凰山》载宋代孙应时《琴川志》卷一四。

胡仲弓，字希圣，号苇航，晋江人，宋末江湖派诗人，著有诗集《苇航漫游稿》，原本残缺，清代《四库全书》从《永乐大典》中辑录补校，编为 4 卷。南宋末年陈起编辑的《江湖后集》也收录了胡仲弓的诗作。《四库全书总目提要》卷三一载："其诗不出山林枯槁之调。"《四库全书简明目录》卷一六载："其诗多衰飒之音，盖风会所趋，虽作者亦不自知矣。"

胡仲参，字希道，号竹庄，晋江人，与其弟胡仲弓同属江湖派诗人，著有《竹庄小稿》1 卷。南宋末年陈起编辑的《江湖小集》收录其诗作 70 多首，清代曹庭栋编《宋百家诗存》卷三一收录其诗作 37 首，《南宋群贤小集》也有收录。其诗被认为："古隶不足，清俊有余，江湖派也。"②

蒲寿晟，宋末元初泉州穆斯林诗人，亦作寿崴、寿宬，字镜泉，号心泉。生卒年不详，活动于 13 世纪。他熟悉汉族的历史、

---

① 《闽中理学渊源考》卷三二。
② 曹庭栋：《宋百家诗存》卷三一。

传说，擅长五言、七言、律诗、绝句等多种诗文词赋和书法，尤精于五言古诗和五言律诗。蒲寿晟著有《心泉学诗稿》6卷，近300首，载于《永乐大典》。《四库全书》提要称之"在宋元之际犹属雅音""亦足以备一家"。

除此，还有北宋惠安人李庆孙、南宋南安人陈龙复、人称锦溪先生的南宋惠安人张巽，都是地方志上有所记载的文人学士，也都有诗作流传下来。

难能可贵的是宋代泉州文坛上，出现了两位重要的文学批评家曾慥和陈知柔。文学批评家的应运而生，从理论上表明了闽南文学的发展水平和高度，说明了闽南文学整体上走向成熟。

曾慥（？—1155年），字伯端，号至游居士，晋江人，北宋宣和间登科，为尚书郎、中奉大夫、直宝文阁知荆南。因感于时局动荡，曾慥奉祠寓居银峰，潜心著作，南宋绍兴六年（1136年）编纂成《类说》60卷；绍兴九年，起任户部员外郎；绍兴十一年提升为太府正卿，督湖、广、江西财赋；绍兴十七年任虔州知州。曾慥选编有《皇宗诗选》57卷，收入寇准至叶梦得二百家诗作，有《类说》《宋百家诗选》《通鉴补遗》《乐府雅词》《道书》《至游子》《集仙传》《百家类纂》《高斋漫录》《高斋诗话》及《道枢》（收入道教经籍总汇——《道藏》）。其道教著作主张"学道以清净为宗，内观为本"。①

《乐府雅词》是目前已知的最早的宋人选宋词的选本。曾慥在《乐府雅词序》中申言："欧公（欧阳修）一代儒宗，风流自命，词宗幼眇，世所矜式。"表明他以欧阳修词为"雅"的典范。他的选词标准是：一、"涉谐虐则去之"；二、汰除艳曲，凡欧词中混入当时小人所作之艳曲"今悉删除"。这种以艳曲非雅，以

---

① 乾隆《泉州府志》卷五四《文苑·宋文苑一》；民国《福建通志》总卷三四分卷一〇。

谐谑不雅的审美观点和南渡时期词坛的审美风尚是一致的。《乐府雅词》系曾氏根据家藏词集选编而成，因受私家藏书所限，有的大家、名家（如柳永、苏轼、秦观等）的作品，未予录入。该书分上、中、下三卷，选录 32 位词人及无名氏作品 769 首，又《拾遗》2 卷，录词 192 首（含被后人增补的若干首），合计 961 首。《拾遗》所录系"平日脍炙人口"之作，"咸不知姓名""以俟询访"。《乐府雅词》刊出后，为南宋多家选本所采录。如 50 余年后由福建人何士信编的《草堂诗馀》，百年后由闽北词人黄升编的《花庵词选》、山东人赵闻礼编的《阳春白雪》等，其中不少词作即采自《乐府雅词》。近人唐圭璋先生编辑的《全宋词》是当今最完备的宋词总集，而《乐府雅词》便是唐圭璋据以搜集《全宋词》的重要资源之一。据初步统计，到曾慥编书时止，宋代词人共有 360 人左右，而赖其书以存词或补充词的作者有 68 人（尚未包括《拾遗》未注姓名词作者），约占 19％。《全宋词》根据《乐府雅词》的辑录补入的作品达 520 余首。可见《乐府雅词》在中国文学史上的重要文献价值。宋代文人多有文集或词集，但由于战乱及迁徙等原因，辗转流失的不少，如徐师川的《乐府集》、赵令畤的《复斋集》、陈克的《天台集》、曹元宠的《箕颍集》、李清照的《易安词》等，但这些诗人的作品（少则 10 多首，多则 40 多首）却因《乐府雅词》而流传于世。特别是李清照早期词作 23 首，若无曾慥之辑录，我们将无法读到《醉花阴》（薄雾浓云）、《如梦令》（昨夜雨疏风骤）、《渔家傲》（天接云涛）、《一剪梅》（红藕香残）这样的名篇佳作。正是曾慥《乐府雅词》的收集、整理，宋词特别是北宋词才得以较好的保存。① 这对中国文学的贡献是不可小觑的。

---

　　①　刘庆云：《南宋闽南词坛一瞥》，载《漳州师范学院学报》2004 年第 4 期。

　　曾慥的《高斋诗话》原书久逸，亦不见诸家著录，但宋人笔记、诗话多有称引。郭绍虞《宋诗话辑佚》辑得 25 条。其中论王安石诗或提及王的有 7 条，苏轼 4 条。《诗话》于用事、袭意多有所及，间载诗人逸事。① 《高斋诗话》是继唐代魏征的《群书治要》和马总的《意林》以后一部重要笔记。② 曾慥还从 252 种笔记小说中，辑录出"可以资治体，助名教，供谈笑，广见闻"③ 的资料，编为《类说》60 卷，其中一部分宋以后就亡逸了的书籍，可以在这里得窥大略。曾慥还撰有《高斋漫录》一卷，"上自朝廷典章，下及士大夫事迹，以至文评诗话，诙谐嘲笑之属，随所见闻，咸登记录。"④ 曾慥是中国文学批评史上值得重视的一位选家、批评家。

　　曾慥虽然不以诗词传世，但他"博学能诗"，所作的吟咏菊、梅、莲的词，格调清雅。《全宋词》据《花草粹编》《百菊花谱》等收录他的词 8 首。

　　陈知柔（？—1184 年）名晋叔，字体仁，号休斋居士，原籍晋江，徙居永春，后又移居建阳，南宋绍兴十二年（1142 年）登进士。陈知柔与秦桧之子秦熺系同榜进士，当时秦桧是宰相，同年榜前十余人都利用同榜关系攀援显贵，陈知柔独不阿附。他先授台州判官，不久，调任建州、漳州教授，督理学政，历循州、贺州、知州。后解官归里，自号休斋居士，以明不仕之志。归隐后，陈知柔在永春蓬壶境内蓬山右峰陈岩（又称仙洞山）置别业，讲学授徒。著有《易本旨》《易大传》《易图》《春秋义例》《古学并图》《诗声谱》《论语后传》《休斋诗话》《梅青传》等，

_____

　　① 陈庆元：《福建文学发展史》，第 213 页，福建教育出版社，1996。
　　② 曾阅、李灿煌主编：《晋江历史人物传》，第 64 页，海峡文艺出版社，1997。
　　③ 曾慥：《类说·序》，文学古籍刊行社，1955。
　　④ 《四库全书总目》，第 1197 页，中华书局，1965。

现均已散佚。①

　　陈知柔的《休斋诗话》虽然不见诸家著录，但宋人笔记、诗话多有引用。郭绍虞《宋诗话考》评价道："休斋亦宋代儒者，故其论诗推崇陶杜，而重气象，重野意，重识物理，粹然儒者之学，然不涉于拘泥，盖合道学与诗人而为一者。"② 陈知柔的审美承苏轼外枯中膏之论，"重气象""重野意"，亦"重识物理"，提倡"人之为诗要有野意，盖诗非文不腴，非质不枯，始能腴而中枯，无中边之殊，意味自长"，推崇陶渊明是"得野意者"，而"太白之豪放，乐天之浅陋，至于郊寒岛瘦，去之益远"。③ 他认为柳宗元长诗局促狭隘，不若韩诗之雍容浑厚，气象阔大，所谓"柳子厚小诗，幻眇清妍，与元、刘并驰而争先，而长句大篇，便觉窘迫，不若韩之雍容"④。这些诗话和批评文字，很有一种融合盛唐风气与宋之理性的特点，显示了闽南文学根深蒂固的中原气脉。陈知柔的《修桐城二门记》一文和《姜秦祠诗》一诗，气骨雄健，语意激昂，也都体现了"重气象""重野意""重视物理"的文学观。

第三节　唐宋时期漳州文学

一、漳州举子先导周匡物和潘实存

　　漳州文学从现有文献考证可远溯到六朝时期，但现存发现的

---

①　乾隆《泉州府志》卷四二；民国《福建通志》总卷三八分卷二。

②　陈庆元：《福建文学发展史》，第 213—214 页，福建教育出版社，1996。

③　陈知柔：《休斋诗话》，见《宋诗话辑佚》（下），第 484 页，中华书局，1980。

④　吴文治：《柳宗元资料汇编》，第 112 页，中华书局，1964。

仅南朝宋人沈怀远《次绥安》和南朝陈人顾野王《饯友之绥安》两首诗。绥安县（今属漳浦）的建置在漳州立郡之前，时间在吴永安三年（260 年），属义安郡，是蛮荒之地，所以沈怀远有"苍山绕万寻，涨海涵千谷"之叹，顾野王也是以"峻嶒眺广岳，浩渺穷溟海"来形容绥安地貌。唐代陈元光任漳州刺史后，兴办书院，培养学子，使漳州呈现出文化渐开、帆舶如云、鱼盐成阜的崭新面貌。但这一时期漳州作家的创作尚少，如今能寻觅到的诗人作家也不多见。陈元光自然是唐代漳州最重要的诗人。继陈元光后，漳州有名的诗人当属周匡物和潘存实。明万历年间漳州著名才子张燮在其所作《清漳风俗考》中说："唐垂拱时，玉钤建制，始得比于郡国；周潘通籍，而后夫亦稍知学矣。"认为周匡物和潘存实是开漳举子业的先导。①

周匡物，生卒年不详，字几本，号名第，龙溪人，是漳州历史上的第一位进士。唐元和十一年（816 年）御试时，周匡物依韵作了《学殖赋》及《莺出谷诗》，一鸣惊人，高中进士第四名，官至高州刺史。周匡物诗作传至今日者仅 7 首，《轩辕古镜歌》等 5 首收入宋人所撰的《全唐诗话》，清朝修的《全唐诗》照录，后《全唐诗话补遗》复录 2 首。据《闽川名士录》记载，周匡物因家中贫困，徒步赴京赶考，经钱塘江时，因无船资，便于公馆的墙上题诗一首："万里茫茫天堑遥，秦皇底事不安桥？钱塘江口无钱过，又阻西陵两信潮。"地方官员看到此诗，深受触动，责怪看守渡口的津吏，并下令不许再索取赶考举子船费。自此，钱塘舟子不取举子钱成为惯例。

周匡物未第时就凭《轩辕古镜歌》一诗闻名远近，诗歌表达了诗人怀才不遇、渴望伯乐的心情。诗云："轩辕铸镜谁将去，曾被良工泻金取。明月中心桂不生，轻冰面上菱初吐。蛟龙久无

---

① 王秀花主编：《漳州历史名人》，第 6 页，海风出版社，2005。

雷雨声，鸾凤空踏莓苔舞。欲向高台对晓开，不知谁是孤光主。"
他的《三桥隐居歌》为人传诵，尤为故乡人所喜爱，诗歌描述漳州境内天城山桃花盛开的景致："谁家作桥溪水头，茅堂四月如清秋。白云已过暮山紫，黄鸟不鸣春自幽。掀鬓背向孤舟立，犹记仙源会旧人。雨打疏蓬醉不知，桃花一夜急新流。"《三桥隐居歌》文辞优美，境界高寒、澄明，足见周匡物写景抒情的本事。

潘存实，生卒年不详，字镇之，漳浦甘棠人。唐元和十三年（818 年）进士，初授东宫左庶子，官至户部侍郎。潘存实青年时曾与周匡物结为好友，合称"潘周二先生"，著有《良山存稿》。其诗文《晨光丽仙掌赋》《赋得玉声如乐》被收入宋人编的《文苑英华》，《四公子赞》被选入北宋姚铉编的唐代诗文总集《唐文粹》。其作品文采斐然，语言优美。《赋得玉声如乐》是五言诗："表质自坚贞，因人一叩鸣。静将金并响，妙与乐同声。杳杳疑风送，泠泠似曲成。韵含湘瑟切，音带舜弦清。不独藏虹气，犹能畅物情。后夔如为听，从此振琤琤。"诗歌将玉声的铿锵如乐、清冷高雅刻画得细腻生动，作者借玉咏怀，表达自己的坚贞情操。《晨光丽仙掌赋》的"写乾坤之丽色，先觉朦胧；廓烟雾之余姿，转见明日"、"向空凝彩，若月下之金茎；绕指流辉，异楼上之呈素质"、"发明媚于紫霄之际，擎彩翠于碧落之间"等名句为世人流传称道。

二、宋代漳州诗文

与唐代的诗人作家寥寥无几不同，宋代漳州出现了一批诗人和文学作品，显示出漳州文学发展的气势。就目前文献资料记载来看，留下诗篇的漳州先贤达 49 人，散佚的更在此数之上，其中高登、陈淳等成就较高。

高登（1104—1159 年），字彦先，号东溪，漳浦人，自幼读书勤奋，北宋宣和五年（1123 年）入太学。宣和七年十月，金兵犯京师，高登以国家兴亡为念，力排和议，主张"内修政事，外攘夷狄"，与太学生陈东等人联名上书，请诛蔡京、童贯等主和党首，以谢天下。次年，高登又与陈东在宣德门上书，请罢主和太宰李邦彦，启用主战派李纲。军民数万人赶来支持，声势震动朝野。宋钦宗迫于形势，只好宣布恢复李纲兵权，罢免李邦彦。南宋绍兴八年（1138 年），高登任政事堂审察，写出《时议》6 篇、《蔽主》上下篇、《蠹国》上下篇、《害民》上下篇，抨击朝政，揭露秦桧等人罪行，因此被贬为广西静江府古县县令，绍兴二十五年死于容州。高登"学博行高，志节卓然"，为人所景仰。他在漳州培养了一批学生，在漳州形成了"高东溪学派"①。

高登平生学问以"慎独不欺"为本。著有《家论》《东溪集》，已逸。今传明嘉靖林希元重编本《东溪先生集》上下两卷，收入《四库全书》。高登的诗是其耿介性格、忠义节操和困厄遭遇的形象写照，抒发了诗人对黑暗政治的愤激和与恶势力不屈斗争的精神，所以有学者将高登放在"愤世的诗人"② 行列。在他的诗歌中，《陈少阳赠官》指责"种李夺兵权""愤痛社稷危"；《好事近》面对着奸臣当道，"欲命巾车归去，恐豺狼当辙"；在贤能遭排斥又报国无门的情势下，他"叹槛中猿，笼中鸟，辙中鳞"（《行香子》），"嗟我官卑志未伸，于人何德人称好"（《辞馈金》），只得"拟将方宇难论事，直扣天门问化工"（《小原欲归》）。但无论天下有多黑暗，命运有多坎坷，高登都坚持操守，壮心不改。《陈少阳赠官》抒发了"言言英烈在，昭昭星斗垂。兰死则留芳，豹死则留皮。男儿倘得死，其死甘如饴"的生死观念；《留别》表达了"道义重千钧，利名轻一叶。壮风吐虹虹，忠诚贯日月。插剑露肝胆，看镜念勋业"的豪情意志。除了这种

---

① 李清馥：《闽中理学渊源考》卷一四。

② 薛砺若：《宋词通论》，第 221—234 页，上海书店出版社，1985。

"金刚怒目"式的诗风，高登的诗也有"柔和恬静"的另一面。在长期颠沛流离的贬谪生涯中，他的一些退隐思归之作，颇有陶渊明之风。

> 名利场中空扰扰，十年南北东西道。依旧缘山尘扑帽。空懊恼，羡他陶令归来早。　归去来兮秋已杪，菊花又绕东篱好。有酒一尊开口笑。虽然老，玉山犹解花前倒。
>
> 《渔家傲·绍兴甲子潮州考官作》

> 忽忽已秋杪，言归欣有期。节物想吾庐，青蕊繁东篱。流匙白云子，蘸甲黄鹅儿。对此忆羁旅，多应歌式微。喜慰倚门心，愁消举案眉。稚子闹檐隙，绕膝牵人衣。归兴念如许，兼程犹苦迟。明朝秋色里，乌帽风披披。
>
> 《思归》

这些诗词，诗风冷峻、用笔老到、借景抒情、托物言志。有学者评价他"词风极冷隽而寓迁谪之感"①。

朱熹钦佩高登的为人为文，南宋淳熙十四年（1187 年）九月，他应约撰写了《漳州州学东溪先生高公祠记》，对高登的学行予以表彰，称高登为"一世之人豪"，其卓然之志行可"使百世之下，闻其风者，有廉顽立懦之操"。②南宋绍熙元年（1190年），朱熹任漳州知府，上书宋光宗为高登平反昭雪，得到批准。同年，福建安抚使、福州知府赵汝愚批准建祠，朱熹又写了《谒高东溪祠文》《又谒高东溪祠文》两文拜谒，足见朱熹对高登的敬仰和以高登高风亮节激励后人的用心。

陈淳（1159—1217 年），字安卿，号北溪，龙溪人。因世居龙江北溪之滨，学者称他北溪先生。陈淳为人恬静，不喜交游，

---

①　薛砺若：《宋词通论》，第 234 页，上海书店出版社，1985。

②　《东溪集·附录》，四部丛刊本。

一生没任过官，南宋嘉定十年（1217 年），以特奏授迪功郎、安溪主簿，但是未上任就逝世。① 《宋史·道学》有陈淳记载。陈淳"家穷空甚"，早年一边教授蒙童，一边钻研理学，中年受学于朱熹门下，在理解和阐发理学方面，恪尽心力，晚年"时造其庐"，辛勤讲学，"或质以所疑，或咨以时政。而一时之硕儒学子，问道踵至"。② 声名日益高涨。陈淳著述颇丰，有《北溪字义》2 卷、《北溪大全集》50 卷，均收入《四库全书》。他记录整理朱熹语录的有《郡斋语录》《竹林精舍语录》，自己授课的著述有《读春秋篇》《语孟大学中庸口义字义详讲》《礼诗女学》《启蒙初诵》《训蒙雅言》等，其中以《北溪字义》影响最大。《北溪字义》原名《字义详讲》，又称《四书字义》或《四书性理字义》，由陈淳的学生王隽笔录整理而成。通行本《北溪字义》分上下两卷，包括26 个条目，上卷为：命、性、心、情、才、志意、仁义礼智信、忠信、忠恕、一贯、诚、敬、恭敬；下卷包括：道、理、德、太极、皇极、中和、中庸、礼乐、经权、义利、鬼神、佛老。这部充分体现宋明理学范畴系统特征的《北溪字义》，对后代哲学产生了深远的影响。

陈淳作品以理学著作为主，但诗歌所占的分量也不少。他的诗大多表述自己的理学思想，属于理学家诗体。有学者认为：理

---

① 关于陈淳的生卒年月，有两种说法：一种说法是陈淳生于南宋绍兴二十三年（1153 年），卒于南宋嘉定十年（1217 年）。持此说的有高令印、陈其芳。他们在其著作《福建朱子学》一书中称陈淳"生于南宋高宗绍兴二十三年（1153 年），卒于宁宗嘉定十年（1217 年），年六十四岁"。另一种说法是陈淳生于南宋绍兴二十九年，卒于南宋嘉定十六年。持此说的有侯外庐、熊国祯、张加才。侯外庐在他主编的《宋明理学史》中称"陈淳（1159—1223 年），字安卿，漳州龙溪北溪人，人称北溪先生"；熊国祯、高流水在《北溪字义》点校说明中称"（陈淳）生于宋高宗绍兴二十九年（1159 年），死于宁宗嘉定十六年（1223 年），终年六十五岁"。

② 《北溪大全集·叙述》，四库全书影印本，上海古籍出版社。

学家诗在宋诗中自成一派的地位已经被学界所公认，但理学家的诗大多是为了穷理尽性，是"言理不言情"的，他们把"议论为诗"这一宋诗的特点发挥到登峰造极的地步。① 总的说来，理学家的诗艺术成就不是很高，所以《四库全书总目》写道："以濂洛之理责李杜，李杜不能争，天下亦不敢代李杜争。然而天下学为诗者，终宗李杜，不宗濂洛也。"② 陈淳的诗作总以传达理学思想为宗旨，在《训儿童八首》诗中，他以孔子、弟子、颜子、曾子、洒扫、应对、进退为题，宣传理学的基本思想。在《隆兴书堂三十五首》里，也可以看出他的致理路向。"人禀五行秀，卓然与物异。由其达大经，秉彝不容己。"以诗的形式传达只有坚持常道、法度，才能达到大的原则。表明世人之所以达不到"大经"，是因为人有私欲，难以体察天理，所谓"人为天地心，体焉天地同。病于有我私，不能相流通"；所以人必须克己贵严，改过勿吝，存心正大，任道尤劲，"事事物物间，私皆在所涤"；为此他确立了一条知行并进的治学之路，"知以达其行，行以精其知。二者互相发，不容偏废之"，坚持"吾门礼义宗，毋离几席间"，事事处处不离程朱思想原则，坚守"心藏隐奥中，乘间亦易动。须于动之微，坚持勿使纵"，使自己在任何情况下都有着理学之道的准则。

陈淳诗以说理为主，却也有一些写景状物抒情的好诗。如《丙辰十月见梅因感前韵再赋》："霜枝秃秃瘦，孤英自中鲜。出尘寒玉姿，熟视何清妍。端如仁者心，洒落万物先。浑无一点累，表里俱彻然。"《和丁祖舜重修日涉园》："重来日涉整前盟，欲与渊明细论朋。向市闹中浑觉胜，可人幽处不妨仍。岁寒依旧竹三径，春意长新花数棚。对景春容无一事，好将气马款调乘。"

---

① 陈庆元：《福建文学发展史》，第 155 页，福建教育出版社，1996。
② 陈庆元：《福建文学发展史》，第 155 页，福建教育出版社，1996。

这两首诗内在世界依然不离理学之道，却熔景、物、情、理于一炉，形象生动又有理趣，较有诗味。

除了上述有影响的诗人外，唐宋时期漳州还出现了一些或在政治或在理学或在书画或在宗教上有所建树的名士，他们的成就虽然主要不在文学上，作品亦为数寥寥，但他们那些零星的文学创作，毕竟也是闽南文学的一部分，对早期漳州文学的建树起添砖加瓦作用。根据《漳州诗存》①，这些对唐宋漳州文学有过促进的文人名士有：

杨义中，陕西高陵人，少年时随父宦居泉州，出家为僧。唐宝历二年（826 年）在漳州紫芝山创建"三坪真院"，咸通七年（866 年）在九层岩大柏山建"三平寺"，民间称杨义中"三平祖师"。杨义中诗有《答王侍郎讽问黑豆未生芽时颂》《偈四首》（见《全唐诗续拾》卷三一）。

李颙，龙溪人，南宋绍兴十八年（1148 年）赠朝议大夫；诗《舟泊太湖》载明代蔡升《震泽集》卷。

杨汝南，字彦侯，自号快然居士，龙溪人，南宋绍兴十五年进士；诗《夜宿龙头》收入《宋诗纪事》卷四七。

黄朴，字文卿，龙溪人，南宋绍兴三十一年任安溪知县；诗《玉泉》见元代陈世隆《宋诗拾遗》卷七，另有诗《碧玉千峰亭》存目。

颜师鲁，字几圣，龙溪人，南宋绍兴十二年进士；诗《第一山》见《舆地纪胜》卷四四，《琼花》见《全芳备祖》前集卷五。

蔡如松，字劲节，龙溪人，南宋乾道五年（1169 年）进士；有《漳南十辩》等，已逸；诗《九侯山神诗》见《永乐大典》卷二九五二，《周潘书堂》（句）见《漳州府志》，《石磴溪》（句）

---

① 《漳州诗存》（唐宋卷），政协漳州市委员会学习与文史委员会编印，2000 年 4 月。

见《舆地纪胜》卷一三一。

陈景肃，字和仲，漳浦人，南宋绍兴二十一年进士；有《石屏撷翠集》，已逸；诗《试剑石》《怀高东溪二首》见清代陈汝咸康熙《漳浦县志》卷一八。

萧国梁，字挺之，永福人，南宋乾道二年进士；《第状元对御吟》（句）见清潘永因《宋稗类钞》卷五。

林宗臣，字实夫，龙溪人，从高登学，南宋乾道二年进士；诗《丹霞屿》见明代刘天授嘉靖《龙溪县志》卷一。

王遇，字子正，一字子合，龙溪人，人称东湖先生，南宋乾道五年进士；有诗句"不知何处雨，已觉此间凉"传世。

黄樵仲，字道夫，号敬斋，龙溪人；有诗句"俸薄俭亦足，官卑清自尊"收入清黄宗羲的《宋元学案》卷四九。

陈经，字叔伦，漳州人，知福清县，工诗文。《闽书》卷一一七注：漳州威惠庙通仙楼落成，众嘱经为记。经对客，援笔以"丈夫当庙食，仙人好栖居"句为发端，成诗一首。陈经另有诗《训兵》《轸民》存目。

黄子信，长泰人，有《散翁集》，已逸；诗《投杨帅长孺》《归时作》见明代凌迪知《万姓统谱》卷四七，《南津桥》（句）见《八闽通志》卷一八。

姚东，字明仲，龙溪人，南宋庆元二年（1196年）进士；诗《皆山西爽二亭》见清代彭衍堂道光《龙岩州志》卷一九。

杨承祖，字庆袭，龙溪人，以祖荫入仕，后于梅州知县任上被罢；诗《归耕亭》《畎亩不忘君堂》见明嘉靖《龙溪县志》卷八，《归耕亭二首》见清光绪《漳州府志》卷四〇。

杨志，字存诚，一字崇甫，龙溪人，南宋嘉定元年（1208年）进士；诗《绮川亭》见《宋诗拾遗》卷九，《石涧龙首山》见清李拔乾隆《福宁府志》卷四一，《鼓楼怀古》见清郝玉麟《福建通志》卷七七。

颜颐仲，字景正，自号员峤，龙溪人；诗《庆元府人日乡饮酒礼》见宋代《宝庆四明志》卷二，《柳花》见《全芳备祖》前集卷一八，《桐》见《全芳备祖》后集卷一八，《和碧玉千峰诗》见清吴宜燮乾隆《龙溪县志》卷二二。

颜耆仲，字景英，龙溪人，南宋宝庆二年（1226 年）进士；诗《宽民堂》见明张衮嘉靖《江阴县志》卷一，《喜雨轩》见明张衮嘉靖《江阴县志》卷一九。

释祖钦，漳州人，五岁出家，十六剃染，十八行脚；有《雪岩祖钦禅师语录》4 卷，收入《续藏经》；诗《静山偈并序》《秋江偈并序》见《语录》，《无准禅师铸钟偈》见《语录》附评论引《山庵杂录》，《己卯冬日陈世崇来访仰山寺》见宋陈世崇《随隐漫寻》卷四。

杨珂，号竹溪，长泰人；诗《夜泛西湖》见清郑方坤《全闽诗话》卷五。

宋代漳浦还出现了一位女诗人李氏，据陈云程、孙鹏辑的《闽中摭闻》载：李氏所作诗以《汲水》《书怀》两首为最。《汲水》诗云："汲水佳人立晓风，青丝展尽辘轳空。银瓶触破残妆影，零乱桃花满井红。"《书怀》诗云："门对云霄碧玉流，数声渔笛一江秋。衡阳雁断楚天阔，几度潮来问过舟！"作者用细腻的手法描绘了一幅佳人汲水图和一幅秋江渔舟图，两首诗都以清新明快见长，委婉娟秀著称，无论是写人，还是绘景都染上女诗人自己的感情色彩，绚丽而不轻浮，隐约毫无晦涩。① 与泉州一样，漳州唐宋写诗作文的名士颇多，尽管文学成就不高，但对于由中原文化南移而带来的闽南文学的生成与发展，毕竟也是形成风气的一种因素。

---

① 黄以结编著：《漳浦史话》，第 19 页，厦门大学出版社，1993。

第四节 唐宋时期厦门文学

中原汉人入闽，最先是择建溪、富屯溪，于闽江、晋江、芗江流域水边定居，而后随着生产的发展和人口增加，一部分人就从三江流域迁徙定居到今天的厦门同安，地处海滨的厦门比泉州、漳州的开发要迟。就厦门本岛而言，到唐朝天宝年间才有汉族人薛姓和陈姓从闽东的福安和闽南的漳州移民入岛，分别在洪济山下的南北麓聚族而居，但厦门地区的同安则开发较早。同安于晋太康三年（282年）置县，属晋安郡，后并入南安县。唐贞元十九年（803年）析南安县西南部置大同场。五代后唐长兴四年（933年）升为同安县，属泉州。宋属清源郡、平海郡、泉州府。厦门的行政建制始于宋朝，属泉州府同安县，元属泉州路，明属泉州府。明初洪武二十年（1387年），朝廷开始在厦门岛上筑城寨，置卫所，城名"厦门"，厦门的地名，从此确立。此后数百年间，厦门也曾改名为"思明州""思明县"等。在很长的一段历史时期，今天的厦门岛、集美、海沧、灌口一带，都属于同安行政管辖区域。

一、陈黯的作品

唐代的厦门（同安）文学并不发达，作家寥若晨星，作品屈指可数，却有不容忽视的文学事件和人物。在唐代，薛令之（福安人，后徙居厦门）以诗赋首登进士，开闽地之先；陈黯10岁能诗，声名非同一般；谢修辞藻过人，高风亮节为人称道。待到宋代，厦门文学便有了引人注目的发展。据民国《同安县志》记载，宋代同安"举进士五十五人"，涌现了苏绅、苏颂、苏氏、石亘、石赓、许权、许升、王力行、黄万倾、薛舜俞、陈洽、吴燧、石起宗、吕大奎、邱葵等一批文人学士，在这批文人学士中，北宋贤相、博物学家和科学家苏颂的诗文造诣最深、成就也最大，代表着厦门文学对闽南文学乃至整个华夏文学的历史贡献。而南宋朱熹至同安任主簿，对厦门文学的崛起起了重要的促进作用。宋代厦门的文学发展景象，与苏颂和朱熹有密切关系，正所谓"正简流风，紫阳过化"。

厦门最早的文学家有史记载的当为陈黯。陈黯（800—877年），字希儒，号昌晦，祖居莆田，后迁至清源郡南安县大同场嘉禾屿（今厦门）。少聪颖，10岁能诗，13岁便拜谒清源郡守。当时陈黯患天花初愈，脸上还留有点点瘢痕，郡守戏弄他："藻才而花貌，胡不咏歌?"陈黯镇定自若，作《咏河阳花》："玳瑁应难比，斑犀定不加。天嫌未端整，满面为装花。"郡守听后，赞不绝口，从此陈黯名声大振。17岁时，辞赋才能更显，作品《苏武谒汉武帝清庙赋》为同行所推赏叹服。但他负才不羁，18次赴试不第，抱憾终生。他先隐居终南山，后回到故里嘉禾屿，在金榜山隐居下来，筑石室读书著述。陈黯与同郡的王肱、萧枢，同县的林灏，漳浦的赫连韬，福州的陈蕺、陈发、詹雄在当时被誉为"八贤"。①南宋绍兴二十年（1150年）朱熹任同安主簿，慕名登上金榜山，寻访陈黯当年隐居过的"黯公石室"，并赋《金榜山》一诗追念陈黯，赞其"更者相业，声名不虚。深羡钓隐，高尚自如"。

陈黯作品《颍川先生集》，由他的31篇文章和若干首诗赋结集传世，由名士黄滔和罗隐分别作前、后序。他的作品大多是针砭时弊的讽喻之作。《辨谋》在赞颂尧舜禹稷等古圣贤"为天下之人谋"的同时，批评当今士人只"求利于身"的市侩行为；《禹诰》篇假借代禹作诰，阐明"禅授无疏亲"、得人则国治的进步思想；《御暴

---

① 黄鸣奋、李菁编撰：《厦门人物（历史篇）》，第2页，鹭江出版社，1996。

说》则以狼虎之暴作反比，揭露"权幸之暴必祸害于天下"的严酷现实。陈黯的诗赋文章师承先秦两汉，不追求文句的奇崛和浮华，结构进退有法，特别注重切合文理。黄滔在《颍川陈先生集序》中称陈黯文"词不尚奇，切于理也；意不偶立，重师古也。其诗篇词赋笺檄，皆精而切"。《全唐文》录存陈黯文 10 篇。

二、宋代厦门文学的崛起

宋代同安"举进士五十五人"，厦门宋代文学有了一个崛起的繁荣景象，出现了一群史上知名的作家作品。

苏氏，同安人，宋代宰相苏颂的妹妹，世称延安夫人。据《泉州府志》载："宋丞相苏颂宅在（同安）县西北葫芦山下。"苏氏亦当生长于此地，后因其父苏绅"葬润州丹阳，因徙居之"（《宋史·苏颂传》）。据苏颂生年推断，苏氏生于 1023 年到 1026 年之间。苏氏家学渊源，其父苏绅为翰林学士，"博学多知"（《宋史》本传），能诗；其母陈氏为龙图阁学士陈从易之女，据《福建通志·列女传》载，亦能诗，曾三至杭州，作"吾少从父至此中，与吾夫偕今来同"等诗句。《全宋词》据《翰墨大全》《彤管遗编》录苏氏存词 4 首，《全宋词补辑》据《诗渊》录苏氏存词 2 首。据《全宋词》载录，在苏氏之前，女性作者仅有成都伎与卢氏，各存词 1 首，而苏氏存词 6 首。因词中有"姊妹嬉游时节近，今朝应怨来迟"（《临江仙》），"待写红，凭谁与寄。先教觅取嬉游地"（《踏莎行》）等语，应是出阁不久的青年时期之作，写于 20 岁左右，即 1043—1046 年之间，这比李清照的前期词（1104 年前后）早了半个多世纪，比曾布（1035—1107 年）之妻魏夫之作也要早若干年。①

———————————

① 刘庆云：《宋代闽南词坛一瞥》，载《漳州师范学院学报》2004 年第 4 期。

　　苏氏"长于文翰",家学深厚,因此诗文体现出女性不同凡响的广博知识,如《万年欢》一词:"象服鱼轩灿烂……承颜处,朱紫相将,更兼华胄诜诜。家声未论王谢,有禁中颇牧,江左机云。雁字鸳行,雍容高步金门。"几十字的词句却牵涉东晋的王导、谢安,战国的廉颇、李牧,西晋的陆机、陆云等历史人物,"象服""鱼轩""朱紫""华胄""雁字鸳行""高步金门"等词汇的运用,也都显示出作者对文史掌故信手拈来的本领,才华可见一斑。苏氏的文风清新而有佳致,如《鹊桥仙·寄季顺妹》:"星移斗转,玉蟾西下,渐觉东郊向晓。马嘶人语隔霜林,望千里、长安古道。珠宫姊妹,相逢方信,别后十分瘦了。上林归去正花时,争奈向、花前又老。"词由相逢写到别后,时空转换层层递进,晓畅灵动,情感至为深切。有学者认为苏氏以词抒写手足之情,是为宋词注入了新的内容。因为自唐五代以迄北宋前期词,多写男欢女爱、绮怨闺思及士大夫之闲情逸趣、人生感悟等,而未见以词抒写同胞手足之情者。清代女词人多有闺中姊妹唱和之作,也应是苏氏风气的延续。①

　　邱葵(约 1244—1333 年),字吉甫,号钓矶,同安县小嶝屿人。早年崇敬朱熹之学,是朱熹第三代门人吕大奎的门生。宋亡后,邱葵杜门不出,与谢翱、郑思肖有"闽中三君子"之称。元朝泰定间御史马伯庸和达鲁花赤等人以重礼聘请他出仕,他极力拒辞,赋诗言志"天子来征老秀才,秀才懒下读书台。商山肯为秦婴出,黄石终从孺子来。太守免劳堂下拜,使臣且向日边回。袖中一卷春秋笔,不为傍人取次裁",表示"不为傍人取次裁"的节操。受到他坚辞出仕、志向高洁的影响,整个元代,金门仕子无一人赴科考,也无一人出仕为官,他是继朱熹之后对金门产

---

　　① 刘庆云:《宋代闽南词坛一瞥》,载《漳州师范学院学报》2004 年第 4 期。

生重要影响与教化的人。邱葵有《钓矶诗集》1 卷、《周礼补亡》6 卷等传世，他于宋亡后专意著述，在《诗》《书》《周礼》《礼记》《春秋》《四书》等典籍方面均有论撰，如《易解疑》《书□义》《诗直讲》《春秋通义》《礼记解》《四书日讲》等，清乾隆《泉州府志》卷四一、道光《福建通志》卷一八七有传。元代时，倭寇入侵，入其宅盗其遗书，所以著作仅留下《周礼补亡》及《钓矶诗集》。①

邱葵诗文风骨凛然，常借物咏志，表达自己"振鹭立鹤"的独立情怀，体现了"诗言志"的文学价值观念。

> 西风杀群卉，麋鹿觉凄怆。野菊亦憔悴，萧条不堪赏。主人庵中梅，的皪为谁放。当兹肃霜月，数枝春盎盎。真如得道人，形槁神独王。

《同景仁芝山赏梅》

> 黄屋南巡去不回，乾坤举目是尘埃。风轻山鸟犹啼恨，露重园花亦溅哀。只影独看西日落，满城争喜北人来。先生莫为浮云动，忧国双眉皱未开。

《闻吴丞图漳倅》

前诗明写梅于萧瑟中依然独显盎然春意，实喻自己遗世中独立不染的姿态；后诗用"鸟啼恨""花溅哀"形容自己的亡国之恨。邱葵的这些诗歌开创了闽南遗民诗之先河。

宋时期，厦门文学队伍中，还有一批值得论及的人物。苏绅，字仪父，苏颂父亲，北宋天禧三年（1019 年）进士，有文集、奏疏。石赓，字声叔，北宋皇祐元年（1049 年）进士，"王安石奇其文，荐之"，有文集。石亘，字彦明，北宋嘉祐八年（1063 年）进

---

① 见《钓矶诗集》附《邱吉甫先生传》；《大明一统志》卷七五；《宋季忠义录》卷一五；《闽中理学渊源考》卷三三。

士，有自撰文集 10 卷，编纂《汉唐名臣奏议》50 卷。许权，字正衡，号巽斋，北宋治平元年（1064 年）进士，有文集。许升，字顺之，号存斋，朱熹门人，著有《孟子说》《礼记文解》《易解》《朱氏传授支派图》。黄万顷，字景度，南宋绍兴二十七年（1157 年）进士，著有《笔苑》5 卷及《冷斋集》。薛舜俞，字钦父，南宋绍熙元年（1190 年）进士，有文集及《易抄》《诗书指》共 300 余卷。陈洽，字泽甫，南宋庆元二年（1196 年）进士，有遗稿数十卷。吕大奎，字圭叔，南宋淳祐七年（1247 年）进士，朱熹第三代门人，有《论语集解》《孟子集解》《易经集解》《学易管见》《春秋或问》《春秋五论》《春秋集传》等。

第五节　闽南文学的启明星欧阳詹

一、欧阳詹的生平与古文创作

欧阳詹（约 755—800 年），字行周，晋江潘湖村人，著有《欧阳行周文集》10 卷。欧阳詹的祖先在唐代初年由江西迁到晋江，传至欧阳詹为六世孙。欧阳詹的祖父欧阳衍是温州长史，父欧阳昌曾任博罗县丞，长兄欧阳谟为固安县丞，二兄欧阳巩为潮州司仓，都是唐代闽越的地方官吏。欧阳詹生活在安史之乱后的中唐，一生没有离开国子监四门助教这个官职。

欧阳詹自幼性喜恬静，聪慧好学，不爱与人交往，却耽情于山水之间。《南安县志·欧阳詹传》这样描述他："先生生而秀嶷，自幼不与群儿狎，行止多自适。每见水滨岩畔片景可采，心辄娱之。稍长，恒执一篇，随人而问章句，或有契心，移日自得。尝读书白云室，遇风月清晖，长吟高啸，不能自释。"[1]《欧

---

[1] 民国《南安县志》卷二十九《人物志》之五《儒林》。

阳行周文集序》也写道:"幼为儿孩时,即不与众童亲狎。行止多自处。年十许岁,里中无爱者。每见河滨山畔有片景可采,心独娱之,常执卷一编,忘归于其间。逮风月清晖,或暮而尚留。"他青少年时代在家乡潘湖资福院从隐士罗山甫等读书。潘湖北岸的狮山岩、龙首山,九十九溪的小桥,泉州城北清源山赐恩岩,南安高盖山(今诗山)白云书室等处,都留下了他少时读书的足迹。欧阳詹还曾到好友林藻、林蕴兄弟的家乡莆田求学五年,在广化寺灵岩精舍、福平山等地读书。几年下来,欧阳詹已是"操笔属词,其言秀而多思,率人所未言者"。到唐贞元初年,他开始声名远播。闽地流行的"欧阳独步,蕴藻横行"的民间谚语,指的就是欧阳詹和林蕴、林藻兄弟三人。唐建中、贞元年间,薛播两次出任泉州刺史。薛播赏识欧阳詹的才华,经常带欧阳詹到城西九日山与隐士秦系和姜公辅等人交游,谈文论道。席相继薛播之后任泉州刺史,同样器重欧阳詹,凡观游宴集一定邀请欧阳詹参加,让欧阳詹以诗记录宴集盛况。席相还向福建观察使常衮引荐欧阳詹,常衮对欧阳詹亦称赞有加,用灵芝、芙蓉比喻欧阳詹的才学。由此欧阳詹的声名由福建传到京师,以至当时有"瓯闽之乡不知有他人"之说。①

欧阳詹本无心科举功名,后因双亲严命,亲友激励和常衮、席相等官员的提携,才参加了科举考试。唐贞元二年(786年),欧阳詹上长安赶考,这是泉州士子第一次参加科举考试。在长安,欧阳詹应对科考足足用了六年时间。贞元八年(792年),欧阳詹与贾陵、韩愈、李观、李绛、崔群、王涯、冯宿等二十二人同登金榜,时称"龙虎榜"。贾陵第一名,欧阳詹第二名,韩愈第三名。欧阳詹举进士对福建产生了较大影响。从欧阳詹开始,闽南文士开始向慕读书,儒学和赶考风气开始振兴。欧阳詹及第

---

① 李贻孙:《欧阳行周文集序》。

后求仕之途并不顺利，贞元十五年（799 年）才被朝廷授予
"国子监四门助教"的官职。从他离家赴长安到他踏上仕途，他
的生命整整耗去了 17 年的时间，授职时已经是 40 出头的年纪。
在国子监四门助教任上，欧阳詹全力支持和参与韩愈、柳宗元
等人倡导的古文运动。欧阳詹在京城任职时，游历了不少名山
大川，走过了四川、太原、中原一带，写下大量吟咏神州壮丽
河山的诗作，不久后卒于长安。他死后，韩愈写了《欧阳生哀
辞》悼念，称道："詹事父母尽孝道，仁于妻子，于朋友义以
诚，气醇以方，容貌巍巍然；其燕私善谑以和；其文章深切，
喜往复，善自道。"①

欧阳詹著有《欧阳行周文集》10 卷，收有赋、诗、记、传、
铭、颂、论、述、序、书等各种文体共 140 多篇。其中，诗 80 多
篇，文 50 多篇，赋 13 篇，诗文赋各体兼备。在诗、文、赋中，
欧阳詹文的成就最高。韩愈极力推崇欧阳詹的一个重要原因是欧
阳詹"其志在古文耳"（《题〈哀辞〉后》）。作为唐代古文运动
的倡导者，韩愈认为文章要发明古道，"不悖于教化"，同时也强
调语言的创新和风格的个性化，主张"文以明道"。欧阳詹正是
遵奉古文运动的理论而创作，精于说理明道，注意文风创新。韩
愈评他的文章"深切，喜往复，善自道"；李贻孙也称其文"文
新，无所袭，才未尝困。精于理，故言多周详；切于情，故叙事
重复。宜其司当代文柄，以变风雅"；清人欧阳芳馨则认为他
"气节卓越千古"，"故其为文章，行折往复，切实真挚，每发一
论，皆有关于纲常伦理，海内所推重"。②

欧阳詹文有三个特点：观点新，不因袭前人；说理精辟，论

---

① 韩愈：《欧阳生哀辞》，见《全唐文》卷五六七，第 567 页，中华
书局，1983。

② 转引自于浴贤：《论欧阳詹赋》，载《泉州师范学院学报》2005 年
第 3 期。

证周详；感情深切，叙事往复详尽。如《刖卞和述》①，作者一反卞和被刖足是因为楚怀王和楚平王"不识宝"的前人共识，认为卞和被刖是楚国二君有意"不识宝"。因为"珠玉者，劳之母，财之蠹，侈之本，害之圃。国君好之，下必从之。则将有不耕而搜山，不艺而攻石，背义而忘仁，轻谷而贱帛。耕之隳，艺之堕，谷之散，帛之耗，义之亏，仁之挫，则国从而丧矣"。楚国二君刖卞实际上是要"剪奢靡之荫，启淳庞之迹。欲其块枰土鼓，上复于羲轩；象箸玉杯，下销于辛受。四方风行而自化，百姓日用而不知也。大功无形，至德无名"。有学者认为欧阳詹这样来分析问题，提出见解，使人联想到嵇康的《管蔡论》。嵇康一反管叔和蔡叔是坏人的历史公论，称管叔和蔡叔是忠臣，欧阳詹的这篇文章颇得嵇康立论的风格。② 又如欧阳詹《怀州应宏词试片言折狱论》，篇名"片言折狱"典出《论语·颜渊》的"子曰'片言可以折狱'，其由也欤"。片，偏也。孔子认为子路有明断诚信之德，所以他能够做到偏听一方而断狱。由于是孔子圣言，后人都把"片言折狱"当作美政，予以称颂。欧阳詹却对此予以辨析，不加附和，其文写道："夫子之言，盖有激于季路之云也。后之人不穷圣旨，以为夫子美夫季路，任一时之见，轻而折狱者，十有八九焉。迂哉！斯人也。"③ 他认为，"片言折狱"会使无辜的人含冤受屈，而引古代贤君断狱判刑的谨慎做法为据，"古之帝王，将刑一人，循三槐，历九棘，讯群臣，讯群吏，讯万人。亿兆绝议，然后致法。徇于朝、于市、于野，昭然与众，方弃之，所以不易也"，由此提出"慎刑之道，如斯不敢失，明刑狱不可轻也"，得出结论为"夫子岂好轻伤哉？脱夫子实，

---

① 《刖卞和述》，见《全唐文》卷五九八。
② 陈庆元：《福建文学发展史》，第45页，福建教育出版社，1996。
③ 欧阳詹：《怀州应宏词试片言折狱论》，见《全唐文》卷五九八。

为片言可以折狱也，不几乎一言可以丧邦欤！夫子之言，非于季路，贤者审之，片言不可以折狱，必然之理也”，强调“折狱”的审慎全面。作者不囿成说，立论新颖，有理有据，辨析层层推进，析理明道。但文章观点与时论相悖，所以欧阳詹此次科考名落孙山。

由于欧阳詹屡次考试境遇不佳，他常常感慨自己空怀壮志却无法施展。在韩愈作《驽骥吟》表达自己不为朝廷所用的感慨时，欧阳詹便作了《答韩十八驽骥吟》和之，诗云：“贱贵而贵贱，世人良共然。芭蕉一叶妖，茙葵一花妍。异无才实资，手植阶墀前。楩楠十围瑰，松柏百尺坚。罔念栋梁功，野长丘墟边。伤哉昌黎韩，焉得不迍邅。上帝本厚生，大君方建元。实将庇群氓，庶此规崇轩。班尔图永安，抡择其精专。君看广厦中，岂有庭前萱。”这首诗以物寄情，抒发了与韩愈一样空怀“室在周孔堂，道通尧舜门”的志向，表达了“罔念栋梁功，野长丘墟边”的怀才不遇之慨。《吊九江驿碑材文》[①] 是篇凭吊文字，文中作者表达了对旷世碑材被埋没的不平之情。文章先叙述九江驿碑的不凡来历。九江驿碑原是颜真卿为湖州牧时所采的一块奇石，“斯碑也，终山之穷僻，得之于自然。趺本有龟，护顶有螭，虽不甚成，而拏躩偾兴，如神如灵”。颜真卿“神而珍之”为它精选立碑处，先是“湖州无称立”，于是“出苏台，入毗陵，亦无称立。转丹阳，游建业，亦无称立”，最后在江州南面觅得一块依山傍湖的风水宝地建造祖亭立碑。之后再点明碑为天下奇物、天下至宝，“公制创亭之文，手勒斯碑而立之。公文为天下最，书为天下最，斯亭之地亦天下最。庶资三善，加以斯碑之奇，相持万古，而采异留名之致一得也”。而后发出旷世奇石不为后人所珍惜之痛，为此深发悲慨道：“以祖亭方九江驿，则兰室鲍肆矣；

① 欧阳詹：《吊九江驿碑材文》，见《全唐文》卷五九八。

以鲁公之文方今之文，则牢醴糟糠矣；以鲁公之札翰方今之札翰，则锦绣枲麻矣；以鲁公之用方今之用，则诸夏夷狄矣。痛哉斯碑！……鲁公所以卜择敬慎如彼，而常人无良黩辱如此。与有道而黜，无罪而刖，投四裔，御魑魅，何以别邪！石不能言，岂其无冤？故吊之。有文曰：情违乃伤，理怫乃冤。人实有之，物亦应然。"作者为石申冤，实则为己申诉，借以抨击社会对人才的摧残，反映了一代怀才不遇之士的内在心声。

欧阳詹一生坚执修齐治平的人生道路，非常注重道德修养，这与韩愈等古文运动者的注重人格内在修养是一致的。他在《上郑相公书》中自诉："某虽不敏，伤窃如之。况禀羔羊鸿雁之性，未资训导，而敬顺和合乎教者，十或四五。洁身畏人，直拙自守，始亦以孝弟忠信，约礼从义，人生合尔，博闻游艺，行义修词，人生固然，殊不以有为而为也。"① 在《暗室箴》中作者以"涧松""幽兰"喻人，强调人要自觉加强道德修养："夫行以检身，非以为人。无淫无佚，其处宜一。孜孜硕人，冥冥暗室。罔纵尔神，罔轻尔质。远兹小恶，念彼元吉。……涧松抱节，幽兰有薰。岁寒不变，无人亦芬。草木犹尔，人其曷云。"② 不仅个人要修德，国家也要以德安邦。在《珍祥论》中，作者借东方朔的口说明世事变幻无常，但"唯德可以信之"，坚信"苟修德以待人，未有主人恰悦而客愤怒，心善而形为恶也；若有其德，目睹妖怪，其巍巍也；若无其德，日对珍祥，其未荡荡也"。③ 这都是古文运动中文章载道明德理念的表现，韩愈说欧阳詹文"善自道"是很有道理的。

欧阳詹过早辞世，他在古文运动中的建树未被充分揭示，其文学上的才能也未充分发挥。但观其文集，不难发现他的文学实

---

① 欧阳詹：《上郑相公书》，见《全唐文》卷五九六。
② 欧阳詹：《暗室箴》，见《全唐文》卷五九八。
③ 欧阳詹：《珍祥论》，见《全唐文》卷五九八。

践，正是唐中叶古文运动的实践成果。他摆脱了六朝以来的骈文羁绊，文章力求达情达意，从内容到形式都起了重要的变革。

二、欧阳詹的诗赋

欧阳詹的诗赋成就虽不如古文突出，却不乏佳作，尤其那些抒发思乡之情以及描写家乡山水的诗篇，更能体现闽南文学生成时期的成就。

> 出门辞家兮，人有志而斯遑，予纷然而远游。别天性之至慈，去人情之好仇。严训戒予以勿久，指蒲柳以伤秋。弱室咨予以遄归，目女萝而起愁。心眷眷以缠绵，泪浪浪而共流。……
>
> 《出门赋》

> 忆求名于薄艺，曾十稔以别离。才还乡以半龄，又三年于路歧。红颜匪长，白日如驰。莘莘皆尽，悠悠为谁。亲有父母，情有闱闱。居惟苦饥，行加相思。加相思兮宁苦饥。辞家千里，心与偕归。南陔之兰，北山之薇。一芳一菲，何是何非。归去来兮，秋露沾衣。
>
> 《将归赋》

前者表现的是他初离家乡时难舍亲情的眷恋，后者抒写的是作者仕途厌倦的归软之叹，赋虽简短，但"归去来兮"的情感写得极为深至。

欧阳詹身在异地，遇到与家乡景物相似的风景名胜，会不由自主地涌起思乡之情。

> 正是林中越鸟声，几回留听暗沾缨。伤心激念君深浅，共有离乡万里情。
>
> 《与林蕴同之蜀，途次嘉陵江认得越鸟声呈林，林亦闽中人也》

青苞朱实忽离离，摘得盈筐泪更垂。上德同之岂无意，故园山路一枝枝。

《与洪孺卿自梁州回途中经骆谷见野果有闽中悬壶子闽人》

秦川行尽颖川长，吴江越岭已同方。征途渺渺烟茫茫，未得还乡伤近乡。随萍逐梗见春光，行乐登台斗在旁。林间啼鸟野中芳，有似故园皆断肠。

《许州途中》

这些诗都表现出欧阳詹对家乡的深厚情意，这种乡情始终伴随他离乡出仕的全过程。这类作品不仅数量多且情真意切，即使放在整部唐代文学史上，也是思乡恋乡方面的优秀之作。

这种剪不断理还乱的恋乡情结，让闽地的山山水水成了欧阳詹创作的重要素材。他的诗《建溪行待陈诩》《永安寺照上人房》《题延平剑潭》《题梨岭》《晚泊漳州营头亭》等都是描绘福建景致的好诗。其中《晚泊漳州营头亭》："回峰叠嶂绕庭隅，散点烟霞胜画图。日暮华轩卷长箔，太清云上对蓬壶。"有学者认为这或许是闽人描写漳州山水的最早诗歌。①《题梨岭》写梨岭的峻峭挺拔："南北风烟即异方，连峰危栈倚苍苍。哀猿咽水偏高处，谁不沾衣望故乡。"《永安寺照上人房》写永安寺的清幽宁静："草席蒲团不扫尘，松闲石上似无人。群阴欲午钟声动，自煮溪蔬养幻身。"这些抒写闽地风光的诗篇，让人看到唐时的闽越，并不像人们想象的那般蛮荒瘴疬，而是一处"散点烟霞胜画图"令人"沾衣"相望的地方。

欧阳詹是闽南文学的启明星，一方面，他是从闽南走向科举考场并以文赢得授职的第一人，他的人生道路和上进精神在闽南

---

① 陈庆元：《福建文学发展史》，第 47 页，福建教育出版社，1996。

发生了很好的表率作用，极大地推动了闽中文教事业的迅速发展。另一方面，欧阳詹在文学上的成就标志着闽南文学序幕的正式拉开。朱熹曾为祭祀欧阳詹的泉州"不二祠"写了一副对联，对联写道："事业经邦，闽海贤才开气运；文章华国，温陵甲第破天荒。"鉴于欧阳詹特有的历史地位和作用，泉州州学于乾隆年间重修乡贤祠，祭祀乡贤195人，欧阳詹位列首位。

第六节 "开漳圣王"陈元光的诗

陈元光（657—711年），字廷炬，号龙湖，唐光州固始（今河南省固始县）人。唐总章二年（669年）随父陈政奉诏率府兵戍闽南平定战乱。唐仪凤二年（677年）陈政病逝，21岁的陈元光继任父职。唐垂拱二年（686年），奏置漳州郡治获准，陈元光任刺史。陈元光提倡奖掖农耕、通商惠工、兴办学校、移风易俗，传播中原先进生产技术，漳州开始由原始落后状态过渡到"杂卉三科绿，嘉禾两度新，俚歌声靡曼，秫酒味酕醇"的农耕文明社会。陈元光死后被称为"开漳圣王"。

陈元光出生行伍，却自幼熟读诗书，无论是征战，还是从政，都坚持诗歌创作。由其后人陈有国、陈祯祥所编《陈氏族谱》《颍川陈氏开漳族谱》中有陈元光诗作全集，称《龙湖集》，共收五言、七言、排律诗50首。陈元光诗作还可见于陈尚君整理的《全唐诗续拾》、孙望辑录的《全唐诗补遗》和童养年辑录的《全唐诗续补遗》中。《全唐诗》、《全唐诗外编》（汇集了《全唐诗补遗》《全唐诗续补遗》等）收有陈元光诗7首。①

---

① 这7首诗包括：《示珦》《半径题石》《落成会咏》3首，见《全唐诗》第2册卷四五，第511页；《漳州新城秋宴》《晓发佛潭桥》2首，见《全唐诗外编》上册第三编，第68页；《落成会咏（其二）》《半径寻真》2首，见《全唐诗外编》下册第四编，第334页。

陈元光的诗歌分为以下四类：

一为征战诗。陈元光的诗作很大一部分取材于他的戎马生活，《候夜行师七唱》《题龙湖》《晓发佛潭桥》《南獠纳欵》等诗篇属于此类。诗歌描绘了自己与将士浴血奋战、平定"蛮乱"、开拓东南海疆的艰难历程，风骨雄健，气派较为豪迈。这些诗中，有的反映频繁征战、激烈鏖战场景，如"龙湖三五夜，紫戟四回轮"，"玉钤森万骑，金鼓肃群雄。扫穴三苗窜，旋车百粤空"；① 有的抒发驰骋沙场的豪迈情怀和英雄气概，如"楼船摇月鉴，阁鼓肃冰壶"，"地险行台壮，天清景幕新"，"犀燃神鬼泣，剑（当为箭）射斗牛墟"；有的对奇兵夜袭等战斗场面作生动描绘，如"薄暮天为阴，衔枚肃我旅。一火空巢窝，群凶相藉死"，"马鬣嘶风耸，龙旗闪电临"；还有抒写奏凯而归喜悦之情的，如"圣恩宏海陬，边臣效芹说"，"刑牲崇礼报，作颂庆升平"等。这些诗作产生于闽南，则在题材、风格和诗的基调上，与唐代的边塞诗有相当的联系，与边塞诗一北一南遥相呼应。当然，陈元光的征战诗远没有以王昌龄为代表的边塞诗的深刻内涵，缺少边塞诗的历史感和悲剧感，艺术上也不像边塞诗那般高远深沉，但在表达征战情绪和开拓疆土的热情上，则是一脉相承的。

二为教化诗。陈元光的《龙湖集》里有不少是教化诗。教化诗不是唐诗的主流，但以诗的形式进行道德、操守和人生的教诲，乃是中国这个诗礼之邦的文学传统。初唐诗坛上唐太宗就写过少量教化诗作，主要是针对朝廷百官。陈元光作为一个州的最高行政和军事长官，他的教化诗主要是针对地方的治理和民众的教化，如《教民祭蜡》《恩义操》《忠烈操》《修文语土民》等，这些诗作的内容从宣扬人的道德操守到祭祀祖先神灵的规矩都有

① 本文征引的陈元光诗文，均出自徐伯鸿：《〈龙湖集〉编年注析》，光明日报出版社，2004。

具体的描述，以发挥诗歌的教化功能，改变闽越落后的社会风貌和陋习。众所周知，漳州古属蛮獠之地，民风野蛮。陈元光的《教民祭蜡》和《祀后土》等诗，宣传中原祭祀天地的宗教仪式，教导本地居民尊奉中原祭祀的行为方式："玉垒陈酽酪，金碗荐芳饎。父老吹龙笛，官僚仗虎犀。山川出云雨，神祇回曜辉。舞蹈幽明洽，趋跄礼度微。祈禳称世世，民社两无违。"（《教民祭蜡》）《恩义操》（之一）则是从儒家礼教出发，开导民众："天地尊卑分君臣，乾男坤女生男孙。怀恩抱义成人伦，入有双亲出有君。行义显亲亲以尊，隆恩敦君君以仁。君仁亲尊恩义纯，双全忠孝参乾坤。春秋乱贼纷然起，仲尼一笔扶人纪。"除了教化诗外，在陈元光其他题材的诗篇中，吟咏教化易俗的诗句也比比皆是，如"宣威雄剑鼓，导化动琴樽"，"敦伦开野叟，勤学劝生儒"，"日阅书开士，星言驾劝农"，"民风移丑陋，士俗转酝醇"等。仅此而言，陈元光教化诗也是中原文化在闽南扎根的一个体现。

三为山水景物诗。中国古代诗歌以意境取胜，无论什么题材什么情感的诗作都离不开借山水景物来比兴抒发、蕴藏情理。陈元光单纯地抒写山水景物的诗歌并不是很多，他的有关山水景物的诗句大多夹杂在其他题材的诗歌中，尤其是蕴涵在抒写边戍情怀的诗句中。传统边戍诗歌往往突出边地荒凉苦寒的特点，像"隆暑固已惨，凉风严且苛"（陆机《从军行》），"冻水寒伤马，悲风愁煞人"（杨炯《战城南》），"川原绕毒雾，溪谷多淫雨"（骆宾王《从军中行路难》二首之一）。唐代漳州远离富饶的中原，地处僻远南疆，地理环境恶劣，瘴气肆虐，蝮蛇丛生。陈元光的诗却没有流露出边戍之苦，相反的是以欣喜的笔调描绘了漳州山水之美丽、民风之淳朴、物产之丰富，一扫以前边戍诗苦寒之调。如《漳州新城秋宴》："地险行台壮，天清景幕新。鸿飞青嶂杳，鹭点碧波真。风肃天如水，霜高月散银。婵娟争泼眼，廉洁正成邻。东涌沧溟玉，西呈翠巇珍。画船拖素练，朱榭映红云。琥珀杯方酌，鲛绡席未尘。秦箫吹引凤，邹律奏生春。缥缈纤歌遏，婆娑妙舞神。会知冥漠处，百怪恼精魂。"诗人运用白描、比喻、拟人等手法，侧重从视觉角度写景，用远近、高下、动静、色泽的配合，营造诗歌的清远境界。还有像《候夜行师七唱》其四中的"殿阁凉生梅浦雨，葵柳红映锦江霞"，《半径寻真》中的"千山红日媚，万壑白云浮。坐石花容笑，穿林鸟语愁"，《晓发佛潭桥》中的"农唤耕春早，僧迎展拜钦。看看葵日丽，照破艳阳心"等，基本上都具有形神兼备、着色鲜艳、意境清新的特点，呈现一派祥和之象，足见闽南这块地域给予诗人的美好感受。

四为咏怀诗。"诗言志，歌咏怀"，作为一个有作为的政治家，陈元光的诗歌表现出自己的政治志向和勤政清廉的节操：

> 云霄开岳镇，日月列衔瞻。胜日当佳庆，清风去积炎。山畬遥猎虎，海舶近通盐。龙泽覃江浦，螭坳耀斗蟾。文床堆玉笏，武座肃金签。奇计绳陈美，明诚学孔兼。忠勤非一日，箴训要三拈。千古清泉水，居官显孝廉。

《落成会咏》（其二）

诗歌明显表达了治理这块土地的抱负和勤政自励的志向。在他的诗作中诸如"婵娟争泼眼，廉洁正成邻"，"浩敕常佩吟，酒色难湎惑"，"忠勤非一日，箴训要三拈"，"朝曦催上道，兔魄欲西沉"，"寅协无他式，清勤慎不矜"的言志诗句比比皆是，由此可见"开漳圣王"陈元光的道德品格。

陈元光创作的四类诗歌中，以征战诗成就最高。这些诗歌具有唐初边塞诗的特点，即以表现戍边将士及边塞风光为主，精神豪迈，格调雄健。但唐初写边塞诗的文人往往没有实际征战的经验，他们只能凭借想象成诗。像唐初王勃、杨炯、卢照邻、骆宾王就创作了诸多著名的边塞诗，他们中却只有骆宾王有边塞从戍的经历。因此有学者评价他们的边塞诗是"对于边塞的渴望",是"想象中的边塞诗"。① 唐初边塞诗写得大都是唐王朝部队与突厥、吐蕃等北方少数民族的战事,着墨点是北疆战事和北国风光。与之不同的是,陈元光的征战诗取材于自己的生活,在诗人真实征战的经历和情感经验上抒写而成,显得更细腻真实,所抒发的是闽南征蛮战事中的情怀和感受,可以说陈元光开了南疆边塞诗的滥觞,拓展了唐代边塞诗的领域。关于陈元光的诗的风格,可从《晚春旋漳会酌》而窥斑见豹:

> 帝德符三极,皇风振四夷。将轺春暮饮,士卒岭南驰。
> 马啸腥风远,兵歌暖日怡。妖云驱屏迹,芳卉媚迎诗。拍掌
> 横弓槊,徘徊索酒卮。阴崖窜蛇豕,暗笑使君迷。

诗中所抒发的,既有弭兵之暇的闲情逸致,也有厉兵秣马以防不测的居安思危,更有平定蛮寮、锐不可当的英雄气概。诗歌将激烈的战斗场面与如画的南国风光有机地结合起来,形成了刚柔相济的意境,与初唐诗坛的浮弱文风不同。初唐宫廷文人乃把诗歌当作点缀升平的风雅玩物,盛行宫廷式的柔媚文风,杨炯在《王勃集序》中批评当时的诗风:"尝以龙朔初载,文场变体,争构纤微,竞为雕刻,糅之金玉龙凤,乱之朱紫青黄,影带以徇其功,假对以称其美,骨气都尽,刚健不闻。"陈元光的《龙湖集》则显其风骨,扬其清远,熔南北诗歌风格于一炉,典雅沉着工稳的语言同饱满劲健的情感结合在一起,构成了其诗别具一格的"雅健诗风"。② 这可以说是与初唐四杰崛起扭转诗坛风气的举动是相互呼应的。

---

① 木斋:《论初盛唐边塞诗的演进和类型》,载《新疆师范大学学报》2005 年第 1 期。

② 徐伯鸿:《"龙朔文场变体"与陈元光的诗歌创作》,载《信阳师范学院学报》2005 年第 5 期。

在封建王朝官修史书上，陈元光名不列传，"唐史无人修列传，漳江有庙祀将军"。但他的诗歌摆脱了齐梁宫体的浮艳和无病呻吟的矫情与空洞，他的雅健诗风，在处于由初唐向盛唐诗歌过渡时期中，具有特殊性和特有的价值，应给予较充分的肯定。

第七节　贤相苏颂的诗文

一、苏颂的创作

苏颂（1020—1101年），字子容，南安葫芦山（今同安）人，后来迁居润州丹阳（今江苏镇江一带）。庆历二年（1042年），他与王安石同榜中进士。苏颂初授汉阳军（今武汉汉阳）判官，未赴任，改补宿州（今安徽宿县）观察推官，又调江宁任知县。他任内整理户籍地册，合理征收赋税，积弊为之一清。江宁任期刚满，其父在河阳（今河南孟县）去世，择地葬于润州丹阳（今江苏丹阳），遂举家筑庐于其地守制。皇祐三年（1051年）前后，苏颂出任南京（今河南商丘）留守推官，以"处事精审"而为留守欧阳修所赏识和信任。自此以后，苏颂历仕仁宗、英宗、神宗、哲宗、徽宗五朝，官至右仆射兼中书门下侍郎，太子少保，封赵郡公。

苏颂学识非常渊博，"自书契以来，经史、九流、百家之说，至于图纬、律吕、星官、算法、山经、本草，无所不通，尤明典故"。① 苏颂的遗著有《苏魏公文集》72卷。宋仁宗时期，苏颂任集贤馆校理，组织编审局，校定《神农本草》《灵枢》《太素》《针灸甲乙经》《素问》《广济》《备急千金方》《外台秘要》等8部医书；嘉祐二年（1057年），编成《外台秘草》和《本草图经》

①　《宋史》卷三四〇《列传》第九十九《苏颂》。

各 20 卷，前者收药物 1062 种，后者参考历代《本草》，与当时各州县绘制送上的药物图相对照，考订翔实，图文并茂，明代李时珍誉此书"考定详明，颇有发挥"；元丰四年（1081 年），受命搜集宋朝开国以来边境定界和其他各种有关文献，作为邦交依据，6 年书成，定名为《华戎鲁卫信录》。元丰八年，哲宗即位，他奉诏会同吏部令史韩公廉等，费 6 年时间设计、制造成功水运仪象台，绍圣初年又与韩公廉撰写《新仪象法要》。此书是我国现存的最详尽的一部古代天文仪象专著。英国科技史专家李约瑟称苏颂"是中国古代和中世纪最伟大的博物学家和科学家"。

苏颂的《苏魏公文集》有古律诗 14 卷，册文奏议 6 卷，内制 8 卷，外制 8 卷，表 11 卷，启 3 卷，碑铭 4 卷，墓表 8 卷，行状 1 卷，记 1 卷，序 3 卷。后人对他的文评价甚高，称他是"举天下荣辱是非，莫能移其守，古之大臣以道事君者也"，所以文章"清丽雄赡，卓然足与功德相符，岂徒以诗笔名家而已哉"[①]，"文翰之美，单词只句，脍炙人口"（《四库全书总目》），"清丽博赡，自成一家"（《四库全书》卷一五）。宋代石介、柳开、欧阳修、苏东坡父子继唐代韩、柳之后，继续举起古文运动旗帜，苏颂与王安石、苏氏父子过往甚密，他的散文写作明显受到古文运动的影响，文风古朴稳健。《议贡举法》一类奏议立论坚实，说理周严，根据充分；《送郭京评事序》一类序文行文婉转有致，陈述有力，内含人生感慨，深得韩愈"不平则鸣"的精神。《灵香阁记》一类文学性较强的文章文字运用娴熟多姿，语言活脱流畅。总体上看，苏颂善于以文说理，或论民生之利病，或论国事之成败，或记叙山川事物人事之情状，大多体现了宋代散体文

① 汪藻：《苏魏公文集原序》，见《苏魏公文集·附录》，第 2 页，中华书局点校本，1988。

"文以载道"的风格，不少文章被奉为古文经典。北宋显谟阁学士、左中大夫汪藻称许苏颂"一话言，一章句，皆足以垂世立教"。①

《苏魏公文集》有诗 14 卷，在北宋闽籍文人中是较多的。因为他的诗有明显的以文为诗、以才学为诗、以议论为诗的弱点，并很多是恭和御制和朋友间的赠答、应酬之作，所以后人评价并不高，古今选宋诗者均没有选他的诗。其实他的诗很多还是与中国古代诗歌的精神相通，清新动人，如《与诸同行偶会赋八题》有汉魏古诗痕迹，《不期而会》表明"泛交以势利，君子期久要"的道义，《待灯》的"皎皎见寒光，良宵惬予心"，《邑署独鹤》的"庭前闻清泪，天外见寒月"，《华藏竹》的"雪霜任摧挫，寒姿独青葱"，《登赏心亭》的"山川孤云飞，槛阁清风起"，都表现出诗人对清风、明月、独鹤劲竹的欣赏，以及与中国古代杰出的文学家相同的志向与人格。"八题"之三的《坐九月初上》云："高轩微雨过，初夕凉风生。兀坐正幽静，云间月华明。移榻向寒阶，遥望孤蟾清。所思故人远，对此伤予情。"抒写诗人在微雨过后的秋夜对月思念故人，情景交融，意境清幽，集中体现了苏颂古诗质朴清新之气。

二、《前使辽诗》与《后使辽诗》

苏颂最重要的诗是《前使辽诗》30 首和《后使辽诗》28 首。北宋时期，朝廷与辽国的外交来往频繁。从北宋真宗景德元年（1004 年）宋、辽签订"澶渊之盟"到宋钦宗靖康二年（1127 年）北宋覆亡的 120 多年的时间里，宋、辽两国使臣你来我往，沟通双方。据不完全统计，这期间宋、辽共有 388 次使节来往，

---

① 汪藻：《苏魏公文集原序》，见《苏魏公文集·附录》，第 2 页，中华书局点校本，1988。

其中澶渊之盟后 379 次，使节约 1600 人。使节由朝廷重臣以及著
名文臣担任，北宋一些著名文人如欧阳修、王安石、苏辙、刘敞
等都曾作过访辽使节，这就为中国古代文学留下了外交题材的歌
咏，如欧阳修有《使辽诗》8 首、苏辙有《奉使契丹》28 首、刘
跂有《使辽作十四首》等。这些诗歌抒写出使感受、沿途见闻、
契丹风俗、朝廷外交、民族情感等方面内容，评点对辽政策，表
达使节的忠诚情怀，题材与表达手段皆有独到之处，是中国古代
文学的一份宝贵遗产。

　　苏颂首次使辽是在熙宁元年（1068 年）十月至熙宁二年正
月，他是作为外交副使与张宗益出使辽国祝贺道宗生辰。这次出
使，苏颂到达辽国首都上京临潢府（今内蒙古巴林左旗南波罗
城），写下著名的《前使辽诗》30 首，其中有 24 首是和诗，主要
是和他的朋友张仲巽的诗。① 第二次使辽是在熙宁十年（1077 年）
十月至熙宁十一年正月，以秘书监、集贤院学士假龙图阁直学
士、给事中的身份出任辽国"生辰国信使"大使，与副使姚麟等
出使辽国，祝贺道宗生日。这次出使，苏颂到达辽国的广平淀，
写下了《后使辽诗》28 首。仅就文学题材而言，前、后"使辽
诗"是苏颂最值得关注和最有价值的创作。

　　苏颂的前、后《使辽诗》完整地描述了作者的沿途见闻，展
示了广阔的辽代社会风俗景物，反映了辽代社会及契丹人民的生
产生活状况。

　　辽国幅员广阔，风光变幻多姿。在苏颂笔下，既有"青山如
壁地如盘，千里耕桑一望宽"（《初过白沟北望燕山》）的平川，
又有"路无斥堠惟看日，岭近云霄可摘星"（《过摘星岭》）的峻
岭；既有"百重沙漠连空暗，四向毛毡卷地飘"（《北帐书事》）
的沙漠天气，又有"薄雪悠扬朔气清，衔风吹拂氎裘轻"（《和土

---

　　①　张仲巽曾出使辽国并写了一些有关旅途见闻的诗歌。

和馆遇小雪》）的下雪天。诗人还不时地将辽地风光与南国风貌作比较，如"奚疆山水比东吴，物色虽同土俗殊。万壑千岩南地有，扁舟短棹此间无。因磋好景当边国，却动归心忆具区"（《同事阎使见问奚国山水何如江乡以诗答之》）。苏颂在这首诗里表达一种边地景色虽好、终归是异域他乡的恋乡情感，揭示了诗人对远在万里之外的家国亲人的深深的思念。

从一个政治家的视角出发，苏颂的《使辽诗》反映了宋辽等民族在长期的杂居相处中的同化情况。在辽境内，除了契丹以外，还生活着汉、奚、渤海等民族，各族人民长期杂居，互相学习吸纳，彼此同化。"农夫耕凿遍奚疆，部落连山复枕冈。耘粟一收饶地力，开门东向杂夷方"和"拥传经过自奚东，依稀村落见南风"（《牛山道中》），写的正是奚人在与汉人的长期接触中，接受汉族风俗习惯，并开始农业生产，形成农业和畜牧业相结合的独特的经济形式，以至于诗人有了身在异地乃有身处家乡之感的情况。而在少数民族的影响下，许多汉人也开始畜养牛羊，并以牧养数量的多少为高下，来区别贵族与平民的身份，"边林养马逐莱蒿，栈皁都无出入劳。用力已过东野稷，相形不待九方皋。人知良御乡评贵，家有材驹事力豪。略问滋繁有何术？风寒霜雪任蹄毛"。服饰上也是"服章几类南冠系，星土难分列宿缠"。而《广平宴会》写的"朝仪强效鹓行列，享礼犹存体荐余。玉帛系心真上策，方知三表术非殊"，叙述的是辽国宴会上的汉夷杂糅的礼仪形式，苏颂对此还自注："虽名用汉仪，其实多参夷法。"

苏颂对外的思想是求得"偃兵"和一个"安"字，对宋廷与辽结束战争、保持和平关系持赞许态度，他的《使辽诗》不少是歌颂"缓和"之下和平环境的繁盛景象，描述农业、畜牧业、商业的稳定发展改变了辽国昔日的落后荒凉。在使辽途中，进入诗人眼中的经常是"田畴高下如棋布，牛马纵横似谷量"（《牛山道中》），"朱板刻旗村肆食，车毡通皖贵人车"（《奚山路》），"居人处处营耕牧，尽室弯车往复还"（《和仲巽奚山部落》），"牧羊山下动成群，啮草眠沙浅水滨"的一片升平景象。正是在这样的和平情境中，诗人也就饶有兴致地向人们介绍起辽地的风俗民情、饮食起居和围猎的壮景。

> 马牛到处即为家，一卓穹庐数乘车。千里山川无土著，四时畋猎是生涯。酪浆膻肉夸希品，貂锦羊裘擅物华。种类益繁人自足，天教安逸在幽遐。
>
> 《契丹帐》

> 莽莽寒郊昼启程，翩翩戎骑小围分。引弓上下人鸣镝，罗草纵横兽轶群。画马今无胡待诏，射雕犹惧李将军。山川自是从禽地，一眼平芜接暮云。
>
> 《观北人围猎》

前者写游牧民族生活习俗，用精练的语言概述契丹人居无定所，帐篷为屋，以放牧围猎为生，以牛羊肉为食，以乳酪为饮，以貂锦羊裘为衣的生活；后者描绘壮观的围猎场面，气势磅礴，用《使辽诗》为当时的人和后人提供了一幅11世纪契丹游牧民族的生活图景。

苏颂的使辽诗也表现出辽地的艰苦和边地人民的贫困，但总体基调乐观积极。但当年朝廷与辽缔约，每年要向辽交纳大量的金帛，燕云十六州被迫并入契丹，这并不是宋朝臣民所心甘情愿的，且有奇耻大辱在心，士大夫们念念不忘的是收复失地。苏颂虽然支持宋辽通好，但对朝廷放弃武力收复幽燕、云朔的做法仍深感痛惜。前、后《使辽诗》也流露出"痛惜雍熙出将难"（《初过白沟北望燕山》）的感慨，而对不屈战死的宋帅杨业满怀敬意，"汉家飞将领熊罴，死战燕山护我师。威信仇方名不灭，至今奚虏奉遗祠"（《和仲巽过古北口杨无敌庙》），感叹朝廷再没有杨业这般的将帅奇才来力挽狂澜，收复大好河山。前、后《使辽诗》中表现的这种既喜"偃兵"又有失却河山之痛的复杂情感，是以天下为己任的苏颂思想情怀的自然抒发。

苏颂的使辽诗计有 58 首，居北宋诗人之最，所涉及的内容很广泛，是了解辽国社会的重要文献依据。有学者评价说："苏颂的使辽诗尽管都是'道中率尔'而成，但却'以纪经见之事'为目的，况且又辅以简明精确的自注，因此这两组诗较之其他诗人的同类作品有着更高的价值。"①

第八节　朱熹对闽南文学的贡献

唐宋时期，随着闽南政治经济的发展，来闽南的外籍文人日渐增多。他们或在泉漳任职或避乱入闽或流连闽南山水间。这些文人的政治活动和文学活动为闽南文学的发展起了推波助澜的作用。唐代宰相李德裕经过漳浦盘陀岭，留下"明朝便是蛮荒路，更上层楼望故乡"的感慨；福建观察使常衮，泉州刺史薛播、席相奖掖后进、倡导读书习文；浙江人罗隐于唐咸通年间避乱入闽，曾游晋江惠安，吟诗作赋于山水间；北宋著名文学家蔡襄两任泉州知府；南宋王十朋、朱熹、刘克庄也都在闽南任职，他们都在闽南创作了诸多诗文，为闽南文学做出诸多贡献。其中对闽南文学影响最大的首推朱熹。

一、"紫阳过化"的闽南

朱熹（1130—1200 年），字元晦，又字仲晦，晚号晦庵、晦翁、云谷老人、沧州病叟、遁翁，别称紫阳，南宋著名哲学家、教育家、文学家。祖籍徽州婺源（今江西婺源）。父亲朱松在北宋宣和五年（1123 年）任福建尤溪县尉，朱熹生于尤溪官舍，后

---

① 　陈庆元：《福建文学发展史》，第 122 页，福建教育出版社，1996。

迁居建阳。绍兴十八年（1148 年）朱熹登进士第，首任泉州府同安主簿，后又任漳州知府。在朝中任秘阁修撰等职。朱熹毕生精力用于著书立说、讲学授徒，著有《论语集注》《孟子集注》《资治通鉴纲目》《论孟精义》《程氏外书》《朱子语类》等。他还先后创建崇安紫阳书院、建阳考亭书院，重修江西白鹿洞书院，扩建湖南岳麓书院。他以孔、孟儒学思想为主体，继承程颐、程颢理气关系学说，批判继承各家之长，兼采佛、道之说，构成完整的理学思想体系，成为集大成的一代理学宗师，也是两宋理学家中最具文学修养的人。

朱熹在闽南有相当的一段时间，少年时代即在闽南度过。南宋绍兴初，其父朱松任泉州石井镇监，朱熹随父到闽南。朱松在石井时写的《中秋赏月》① 中有"痴儿亦不眠，苦觅蛙兔看"一句，这"痴儿"指的就是朱熹。南宋绍兴二十三年（1153 年），朱熹任同安县主簿兼领学事（同安在宋代隶属泉州府），此后在同安生活了近五年时间。其间，朱熹常常"被府檄，访境内先贤碑碣事传，悉上之府"②，走遍同安以及金门、厦门两岛，或因公务，或因行役按事、访友论学，往来于闽南一带，到过晋江、南安、惠安、安溪、永春、德化等地。南宋绍熙元年（1190 年），朱熹以花甲之年任漳州知府，虽然时间不过一年而已，但政绩卓越。由于他在闽南时间长，又身居要职，所以闽南文学的发展与他有着密切关系。

朱熹对闽南文学的贡献首先在于培养人才上，他力倡儒学，着力发展闽南教育，为闽南培养了大批文学人才。

朱熹兼领同安学事时，有感于"学绝而道丧，至今千有余年，学校之宫有教养之名而无教养之实"，决心重整学风。朱熹

---

① 《韦斋集》卷三。
② 《晦庵先生朱文公文集·别集》卷七、卷二，四部丛刊初编缩本。

先是倡建经史阁，作教思堂，访求当地德才兼备的人士，如"守道怡退，不随流俗，专以讲究经旨为务"的柯国材，"留意讲学，议论纯正"的徐应中，"天姿朴茂，操履坚悫"的王宾；继而选邑秀民为弟子，"日与讲说圣人修己治人之道"。朱熹在《补试榜谕》中奉劝县里的父兄，要为子弟求"明师良友"，使之"究义理之指归，而习为孝弟驯谨之行"。① 在大倡文风的同时，朱熹自己身体力行，在泉州不二祠②、南安杨林书院③讲学授徒，与傅自得登游九日山时，便与傅自得创设九日山书院，他还数次探访父亲在安海的遗迹并在安海讲学，讲学足迹踏遍同安、安海、泉郡等地，在闽南"启迪文风，诲掖士子，因而人才蔚起"（《安海志》），闽南一时文风鼎盛。他到漳州任知府时，把"笃意学校，力倡儒学"作为改变漳郡"俗未知礼"的方略。为办好学校，他"碟延郡士黄樵仲、施允寿、石洪庆、李唐咨、林易简、陈淳、杨士训及永嘉徐寓八人入学表率"，学校不但习文，还有习武，他则定期赴校视事讲学，"每五天一诣学，为诸生讲说"，"每旬之二日必领学官下州学，六日下县学"，"讲说经典，高贯古今，率至夜半，虽疾病支离，至诸生间辩则脱然沉疴之体，一日不讲学，则惕然以为忧"。除此，他还在漳州芝山、云洞岩、白云岩等不定期开讲经学，《漳州府志》就有"朱子尝过白云山（漳南郊，今白云岩）讲《诚意篇》"的记载。每逢他讲学之日，府学、县学皆人满为患，为此朱熹拟仿照京城太学规划，要将府学扩大到能容纳千名学子的规模，虽然府学的计划因他的离任而没能实现，但兴学重教之风，却在漳州留下深刻影响。据统计资

---

① 以上据民国《同安县志》卷二五《艺文》。

② 不二祠是欧阳詹读书处。欧阳詹于唐贞元八年（792 年）高中甲科进士第二名，授国子监四门助教。后人在小山建欧阳家庙不二祠。

③ 杨林书院位于南安市石井镇西北隅的杨子山上，位与同安县毗邻。原为五代杨樵读书处，北宋嘉祐三年（1058 年）敕建。

料，宋代漳州创办的书院有龙江书院、华圃书院、观澜书院、梁山书院、高东溪书院、石屏书院、丹诏书院等十余所。①

在朱熹的倡导和培育下，泉漳两地理学蔚然成风，闽南一带被称作"紫阳过化之区"，朱熹门人漳州北溪先生陈淳直接继承朱熹理学衣钵，终成一代闽学大儒；泉南诸生以义理诏世，薪传不绝。② 据林振礼的《朱熹与泉州文化》一文不完全收集，朱熹的泉州籍门人有 21 人，仕宦讲学于泉州的门人有 5 人。③ 朱熹讲学授徒带来的是闽南文人学子解经著述的兴趣，南宋闽南地区的研究经学的著作有：陈知柔《易本旨》《春秋义例》《论语后传》，许升《易解》，吕大圭《易经集解》《春秋或问》，邱葵《易解疑》，杨寅翁《书经解》等。朱熹在闽南的活动，不仅使朱子学在闽南一带代代相传，培养了诸多博学多才的人才，促进儒学在闽南的发展，又因为中国古代文、史、哲一家，客观上也极大地推动了闽南文学的发展。

朱熹在闽南期间的主要文字成果是理学的研究著述。在漳州任上，朱熹将《大学》《论语》《孟子》《中庸》汇集到一起，合为《四书集注》，进行最后的润色扫尾工作，并以官帑刊刻问世。这部诞生于漳州的儒学巨著，内容既包罗了原来四书的全部内容，又以"理学"贯穿其中，成为元明清科举考试必读的儒家经典。他还对《尚书》开始了新的研究，在《书临漳所刊书经后》中，全面地论证了《古文尚书》的作伪问题，这个研究让朱熹在此后花了约五年时间对《尚书》进行阐释，并且选定蔡沈为其完成《书集传》，建立了《尚书》学体系。虽然这些理学的著述主

---

① 以上据光绪《漳州府志·宦绩》《宋史·朱熹传》及何池的《论儒学在漳州传播的两个重要历史时期》（《漳州师范学院学报》，2003 年第 3 期）等。

② 民国《南安县志》卷五〇《杂志》。

③ 林振礼：《朱熹与泉州文化》，福建人民出版社，1999。

要成就在哲学领域，但在促动闽南"文风鼎盛"的形成上，却是不容忽视的。

二、朱熹在闽南的诗作

朱熹为宋代闽南文学增添奇葩的作品主要是诗歌，尽管他从道学的立场视文学为可有可无之物，但他毕竟是个文学修养极好的理学家，他的诗作对闽南文学影响深远。朱熹在闽南的诗歌作品主要有两类，一类是叙述自己为官为学的生活经历和见闻的作品，一类是吟咏闽南山水名胜之作。

《再至同安假民舍以居示诸生》[①] 是第一类诗的代表。绍兴二十七年（1157 年）三月，朱熹重返同安，要等候继任同安主簿来上任交接，那时他任主簿时的廨舍已经倾坏，他只好借县医陈良杰的馆舍暂住。陈良杰馆舍自县城西北行数百步而至，垣屋低矮，人迹稀少。朱熹取庄子"畏垒亢桑"之说，名之为"畏垒庵"。在畏垒庵，朱熹除接待宾友，与士子论学外，则诵书史，狂读儒家经典，精读《论语》《孟子》二书，朱熹门人与之相陪伴。对这一段生活，朱熹以《再至同安假民舍以居示诸生》为题作诗描述："端居托穷巷，禀食守微官。事少心虑怡，吏休庭宇宽。晨兴吟诵余，体物随所安。杜门不复出，悠然得真欢。良朋夙所敦，精义时一殚。壶餐随牢落，此亦非所难。"短短的 60 个字，浓缩了他那段兴致盎然的生活，表现了"吏休""杜门"时的悠然自得。《留安溪三日按事未竟》[②] 是他任同安主簿到安溪办案时创作的，主要抒写自己所见的安溪景象："县郭四依山，清流下如驶。居民烟火少，市列无行次。岚阴常在午，阳景犹氛翳。向夕悲风多，游子不遑寐。我来亦何事，吏桀古所记。棒橄

---

① 《晦庵先生朱文公文集》卷二，四部丛刊初编缩本。

② 《晦庵先生朱文公文集》卷二，四部丛刊初编缩本。

正淹留，何当语归计？"《南安道中》①一诗写于绍兴二十三年仲秋，当时同安至泉州，必经南安县太平、唐兴等乡里（今南安市官桥、水头、石井三镇以及同安县莲河等地），这些地方虽处于泉州至广州的重要官道上，但远离邑治（当时南安县治在丰州），开发不久，人烟稀少，草密林深，加之大盈岭（今官桥境内）至小盈岭（今南安、同安边界）之间，是有名的"虎窟"，时有猛虎伤人。朱熹因事从同安赴泉州，途经这段险途，于是写道："晓涧淙流急，秋山寒气侵。高蝉多远韵，茂树有余阴。烟火居民少，荒蹊草露深。悠悠秋稼晚，寥落风寒心。"②诗穷尽了该段险途的荒芜寒冷。

朱熹在闽南时间长，他的足迹几乎踏遍泉漳厦各郡县的山水名胜，每到一处，大多要吟诗题词，这为闽南留下了大量的山水诗、楹联、碑刻，至今仍为当地人所传颂。这批诗中，有咏泉州九日山廓然亭的诗："逗留访隐古祠旁，眼底樛松老更苍。山得吾侪应改观，坐无恶客自生凉。"咏泉州莲花山的诗有两首，其一是："群峰相接连，断处秋云起。云起山更深，咫尺愁千里。"其二是："流云绕空山，绝壁上苍翠。应有采芝人，相期烟雨外。"③有咏晋江凤山的："门前寒水青铜阙，林外晴峰紫帽孤。记得南坨通柳浪，依稀全是辋川图。"④有咏金门牧马王侯庙的："此日观风海上驰，殷勤父老远追随。野饶稻黍输王赋，地接扶桑拥帝基。云树葱茏神女室，岗峦连抱圣侯祠。黄昏更上丰山

---

① 《八闽通志》卷八三《词翰》。

② 也有论者认为这是朱熹出任同安县主簿，赴任途经南安所题的第一首五律诗。当时，自福州往漳州驿道由永春经澳头渡（今南安码头宫下）入南安，经洪濑、官桥、九溪、小盈岭抵同安县。

③ 乾隆《泉州府志》卷七。

④ 曾阅编：《晋江古今诗词选》，第44页，海峡文艺出版社，1998。

望，四际天光蘸碧漪。"① 有咏厦门金榜山的："陈场老子读书处，金榜山前石室中。人去石存犹昨日，莺啼花落几春风。藏修洞口云空集，舒啸岩幽草自茸。应喜斯文今不泯，紫阳秉笔纪前功。"② 有咏双髻峰的："绝壑藤萝贮翠烟，水声幽咽乱峰前。行人但说青山好，肠断云间双髻仙。"③ 此外还有《题九日山乱峰轩》《题九日山石佛岩》《登面山亭是日氛雾四塞独见双髻峰》《岱山岩访陈世德光同年》《莲花峰次数夫韵》《过安溪道中泉石奇甚绝类建剑间山水佳处因吟》《题凤山庵》《宿大剧铺》等山水纪游的诗歌，这批诗作是朱熹留给闽南的一笔宝贵的文学遗产，它对闽南后来的诗歌创作有较大影响力。

长期以来，朱熹为理学盛名所累，人们很容易认为朱熹诗作摆脱不了理学道统。清人纪昀就这样认为："诗法道统截然二事，兼习专门固自有别。人各有能有不能，文公不必更以诗见也。"④ 但朱熹有关闽南山水名胜的诗歌却达到了较高的艺术水平。他写景不喜浓墨重彩而是点到为止，善于通过幽静的山林、青碧的山峰、缥缈的云烟等意象创造出宁静的山水之间的氛围，清新的笔法营造了幽适淡远的意境，并且常以哲人的胸怀，将闽南山水纳入义理之中，使山水名胜富有哲理禅思，如《题九日山石佛岩》："卧草埋云不记秋，忽然成殿坐岩幽。纷纷香火来求福，不悟前生是石头。"还有《题九日山》一诗，在写景的同时，表达一种"年随流水逝，事与浮云失"的思绪。朱熹的闽南山水诗大多闲适淡远，感情含蓄，近乎"无我之境"，却也有一些感情色彩比较浓郁的诗作，如《安溪书事》："虚色带寒水，悲风号远林。涵山日欲晦，窥阁景方沉。极目无遗眺，空令愁雨心。"水寒、风

---

① 《沧海纪遗·词翰之纪》。
② 道光《厦门志·卷九·艺文》。
③ 《晦庵先生朱文公文集》卷一。
④ 李庆甲：《瀛奎律髓汇评》卷一、卷二○。

悲、雨愁，情景交融，淋漓尽致地表现了朱熹仕途孤独郁闷的悲愁情怀。

朱熹对闽南文学还有一个贡献，是他与那个时期闽南文人的交游论道，诗文唱和，这种友人间的交游唱和无疑会极大提升闽南文人的创作水平。

朱熹在闽南时，与父辈好友傅自得、陈知柔等常来常往。傅自得与朱熹有"先人之旧"，朱熹任同安主簿时，傅自得与之"知顺甚厚"，两人过从甚密。南宋淳熙七年（1180年），朱熹请傅自得为其父《韦斋集》作序。淳熙十年，傅自得谢世，朱熹从闽北来泉州吊丧，并为傅自得写了《行状》①。朱熹曾与傅自得游九日山，前后十天。傅自得写有《金溪泛舟序》一文，叙述他与朱熹"携酒襆被"，"唤舟共载，信流而行"，见"溪光山色，随月照耀；远近上下，更相辉映，殆非尘世境界"，于是朱熹"举杯引满，击楫而歌楚骚《九章》，声调壮大，潜鱼为之惊跃，栖鸟起而飞鸣"，傅自得即"诵东坡先生赤壁前后赋以和之"，两人"每至会心处，辄递起相献酬"，"乐不可及，将安之耶"？文章记录朱熹第二天还为此行赋诗一首"以纪一时之胜"。② 之后傅自得也赋诗一首，题名《九日泛舟同朱元晦》，表达了"唤船同胜赏，把盏话平生。击楫鱼频跃，忘机鸟尚惊"③ 的人生乐趣。朱熹任同安主簿时，与陈知柔结为莫逆之交，相与论道，一起游览闽南名山胜水，作诗唱和。朱熹曾在永春学宫与陈知柔一同讲学。淳熙十一年冬，离开闽南近30年的朱熹再次到泉州，陈知柔与他酌酒赋诗，谈论经义，遨游于莲花、九日、凉峰、凤凰、云台各山之间，临别时置酒饯行于洛阳桥畔。这次旅行留有二人和诗两首：一为陈知柔《题莲花峰》，诗曰："一莲峰上几人攀，千年清

---

① 《晦庵先生朱文公文集》卷九八，四部丛刊初编缩本。

② 民国《南安县志》卷四六《艺文志》。

③ 民国《南安县志》卷四六《艺文志》。

风起儒顽。指点乾坤千里目，世途隘甚此中宽。"朱熹和诗作《次韵陈休斋莲花峰之作》诗曰："八石天开势绝攀，算来未似此心顽。已吞缭白萦青外，依旧个中云梦宽。"两人一唱一和，其乐融融。次年春陈知柔病卒，葬永春。朱熹为文祭之，语皆出自肺腑："熹少日游宦，获从公游泉、漳间，蒙公诱掖良厚。其后……相与追游莲花、九日、凉峰、凤凰、云台之间。……公讣遽来，呜呼痛哉！"①

漳州北溪先生陈淳景仰朱熹。朱熹出任漳州知府时，陈淳喜出望外，带了《自警诗》拜谒朱熹，表达其"十年愿见而不可得之诚"。朱熹读了陈淳的诗文，很是赞赏，知道他研究理学，用工甚深，当下点拨陈淳"根原"处着力不够，陈淳茅塞顿开。朱熹在漳一年间，陈淳从游郡斋，朱熹称赞其无书不读，对数人说过"南来，吾道喜得陈淳"的话。朱熹治漳未满一年，因爱子夭逝而离任，后来他在闽北讲学，常常提起陈淳，认为身边弟子无人能比得上陈淳"道理深透"，有时接到陈淳的书信，阅毕又对弟子夸奖陈淳将来"未可限量"。南宋庆元五年（1199 年）冬，陈淳积十年之学，不远千里到建阳考亭再谒朱熹，陈其所学所得。当时朱熹已卧病在床，朱熹听后对陈淳说："如公所学，已见本原，所阙者下学之功尔。"第二年正月陈淳回漳州，当年朱熹病逝。在随朱熹学习的过程中，陈淳也创作了不少理学诗，颇有老师之风。

除此之外，朱熹与傅伯成、傅伯寿、陈光、许升、王力行、吕大圭、王遇等也是经常一起钻研理学、交游论文，或诗词和答。永春人陈光与朱熹是同年进士，朱熹任同安主簿时，经常来永春拜会陈光，两人唱颂吟和。《永春州志》卷一四载有朱熹到永春讲学并入访陈光、互赠诗句的文字。傅伯寿、傅伯成兄弟，

---

① 《晦庵先生朱文公文集》卷八七，四部丛刊初编缩本。

王遇等师从朱熹，为人为文，都受到朱熹的很大影响。朱熹还与伯寿、机仲、宗正等会于武夷山，朱熹有诗《奉答景仁老兄赠别之句》，同伯寿相与论道，赠以"何忧功名与事业，但要溥溥而渊泉"的教诲。这些与朱熹交往甚密的文人学士，不仅成为闽南理学研究的中坚，也是支撑宋代闽南文学世界的主要力量。

　　总而言之，朱熹在闽南的办学兴教为闽南文学的发展奠定了坚实的基础，他在闽南的诗作为闽南文坛增添了独特的风采，他与闽南文人学士的交往，潜移默化地提高了闽南文学的思想艺术水平，他的理学思想源远流长，直接影响了明代蔡清等人的闽南理学诗派的形成。

第三章

明清时期闽南文学

第一节　明清时期闽南经济与文化

一、明清时期闽南港口经济

如果说从唐代开始，经五代至宋代前后 500 年，闽南文学总体上呈现出不断发展的趋势，那么这一趋势到了元代却出现了重大的逆转。元朝统治者推行民族歧视政策，科举考试于立国近 40 年后才开科，只设两科，又屡废科目，严格控制名额比例。这导致整个元代闽南文风不振，文学发展步入低谷，文学创作低迷，作品数量不多，且乏善可陈。元代比较知名的作家和作品屈指可数，主要有：释大圭（1304—1362 年），和尚，号梦观，著有《梦观集》5 卷，皆古今诗体。"其诗气骨磊落，无元代纤秾之习，亦无宋末江湖蔬笋之气。吴鉴序其诗曰：华实相副，词达而意到，不雕镂而工，去纂组而丽，屏耘锄而秀。虽朋友推奖之词，然核以所作，亦不尽出于溢美。盖石湖、剑南之余风，犹存于方外矣。"[①] 释大圭虽为僧，但关心国家人民，诗作以苍生为怀，写

---

① 《四库全书总目提要》（四），第 3533—3534 页，商务印书馆，1933。

有很多政治时事诗。卢琦（1306—1362年），字希韩，号立斋，元至正二年（1342年）进士，著有《圭峰集》，"以诗经为多士冠，泉人荣之，谓今欧阳生焉"①，《四库提要》称"琦官虽不高，而名列良吏，可不藉诗而传。即以诗论，其清词雅韵，亦不在陈旅、萨都剌下"。寓居晋江的元末潮州路总管王翰，元朝灭亡以后不肯降明而殉节，著有《友石山人稿》，凡诸体诗84首，顾嗣立《元诗选》存27首。蒲寿晟，号心泉，阿拉伯人，居泉州，学习汉文化有成，著有《心泉学诗稿》。

明清时期，闽南成为福建经济、文化发展最迅速的区域。明王朝建立后，解除民族歧视，恢复生产，休养生息，闽南一带在港口贸易的推动下，经济发展特别迅速，当时晋江安海、厦门、漳州月港繁华"胜于省会"。明政府特意在月港设立海澄县，便于海上贸易。当时"澄民习夷者，十家而七"，"富商巨贾，捐亿万，驾艨艟，植参天之高桅，悬迷日之大篷，约千寻之修缆"②，载货到东西洋各国贸易。陆路上，"漳郡丝卷""福漳之橘""泉漳制糖"也"无日不走分水岭及浦城下关，下吴越如流水"。③厦门为传统的土产集散地，早为东西洋商所瞩目，明正德十一年（1516年）和明万历三年（1575年）葡萄牙人和西班牙人先后来到厦门，开始与厦门贸易往来。明初便在厦门建立卫所，据《明太祖实录》卷二三一洪武二十七年（1394年）二月记载："是月，城同安县嘉禾山置永宁中左千户所。"当时厦门已建有海防馆、嘉禾所仓。明后期（嘉靖以后），东南沿海出现资本主义萌芽，厦门也逐渐成为一个通商口岸，到明万历五年（1577年），据来

① 嘉庆《惠安县志》（四），第116—117页，福建惠安县地方志编纂委员会办公室，1985。

② 郑怀魁：《海赋》，见《古今图书集成·职方典》。

③ 王世懋：《闽部疏》，丛书集成初编第3161册，第12页，中华书局，1985。

厦门通商的西班牙商人估计，厦门岛上已有居民 4000 余家，2 万余人。池显方在《大同赋》中描述厦门"旁达西洋，商舶四穷"，足见当时厦门城的繁荣景象。降至明末清初，郑成功以厦门为贩洋贸易的中心，为清代厦门港的兴盛奠定了基础。康熙二十二年（1683 年）清政府开放海禁，厦门设立了海关，海关的设立是厦门对外贸易发展的一个标志。康熙二十五年，清政府将泉州府海防同知移驻厦门，管理海关、洋船出入及商税等。雍正五年（1727 年），又将分守兴泉道衙门由泉州移驻厦门，"南洋诸国，准令福建商船前往贸易"①，而且规定所有"洋船出入，总在厦门、虎门守泊。嗣后别处口岸，概行严禁"。② 这些对外贸易政策，大大促进了厦门对外贸易的发展和经济的繁荣。乾隆三十二年（1767 年）又将厦门定名为"分守巡海兴泉永兵备道"，管辖兴化、泉州二府和永春州，厦门从此成为闽南地区政治、经济、军事、文化的中心。道光年间的《厦门志》描绘厦门是"海道四达，帆樯毕集"，近则为当时大陆和台湾经济往来的主要通道，远则为宿务、苏禄、苏南、吕松诸国来中国贸易的重要港口。据《厦门志》记载，当时厦门已是"人民商贾，番船辏集"，"市井番话，乡村绣错"，呈现出"不减通都大邑之风"的盛况。当时厦门岛上已有居民 16100 余户，按每户 5 人计算，达 8 万余人，厦门的繁荣可见一斑，资本主义萌芽状态已是显而易见。

但就总体而言，闽南港口经济在清朝有所衰弱。清初闽南尚未陷入清军之手时，安海港等地尚有贸易丛集的繁盛气象。清军与明郑在闽南一带的争夺战，对当地经济造成空前的破坏，待康熙二十二年（1683 年）正式宣布开海禁之后，闽南港口贸易已无复当年盛况。随着海外贸易受挫，闽南地区经济发展受到极大影

---

① 《大清会典事例》卷六二九。
② 《皇朝文献通考》卷三三。

响。不过由于社会日趋安定，闽南的农业、手工业、文教事业逐渐发展起来。

二、明清时期闽南文化的特点

闽南经济的发展为闽南人文领域的发展提供了比较雄厚的经济基础，闽南文化经历元代的衰退之后，到明代重新进入兴盛时期，出现了几个较明显的发展特点。

一是书院学社林立，读书科考之风大盛。据《闽书》《福建通志》等文献记载，明代泉、漳、厦的书院和学社的数量比同时期省会福州要多。仅就漳州而言，明代就新设立了明诚书院、养正书院、崇正书院、建溪书院、清漳书院、霞桥书院等近 20 所书院。厦门于明洪武二年（1369 年），重建在元至正十四年（1354年）毁于战争的县学；明嘉靖初年，经林希元倡议，同安于大轮山梵天寺后重建文公文院即轮山书院，明隆庆二年（1568 年），知县王京又在轮山书院两旁增建书舍各 7 间；明代同安设立的社学有擢贤社学、桂林社学、福星社学、蓝田社学、白礁社学、湖山社学等 9 所。这些教育机构与团体以讲授朱子的四书、五经注解为主要内容，造就了一大批科举人才。据统计，明代福建共有进士 2495 人，闽南地区就有 892 人（泉州 586 人，漳州 306 人），占全闽总数的 35.75％；全闽举人总数 2692 人，泉、漳两地的总和占总数的 32.34％。[①] 当时同安是名震八闽的科举大县，明代京师内城建有同安会馆，专门接待赴京礼闱的同安举子。据《同安县志》记载，嘉靖至崇祯 122 年间，同安共出文进士 79 人，可见明代时期厦门科举之兴旺。当时还有不少闽南海商为了政治和社会地位的目的，积极投考应举，广交名士贤达，捐资办学兴教，

---

① 何丙仲：《影响明末清初闽南文化的若干因素探讨》，福建社会科学院网站。

也促进了办学读书风气的兴盛。此期闽南应科举入仕途者超过以往任何一个时期。清代府学、县学、书院、社学、义学空前发展，科举之风不衰，文化教育向普及方面延伸，除书院的设立，私塾教育也活跃起来。漳州又新建或重修了一些新的书院，诸如丹霞书院、芝山书院、观澜书院、锦江书院、仰文书院、五经书院、儒山书院等。厦门在康熙至乾隆年间就兴办了 10 多间书院，如玉屏书院、紫阳书院、正音书院、衡文书院、舫山书院等。厦门市区最早见诸文字的私塾建立于南宋绍兴年间，至清中叶，私塾遍布城乡，仅厦门本岛就有 20 余所，私塾的普及使平民子弟也能够接受教育。

　　二是思想活跃，文化领域出现激烈交锋。由于地处东南沿海，带有外向型特点的港口经济迅速发展，海内外的经济文化往来增多，这也就带来闽南文人学者较为开阔的眼界，思想显得相对活跃。明代泉州学界出现了"固守传统"与"挑战权威"两种态势，思想界发生了激烈的交锋。以蔡清为首的学者继承、捍卫和发展程朱理学，在当地掀起了理学研究高潮，其中以易学影响最为深远，泉州乃至成为全国易学研究中心，主要代表人物是蔡清及其门徒陈琛。在蔡清的倡导和影响下，泉州李廷机、张岳、林希元、陈琛、苏浚、郭惟贤等 28 人在开元寺结社研究易学，人称"清源治《易》二十八宿"。故有"今天下言《易》者，皆推晋江（蔡清系晋江人）；成、弘间，士大夫谈理，惟清尤为精诣"[1] 之说。有文记载："前明中叶，姚江大倡新学，吾闽恪守程朱，以蔡虚斋先生首持之，而林次崖（希元）与陈紫峰（琛）两先生继之，《蒙引》《浅说》《存疑》三书，久衣被天下。"[2] 至崇祯间，还有蔡鼎著《易蔡》发此余波。明代 270 多年间，闽南产

----

① 民国《福建通志》总卷三八分卷四。
② 雷鋐：《林次崖先生文集序》，见《经笥堂文钞》。

生了易学家七八十人，著作流传 120 余部。坚持和继承朱子学说的还有漳州的陈真晟、蔡烈、周瑛、林雍、蔡世远、庄亨阳，厦门的吴聪、黄文照、陈重琳等一批理学家，他们大多博学多才，在闽南有一定的影响。清代前期，闽南致力于复兴理学的人士依然不少，著名学者有李光地、李光坡、李清馥、陈迁鹤等。清中后期，闽南学者在儒学方面的著述，仍有一定的影响。

这个时期闽南新学新思想也出现了，并且带有引领全国新潮的惊世之举。泉州的李贽则成了传统理学的"叛逆者"，他以中国文人此前未有过的深刻、透彻和尖锐、大胆，对儒家封建礼教提出全面的批判，反对权威，抨击道学，倡导"童心"、个性，鼓励工商，成为中国古代杰出的启蒙思想家。在李贽思想的影响下，闽南还出现了以李光缙①为代表的挑战儒家"重农抑商"观念的思想家，他们发出与传统价值相对立的"异端"学说。清末，同安卢戆章撰写了《一目了然新阶》，创制出近代中国第一套汉字拼音方案。辜鸿铭祖籍泉州惠安，他学贯中西，因博学多能而被称为"奇才"，其思想是尊奉儒家经典，却融入了自己游学西方的经验，取现代文明的视角看待孔孟之道的价值，有别于完全置于朱熹学说框架下的理学阐发。

值得一提的是郑氏政权对于闽南特别是厦门发展做出的贡献。经济上，郑成功利用厦门港的人文、地理优势积极发展海上贸易；文教上，郑成功在厦门城内"设储贤馆，以前所试诸生洪初辟、杨芳、吕弼、林复明、阮旻锡等充之"，"设育胄馆，以死

---

　　① 李光缙，字宗谦，号衷一，晋江人，明万历十三年（1585 年）福建乡试第一，不沾沾于举子业，居家讲学。他在泉州一带商业活动的背景下，摒弃传统的"农桑为本，商为末"的观念，同当时安平商人有密切的交往。他的文章成为研究明代商人与商业资本的重要史料。他著有《景璧集》《四书指南》《易学潜解》《读史偶见》。

事诸将及侯伯子弟柯平、林维荣等充之"。① 二馆设立的目的是为国育才，与明代设国子监类似，客观上促进了厦门乃至整个闽南地区的文化发展。由于郑成功据厦门建立政权竖起反清复明的大旗，吸引了大批明朝的遗老遗少、文人墨客来到厦、漳、泉三地，他们结社交游，吟诗作对，催生了晚明时期闽南文化的遗民之风。

第二节　明清时期泉州文学

一、明代泉州诗文

明代泉州文学成就最大的文学家首推王慎中，他与唐顺之是明代"唐宋派"的主将，提倡文崇唐宋，强调唐、宋古文与宋诗的遵道精神，反对明代"前七子"文学"复古"派的"文必秦汉，诗必盛唐"的主张，代表了文学与道统精神的结合，他的文章被认为是"二百年来中兴之文"。明代泉州李贽的文学批评，更是让人耳目一新。明代泉州其他比较有影响的作家还有黄吾野、李恺、詹仰庇、黄凤翔、李廷机、苏茂相、何乔远、黄克缵等人。明清易代之际，闽南是抗清和复台的基地，出现许多叱咤风云的英雄人物，如黄道周、郑成功、卢若腾等人。他们或直抒胸臆，发而为诗；或歌颂英雄烈迹，发而为诗，有的慷慨激昂，有的沉郁悲怆，这些诗篇是闽南遗民文学和海战文学的重要组成部分。

黄吾野（1524—1590 年），名克晦，字孔昭，自号吾野山人，惠安崇武人。明嘉靖、隆庆、万历间著名的诗人，兼擅书、画，

---

① 夏琳：《海纪辑要》，"台湾文献丛刊"第 22 种，第 13—14 页，台湾银行经济研究室，1958。

世人称之"诗比孟襄阳（孟浩然），书比李北海（李邕），画比王右丞（王维）"，身怀"三绝"。黄吾野小时候酷爱绘画，常于"沙岸上画沙作山水景物"，师事自然。10 多岁时随父客居永春，"从永春李氏积书家，借其麓读之，闭户者十年，诗日益工"。除沉酣于古籍之外，他也不忘临摹古今画谱字帖，后来所写的诗作有许多是以题画为题材的。黄吾野曾以画请教颜范卿。① 颜范卿指出他的"画工"，但只是"一艺士也"，让他学诗，"诗工，则画非徒艺也"。于是黄吾野就在"颜左史家学诗三年，尽窥唐人之奥"。黄吾野诗成后回到故乡，却无意功名，常与名流士绅结社吟诗，并效习司马迁遍游中国名山大川，两游京师。晚年病隐泉州开元寺，卒葬东岳山。黄吾野诗集当时已行世的有《金陵稿》10 卷，《北游草》《蓟州吟》各 6 卷，《宛城集》3 卷，《匡庐集》10 集，《五羊草》4 卷，《西山唱和集》及《观风集》7 卷，总共有 70 卷之多。由于历经变乱，散失不少。②

　　黄吾野写得最多的是吟咏山川景色的诗歌，他游历神州各地，所到之处，多和名士唱酬，咏景抒情。他游罗浮山（罗浮山位于广东博罗，亦称东樵山），便写出"仰见天宇旷，俯瞰坤轴浮。远海露微碧，杯水覆堂坳"③（《飞云顶》）；到嵩山少林寺后便留下"雨晴云半出，峰翠辨东西。壁古留僧影，径幽蚀马蹄。委苔山果滑，剧霁野禽低。登览还明发，层楼且一跻"（《少林寺》）。家乡的风土人情、山川名胜也是他吟咏的主题。《咏采莲斗龙舟》表现故乡端午节龙舟竞渡的情景与心态："乍采芙蓉制

---

　　① 颜范卿，字廷渠，永春人，明隆庆年间任九江郡丞，后官至左史。
　　② 乾隆《泉州府志》卷五四；民国《福建通志》总卷三九分卷六；庄炳章主编：《泉州历代名人传》，第 85 页，晋江地区文化局、文管会编印，1982。
　　③ 见《黄吾野先生诗集》。以下凡引自该诗集的诗句，不再一一注明出处。

水衣，蒲筋复傍钓鱼矶。歌边百桨浮空转，镜里双龙夹浪飞。倚桌中流风澹荡，同桡极浦雨霏微。为承清宴耽佳赏，自怪猖狂醉不归。"他吟咏清源山、老君岩、九日山、姑嫂塔、草庵摩尼教遗址等名胜古迹的诗旷意高古。《万石峰草庵得家字》借家乡的山光云色抒自我世外闲静心情："结伴遥寻太乙家，峨峨万石映孤霞。坐中峰势天西侧，衣上梦阴日半斜。风榭无人飘翠瓦，云岩有水浸苔花。何年更驻苏杭鹤，静闭闲房共转砂。"《咏老君岩》赞叹家乡千年石像的紫气神光，清晰蕴藉："凿舟无力谷神光，石像千年草树傍。匪虎不曾悲旷野，犹龙何事蜕高岗。雨深衣袂生秋藓，月晓须眉带石霜。谁谓西戎终不返，山中紫气夜何长？"黄吾野诗歌为时人青睐，所以无论是家乡缙绅词客，还是远近的隐逸高人，都爱与他联袂唱和。

黄吾野生于海疆要塞，身蒙倭难，目击时艰，对海疆战事深为关注，于社会、百姓苦难广泛接触，他游历山川名胜的诗歌创作（包括题画诗）往往带着现实的内涵，体现了现实、民生疾苦。《乱后过洛阳桥》《龙川道中》《惠阳伤乱》《闻安福飞粟》等诗，有着对倭患的描绘和对百姓疾苦的深切同情。如《惠阳伤乱》云："东粤重来倍黯然，荒村古堡暗苍烟。山中故老无归业，水上新民未种田。江燕春深巢树腹，野狐日落吠溪边。东风那管乱离事，草色藤花似往年。"在倭寇侵犯东南沿海时期，他曾"十年避乱别江湾"，参观过好友俞大猷操演车战法，于是写下"心苦头颅白，年高膂力刚""芳草承轮碧，飞尘绕陈黄""趾齐刀划断，立壁铁回将"的诗句，赞颂俞军的豪迈气势。明隆庆三年（1569年），倭患平定，黄吾野重返家园，他怀着欣喜之情写道："海天南望战尘收，漠漠平沙罢唱筹。渔艇已鸣烟前橹，农人又住水边洲。登临好尽千岩胜，潦倒宁知百岁忧。况是将军今却觳，一时文藻忝名游！"对战乱之后家乡的和平生活景象喜出望外。避乱后返回故乡，他情不自禁地吟咏："十年避乱别江湾，不道清游更此山。野寺长风吹古瓦，海门惊浪破重关。石间龙气过腥雨，天外禽言绝岛蛮。乡国升平归思切，钓矶应伴白鸥闲。"

黄吾野的诗歌对当时明代文坛来说实际上是一股清新之风。明朝永乐至成化年间盛行"台阁体"诗，影响广泛。"台阁体"密切联系程朱理学，思想情感雅正平和，有浓厚的道学气；内容上大多反映上层官僚生活，多为应制、唱和之作；表现的是一种对太平世界的陶然悠然的满足心境。由于"台阁体"诗、文盛行，明代前期朝野上下一片歌功颂德、粉饰太平之声。及至明代中叶，以李梦阳、何景明、李攀龙、王世贞等为首的前后"七子"崛起，倡导"文必秦汉，诗必盛唐"。此举虽然一肃"台阁体"遗风，但又复陷入只重音调、拘泥格律的拟古泥沼。黄吾野同"后七子"之李攀龙、王世贞、谢榛及四明布衣沈明臣等唱和颇多，在文学的独立思考方面与"后七子"相通，拒斥宋学道统侵蚀文学，而且黄吾野作为一位"飘然物外"的布衣诗人，为人比较超脱，更具创作的独立精神，更能够摆脱儒学礼教的束缚，诗也更多地发乎性情，任性而作。如《二鹦鹉吟》以鹦鹉为对象，暗写官僚媚上邀宠嘴脸。诗写采自西域的红、白二鹦鹉，"性灵聪慧气和柔，梵言汉语娇如流"，本拟媚上，结果"至楚而穆宗已宾天"，诗人"伤其万里之徒劳，二鸟之不遇"，写下此诗，极尽嘲讽之能事。七律《鸲鹆》以八哥讽喻巧言令色的小人，"绮席客来催进酒，歌台花落唤吹箫"，刻画此等小人嘴脸，生动传神。黄吾野诗也如"后七子"那样崇尚秦汉，古风学陶谢而拟汉魏，笔力苍劲，蕴藉丰富，韵工律细，格调清新，如"云连北极迷宫树，水发西湖出御沟""渡水螟云千片落，到城新月一痕低"等诗句。《四库全书总目》评价："其诗亦出历下太仓之门户，而渐染稍轻。朱彝尊《静志居诗话》谓青溪社集诸人，允当推克晦为祭酒。"①

黄吾野作为布衣诗人的优势，便是他能不断吸收民间文学营养，丰富自己的诗歌创作，从而形成了自己出自真情而发乎天籁的艺术特色。如《天印樵歌》的"乐府至今无此曲，可怜古调在空山"，《樵歌贻卢子明》的"樵歌非无辞，辞古不可读"，《乃歌十首》的"十三舟女善歌头，夏月摇风唱不休"，《失题》的"乱后何缘逢此夕，来从此地采民讴"，灵感来自民间，语言朗朗上口，诗如民间歌调。与他同时代著名的诗人沈明臣评价黄吾野的诗是"本之以雄浑，发之以舂容，厉之以顿挫，纾之以冲和。情自景生，语必自铸，日新造构，古质盎然，铢两匀停，修短合度，大雅之道，称无憾焉。睹之若虚，即之必有，执之无着，察之自呈。盖才情高邈，臻侣密致。故格调优美，音律铿锵，气完而神定，色浑而味永"。俞大猷赞扬他："精思若得鬼神功，无敌应登李杜坛。"② 可见黄吾野在当时的影响是很大的。

李恺，字克谐，别号抑斋，惠安人，明嘉靖进士。李恺曾任广东番禺县令，并管理东莞"外贸"，后官至湖广按察副使。李恺归退在家时，倭寇围攻惠安县城，他组织义军守城，亲冒矢石，督师退贼，保境安民。李恺去世后，民众为他建"保障亭"，立"全城功德碑"以垂纪念。李恺著有《介山集》。李恺诗如其人，关心民生疾苦，以表达爱国爱民的思想情怀为其创作特色。《荒田词》反映了当时"官家有税徭，私家需粳稻""县吏夜捉人，去去入山岛""逃者死他乡，存者焉可保"的社会黑暗和百姓的苦难。《书怀》真实地记录了他晚年抗倭的事迹："肩舆出南壁，铳气熏北门。宗国谁为恤，小邦或可吞。豺狼恣跳跃，士女如崩奔。自惭丘壑姿，昔蒙国士恩。散财结豪客，画计间倭军。

---

① 《四库全书总目》卷一八〇《集部·别集类存目七》。
② 乾隆《泉州府志》卷五四。

围急城将缺，时危志弥敦。功成耻受赏，忧馋惧触藩。我有东山亩，飘飘自不群。"他的山水诗也写得清新飘逸，如《冷井清泉》一诗："结茅南涧水，凿水北山岑。澄影涵空碧，流泉出地深。香花腾紫气，冽味洗凡心。圣惠千家里，辘轳十万金。"① 后人称他的创作"文追西京，诗法渊明"②，这是有道理的。

詹仰庇（1534—1605 年），字汝钦，号咫亭，安溪人。明嘉靖四十三年（1564 年）中举人，翌年中进士，授南海县令。他为官廉洁精敏，极力推行"一条鞭法"，多有政声。隆庆二年（1568 年），詹仰庇擢为侍台御史，上任之后因巡视监局库藏，核查内监，直言上疏皇帝，揭官吏不法，致使权贵及宦官报复，指摘他对皇上不敬，穆宗斥之狂悖不悛，廷杖一百，革职为民。神宗嗣位后，詹仰庇再受重用，先后为广东参议、江西参议、山东按察副使、南京太仆少卿、左佥都御史、左副都御史、刑部右侍郎，后乞休回籍，返回晋江居住。詹仰庇遗著有《咫亭文集》《詹少司寇奏疏》等至今仍流传于世。他在闽南一带最流行的诗是那首著名的《咏双塔》。诗写于万历间泉州大地震之后，当时开元寺的东西塔顶盖折断，詹仰庇出来主持修葺，双塔修好后他题下这首七律，诗云："石塔双飞缥缈间，凌虚顶上结金团。晴光闪烁天中落，紫气摇落云外寒。过雁犹惊明月动，腾龙误作宝珠看。欲擎霄汉惭无力，万古孤高一点丹。"首联极写双塔的高峻，双双飞入缥缈云间，塔尖金饰如天上云团。颔联写阳光下的金团闪烁，从天撒落下光芒，紫气飘摇云外，显得有点寒意。颈联用"过雁""腾龙"来烘托双塔的高和"金团"的珠光宝气。尾联感叹双塔高入云天，终究无力撑天，万古孤高留下的仅是一点红团，由此表达了诗人的心路情怀，表明自己虽然退隐，丹心

---

① 李恺：《介山诗文集》。

② 庄炳章主编：《泉州历代名人传》，第 106 页，晋江地区文化局、文管会编印，1982。

乃在，却无力撑天。仅从这首咏物言情的诗来看，詹仰庇的文学造诣还是较高的。

黄凤翔（1539—1614 年），少名凤羾，字鸣周，号仪庭，晚号止庵，别号田亭山人，晋江人，明隆庆二年（1568 年）进士及第，授（翰林）编修，教习内书堂，历任右中允、南京国子监祭酒、北京国子监祭酒、礼部右侍郎、南京礼部尚书，万历二十二年（1594 年）归乡。黄凤翔为人“平易忠厚”，一生“溺于学问”，子史诗书靡不涉阅，“为文尔雅深醇”，主要著作有《嘉靖大政记》《嘉靖大政编年录》《续小学》《异梦记》等，还主持编纂万历《泉州府志》。① 其创作汇刻为《田亭草》20 卷，他的诗虽比较落于俗套，却是经过深思熟虑、反复推敲而出。他在闽南的文学影响主要是为故乡名胜写的碑记和题咏，如为泉州草庵摩尼教遗址所写的《秋访草庵》：“琳宫秋日共跻登，木落山空爽气澄。细草久湮仙峤路，斜晖暂作佛坛灯。竹边泉脉邻丹灶，洞里云根蔓绿藤。飘瓦颓垣君莫问，萧然一榻便峻嶒。”还有写欧阳书院的七律《题欧阳书院》：“秋风似选读书声，遗迹灵岩结构成。甲第当年龙虎榜，湖山千古薜萝情。朝看野色连云起，夜落灯花带月明。为有孙支传世业，青苔那许镇紫荆。”这两首诗歌夹景夹情，声容并茂，可看出他对诗歌艺术语言的推敲用心。

苏茂相（1566—1630 年），字宏家，号石水，晋江人，万历十九年（1591 年）、二十年联捷进士，历任户部主事、彰德守、南尚宝少卿、太仆寺卿、佥都御史、刑部尚书，以老病乞归。苏茂相著有《皇明宝善类编》《读史韵言》《苏氏韵辑》《先觉要言》《正气编》《淮草》《浙草》《葵云草》等。苏茂相恬静谨凛，不事诌媚，诸所敷陈，莫不确切时政，有裨国家。他的《谒岳武穆王墓词一首》写得大义凛然：“当日朱仙势肯乘，关河洗眼瞰中兴。

---

① 民国《福建通志》总卷三四分卷二六。

军前金诏班何急，井底银瓶恨不胜。坐失云旗清绝漠，空余宰树问诸陵。英魂如说今长在，望断黄龙更拊膺。"作者借古喻今，抒发了对岳飞的景仰之情，也痛斥昏君无道、奸臣误国。他的山水诗《题万安桥中亭》："群山匡卫此中亭，蹑履登临酒易醒。秋至奔流朝海若，月明清韵听湘灵。只今虹影闻吞浪，何客槎头可犯星。堞外纵横千里目，遥天直北数峰青。"写得也是豪迈高滔，不失胸中大气。

李廷机（1541—1616 年），字尔张，号九我，泉州人，少时家境贫寒，奋志砺学，素有"兼济天下"之志。明万历十一年（1583 年），李廷机会试复第一（会元），以殿试第二授翰林院编修，曾主持浙江省乡试、应天府乡试，历任国子监祭酒、南京吏部右侍郎等职。李廷机一生清廉，他将积蓄的官俸及富裕亲友资助的钱，在安溪购置五百亩义田，以其租谷收入赡养"屡贫不能朝夕食"的族人。李廷机死后，后人无钱买棺木，而又不能动用义田资产，全靠学生捐钱安葬。李廷机著有《四书臆说》《春秋讲章》《通鉴节要》《性理删》《宋贤事汇》《大明阁史》《国朝名臣言行录》《燕居录》《诗经文林贯旨》《秦汉殊言》《汉书要删文粹》《汉唐宋名臣录》《评选草堂诗余》等 20 种，汇编成《李文节先生文集》。

李廷机的文学成就主要在山水诗，如《游雪山岩》："竹楼晴日好，携友一登山。人影茶旗外，樵歌薜径间。澄潭沉碧藻，古柏郁禅关。回首三千界，白云心与闲。"《古德院》诗二首、《普济寺》也是他的诗篇佳构。此外李廷机还擅长写祝寿诗。他的《寿玉山翁五老图歌》写得情真意切，吟咏时迎来满堂喝彩。当时锦斗有五位老者在乡里德高望重，他们一起摆宴庆贺并自祝七十大寿，有客献《南极寿星图》。李廷机在寿图之上挥毫题下此诗："天有五星万古明，地有五岳万古横。天地之间有五老，元是五星五岳精。其中一老寿最高，婴抚松乔与钱彭。诸老奉之如父执，殷勤罄折贺长生。桑弧蓬矢不知年，钧天广乐自无声。仙掌绛桃三千岁，鹤发紫芝七九茎。引满由来滋穴瀵，画图更结海山盟。但愿年年人似旧，不与红日共西倾。吁嗟！世传五老不传名，海上三山无可侦。灵药空将玉女行，巨迹浪言缑氏城。尔曹宁知刘与嬴，含和圣世为祥祯。万历永永抚八弦，我欲将之献穆清。斟酌元气调玉衡，庞眉黄□尽隶萌。吁嗟！莫使画工绘流氓！"观其山水诗歌与祝寿诗句，可看出其诗风质朴，语言通俗，抒情间以叙事见长。

　　何乔远（1558—1631 年），字稚孝，号匪莪，晚号镜山，晋江人，明代著名的学者和史学家。何乔远一家是我国少见的方志家族，其父何炯曾编纂《清源文献》，其兄何乔迁编纂了《潭阳文献》，何乔远自己则是《闽书》的编著者。《明史》赞扬何乔远"博览，好著书"。何乔远"自少奇伟不凡"，记性极好，《文选》《唐诗》过目成诵。"五六岁工楷书"，"十四五即工古文词"。万历十四年（1586 年）中进士，历任云南司主事、礼部精膳司员外、仪制司郎中、广西布政司、光禄寺少卿、南京工部左侍郎。他的著述非常丰富，在刑部时著《狱志》，在礼部时著《膳志》，在粤著《西征志》，归乡度假时参与纂修《泉州府志》，主辑《安溪县志》，辑南安先贤诗文事略成《武荣全集》；另外写了《东湖浚湖记》《同安海丰埭记》《顺济桥记》等大量方志、碑记、诗文；集明洪武至崇祯初年名家诗文分体编次而成《明文徵》。何乔远最重要的著述是荟萃八闽郡邑各志并参考前代载记而成的《闽书》154 卷和辑明十三朝遗事的《名山藏》100 卷。

　　何乔远的主要成就在史学上。他所辑的《名山藏》，是明代后期撰写当代史热潮中比较全面系统地叙述明史的比较有特色的一部史学著作。虽然是史学书，但其"分类传记体"的体例，也可像司马迁的《史记》一样作为文学作品解读。《名山藏》写史而能叙其滋筋，设《开圣记》叙朱元璋五世祖先事迹，设《天因记》叙朱元璋赖以发迹的韩林儿、郭子兴诸人事迹，设《天驱记》记元末与朱元璋争天下的陈友谅、张士诚、方国珍等群雄事。除分类传记外，还特设《本士记》《本行记》《艺妙记》等传记来专门记载那些为正史所忽视的隐民、本土名士、书画家，为这些原本名不见经传的人树碑立传。如他写晋江人伍民宪，"嘉靖季寇至其村，民宪扶父逃，反遇贼，长跪乞曰：勿惊吾父，余任君欲。贼不听，刃之，民宪挺身杀二贼，又伤数贼，后队至，落其右手。卧草中，一手荷戈，口喃呓呼父，三日乃绝"。①故事波折，叙述清晰，人物形声兼备。写粤人李孔修，有一次遇上县令，"令异其容止，问姓名，不答，拱而立，呵止之，如故。令怒答下之，不置对，趋出"。寥寥几笔，人物的不畏权贵、独立傲岸性格跃然纸上。何乔远善于抓住人物特点进行描摹，笔下人物形象个性鲜明。

何乔远的文学作品主要是碑记和山水诗，他的山水记胜之作写得清秀自然。他认为："作诗如书家，无帖不临，总作自家字；无集不读，总作自家诗。"他的《郭山》："佳节登临兴欲飞，虚台独上远巍巍。阴沉林气幽人语，苍翠山光逼客衣。枫叶岚晴还不动，药苗秋晚正应肥。主人爱客清樽满，十日留连归未归。"对仗工整，情景相融。《秋日安平八咏》其四、其一曰："西桥五里海门遥，小阁观音压岸腰。陡见莲花清宿淤，拍天白雪是秋潮。""灵岩山下万人家，古塔东西日影斜。巷女能成纻麻布，土商时贩布棉花。"短短几行，绘出一幅安平海景和一幅安海日暮乡村风情图，韵味十足。

黄克缵（1550—1634 年），字绍夫，号钟梅，晋江人，自小聪明机智，胆识过人。嘉靖四十年（1561 年），黄克缵 12 岁时倭寇犯永宁，兄被逮，他"慷慨对贼，愿请代兄死，贼奇而释之"。

---

① 何乔远：《名山藏·本行记》，第 5855 页。

万历八年（1580 年），黄克缵举进士，初任寿州知州，后擢刑部员外郎，出知赣州府，累官山东左布政使，升任右副都御史，巡抚山东，后任兵部尚书、刑部尚书，加太子太保。黄克缵为官能为国为民"抗疏陈词"，著有《数马集》《杞忧疏稿》《性理集解》《百氏绳愆》《春秋辑要》和《古今疏治黄河全书》《全唐风雅》等，① 代表作为《数马集》。《数马集》有诗 8 卷，书名得自汉石庆数马事，内容包括使三晋、游楚蜀、抚齐、家居（疑即《鉴井吟》中的作品）、为兵部诸作，部分作品反映百姓疾苦，如《读郑工部允运赋饥民鬻妻诗偶成》："道旁弃置两心悲，君既肠空妾亦饥。乡井断烟何处望，天涯去妇几人归。分行岂有怀中镜，掩体全无嫁日衣。今夜月明回首盼，孤鸿和影一双飞。"《辽阳纪事》前后两组诗各 10 首，或鞭挞贪生怕死的懦夫，如"代帅今非马服君，愁看虏骑阵如云。前军失利身先退，蹙踏万人肢体分"，或颂扬为国捐躯的骁勇，如"江北江南士气雄，嫖姚年少在军中。重围已陷犹酣战，集矢还开五石弓"。明末爱国志士陈子龙《辽诗纪事》8 首显然是受黄克缵《辽阳纪事》的影响而创作的。黄克缵的记游诗也常关切时政，如《溜石墩》："江间箫鼓游人少，天外帆樯估客来。"作者就自注："时岁荒，米价翔贵，方告籴于吴粤，故游人甚少。"黄克缵为神宗、光宗、熹宗三朝重臣，人们关注的是他的为政业绩，对他的诗作并不注意，诗作流布不广，清雍正、乾隆间闽人郑方坤编《全闽诗话》，清嘉庆、道光间闽人梁章钜编《东南峤外诗话》都未能为黄克缵立目。② 但他"雅善声律"，其中不乏有声律圆稳可诵之作。

　　蔡清（1453—1508 年），字介夫，别号虚斋，晋江人，易学

---

　　① 《明史》卷二五六，第 6606 页；民国《福建通志》总卷三四分卷二七。

　　② 陈庆元：《明代五尚书黄克缵及其〈数马集〉》，见《文学：地域的观照》，上海远东出版社，2003。

大家，尤致力于六经、诸子及史集之学，对理学名家周敦颐、程颢、程颐、张载、朱熹的性理之书，无不熟读精究。明成化二十年（1484年），蔡清举进士，曾任礼部祠祭司主事、礼部祠祭司员外郎，正德元年（1506年），起任江西提学副使，主持修葺朱熹讲学旧址白鹿洞书院，刊布《学政条约》《大学中庸蒙引》《精选程文》等。蔡清一生辛勤著述，多为阐发六经本旨，著作甚多。蔡清的理学主要继承朱熹的学说，又有创造性的发展，如朱熹主张"理先""气后"，由"理"生"气"，即认为精神先于物质而存在，蔡清则认为"尽六合皆气也，理则此气之理耳"，即先有气而后有理，体现了唯物主义思想。①

蔡清诗如其人，诗往往是自己人格、风格的写照，即使是山水记游的诗歌，也蕴涵着较深刻的思想内容。其诗集《虚斋集》卷一的第一首诗是《自叹》："三十虽未老，已知非少年。愿将心事道，只恐付空言。"第二首诗是《题扇》："风本造化权，却从手中得。因思天下事，也须着人力。"体现了不空言无实，而重于为天下努力、付诸行动的为人准则。他登泰山，立于孔子登临之处看山、看日、看景，更以圣人之行比照自己，"一登第一山，自觉众山小。日起海门腾，云连边树杳。物情随运迁，元化无时了。一事类登山，怀哉愧不少"（《第一山和胡太守》）。他游泉州清源山，也不免要追思先哲，写景抒情，别有理悟，"一上狮峰四望低，恍然身蹑九霄梯。风云何意俱来会，虫鸟无心自在啼。静对乾坤疑有话，追思先哲愧留题。携朋更向清源去，去路相将莫遣迷"（《同黄石二生游狮子岩和陈少参韵》），诗写清源风光，抒发的都是未敢归隐而负青年时期雄心的志向："行行行上北山巅，始信人间别有天。红日当头真可捧，白云着袖似相牵。细思

————

① 《明史》卷二八二，第7234页；民国《福建通志》总卷三八分卷四。

田土千般物，何似清源一滴泉。我欲便为栖隐计，壮心未忍负青年。"（《登清源次马太守韵》）蔡清还有些诗并不写理趣、志向，纯为文人诗作，如《题云谷室》："山矗矗，水簌簌，白云一片卧空谷。卧空谷兮浑无心，乘风起兮应为霖。"总体而言，他的诗文"淳厚朴直，言皆有物，虽不以藻采见长，而布帛菽粟之言，殊非雕文刻镂者所可几也"①。

陈琛（1477—1545年），晋江人，字思献，因曾结庐于泉州紫帽峰下，又号紫峰，人称紫峰先生，著名易学家，蔡清的得意弟子。陈琛因在福建乡试中落榜，赋诗自励，"长使心间涵水月，不妨脸上污尘埃"，并题写"发愤三年，须是不炉不扇；把诗一敬，莫教愧影愧衾"一联于柱上。正德三年（1508年），陈琛在泉州府学边上的月台寺（承天寺）设课讲学，后又结庐紫帽山授徒，四方求学者众。正德十二年，陈琛与林希元同榜中进士，初授刑部山西司主事。不久，陈琛以母亲年老请改南京任职，得南京户部主事差监淮安舟税，后转为吏部考功郎，掌管官吏的考课、黜陟等事，晚年居泉州紫帽山秀林庵。陈琛著有《四书浅说》13卷、《易经浅说》（一名《易经通典》）8卷、《正学编》1卷、《陈紫峰文集》13卷。

陈琛为文"笔力光动流转，不可端倪，语浅而根诸深，语深而敷诸浅，险而安，常而伟，枯能使润，离能使合，约能不遗，肆能不乱，而卒归于性理道德"；诗"自在脱洒，超乎浮埃之外"②，如《题古元室》"抱素真人曾此留，排云扫榻耿岩幽。也知有雪偏能暖，尤讶无风亦作秋。石涧潺潺惊水逝，尘缨衮衮叹人游。半年待我西铭了，红绿描春定满邱"，又如《笋江》之"庄生久解濠梁意，何处江山不自由"，语言晓畅，条理井然。

① 《四库全书总目》卷一七一《集部·别集类二四》。
② 张岳：《张襄惠公文集》，第328页，海峡文艺出版社，1996。

张岳（1492—1552 年），字维乔，号净峰，惠安人。他博览诸子百家著作，尤好程朱理学，尝以大儒自期，与晋江人陈琛、同安人林希元寓居佛寺，闭门讲易，被当时人称为"泉州三狂士"。正德十二年（1517 年）张岳登进士，历任廉州知府、右佥都御史、江西巡抚、两广总督等。张岳登进士时逢王守仁倡导良知之说，调整儒学内部的思想，新学甚盛。张岳不服，持程朱学说，渡江与王辩论，"博约知行之旨"，成为史上佳话。张岳归乡后，自立二十余学则，潜心钻研经术理学。张岳著述有《圣学正传》33 卷、《载道集》40 卷、《小山类稿选》20 卷、《名儒文类》16 卷、《恭敬大训》18 卷、《惠安县志》13 卷、《古文类选》8 卷等，合数十箧。张岳"为文体尚庐陵，晚颇出入长苏。自负正、嘉二朝文第一，第不以文士自命"①，"气象宏裕而敢发时见，法度谨严而豪纵有余"②。如《镇海楼记》③借兹楼废兴以明为臣之道。朱彝尊认为他的诗"非精熟《文选》理者不能作也"，像"宛宛西飞日，余光照我裳"、"幽篁迷旧溪，回蹬距飞辙"等诗句，用笔平实，却词雅格高。

康朗（1508—1574 年），字用晦，号盘峰，惠安人，明嘉靖十四年（1535 年）进士，历任刑部主事、浙江佥事、广西参议、山西参议、江西左参政、佥都御史等。康朗著有《中丞诗集》10 卷、《中丞文集》10 卷、《海内诗文抄》12 卷、《温陵文献》16 卷、《止戈成略》8 卷等。林应钟赞誉康朗"文思瑰奇雄伟，不亚于遵岩（王慎中）；其五七言诗，有王（王维）、孟（孟浩然）之致"。④

① 《闽书》卷之八十九《英旧志》。

② 王慎中：《张净峰公文集序》，《小山类稿》附录一，第 407 页。

③ 明嘉靖二十四年（1545 年），广东提督蔡经（一名张经）与侍郎张岳重建镇海楼，因当时东南沿海常患倭寇，海疆不靖，需强化海防，张岳为之题名"镇海楼"，含"雄镇海疆"之意。楼成，张岳作《镇海楼记》。

④ 乾隆《泉州府志》卷四二，第 84 页；民国《福建通志》总卷三四分卷二四。

康朗诗《四月晚发黔江》写夜间舟行黔江的见闻感受，"两岸花迎棹，中峰角倚城"句一气流转，用词凝练，确有唐音余韵。《汲黯社稷臣论》一文，针对一向为世人所赞誉的汉武帝大臣汲黯，发出"汲黯社稷臣，人皆为黯喜，我独为黯忧"的见解，发人所未有，可看出其文立论的新颖特别。

傅夏器（1509—1594 年），字廷璜，号锦泉，南安人，世称锦泉先生。明嘉靖二十九年（1550 年）会元，闱文海内传诵，初授礼部仪制同主事，后提调会试院事竣，不久，转光禄寺丞。傅夏器晚年家居二十余载，陶然自足，著有《锦泉傅先生文集》。① 何镜山为《锦泉傅先生文集》作序，称其文"沉理醲丽，苍然郁然"，"古文渊奥沉变，自成一家，而大旨归于经世砺俗"，"诗词原本性情，深厚悱恻，有三百篇遗意，不以声响竞工"。傅夏器写有《岩野行》自喻："家在岩山下，岩野主人居。虽迩郡城外，总为小隐庐。巢燕初落构，旋马仅容车。垣墙不坊饰，茅茨不剪除。三千望里界，六一窗前书。默探草玄诀，白守太素初。翔风常作客，彩霞时映渠。学曾闻一贯，骚乃比三间。孤庭叹凉月，吾意独晏如。"

苏濬（1550—1620 年），字君禹，号紫溪，晋江人，明万历五年（1577 年）会魁，初授南刑部主事，因张居正柄政，忧愤辞归，不久，起补工部，擢浙江提学佥事，迁陕西参议，后移广西备兵副使，再改升广西参政，尔后，因病辞归故里，朝廷下诏升为贵州按察使，苏濬因病未痊愈拒绝，朝廷则强行要他上任。苏浚一气之下写了一道辞官文，曰："用世如虚舟，存而不系，过而不留，不以天下为己有；出世如游鱼，游乎江湖，忘乎江湖，不以己为天下有。"足见其人格秉性。苏濬著有《四书儿说》《四

---

① 乾隆《泉州府志·明列传》第 28 页；民国《福建通志》总卷三四分卷二五。

书解醒》《易经儿说》《韦编微言》《鸡鸣偶记》《漫吟集》《三余文卷》等。① 苏濬的会魁试卷《朝闻道夕》是一篇论道佳作。破题为"人生有涯，而道则无涯。苟以一息有涯之生，而闻千古无涯之道，则谓吾之身以一息为千古可也"，由此引申到"太虚不能常聚而不散，而有得于道，则吾之生死亦天地间之旦暮也"，进而提出"以太虚之气还之太虚"，"以造化之形归之造化"，紧扣主旨，阐述道无始无终，不生不灭，结论是"闻道""可以生，可以死，死亦生也"。苏濬有很多山水诗传世，《游紫帽山右峰诸胜》是其中的一首："山中闲日月，顿觉世情疏。苔径连云白，松风入夜虚。飘飘中散卧，寂寞子云居。一迳通幽处，天花任卷舒!"诗表现出一种超然洞达的气质。

除了上面这些有影响的诗人和理学家的创作，地方志书记载的明代泉州有诗文传世的诗文家还有：张瑞图，诗作有《村居》《庵居》等六言诗 300 首；庄际昌，著有《羹若文集》《霞栖藏稿》等；庄应祯，著有《芝园摘稿》；黄伯善，著有《菊山文集》《菊山诗集》；丁启浚，著有《平圃文集》《平圃诗集》；王畿，著有《樗全集》；史继偕，著有《云台藏稿》《八闽人物》《怡云草》；李开藻，著有《性余堂草》《酌言》；陈玉辉，著有《辍耕录》《适适斋鉴须集》；吕图南，著有《璧观堂文集》数十卷；陈学伊，著有《五谭类钞》《世纪》《清德堂集》；杨道宾，著有《文恪文集》；林欲楫，著有《水云居诗草》《友清堂文集》；张若，著有《百子金丹》；戴廷诏，编著有《历代帝王记》《历代名臣录》《古诗选》《诗山草》。② 比较知名的诗词作品有：朱梧的《琬琰清音》，朱汶的《碧谭诗集》，陈鸥的《忘机诗集》，江一鲤的《草堂诗集》，黄大木的《紫云诗集》，林应琦的《河洛遗音》，史

---

① 曾阅、李灿煌主编：《晋江历史人物传》，第 126—129 页，海峡文艺出版社，1997。

② 以下均见乾隆《泉州府志》和民国《福建通志》。

继偕的《怡云草》，丁启濬的《哲初诗集》，蒋德璟的《使淮诗》《使益诗》，傅启光的《纪行诗集》，诗文集作品不下百家。此时的泉州，女性诗人也开始有诗作流向社会，如黄志清妻邱氏的《听月楼》，潘维城妻郭氏的咏牡丹诗，甚至出现了郭氏孙女潘燕卿与郭宜淑、苏姒卿等组成的闽南最早的女子诗社。

二、清代泉州诗文

清王朝统一中国，统治者励精图治，社会日趋稳定，生产逐步发展，出现了封建王朝历史上的最后一个鼎盛时期"康乾盛世"，闽南一带的资本主义萌芽重新得到滋育生长。清代从顺治三年（1646 年）至光绪三十年（1904 年）近 260 年间，科举考试开 83 科，泉州有 269 名进士，其中许多人"余事"进行文学活动。这样，一批反映生活、崇尚自然的诗文相应出现。清代泉州文学成就最高者当推丁炜。

丁炜（1627—1696 年），字瞻汝，又作澹汝，号雁水，晋江人，回族。清顺治十二年（1655 年），定远大将军济度取漳州，朝廷诏许自行选拔府县官吏。丁炜投济度幕下，授漳平县教谕。后改鲁山（今河南鲁山县）县丞，升直隶献县（今河北省献县）知县。献县地僻事简，政事之暇，丁炜致力于诗词古文的创作和研究，不久转员外郎，升兵部职方司郎中、湖广按察使等，后因眼疾返乡。丁炜著有《问山诗集》10 卷、《问山文集》8 卷、《紫云词》1 卷、《涉江集》1 卷。泉州的名山胜迹，多留有丁炜的题咏。

丁炜以诗名传，是清初著名诗人。清代诗风比较丰富，有钱谦益的既重性灵、又重学问的诗作；有吴伟业、王士祯强调个人性灵、注重真情实感和自我意识的诗意；有乾隆时代出现的沈德潜"温柔敦厚"的"格调说"和翁方纲重学问、重义理的诗歌主张，还有直接来自于李贽思想的袁枚的"性灵"之气。丁炜主要受崇唐之风的影响，诗歌创作认同王士禛的"神韵说"，他认为："论诗力主合法近情，入情合理。以为诗贵合法，然法胜则离；贵近情，然情胜则俚。故追其为诗，力主唐、汉、魏，无诡薄之失。"他强调："诗，道性情者也。性情之所发，怫者不可使愉，忻者不可使戚。故江潭憔悴，必无广大之音；廊庙清和，自鲜烦嚣之调。"① 所以"作诗追求唐人风格，为朱彝尊等所推重，诗集都经王士禛和施闰章评定"（《辞源》）。王士禛则把他列为当时颇负文名的"金台十子"之列。在著名的诗论《渔洋诗话》中，王士禛指出："闽诗派，自林子羽、高廷礼后，三百年间，前惟郑继之，后惟曹能始，能自见本色耳。丁雁水炜亦林派之铮铮者。其五言佳句颇多，如'青山秋后梦，黄叶雨中诗'、'莺啼残梦后，花发独吟时'、'花柳看憔悴，江山待祓除'等，皆可吟讽。"当时名家宋琬、朱彝尊、魏禧都为丁炜诗集《问山诗集》作序。朱彝尊说："读其诗直言不伉、绮者不靡，约言之而可思，长言之而可歌。"认为丁炜"可谓善学唐人者矣"。董俞称丁炜的诗"高深淡远，冶秀空灵，藻采而运以慧心，奇气而润以幽思"（《高言集》）。沈德潜的《清诗别裁集》收有丁炜的《卧病酬林澹亭》《贾岛山谷》《新淦舟行》3首。

　　城下空江向北流，虔州西上正悠悠。柳边过雨鹭窥网，花外夕阳人倚楼。渔笛数声愁欲剧，篷窗孤枕梦偏幽。一川烟景频来往，每对青山忆旧游。

《新淦舟行》

诗写来自然充实，抒情主人公蕴藏于柳、鹭、花、阳和"一川烟景"中，很得唐诗韵味。沈德潜认为此诗的诗心有"人倚楼""夕阳"和"花外"三层意义，且"层折而略无痕迹"。沈德潜还

---

① 丁炜：《问山诗集自序》。

评价《贾岛山谷》说"通篇点化长江诗，便不浮泛"。①

丁炜虽认同王士祯的"神韵说"，但王士祯偏爱唐代诗人王维、孟浩然、韦应物，却不喜杜甫、白居易、罗隐等关注与描写现实的诗人，丁炜崇唐则无偏爱，对杜甫的风格也是崇尚的。

> 戎马经过半草莱，东南民力总堪哀。四知独忆杨公操，三异谁徽鲁令才。每叹荆公潜玉掩，那看合浦夜珠回。眷怀何日疮痍起，击壤讴歌遍九垓。
>
> 《长安杂兴》②

《长安杂兴》七律有二首，这是其中之一。这二首七律写清初闽海战事未休、人民遭遇乱离的悲惨景象，表达了作者忧国忧民之心，颇似杜甫的沉郁风格。

丁炜曾与朱彝尊、吴绮、陈维岳、龚翔麟诸人朝夕唱和，著有词集《紫云词》。他与堂弟韬汝③有"二丁竞爽，时有词兄词弟之称"，时人称"吾闽词家"。④ 词集取名"紫云"，灵感来自泉州紫帽山，内含不望乡土之意。作者在《紫云词》自序中说："其名以紫云，则乐操土音耳。吾乡城南有山紫帽，紫云尝冒其上，即唐真人郑文叔遇羽衣授金粟处。"丁炜填词始于宦游之时，较作诗晚，但成就较高。朱彝尊说"《紫云词》流播南北，盖兼宋元人之长"⑤；徐釚称"其所作直能上掩和凝，下追温尉，举凡芊绵韶令，雄奇排奡，无不各臻其胜，洵乎合辛、柳、秦、黄、姜、史诸家而集大成者也"⑥；对其所擅长的小调，谢章铤尤为赞赏，

---

① 沈德潜：《清诗别裁集》。

② 见《清诗纪事初编》。

③ 丁煒，字韬汝，生卒年不详，有《沧霞诗集》《沧霞词》。

④ 谢章铤：《赌棋山庄词话》卷一。

⑤ 《紫云词》朱彝尊序。

⑥ 《紫云词》徐釚序。

认为他的小调"与北宋人真堪把臂入林也"①。丁炜的《钗头凤》《诉衷情·金陵怀古》《更漏子·江夜舟行同韬汝》等为名家称道。如《更漏子·江夜舟行同韬汝》:

> 背孤檠,听急橹,耿耿无眠凄楚。江国路,几秋残,无如此夜寒。　云墨墨,风瑟瑟,空把床栏暗拍。天渺渺,水茫茫,无如此夜长。

作者生动地刻画了一个残秋之夜凄楚难眠的游子形象,将满腔的羁旅愁怀抒发得淋漓尽致。

丁炜词作的风格是豪放与婉约并容。

> 淮流东下,旧时月,又到女墙深处。寂寞王孙空蔓草,何况小山桂树。台畔纶竿,云中鸡犬,转盼埋烟雾。江光如故,翩翩过尽鸥鹭。　非不武似淮阴,文如枚乘,究竟成朝露。伎俩才华都使尽,那得天公比数。玉笛空吹,酒垆何在,凄恻山阳路。丹枫白雁,楚天正值秋暮。

《百字令·山阳怀古》

> 扁舟西上,纵览遍、吴国山川云物。巉石崩崖,是昔日,鏖战燔余赤壁。废垒鸦啼,惊涛鲸吼,喷薄翻层雪。抗衡强魏,至今犹想英杰。　当日破郢长驱,旌旗蔽日,戈舰乘流发。试问东风,未便时、割据谁分存灭。公瑾雄姿,阿瞒老手,胜负分毫发。高歌凭吊,飞燐夜泣江月。

《酹江月·赤壁怀古用坡公韵》

这两首词,既有"小山桂树""玉笛空吹"的幽婉,又有"淮流东下""惊涛鲸吼"的磅礴,"台畔纶竿"与"巉石崩崖"交汇,"寂寞王孙"与"公瑾雄姿"相会。对《百字令》一词,吴菌次评道:"怀古之事,人所能言;怀古之情,人所能有。至于措辞

---

① 谢章铤:《赌棋山庄词话》卷一。

如此起结，恐苏辛无此蕴藉。"对《酹江月》，朱锡鬯称此词写来"疏越激昂，音节独畅，试以铜琶铁棹高唱一阕，当令坡公掀髯"，吴菌次认为"神气飞扬，正如赤壁前赋，不独摹拟大江东去也"。

元、明二代，闽南乃至整个福建很少出现词家，泉州自唐许稷写出《江南春》以后，填词的虽有数家，但佳作寥寥。丁炜的出现是闽南乃至整个福建文坛诗歌史上的一个重要事件。

清代泉州作家成就较大的还有林嗣环、黄虞稷、李光地、官献瑶。

林嗣环（1607—？年），字起八，号铁崖。祖籍安溪，后迁居晋江，明崇祯十五年（1642年）乡试中举，继而于清顺治六年（1649年）中进士，历任广东提刑按察司副使、分巡雷琼道兼理学政、广东海南副使。顺治十三年，林嗣环被二藩（耿仲明、尚可喜）诬告落职，客寓杭州，名流钱谦益、吴伟业、朱彝尊、宋琬、曹溶、王士禄争相推重，后客死西湖。林嗣环著有《铁崖文集》《海渔编》《岭南纪略》《荔枝话》《湖舫集》《过渡诗集》《回雁草》《秋声诗》等。① 他博学善文，主要文学成就在散文。宣城施闰章（愚山）为他的《湖舫集》作序称他为"奇人"，"为文章，光怪百出，宁骇俗，毋犹人。其坎坷郁积不平之气，直欲排山裂石霹雳声"。林嗣环也自称除非乡贤先辈李贽，此外无人可与之类比。林嗣环的《秋声诗自序》有"口技"一段文字，本意原不在写口技，而是效法唐朝诗人王维"诗中有画，画中有诗"，自以为自己作的是"诗中有声"，便作序以表明自己诗作的"善画声"。后人认为这段文字高雅脱俗，便录取为单篇散文，并以《口技》名之，于是从《秋声诗自序》中剥离出来，独立行世，

———————————

① 乾隆《泉州府志》卷四五；民国《福建通志》总卷三四分卷三三。

后被选入当代中学课本。《口技》一文仅 360 多字，所状口技艺术几达化境，绘声绘色，形神毕肖，使人如闻其声，如见其形，有身临其境之感，张潮在《虞初新志》中赞叹道："绝世奇技，复得此奇文以传之。"

黄虞稷（1629—1691 年），字俞邰，号楮园，晋江安平人，著名藏书家。清兵大举南下时，江南战乱频仍，许多名家珍藏版籍散失殆尽，黄虞稷慎守先世藏书之志，千方百计搜购他人流散市上的藏书，在其父黄居中千顷斋藏书 6 万余卷的基础上，增至 8 万多卷，成为江南屈指可数的大藏书家之一。钱谦益编纂《列朝诗集》，向其借书，得以"尽阅本朝诗文之未见者"。黄虞稷编有《千顷堂书目》，还参编《明史》《大清一统志》。《千顷堂书目》收录明人著作 14000 余种，并附载宋、辽、金、元四代著作 2400 余种，是中国目录学史上的重要著述，使南宋末至明代数百年间纷然杂陈、汗牛充栋的学人士子著述得以条分缕析，"灿然大备"。黄虞稷著作还有《我贵轩集》《建初集》《朝爽阁集》《蝉巢集》《史传纪年》和《楮园杂志》诸书，但大都失传。

黄虞稷诗文雅健，诗作为王士祯、毛奇龄等人称道。毛奇龄在答赠他的诗《答赠俞邰》中有"王通家有三珠树，和峤身如千丈松""秋尽论诗逢沈约，年来讲《易》有田何"的赞誉。查为仁《莲波诗话》谈到吴绮等名士悼冒辟疆爱姬董白的诗时，认为黄虞稷的二首七绝更佳。二首七绝是："珊瑚枕薄透嫣红，桂冷霜清夜色空。自是愁人多不寐，不关天末有哀鸿。""半床明月残书伴，一室昏灯雾阖缄。最是夜清凄绝处，薄寒吹动茜红衫。"词妍韵凄，冒辟疆见之"哀感流涕"。黄虞稷为林古度祝寿诗《次林茂之先生八十自纪韵》，被认为"可作茂之小传"，写得真切动人。

李光地（1642—1718 年），字晋卿，号厚庵，别号榕村，安溪人。清康熙五年（1666 年）中举，进翰林，历官通政使司通政使、礼部侍郎、兵部右侍郎、工部侍郎、文渊阁大学士，是康熙年间杰出的政治家和思想家，是有争议却又深得康熙信任的人物，在清初政治史和学术史上具有较大的影响。清初学术门户之争激烈，程、朱理学主张"以理为本"，陆九渊、王守仁主张"以心为本"，两派数百年相争各不相服。李光地兼采程、朱、陆、王，提出"理即性""以性为本"的论点，强调儒家伦理的亲和特性及个体与社会之间的"蔼然""肃然"之情，以性的"生生之德"和"一体之仁"来说明现实制度的亲和力，是清前期官学化理学的典型代表。李光地著作43种，5种散失，现存38种，计175卷。主要有《朱子礼纂》《榕村语录》《榕村文集》《榕村别集》《榕村诗选》《周易折中》《周易观象大旨》等。①

李光地诗歌以诗为话，淳实简质不雕琢。如他的《游成云洞用朱子登芦峰韵》："溪深樵路微，峰回面势尽。涉乱渡杂沓，探崖穷攀引。村火蔽烟树，居然成异畛。寒筱钓沙黄，奇石剥山磷。雾色限霜飚，清声绝虫蝇。昔我营兹村，高天风息紧。修途节又弭，直径步方窘。白日照归乌，和风罢征隼。况是日边书，取次浮名泯。有愿劚金芝，无心联玉笋。一诺在山灵，皇肯为微允？八风正鸣条，四节时在蠢。童冠真五六，日暮命归轸。"全诗以成云洞为中心，把鸡冠崎和村子结合起来，铺叙和倒叙交错，叙事达情，表达了对故乡山水的眷恋和对孩提读书生活的怀念，颇得魏晋之遗风。以诗为话的风貌，在《喜雨》的"出门虽泥惋，散野喜禾多"、《农民苦行》的"四民最苦是农家，食无兼设衣无华"等句中也可见一斑。作为一个政治家，他有些诗是以慷慨昂扬的格调，表达自己的爱国豪情，如《送施少保南征》的"况是门庭寇，怎容卧榻旁"，《送阮子章参戎闽海》的"赤手图天水，丹心照昊曦"，《武侯躬耕言志》的"稚芳纷不游，谁谓我

---

① 民国《福建通志》总卷三四分卷三四；《清史稿·列传四九》。

无忧",《诸葛武侯步王荆国韵》的"我读公遗文,胸臆填悲伤。惜哉汉业倾,虚有大厦梁"等。

在诗歌理论上,李光地继承"文以载道""温柔敦厚"的诗教传统,认为"风雅之宗"在"志高""性情厚",既主张"志者诗之本,乐者其末也",又认为"有经史在",韵文"全说道理亦不是",重视诗的"气运"和艺术,称赞鲍照、苏武诗"生新""意味深厚",批评韩愈诗"多直句",不如杜甫之"曲",朱子诗"说理太尽",认为"直处"要"淡淡写来","令人思之,觉得有味",看法切合诗歌创作规律,对纠正崇尚宋诗说理诗风的偏向具有积极作用,所以梁章钜称他"说诗时有创解"。①

官献瑶(1703—1782年),字瑜卿,一字石溪,安溪人。历任三礼馆纂修、编修,广西、陕甘等地学政,司经局洗马等官。官献瑶深研经学,著有《读易偶记》《尚书偶记》《读诗偶记》《周官偶记》《仪礼读》《孝经刊误》《依园诗草》《石溪诗文集》等。官献瑶是漳浦蔡世远和桐城派方苞的得意门生,"事方苞受古文法,称高第弟子","为文长于说理"。②《重构成云洞书院落成步韵》是他书写闽地名胜的诗:"扶桑万里海天红,道在清溪日正中。曲曲名山应北斗,棱棱瘦石总凌空。传经鹿洞心相印,选韵芦峰调亦同。更爱榕村村对出,隔溪堆起一屏风。"前四句写沿途风景,"万里海天""名山""北斗""瘦石凌空",境界开阔;后四句写成云洞书院,把它跟朱熹、李光地联系起来。应用夸张、比喻、比拟等修辞手法,气度不凡。

清代泉州诗人还有:陈一策,乾隆元年(1736年)贡生,有《翠屏山人诗文集》,《全闽诗话》和《国朝诗选》选录其诗。庄承祚,字锡长,号松峰,惠安人,康熙四十四年(1705年)京

---

① 陈忠义、何新所:《泉州之元明清文学研究》,载《鹭江职业大学学报》2003年第4期。

② 钱仲联:《清诗纪事》,第548页,江苏古籍出版社,1987。

魁，著有《松峰稿》《粤游纪兴》1 卷，《螺阳文献》辑录其诗。许邦光，字汝韬，号策山，泉州人，嘉庆十六年（1811 年）进士，写有《赋得农教先八政》和《赋得锄禾当午》等勉励农作的诗。李道泰，字子交，号藿思，德化人，著有《缨溪文集》等。陈万策，字时对，号谦季，安溪人，康熙五十七年进士，有《近道斋诗文集》8 卷。唐桂生，字子芳，号丹崖，又号丹谷，安溪人，雍正二年（1724 年）举人，现存诗歌 40 余首。黄志焕，字曾韫，号玉斋，晚号密庵，泉州人，康熙十二年进士，著有《留耕堂文集》《得间堂诗草》。黄梦琳，字球卿，泉州人，著有《雪舟诗集》和《诗学正宗》。黄德蒿，字天峙，泉州人，康熙五十年举人，著有诗文数十篇及《历试草》《不自弃亭集》。女诗人戴云、吴班、郭雪佳、爱兰仙和丁炜女儿丁报珠等，各有诗集诗作流传。

三、明清时期泉州的小说、戏剧

明清时期的泉州文学，与市民生活紧密联系的小说、戏剧创作虽有明显的进展，但对于泉州这样一个商业比较繁荣的城市来说，适应市民需要的戏剧、小说创作依然不够发达。明代小说有明初无名氏著的《丽史》一篇，历史和艳情交融，描绘和诗文穿插，写伊楚玉与凌无金生离死别的爱情故事，反映元末泉州社会现实。后来，较有影响力的是李贽编的《初潭集》。《初潭集》辑六朝以来志人故事，仿《世说》体例，分类却自出胸臆，于故事后附编者评点，阐发其反对传统理学、主张尊重个人、张扬情感的思想，时有新见。文言小说《荔镜传》（即《奇逢集》）及梨园戏剧本《荔镜记》，讲的是陈三、五娘的爱情故事，是明代泉州小说、戏剧创作的重要收获。

清代泉州的小说数量仍然很少。潘鼎珪的《安南纪游》可看作游历小说，记叙了作者游广东时，船遇海风而飘至越南江平港，于是在江平买"土舟"抵华封，后到轩内、都城等地的故事。故事线索是游历小说的线索，但故事内容则较拘泥于事实本身，缺乏小说的想象力。清末军火家丁拱辰较有创意，他把梨园戏的传统剧目《陈三五娘》改写成章回体小说《荔镜西厢》，情节有所丰富。在民间流行较广的是洪琮的《前明正德白牡丹传》46回，叙述的是正德皇帝梦见绝代双娇白牡丹、红芍药，于是有了南游访美之心。太监刘瑾企图谋反，暗中与朝廷奸臣和地方盗匪勾结，于南游途中劫驾。正德一路遭到拦劫，幸有侠士李梦雄、李桂金兄妹等护驾，方免于难。刘瑾等奸臣被惩，忠良侠士得以赠封。但正德皇帝目的未达，访美之心未死，数年后又微服南行，在杭州遇李凤姐，封李为西宫贵妃，最终在苏州找到白牡丹和红芍药，正德皇帝却被地方恶霸囚禁。朝廷大臣闻知正德皇帝出游，派兵往苏州护驾，救出了正德。正德回京封赏有功及恩遇之人，李凤姐因被遗忘而忧愤致死，正德皇帝便为之建庙配享。小说写正德皇帝两次下江南，护驾劫驾之人均不同，由此构成两个故事单元，增加了叙事的故事性和情节的一波三折，与何梦梅的《大明正德皇游江南传》题材相同，情节却各异。

总体看，泉州明清文学，作家作品数量众多，出现了王慎中、李贽、丁炜三个在全国有一定影响的作家。创作上，泉州文学多有复古倾向，或宗唐，或尚宋，或崇汉魏。作品体裁仍以诗文为主，有少量赋，小说、戏剧很少。

第三节　明清时期漳州文学

一、明代漳州诗文

明代，漳州的文学创作由元代的低谷向上回升，涌现了许多作家，诗词的创作进入了继宋代之后的又一繁荣时期，留下不少优秀诗文集，极大地丰富了漳州的文学。林弼是明初漳州知名的文学家，其著作《林登州集》被收入清代乾隆时期修纂的《四库全书》中。明代中期漳州出现了著名的"七才子"，他们分别是张燮、蒋孟育、高克正、林茂桂、王志远、郑怀魁、陈翼飞，创作带着海洋的气息，为复古的闽地文坛吹起一股清风。明末国家危难，漳州产生许多忠烈之士，因此，悲烈苍凉之声遍被诗林，明末有陈思贤和龙溪六生及后起之秀周起元、黄道周等，诗风为之一变，一洗宋代理学为诗的陋习，特别是人称"闽海才子"的黄道周，学识渊博，工书善画，立朝守正，明亡后以身殉国，《明史》赞其"文章风节高天下"，是明末影响力极大的漳州籍文学家。

　　明初较有影响的作家是林弼。林弼（1325—1381年），原名唐臣，字元凯，号梅雪道人，龙溪人，元至正八年（1348年）进士。元亡，林弼归隐于家。明洪武二年（1369年）更名弼，拜吏部考功主事，次年出使安南（今越南），为册封安南国王使者，后官至登州知府，卒于任所。林弼工诗文，著有《林登州集》《登州先生续集》。《林登州集》被收入清代乾隆时期的《四库全书》中。林弼的诗歌以景缘情，格调清新。

　　　　西村竹树净朝晖，万事闲来总息机。一夜小溪春雨过，半篙新水白鸥飞。草堂作就资谁寄，彭泽归来愿未违。最忆衡门凝望处，平畴十里豆花肥。

　　　　　　　　　　　　　　　　　　　　　　《西村隐居》

　　　　盘陀岭上几盘陀，茅竹萧萧雨乍过。水暖游鱼奔绝涧，草香驯鹿食阳坡。怪山当面疑迷路，啼鸟迎人却和歌。总为世途多险恶，太行蜀道复如何？

　　　　　　　　　　　　　　　　　　　　　　《过盘陀岭》

前首写隐居生活，一腔闲淡心情托付于竹树、小溪、草堂、平畴之中，含蕴无穷。后首写故乡漳浦盘陀岭的风光，阴柔阳刚相济，尾联将盘陀岭比作蜀道，颇有豪迈之气。

除林弼外，林震也写有不少诗作。林震（1388—1448 年），字敦声，又字起龙，长泰人。据传林震参加殿试时，明宣德皇帝出《月中丹桂第一枝》题。林震才思敏捷，即赋："骑鲸直上九天台，亲见嫦娥将桂栽。幸得广寒宫未闭，待臣连月抱归来。"皇帝闻之大喜，御笔圈定林震为新科状元。此科第二名榜眼为建安（今建瓯市）龚锜，第三名探花为莆田林文。福建省囊括榜首前 3 名，闽中一科三鼎甲，至今传为佳话。林震授翰林院修撰兼国史编修，曾主持编修《明实录》。他居官八载，于正统二年（1437 年）"称疾告归"，回乡闭门读书，以诗史自娱。林震写有不少诗文，惜多已散失，今存有《儒学科贡题名记》《林氏族谱序》等文章以及《紫极宫》《春日偶成》《归省》《元宵》《题苏步坊》等 30 多首诗歌。

明万历间漳州文坛最著名的是号为"龙溪七才子"的张燮、蒋孟育、高克正、林茂桂、王志远、郑怀魁、陈翼飞，他们组成"伭云诗社"，一起切磋诗艺，弘扬风雅。其中以张燮的文学成就最高。

张燮（1574—1640 年），字绍和，又字理阳，号汰沃，又号石户主人、海滨逸史、蜇遁老人等，龙溪人。张燮出生于官宦世家，明万历二十二年（1594 年）进士。张燮无意仕途，以潜心著述为乐，在漳州开元寺旁建别墅，名曰风雅堂，万历二十九年创立伭云诗社。张燮著述极多，黄宗羲称他为"万历间作手"。陈继儒认为："闽中唯三著述家，侯官曹学佺，晋江何乔远，龙溪张燮也。"黄道周对张燮极为推崇，于明崇祯十年（1637 年）在《三罪四耻七不如疏》中向朝中举荐，称张燮"雅尚高致，博学多通，足备顾问"，并自道"臣不如华亭布衣陈继儒、龙溪举人张燮也"。其著作除著名的《东西洋考》之外，还有《群立楼集》

84 卷、《霏云居集》54 卷等。张燮还和刘廷蕙等人一道编纂了《漳州府志》，和蔡国祯等人编纂了《海澄县志》，帮助何乔远编辑《皇明文征》。他刊刻的汉魏《七十二家文选》，成为后世刊刻这些书籍的底本。著作编入《续修四库全书》。①

张燮平生"淹贯史籍，沉酣学海"，也喜好与朋友吟诗唱和、游山玩水。在他的诗文集中，叙写寻幽探胜、流连山水的诗歌很多。如他写长泰天柱山的《忘归石》："霞气变朝暮，山深月上迟。徘徊两不厌，此意老僧知。"后两句将大自然与自我合为一体，颇有李白的"相看两不厌，唯有敬亭山"之境界。像为人们所传诵的"乱烟经癖少人过，野老犹谈晋永和""修竹茂林堪息影，情深怀古舞婆娑"等诗句，也都写得意趣盎然。他经常与名士交往，一部分诗歌抒写朋友相聚的情景，或饮酒酣歌，或烹茗煮茶，或吟诗唱和，都饶有兴致，如《顾太初司成招饮宅上》《访邹彦吉学宪斋头酒集》《过林子丘茂之伯仲华林馆留酌》等。《过林子丘茂之伯仲华林馆留酌》："隔篱种树时临水，列石留云更作峰。坐起笔床聊送日，寒花插对酒杯浓。"诗中"树""水""石""云"四字，简练地点染了居处的自然景致，"浓"字写出了酒浓情更浓之意。

张燮虽寄情于山水，过着闲云野鹤般的生活，但他毕竟是"淹贯史籍，沉酣学海"之人，身居闽南这块倭寇屡犯不止的海疆，身处清兵冒犯中原的时代，他"强半谈时事"，心系国家安危，民生疾苦。在《胜屿歌》里他写道："欲往从之济无梁，据地长啸邀鸿蒙。坐久起射东扶桑，短腕仍弯五石弓。昨日飞廉太昏黑，渔舟一去无消息。千家野哭为招魂，破艇还归生羽翼。"诗前半部分写射杀倭寇的豪情气势，后半部分写渔民不顾海上倭寇横行，冒死出海谋生，死里逃生的乍悲乍喜之情。诗人的慷慨

① 王秀花主编：《漳州历史名人》，第 40 页，海风出版社，2005。

豪情与渔民的喜怒哀乐息息相通。《辽师失利四首》以辽左战事为内容，关注辽地边关的安危。在诗中，他痛斥清军"羁縻勿绝已多年，忽漫妖氛屡犯边"，歌颂明朝军队出征报国的英姿飒爽："尽日催军赤羽旗，度辽十万报师期。""中原老将尽从征，仗钺分歌出塞行。""白头未洒辞家泪，青史仍拼报国名。"也表现出明军战败后的失落与伤感，"半残棋局空留恨""绝漠长膏战血悲"。这类诗句集中反映了作者身在山水、心在庙堂的中国文人情怀。

张燮的儿子张于垒是明代神童诗人，7 岁能诗，曾三次游武夷山，为武夷山写下 50 多篇诗文，写有诗、游记等 60 余篇。可惜英年早逝，只在人间活了 18 年。

"七才子"的其他六才子生前都有著作结集，但由于历经战乱，水火虫蚀，文集亡逸殆尽，只余寥寥数篇散见于各郡县志乘古籍中。从现在能见到的诗作看，这些诗文表达的主要是归隐乡里、乐山乐水的主题。如郑怀魁的《龙使君水鉴舟共泛放歌》写海景："木兰为楫桂为舟，片帆随意江干驻。我来水鉴坐相鲜，四楹图书兴洒然。向闻海上黄金使，远望神君回车骑。万橹云屯寂不哗，高歌今日为君醉！"借助想象展现了海上一派繁华的贸易景象。林茂桂的《观海楼》："高峰矗立千仞哉，名以天柱从古来。岗峦万叠纷聚米，沧海一勺仅浮杯。"将层层相叠的岗峦和一望无际的沧海生动地描绘出来。陈翼飞的《虎硿岩宴集放歌》："游子悲吟气益振，故人慷慨心不忘。""弱腕能弯一石弧，短衣欲逐海西侯。""长剑划天天欲开，浮云为我西北来。"表达了诗人隐居山间却豪情满怀的情绪。王志远的《崇安道中》："结庐武夷下，还耕武夷田。但爱村无吏，不知山有仙。"抒发了对无官吏村居理想社会的向往。

除"七才子"外，林焊也是明代漳州值得一提的诗人。林焊（1578—1636 年），字实甫，号鹤胎，龙溪人。明万历四十四年

（1616 年）殿试第三名，授翰林院编修，任国子监国子司业，后升为国子祭酒。林焊因得罪魏忠贤被矫旨削职，回归故里隐逸。明崇祯元年（1628 年），思宗皇帝恢复林焊原职，继而升为礼部侍郎兼侍读学士，拜东阁大学士，入阁参与军国大事。林焊生平除《明史》本传外，清修《漳州府志》和《龙溪县志》均有详细记载。林焊存诗不多，目前仅录得 9 首，其中有《和李羲民岩头拂水四首》，其一为："尽日流水声，六根聚一耳。举头见空山，有眼亦如此。"其二为："无雨不成滴，无风不成丝。若要玲珑看，风停雨歇时。"其三为："化身以为空，化意以为云。化笔为风雨，澜翻似几分。"其四是："最爱因风起，摇摇不可攀。一滴入青冥，前山靠后山。"语言平淡无奇，诗却蕴涵感悟理趣。

明代末期漳州出现了一个著名的女诗人蔡玉卿。蔡玉卿（1612—1694 年），字润玉，龙溪人，15 岁嫁与黄道周为继室，黄道周为国殉节后，敕封为"一品夫人"。

蔡玉卿原仅粗识文字，后刻苦攻读，博览古今，于书、画、诗诸艺均有造诣，尤其书法，"且善临池，仿道周书几夺真"，曾"人争以匹锦售之"，作品灵秀险峻，峭雅浑逸。黄道周兵败被俘时，蔡玉卿派家童送去短信，言"自古忠贞，岂烦内顾？身后之事，玉卿图之"。黄道周得书后欣然大笑。黄道周殉节后，她志坚情笃，自此隐匿于邺山。后偕第四子及孙儿入龙潭山深居长达二十余年，过着清贫寂寞的生活。[①]

蔡玉卿现存的诗歌约 28 首，大部分表现了诗人对时政的关切，对奸臣误国的憎恨，以及对丈夫的激励，体现了"同心济国事"的大家闺秀风范。《石斋上长安，诗以勖之》写于黄道周赴京之时，诗一反传统离别诗的凄楚悲凉，而是格调高扬："送别钱河梁，君上长安道。去去复去去，长途漫浩浩。朔方风雪多，

---

①　王秀花主编：《漳州历史名人》，第 50 页，海风出版社，2005。

音微日夜杳。幸期匡颓俗，所冀伸怀抱。以此慰闺人，寸心良为好。况乃百年中，齿发倏已皓。干国有几时，忠直永为宝。桃李森成行，园林删蔓草。它日咏归来，共订言事稿。"南明隆武元年（清顺治二年，1645 年）黄道周将率师出闽，她又作《隆武纪元，石斋授钺专征，作五律二首赠行》，其二为："大厦已倾危，诚难一木支。同心济国事，竭力固皇基。白水真人起，黄龙痛欲期。公今肩巨任，勿负九重知。"黄道周英勇殉国后，她赋诗抒愤，写下《石斋殉难未及从死，惨酷萦怀益无聊赖，偶吟时事数律以舒愤痛》："德祐沉沦日月昏，牛羊腥臊漫乾坤。干戈扰扰余残梦，薇苹离离久断魂。欲向吴天纵夷丑，岂无豪杰靖中原？行中报道好消息，缵统新皇旧桂藩。"无论离别、出征还是悼亡，写来都具女性难得的慷慨之气，这在她的题画诗里也是如此表现。如题千叶桃画："不言成蹊，非由色媚。"题铁线莲画："小草铁骨，亭亭玉立。"整个诗歌创作的风格刚毅，在女诗人中独树一帜，所以后人都称她为"闺阁中的铁汉"。

明代漳州的其他作家如周瑛、林士章、卢维祯、林偕春、刘庭蕙等也都有诗文传世。

周瑛（1431—1519 年），祖籍莆田，出生于漳浦。成化五年（1469 年）进士，著述有《经世管瀹》《字书纂要》《金陵金台编》《广德志》《蜀志》《漳州府志》《莆阳拗史》《翠渠摘稿》《词学鉴蹄》等。林士章（1524—1600 年），字德斐，号璧东，漳浦人，嘉靖三十八年（1559 年）探花及第，授翰林院编修，曾任国子监司业、南京国子监祭酒、礼部左侍郎等职。万历九年（1581 年）获准致仕，他性喜恬静，回漳州后择居城郊，过了近 20 年的村居生活，流传于世间的作品有《漳浦县重修儒学大门记》《学博木湾陈先生创行乡饮记》《平和县重修儒学始建尊经阁碑记》《仙峰岩记》和《日观赋》等。卢维祯（1543—1610 年），字司典，别号瑞峰，漳浦人，隆庆二年（1568 年）进士，有《醒后集》《醒后续集》等著作。林偕春（1537—1604 年），字孚元，号警庸，晚号云山居士，云霄人，明嘉靖四十四年（1565 年）进士，著作《云山居士集》载入《明史·艺文志》。刘庭蕙（1547—1617 年），字云嵩，漳浦人，万历八年（1580 年）进士，著有《一亩宫存稿》。此外，明代以诗文结集行世的还有王会的《归田集》《建文野史》《梦斋笔谈》，吴大成的《梅月诗卷》，林一阳的《诗文集》等。

二、清代漳州诗文

清代，漳州出现了两个著名的理学大儒——蔡世远和蔡新，他们并不以文学见长，但文章言之有物且有条理，为漳州文学载道、叙事之文的代表。清廷平定台湾后，福建许多文人相继入台，漳州的陈梦林曾多次游历台湾，蓝鼎元随族兄蓝廷珍赴台征讨，他们写下了不少反映台湾的作品，这应是清代漳州文学创作题材和艺术的重要特点。此时出现的漳州籍著名的数学家庄亨阳，也是一位工于诗词的科学家，他的诗歌创作别具一格。

蔡世远（1681—1734 年），字闻之，号梁村，漳浦人，是清代笃信程朱理学的著名儒臣。康熙四十八年（1709 年），蔡世远中进士，选庶吉士，曾在福州鳌峰书院讲学，听者千百人，正所谓"掌教鳌峰，闽士皆矜奋，成才者众"。① 雍正元年（1723 年），他被授翰林编修，入直上书房，侍诸皇子读书，不久，升翰林侍讲，历升詹事府少詹事、内阁学士兼礼部右侍郎。雍正六年，他转礼部左侍郎，任经筵讲官。雍正皇帝称赞他讲学用心得体，尽心尽职。他病卒后，桐城派代表人物方苞为其撰写《礼部侍郎蔡公墓志铭》，墓志铭写道："其材天植，其学不迷，其志不欺，其

---

① 光绪《漳州府志》卷三二。

数非奇，而不竟其所施。匪予之私，众心所凄。"① 乾隆皇帝追赠
礼部尚书，赐谥文勤，制词表彰，称其"秉姿直谅，制行端方"，
"研究于天人情命，砥砺乎理学文章"，"讲学鳌峰克探濂洛关闽
之蕴"，"展二希之遗集，垂百世之休风"。② 蔡世远著述甚丰，有
《二希堂文集》《古文雅正》《合族家规》《先儒遗书汇编》《性理
精要》等。他散文成就很高，有桐城派之风，崇尚"义法"，文
辞古朴，引经据典，说理透彻。《漳州府志》载他"师事黄道周，
下笔为书，古文辞风骨辄与之肖。道周心重之"。

　　蔡新（1707—1799 年），字次明，号葛山，别号缉斋，漳浦
人。蔡新喜好儒家性理天命学说，深受堂叔蔡世远的钟爱，乾隆
元年（1736 年）中进士，选翰林庶吉士，乾隆十年奉命入直上书
房，侍诸皇子讲读，并授翰林院侍讲，后任礼部尚书、兼理兵部
尚书，充《四库全书》馆正总裁之一。蔡新著作有《缉斋诗文
集》。文学上与蔡世远一样，主要在说理散文方面。

　　陈梦林（1670—1745 年）③，字少林，云霄人。康熙二十五年
（1686 年），陈梦林游学于黔中，深得黔州知州黄虞庵嘉赏，欲引
荐入太学，但陈梦林无意仕途，请辞返回漳州云霄。康熙五十五
年，陈梦林受台湾诸罗县令周钟瑄邀聘，到台湾协助撰修《诸罗
县志》。修撰县志期间，陈梦林留意台湾军政与社会事务，认真
研究，提出守建台湾的策略，当时的闽浙总督满保采用了陈梦林
的意见，有效地增强了台湾的海防和吏治整肃。由此，满保为其
叙功请奖，但他坚辞离台返乡，续修《漳浦县志》。《诸罗县志》
为台湾现今所有方志中最重要的一本。陈梦林著有《他斋诗文
集》《漳浦续志》等。另外，陈梦林写有许多与台湾有关的诗文，

---

　　① 方苞：《方苞集》卷一〇，上海古籍出版社，2008。

　　② 光绪《漳州府志》卷三二。

　　③ 陈梦林生卒年，据连横《台湾通史》。

据连横的《台湾通史·艺文志》载，有《台湾后游草》《游台诗》等。他的游记散文融叙事、议论、写景于一体，其中《望玉山记》和《九日游北香湖记》堪称佳作。"游台"诗歌往往将台湾莽荒粗犷的风光写得生机盎然，别具一格。如《玉山歌》：

> 须弥山北水晶宫，天开图画自玲珑。不知何年飞海东，幻成三个玉芙蓉。庄严色相俨三公，皓白须眉冰雪容。夹辅日月挂穹窿，俯视众山皆群工。帝天不许俗尘通，四时长遣白云封。偶然一见杳难逢，唯有霜寒月在冬。灵光片刻曜虚空，万象清明旷发蒙。须臾云起碧纱笼，依旧虚无缥缈中。山下蚂蟥如蚁丛，蝮蛇如斗捷如风。婆娑大树老飞虫，攒肌吮血断人踪。自古未有登其峰，于戏！虽欲从之将焉从？

蓝鼎元（1680—1733 年），字玉霖，号鹿洲，别号任庵，漳浦人。他自幼熟读经史，尤喜古诗文。他胸怀大志，常以文章抒发抱负。清康熙四十六年（1707 年），蓝鼎元应张伯行聘请，到福州鳌峰书院与同乡蔡世远共同纂订先儒诸书，两年后，辞聘归家，在家乡教书和著述。康熙六十年夏，蓝鼎元随族兄蓝廷珍赴台征讨，其间军中文檄、书禀、告谕等皆出其手。蓝鼎元为治理台湾出谋划策，撰《平台纪略》一卷，陈述治理台湾十九事，切中治台时务，因此被称为"筹台宗匠"。雍正元年（1723 年），蓝鼎元以拔贡选入京，分修《大清一统志》，之后任过广东普宁知县、广州知府。他的著作有《鹿洲初集》《女学》《东征集》《平台纪略》《棉阳学准》《鹿洲公案》《修史试笔》等。

蓝鼎元的著作涉及哲学、法学、文学、史学、经济学、政治学、社会学、农业、水利学、地理学、教育学、海上交通、对外贸易、军事学、民族学、人类学、妇女学和方志学等学科。清人陈华国说蓝鼎元"学术醇正，践履笃实"①，旷敏本称蓝鼎元"等

---

① 　陈华国：《棉阳学准序》，见《鹿洲全集》。

身著述，自足千秋"①。蓝鼎元的诗词收入《鹿洲诗选》，主要反映自己的平台策略和治台思想。如他的《咏台湾》一诗：

> 台湾虽绝岛，半壁为藩篱。沿海六七省，口岸密相依。台安一方乐，台动天下疑。未雨不绸缪，侮予悔噬脐。或云海外地，无令人民滋。有土此有人，气运不可羁。民弱盗将据，盗起番亦悲。荷兰与日本，眈眈共朵颐。王者大无外，何畏此繁蚩。政教消颇僻，千年拱京师。
>
> 《咏台湾》

此诗写于清朝刚开始治理台湾之时，那时有人把海中孤岛台湾看成是一个包袱，认为留之无所加，弃之无所损。蓝鼎元却以他睿智的眼光看到了台湾地理位置的重要性，写出了这首"台安一方乐，台动天下疑"的远见之作。他的《檄台湾民人》颇具盛名，笔锋尖锐、格调激昂。

> 朱一贵，内地莠民，为乡间所不齿，遁逃海外，钻充隶役，又以犯科责革，流落草地，饲鸭为生，至愚至贱之夫，谓可与图大事乎？附和倡乱之徒，皆椎埋、屠狗、盗牛、攘鸡等辈，以及堡长、甲头、管事、各衙门吏胥、班役，曾有正人豪杰才俊与于其间乎？由来乱臣贼子，皆膺显戮；虽强如莽、卓，狡如孙、卢，无不骈首就诛，沈渊灭族！况此小盗、贱役，智能不及中人，辄敢公然造孽，欲作夜郎于海外，冀腰领之苟全，无是理也！②

这里先是连用几个对比、反问，一气呵成，直指人的心窝，由此激起义军和台湾民众对朱一贵的不信任。此文本宣示朝廷之恩，因此开篇以怀柔语调写道："土贼朱一贵作乱，伤害官兵，窃据

---

① 旷敏本：《鹿洲公案序》，见《鹿洲全集》。
② 蓝鼎元：《东征集》卷一，见《鹿洲全集》。

郡邑，汝等托居肘下，坐受摧残，无罪无辜，化为丑类，深为怜悯。"接下来笔锋更带温情：

> 惟念汝等贤愚不一，或有抗节草泽，志切同仇；或不得已畏死胁从，非出本愿。若使崑冈炎火，无分玉石，诚恐有乖朝廷好生之德，且非本镇靖乱救民之心。为此不追既往，咸与维新。凡汝士庶番黎，莫非天朝赤子，向风慕义，悔罪归诚，回生良策，刻不容缓。

此文刚柔相济，时人评说"此檄为解散贼徒数十万"[1]，"为平台第一机栝"[2]。蓝鼎元的《记水沙连》《记虎尾溪》和《记火山》等游记散文也写得不错。

庄亨阳（1686—1746 年），乳名天钟，字元仲，一字复斋，南靖人，康熙五十七年（1718 年）进士，历任山东莱州潍县知县、国子监助教、吏部主事、汉阳府同知、徐州知府、江南淮徐道道员。他在漳州芝山书院任教期间，求教者有时一日"数以百计"；在国子监任教时，亦极受士子尊崇。他是清代较有影响力的数学家。他对照我国古代《九章算术》，从治理淮河实际需要出发，编著《秋水堂集》和《河防算法》等著作。《秋水堂集》被收入《四库全书》，名为《庄氏算学》。英国李约瑟著的《中国科技发展史》、李俨撰的《中国算学史》等论著都高度评价了《庄氏算学》。庄亨阳贡献自然在数学，但他也工于诗词，人们评他的诗是"文词雅健清新，兼有阳刚之气与阴柔之美"[3]。他的《咏竹马》描写了当时竹马戏扮演《王昭君》的盛况："一曲琵琶出塞，数行箫管喧城。不管明妃苦恨，人人马首是瞻。"诗的语言有数学家的简练准确之感。

---

① 蓝鼎元：《东征集》卷一，见《鹿洲全集》。
② 蓝鼎元：《东征集》卷三，见《鹿洲全集》。
③ 王秀花主编：《漳州历史名人》，海风出版社，2005。

总体而言，明清时期漳州文学的成就不如泉州文学，严格意义上的文学家数量不多，有影响力的更少。除了黄道周等少数文人能声腾八闽之外，多数文人则只能名止乡里。

第四节　明清时期厦门文学

一、"海都四才子"与明代厦门文学

明洪武二十年（1387 年），江夏侯周德兴将永宁卫的中、左千户所调驻厦门岛，设中左守御千户所，洪武二十七年中左所所城建成，厦门的城市历史由此开始。明代漳州月港兴盛，厦门港也悄然兴起，明清之际月港走向衰弱，厦门港便一跃成为闽南乃至福建东南最重要的港口。此时，郑成功据厦建立抗清根据地，开展海上贸易，厦门的海港经济和社会发展迅速，为其人文社会提供了比较雄厚的基础，文化教育进入兴盛时期，出现了文学发展的繁荣局面。

这个时期尤其在明代中期以来，中国诗文呈现一种稳定推进并趋向复杂的态势，出现一些影响较大的文学流派。先有李梦阳为主导的"前七子"文学复古运动，主张切断与宋代文学的联系，沉重打击明初的"台阁体"；之后出现了唐顺之、王慎中为首的"唐宋派"与以李攀龙、王世祯为首的"后七子"之间的对立。"唐宋派"倡导文学的尊道精神，反对"前七子"的"文必秦汉，诗必盛唐"的主张，"后七子"仍以文学复古为理论旗帜，强调文学的格、调、法。晚明则有李贽的"童心说"先导，又有袁宏道为中心的"公安派"力排复古模拟，强调文学的"性灵"。而后是钟惺、谭元春为代表的"竟陵派"趁势而起，追求诗的"幽深孤峭"。厦门作为明清之际的一个重要港口城市，"紫阳过化"之地，又是明郑政权抗清的基地，主流文学的潮流直接影响

了厦门文学。林希元、洪朝选等名家就接受了"唐宋派"的文学尊道精神，被称为"许同安"的许獬，其文学主张也倾向复古的"唐宋派"；池显方则接受"公安派"的诗主性灵之说，"独抒性灵，不拘格套"，任性而发；诗人蔡复一与"竟陵派"关系密切，常与"竟陵派"的倡导者钟惺、谭元春等唱和，诗作俨然竟陵风格。又由于郑成功据厦反清复明，晚明的不少遗老遗少移居厦门，写诗作文抒写遗民的民族气节，他们的诗歌多表现个人的真实情感，抒发性情，但性情与"公安派""竟陵派"不同，而更突出现实历史感触的个人情怀，注重文学与社会的关系，关心民生疾苦，风格沉挚朴实，感慨悲歌，这类创作的代表人物有阮旻锡、卢若腾、纪许国等。

在明代厦门文坛，林希元、洪朝选、蔡复一、许獬被称作"海都四君子"。明代同安沿袭旧制，管辖四十四都十二里，包括今天的厦门市区、郊区、翔安和金门。从今天的行政区域看，林希元是翔安人，洪朝选是同安人，蔡复一、许獬是金门人，当时则都是同安人。他们是明代厦门文学的代表，也各自体现了明代文学在厦门的发展态势。

林希元（1481—1565 年），字茂贞，号次崖，同安翔风里人，明正德十二年（1517 年）进士，初授南京大理寺评事，后迁南京大理寺正。林希元因公开反对大理寺卿陈琳包庇谭鲁惺罪，被贬为泗州判官，再以政绩迁南京大理寺丞，辽东兵变时，忤旨被谪为钦州知州，后调任广东按察司佥事，并代行按察司职权。安南兵乱，他力主征伐，坚请发兵，竟被权臣假旨罢归。林希元被贬归家后致力理学，潜心著作，远崇程朱，近取《蒙引》，设疑析解，敢持异议，反对把朱子学说当作不可改变的绝对真理，强调"精学致用，言行一致"，对前人的"格物"说，提出了许多自己的独特见解，是朝廷旌表的"理学名宦"。他的著作有《林次崖先生文集》《更正大学经传定本》《易经存疑》《荒政丛言》《考古异闻》等。《四库全书存目丛书》收有《林次崖先生文集》18卷，其中奏疏4卷，书、揭帖3卷，序3卷，祭文2卷，记碑1卷，论、说、议1卷，杂著1卷，志铭、墓表1卷，传、行状1卷，诗词2卷，包括七言律158首，五言律42首，七言绝24首，词2首。他在文学上反对"前七子"的模仿和因袭秦汉，主张"文艺载道"，倾向王慎中的"唐宋派"。总体上文胜于诗，但与大多理学名臣一样，诗歌更能体现他在文学方面的成就。

林希元是个胸怀报国大志的儒臣，为人刚正不屈，但喜负气任事，所以屡遭贬谪，他的诗常发壮志未酬之感慨，抒发郁郁不得志之悲愤，风格慷慨悲凉。

> 本以疏狂为国忧，翻从迁谪赴南州。万钟于我知无益，三尺如人岂不差。满眼西风悲落木，频年幽梦到沧州。长冈立马重回首，云断苍梧江自流。
>
> 《闻谪判泗州》

> 维扬江北昨停舟，匹马今朝向泗州。晓色连阴山作暮，西风结阵雁生愁。人生聚散知何定，世事浮沉且自由。回首金陵只日下，亲朋已隔白鸥洲。
>
> 《仲冬四日发六合》

> 长松千尺倚岩阿，眼见英雄几度过。云里数层擎雨盖，风来十里起涛波。不愁廊庙无挥斧，只恐光阴似掷梭。壮志不随年岁改，玉楼美酒且高歌。
>
> 《有感》

这三首诗都表现出忠心为国、反遭贬谪的悲凉心境。第一首写遭贬时立马回首的苍凉，第二首抒发世事浮沉的忧伤，第三首发泄光阴易逝、英雄蹉跎、壮志未酬的郁结。但他那建功立业的雄心不已，《出京骤雨艰行有述二首》其二有"松柏有劲节，霜雪不受变。金铁有正性，烈火堪百炼。予生虽百折，我心安可转。富贵岂不耽，德义固所愿"，表现出一以贯之的松柏气节。《闻安南有变》："交趾降王久息戈，忽然白地起风波。诸公谋国皆贪静，当日筹边算孰多。秦桧奸雄终保首，屈原忠愤迄投罗。是非在世凭谁定，天理昭昭定不磨。"身陷贬斥困境，仍心系国事，愤斥奸雄自保，敬慕屈原忠愤，表达无法报国的忧愤。

林希元作为一个刚正的儒臣，很关注民生疾苦，写出大量反映现实、白居易式的现实主义诗作，如《忧旱》写道："四月稻秧不下田，骄阳赫赫欲烧天。山顶阴云聚复散，檐前绿雨断复连。池塘干涸鱼鳖死，田园龟裂没蜗涎。二麦既无粟且稿，春秧望雨如火燃。富家积谷价日长，贫民担负那得钱。草实木皮岂可食？苍生命脉凛如线。忆昔丙丁值岁歉，粟麦犹贱如今年。"具体描写了天灾之下田园龟裂、庄稼无收、百姓无力生存的现实。《得家信闻丙申丁酉漳泉大饥当路主赈粥饿死数万人痛而有作》中的"白骨悲盈野"更是反映了干旱给闽南带来的深重灾难，表现了作者"有心仁海内，无力济乡闾"的悔疚之痛。他的诗还反映了倭寇骚扰、百姓惨遭涂炭的现实，代表作有《伤浯洲烈屿被灾三首》，其一写"海隅逢运蹇，黔首靡逃生。杀戮同鸡犬，川原汗血腥"的惨景，感叹"除残无利甲，守御乏坚城"的无奈，悲愤地追问"何时获太平"；其三表达了面对倭寇侵扰、百姓遭殃的"心痛复心痛，有如刀割伤"的心情，企望着"焉得韩岳手，妖氛一扫空"的安定景象。这些具有浓厚现实主义特征的诗作，体现了一个儒家文人关心苍生百姓的品格。

林希元的诗中少有理学家的陈腐说教，用词平易，往往俚语与雅词相参，俪句与散体间用，善于从民间言语中汲取养分，最典型的是《面皮薄歌》："人生莫得面皮薄，皮薄一事最不着。心头才有半分亏，十分面赤害羞辱。官中不曾持一文，归来称贷无所获……当世之人面皮几尺厚，何尔与我独相似！"此诗写作就像民谣。当然，他的诗也不可能没有理学的影响，有一部分是探经问道之诗，具有好发议论、学问为诗的特点。如《和郡守方西川九咏》其三："一诚元是物始终，举世相承作伪风。反己未能变参鲁，对人自谓黜回聪。鸢鱼岂在天渊内，飞跃惟存方寸衷。作德能教心逸乐，心劳转觉百忧丛。"

洪朝选（1516—1582 年），字舜臣，号芳洲，别号静庵，同安洪厝人，明嘉靖二十年（1541 年）进士，初任南京户部山西清吏司主事，后任过南京吏部稽勋司郎中、广西布政使司右参政、山西布政使左参政，官至刑部左侍郎，代理刑部尚书。他性情刚介，厌恶奉迎，不趋权势，敢犯权贵，被首辅张居正罗织罪名致死。12 年后昭雪，明神宗遣人宣读的《谕祭文》赞其"抚雄镇而任有声，握大狱而持法不挠"。他治学严谨，学识渊博，擅长写作，著作有《芳洲摘稿》《归田稿》《续归田稿》《绕州田稿》《读礼稿》《静庵集》等。

洪朝选的创作明显属"唐宋派"，他与"唐宋派"倡导者唐顺之和王慎中的交往密切。嘉靖二十七年（1548 年），洪朝选客居毗陵（今常州一带）的寺庙，与唐顺之切磋学艺，考德问业，一年方回。同年，他与王慎中讲学论文，谈古论今。他们两人是闽南老乡，学术与文学见解很是投合。王慎中的诗作多次抒写了自己与洪朝选的交游，如《洪芳洲相送至山魁客舍》《寄留都勋部洪芳洲》等，《游清源山同洪芳洲二首》其二中就写道："同病本相怜，游携接胜缘。短筇递间执，两屐对分穿。逢石呼俱坐，探经揽共研。不知形已黜，目击两茫然。"俨然引为亲密挚友。洪朝选也为王慎中所著《王遵岩文集》作序，序中云："天之生才，何其艰哉！由千古之后，溯千古之前，而得一才焉……若吾晋江王君遵岩，真其人也。"对王慎中多所推崇，赞扬其诗风"弃去前所作，直窥先秦、西京，下至宋六大家之文，得其指归。由是变奇崛为平直，化艰棘为悠永"，称其诗"下笔一扫数千言，滚滚不休，而包涵蕴藉，蔚有深致，至其底于神妙不可测知"。

可见两人交往甚深，性味相投。

洪朝选深受唐顺之、王慎中的影响，文学上推崇唐宋八大家，批评"前七子"文风，在《荆川唐公行状》中称"七大家文，真得史汉之精髓者也"，而李梦阳代表的"前七子"则"学问浅近，徒能剽窃辞句，雕绘藻饰，非惟不知诗文之所在，反并其体法而失之"。他主张诗歌直抒胸臆，表达真性情，文、人一致。在《方山诗录序》中指出当时文坛之病是"乃其依托假似，不出于胸臆肺腑之诚，足以起人之疑"。

洪朝选与明中期"唐宋派"一样，在创作上多文胜于诗。其文共 126 篇，其中序 38 篇，跋 4 篇，祭文 21 篇，记 8 篇，志铭 8 篇，疏 7 篇，启 6 篇，碑、墓表、杂著等各 5 篇，行状、策问等各 2 篇，颂、说、论等各 1 篇。王慎中在致李中溪书中，认为洪朝选"文词直得韩、欧、曾、王家法，与唐荆川君最相知"。其文关注黎民百姓、民生疾苦，体现在文章中便是对于那些实行仁政、造福百姓的官吏加以称颂，如《谭侯祈雨序》，文章借同安大旱，谭侯祈雨应验之事发表议论，认为"侯之贤在于有至诚恻怛之心，有勤恤民隐之政，不在于祈雨与雨应也"，指出官吏的标尺在于他们对于平民是否有一颗真诚爱护之心，是否能为民解除疾苦，而不在于"求神拜鬼"的应验与否。全文叙事简洁，议论精辟。"唐宋派"倡导尊道精神，洪朝选的一些文章也是重于问学论道，《策问二首》便是两篇谈论儒学问题的文章。一篇针对才德之分合，详加论述；一篇探讨儒学中"义利"之辨。他严格区分"义"与"利"两个概念，敢问"利""果为心术世道之害与?"在当时有这般看法是极其可贵的。他的怀人之作情感真挚，形象鲜明，如《祖母贞淑孺人黄氏圹志》《先母宜人庄懿叶氏圹志》《亡室宜人端淑蔡氏圹志》，尤其是第三篇悼念亡妻之作，简朴地记述其妻安贫孝亲、勤勉持家、相夫教子等平常之事，却将蔡氏端淑贤德的形象平实地展现在我们眼前，在娓娓的叙述中，流露出淡淡的感伤和无限的怀念之情。他的一些有关人物的序、文，既记叙人物的品行，更阐述生死之理，谈论人生之道。对于人之寿夭，他提出"凡寿而长年之富者，鲜有不贞刚而明白，沉静而善祥；超然其志气，浩乎其精神也"；对于人之刚弱，他认为"能忍者方为刚，能弱者方为坚"（《忍斋黄翁寿序》）。《林学谕荣奖序》论儒官之难为，《送陈太守序》谈地理环境与人之习性关系。这类文章，往往能看到洪朝选的为人之道。纵观其文，内容丰富，涉及性理、政治、军事、风俗、教育诸多方面，展现的是一个明代儒家学者的思想风貌。

据《洪芳洲文公集》所录，洪朝选有诗 211 首，五言古体 20首，五言律体 63 首，七言古体 6 首，七言律诗 75 首，七言绝句40 首，六言诗 8 首，以酬唱诗和山水田园诗最多，此外还有几首题画诗。从体裁上来说，洪朝选最擅律诗，其次为七言绝句，古体不多，抒情言志者最佳，游览诗亦不弱，文学价值更多体现在归隐述怀之作上。洪朝选所处的年代，正值明代从中期转入晚期，国家面临外忧内患，外则南倭北虏，危机四伏，内则群臣倾轧，争权夺利，朝政腐败。洪朝选性刚正，不为权臣所喜，处在这样的环境中，洪朝选产生了归隐之心，在《送黄丞归庐陵名昂》中，他写道："当今廉吏最难求，至宝如何弃道周。世路人心方险恶，青螺白鹭且归休。"既点明朝中腐败、人心险恶的情形，表达对现实的不满，同时表明了自己的归隐之意。待到"家居闲来"时，他就常常偕好友林双湖、叶君实、郭奇琮、郭石峰等游山玩水，写了游云奇岩、西山岩、大轮山、梵天寺等诗作。《游西山岩次石上韵》："茫茫远水征帆杳，片片轻霞夕鸟还。已觉浮生如梦过，几时行脚似僧闲。"诗颇有意境，字句清新，表达出一种浮生梦过归隐山水之间的闲适。洪朝选为官清廉，归隐后家境贫寒，曾作诗自况"负郭原无半顷胰，山田新买百升余。里人莫笑清贫甚，欲学周皇恐不如"，但脱离庙堂险恶却能够自得其乐。《春日村居自述》云："闭门不复扫烟霞，篱落春风小隐家。自摘椒花供岁酒，旋烧荔叶煮岩茶。功名懒似卧阶鹤，世事繁于过眼鸦。百技年来都卸却，未忘书槕尚咿呀。"品酒、煮茶、读书，怡然自得。再如《村居六言四首》其三："牛背稳行鸐鸹，船梢惯宿蜻蜓。牧童逐雀未返，渔夫醉酒初醒。"这类写归隐生活的诗歌大多清新自然，有陶渊明田园诗的意境。在这种与世无争、不问世事的隐居生活里，洪朝选也多少受到了释、道思想的影响。《非才》写"洗耳听农语，斋心受佛书"，《岁暮有感二首》写"早向功名希贾谊，晚逃空寂学庄周"。诗作渐脱理学印迹，直抒性情，显得洒脱飘逸。《题扇画五首》云："轻舟劲橹乱争摇，独坐垂纶意自超。更有看云疏放者，一将鹏鷃等逍遥。""山上浮屠山下亭，微茫紫翠间浮青。此中谁是玄玄洞，便可支颐看道经。"文字中蕴藏了老庄的仙风道骨。洪朝选的诗还能够借闽南特有风物抒发情感，《次韵朱白野郡公九日病中有怀之作二首》中的"刺桐花下清吟处，总作棠阴去后深"，刺桐花就是闽南的特色植物，在闽南的民间歌谣中亦常出现。语言上也时有方言穿插诗中，如《村居六言四首》其四："六角黄牛耕地，百头赤鲤下池。客来鱼羹薦饭，秋至黍粥溜匙。""薦饭"是厦门方言，整首诗也类似百姓歌谣。

　　洪朝选毕竟是个推崇理学讲究尊道的文人，诗文自有注重教化、体现封建伦理道德的一面，为贞女烈妇作传唱颂歌便是这方面的表现。如《陈贞女传》为一名未嫁夫死、守贞殉夫的女子作传，传中还谴责"今世风日下，女德不贞"，对"女子可以毋死，可以改"的言论大加鞭挞，言语之严厉，感情之激烈，足见其维护妇女贞节观的鲜明立场；《俞妇何氏贞顺诗》中"感彼俞氏宗，国风有贞女"，是对守贞者所谓"高节凌苍穹"的赞颂之作；《秦孝子诗》则以诗的形式宣传孝道。这些诗歌议论性强，义理浓重，难以称为好诗。

蔡复一（1577—1625 年），字敬夫，号元履，浯洲（今金门）人，少聪颖过人，12 岁时就写出万余言的《范蠡传》。明万历二十三年（1595 年），蔡复一中进士，初授刑部主事，历任兵部郎中，迁湖广参政，任山西左布政使，最终官至五省经略。"蔡复一有才干，善用兵。"①《金门志》卷九《人物列传二》载蔡复一的话："某生平服膺三言，报国恩以忠心，担国事以实心，持国论以平心。"观其仕宦历程，确实如此。他任刑部主事时，就不顾自己官位卑微而弹劾石显冒杀平民、邀功朝廷，令石显服罪，朝廷为之震动。后得罪贵州总督，不得已引疾而归。光宗即位后，重被起用，委以山西左布政使。蔡复一以病告辞不就，光宗不准。任途中，蔡复一闻江西陷落，感慨不是臣子颐养天年之时，即带病兼程赴任。贵州叛乱，朝廷令其平乱，他受命于战败之后，苦心运筹，歼敌近万，但因协讨的邻军临阵脱逃而战败，因此被解任；解任后不顾自身疾病缠身，以"一息尚存，岂可以贻君父忧"为念，指挥作战，直至病死军中。平越军赞他"入三百年不到之地，成二百年未有之功"，朝廷追赠他为兵部尚书，赐"清宪"谥号，予祭葬。蔡复一著有《遯庵文集》18 卷，《诗集》10 卷，《督黔疏草》8 卷，《雪诗编》《骈语》5 卷，《楚愆录》10 卷，《毛诗评》1 卷，《续骈语》2 卷。

蔡复一的文学观倾向传统的"文以载道"，主张"温柔敦厚"的诗教，他在为池显方《玉屏集》所作的序中写道："'温柔敦厚'，诗德也。……吾入楚与其君子言曰：'议论而能不借李宏甫眼，风雅而能不沿袁中郎筏，吾必以为巨擘。'是亦温柔敦厚之教云耳！"认为"诗可以兴，其寄象前，其感音外，妙在渊乎有余"。这段话可以看出蔡复一对同时代的李贽与公安派的诗歌主张持有异议，而要求诗歌蕴藉含蓄，"妙在渊乎有余"。蔡复一学

---

① 黄成振：《九闽赋》，见《鹭江志·艺文补遗》，第 140 页。

博才高，著作大多崇论宏义，书牍奏议，多慷慨谈天下事，较切中时弊。诗则出入汉魏唐宋间。但蔡复一却与"竟陵派"关系密切，《明诗纪事》庚集卷一八记载："敬夫醉心钟、谭，摹拟酷肖。"《闽中录》也记叙："敬夫宦游楚中，召友夏（谭元春）致门下，尽弃所学而学焉。有云：'花心尤怯怯，莺语乍生生''未见胡然梦，其占曰得书''以日为昏旦，其云无古今''居之僧尚发，来者客能琴'何庸劣乃尔！真所谓不善变也。"① 他与钟惺、谭元春唱和颇多，诗具有"竟陵派"深幽内敛的特点。如写同安大轮山的《大轮山》中的"磴折寒云行款曲，帆开远水见依稀"和写千年古庙梵天寺的《梵天寺》中的"地多云气自为天，树共山开失纪年"，虽面对的是近山远海的旖旎风光和历史悠久的古刹，诗并不孤峭，却也不是放开来独抒性灵，而是显得深幽内敛、含蓄蕴藉。

许獬（1570—1607年），名行周，因梦中榜首改名獬，意欲如异兽"獬"能辨曲直，入仕可兼济天下。字子逊，号钟斗，浯洲（金门）人，从小就有"神童"之称。明万历二十九年（1601年）殿试二甲第一，年仅17岁，初任翰林院庶吉士，不久改任翰林院编修。《金门志》载许獬"性严峻狷急，殚心力学，矢口纵笔，精义跃如，海内传诵其文，曰许同安"②。他人生虽短，却著作等身，著作有《四书合喙鸣》19卷，《易解》10卷，《丛青轩集》6卷，《存笥稿》4卷。后人为之编刻有《许钟斗文集》5卷和《许子逊稿》1卷。《四库全书存目丛书》中收有《许钟斗文集》5卷。卷5为杂著，包括颂、赞、铭、歌行、诗等文体，文学作品主要在这卷中，但诗歌数量不多。

许獬的诗歌主要是表现宫廷生活的宫廷诗和山水诗。宫廷生

---

① 《全闽明诗传》卷三五引。
② 光绪《金门志》人物列传二。

活类的诗大多抒发蒙受圣恩的欣喜感动，如《皇上谕内阁，御札志喜》《长至朝天宫习仪》《被召恭谒，仁德门》《皇太子初出文华门受百官笺贺恭纪》等，表达一种"欢声共效嵩呼舞，斗酎遥从日下斟"的欣悦颂恩之情，艺术价值不会很高。山水诗艺术性高，写来闲逸清绮，动与天游，湛若冰壶。如：

> 忽然到绝顶，疑是飞来身。隔海常为客，举杯有故人。千年仙骨朽，古壁旧诗尘。唯有清风在，一时一度新。

《游清源洞》

诗于动静相间中显示出清逸的情愫，诗风清新自然。当时的文人誉其诗为"元品""超乘"，风格"冲秀高华，兼收陶谢"。如：

> 微风吹雨动沦漪，春去还如春在时。巧透化工三五点，新添生意万千枝。冷将玉露零仙掌，细和炉烟出禁帷。折柳初惊衣袖湿，云间仿佛见朝曦。

《清和微雨》

许獬是才气之人，他较为推崇李白，在不多的诗赋作品中就有两首拟李白的诗作，赋《拟李太白深宫高楼入紫清》和诗《和李白送贺秘监回》，赋写道："楼台重叠绝云烟，下瞰半空见飞鸢。更有神人居楼上，大享群帝奏钧天。钧天一奏非人间，上世龙胡事杳然。秦皇空望瀛洲岛，汉武何劳筑甘泉。自古真仙惟尧舜，鸿名日月亿万年。但使万年称圣主，何必蓬莱学神仙。真仙长存世何怙，圣主恩光照八埏。假使真仙能度世，汉武秦皇正乘乾。秦皇汉武留不住，遗与君王致太平。君王长享太平乐，功名还在轩辕前。"诗为："羡君慷慨挂朝衣，乌鸟江湖共息机。已把金龟换酒去，留将明月送舟归。洞庭跃浪浮青渚，天竺晴云绕翠微。此去途中诗满载，何时寄却塞鸿飞。"实在有李白的味道。许獬的诗歌还有题画诗、咏物诗，如《观播州山川图》《题霖雨舟楫图》《五月榴花》，以及一些歌功颂德的颂、赞文，如《万寿无疆本支百世》和《本朝从祀四先生理学贤》。

　　许獬的文章精神与明代复古潮流有很大联系，但却反对对秦汉唐宋文的表面模仿，而更强调精神上的相通。在书信《与李芳琼》中，他指出当时的文坛并非倡导复古"而复见左丘屈原司马迁相如扬雄韩退之诸作者之精神"，认为"惟得其精神而遗其面目，此真能学古人者。不古不可以为今，不今不可以为古"，反对学古人表面，一味复古模仿，而应当古为今用，取其精神资源。在《古砚说》中，他借古砚对当时社会上的复古风习发表意见，批评世人奔走于权贵要津之门、仿效古人的文坛习气，再次强调学古人要"学其道，为其文，思其人"，指明"古之为好者，非以其物，以其人也"，更清楚地表达了学习秦汉唐宋文要重在精神共鸣的观点，与"竟陵派"的古人"真诗者，精神所为也"①是一致的。许獬所作的序文较多，内容也较复杂。与一般的序言套路不同，《江左高使君诗序》有对于江左诗风的不满，《周濂溪先生集序》则是谈论理学之作；政论文章明显受到孟子思想的影响，如《王者以天下为家》；而他的历史人物评论，则不拘于定论，有自己的独特见解，如《屈原》一文针对"论者以怀王栖秦则责屈大夫不死谏"的观点，提出是否死谏并不重要，重要的是有所行动，由此批评屈原"岂宜君怨国徒愤斯世之汶纹，而默然无一言救耶？故大夫者忠有余而志不逮"；他的书信较多，也较为简短，很少长信，其中家书《与祖父》回忆自家清贫及为官登富贵之途后反为事累，小时戏公膝下的情景，表达对祖父健康的挂念，带着感伤之情，写得情深意切，富有感染力。

　　许獬因为英年早逝，无法为后人留下更多的作品，但在明代厦门和闽南文学中，也是一位代表性作家。

　　除"海都四才子"，明代厦门文坛有一批山水诗人值得关注，

————————————

　　①　钟惺：《诗归序》。

其中池显方的山水诗有明末"竟陵派"幽深性灵的特点，是厦门明代山水诗人的代表。

池显方（生卒年不详），字直夫，号玉屏子，厦门中左所人。《鹭江志》记载他"与蔡复一、何乔远厚，所交皆一时知名士。文誉远播，性好佳山水，善古文词，其所作率飘逸空灵，不可方物。诗尤惊逸绝伦，为钟伯敬所推服"。钟敬伯即竟陵诗人钟惺。池显方留有著作《晃岩集》22卷，分文赋、诗词、序记、传铭、书疏等类，此外还著有《南参集》《玉屏集》《澹远集》等，他赠送给意大利天主教传教士艾儒略的诗作，收录于《帝京景物略》一书中。池显方隐逸山林，形骸山水，曾出游武夷、秦淮、泰山等地，结庐于厦门玉屏山参禅悟道，每日与香炉、经卷为伴，诗歌将大自然灵气缩之于笔端，又受禅学影响，所以"飘逸空灵，不可方物"。蔡复一在《玉屏集》序言中说他的诗"禅其心，山其骨"，并认为，"直夫持论，颇喜李宏甫，而读其诗，间堕中郎云雾"（李宏甫即李贽，中郎即"公安派"诗人袁中郎），因此他的诗歌一方面受"竟陵派"影响，有"惊逸绝伦"的一面，为钟惺所推服；一方面又兼收并蓄李、袁的童心、性灵之说，独具一格。《洪济山观日》《洪济山顶》《同张绍和游玉屏山》《云顶岩》《龙门》《虎溪岩》等诗作，是他抒写闽南山水的代表作，从中都可感受到那种空灵飘放的气质。《玉屏山》五首："下岩泉作乳，上洞玉为屏。几许英雄子，松风不肯听。""古洞兼幽径，看山数十余。若分众丘壑，当时一仙都。""天阔云留影，地灵石应声。云石犹有意，不似世无情。""松花既历乱，梅雨复萧疏。洞里无人处，欲藏所著书。""残石疑经蠹，幽山讶有龙。游人风雨夕，不敢望前峰。"清新洒脱、放逸自如的特点很是鲜明。在池显方隐居玉屏山时，有四方名士与其交往，他们知山乐水，吟诗作赋，客观上丰富了厦门的山水诗歌。如黄道周的《酬池直夫用韵二章》、丁一中《鼓浪屿石岩礼佛同谢癯之池直夫》等诗作，都是他们相互唱和的收获。

明代厦门山水诗人还有：隐居诗人池浴德，字仕爵，号明洲，池显方父亲，人称明洲先生。此人看破仕途，归隐故里，悠游山林，屡征不起，闲暇时作诗自娱，诗作有盛唐气象，著有《空臆录》《居室编》《怀绰集》。邵应魁，字伟长，号榕斋，金门人，追随俞大猷抗倭，后遭福建巡抚中伤，挂冠归田，在家闭门谢客，不问政事，寄情诗酒，遍游闽南名山，后移居同安豪山，有《射法诗稿》传世。叶普亮，字广熙，号静庵，嘉禾莲坂人，明正统十三年（1448 年）进士，辞官归养后，游历山水，留有"两阶苔雨三春湿，半岭秋风六月寒"等佳句。其他比较知名的诗人有：黄伟，字仲伟，号逸所，同安人，明正德九年（1514年）进士，为人耿直，敢想敢为，不媚权贵，仕途不顺，称病还乡，与陈琛等人并称"温陵十子"（温陵即泉州），著有《海眼存集》。傅钥，字国毗，号鹭门山人，厦门嘉禾人，少时习武，壮年学诗，在漳泉间以诗交友，交往者有俞大猷、丁一中、沈有容等，常与友人聚在一起吟诗唱和为乐。林宗载，字允坤，号亨万，厦门禾山人，明万历四十四年（1616 年）进士，曾任兵科给事中、太常寺卿等职，后主动上疏请求退休"乞养终年"，获准后返回乡里，著有《观海堂平平编》。蔡守愚，字体言，号发吾，同安人，明万历十四年进士，致仕归家后，闭门读书作文，诗有魏唐风味，著有《百一斋稿》《明伦宝鉴》《水经注抄》等。

明代厦门朱子学说薪火相传，出现了一批理学家，文坛的理学风气浓重。理学家的活动对于厦门理学研究和发展起到很大作用，因古代文、史、哲一家，文无严格界限，加上不少理学家本身也是诗人，因而理学的兴盛实际也推动了文学创作。除了"海都四才子"外，还有一些理学家的理学之文也是有文学价值的。他们有：吴聪，字伯俊，号默斋，同安人，一生以朱熹为宗，钻研义理之学，闭门著书，为人恬淡寡欲，培养出林希元、蔡克廉等一批人才，被尊为"默斋先生"，著有《四书解》《易经存稿》。蔡献臣，字体国，号虚台，别号直心居士，同安人，明万历十七年（1589年）进士，授刑部主事，师承杨贞，通晓性命之学，重视伦理实践，著有《清白堂稿》《仕学潜学讲义》《四书合单讲义》。黄文照，字丽甫，号季发，同安人，明万历隐士，时人称他为"黄布衣""黄同安"，科场不顺，遂一心一意研究性命之学，潜心力行，述经谈道。黄文照仔细研究了朱熹、陆九渊、王阳明等理学家主要观点的异同，用朱熹晚年的理论调和诸家学说，作品有《道南一脉》《两孝经》《仁诠》《理学经纬》《太极图解》《琴庄随笔》《问答约言》《南台志》《九日山志》等。

当郑成功据厦抗清时，明朝旧部、复社和几社中人，南下齐集郑成功麾下，当中有许多文人，像曾樱、徐孚远、王忠孝、卢若腾、陈士京、辜朝荐、沈佺期、郭贞一、林兰友、张正声、张煌言、唐显悦、林俞卿、郑擎柱、薛联桂、纪许国等。他们为厦门留下了不少明代遗民风气的诗作，丰富了厦门文学。

二、清代厦门诗歌与小说

清康熙、雍正以后，国家进入和平时期，诗歌开始更注重文学自身的特点，也不再如明末时的慷慨激越，而开始转入清幽淡远、典雅含蓄的风格，诗歌的遣词用字平易，但用意深远，清远淡雅，耐人寻味，比如黄日纪及其门人所作诗歌。另一方面，清王朝撰修明史，许多文人随之以潜心学问回避现实，钻进古今图书之中。而清王朝统治者推行尊奉理学的文化政策，儒家经典、宋儒义理成为清代思想主流，厦门诗文受到这一思想影响，注重学问与学养，基本上逃脱不出理学樊篱。此外，闽南一带佛教亦盛，禅学直接影响了山水诗人的创作。

清代厦门文学沿袭明代文学格局，山水诗依然在整个文学创作中占有重要的地位和比重。因为厦门背山襟海，山水秀丽，自然环境得天独厚，明代以来就有大批诗人沉浸于山水之间。《鹭江志》如此描述："名山大川素质也。无以为文，则黯然无色。故楼台之高，栋宇之丽，所以增景物之胜。而文人学士遂于此托兴焉。长歌短韵，皆成宇宙之文章。"在中国传统文化中，名山大川失去文人的比赋将黯然无色，文人学士也一定是"于此托兴"，两者难于分离的互动，形成了围绕着厦门风景的一系列山林诗文，黄日纪是继明代池显方之后的一位山水诗人代表。

黄日纪（约 1713— ? 年），字门庵，号荔崖，龙溪人，乾隆六年（1741 年）迁居厦门。黄日纪终生勤于诗文著述，著有《嘉禾名胜记》《荔崖诗集》《挫鲛精时艺》《全闽诗隽》《榕林偶咏》《榕林唱和集》，是当时厦门诗坛首屈一指的诗人。黄日纪曾从沈德潜学诗，受其宗唐诗学观的影响较重。黄日纪的《嘉禾名胜记》是厦门现存最早的一部风景名胜诗集，共分 2 卷，对厦门地区云顶岩等 23 处名胜古迹逐一介绍，相应收录洪朝选、池显方、黄日纪等明、清两代数十位文人名士诗词 200 余首，以及李化龙《棱层石室记》等十余篇记事文。《全闽诗隽》评黄日纪诗"挺峙如山之立，奔放如水之涌也；严整如老吏之断狱，无能出入也；平淡如名泉之煮宋树茶，无味而中含至味也"。黄日纪题五老峰的《前题》其一"阴洞消烦暑，禅林法界清。心如冰雪冷，何处热肠生"，平淡却蕴禅味；《访醉仙岩旧隐》："忆昔幽栖习静时，同登绝顶把琼卮。吟残月色露华冷，坐断钟声牛斗移。"其诗《醉仙岩题壁》："乞归十载鬓毛斑，幽梦长依泉石间。频约高僧谈法乘，更邀名士访云山。阅来世味无如淡，悟得仙家总是闲。外境不殊心境异，洞中便已绝尘寰。"表现了诗人隐居名山、结交高僧名士、脱离尘世、谈禅说法的情趣和心境。黄日纪还在凤凰山麓修建别墅一座，亭台楼阁与清泉怪石相映成趣，园内多榕树，得名为"榕林别墅"。《鹭江志》载林遇青《榕林别墅记》言"榕林别墅，吾师荔崖先生游息所也"，"每客至辄具酒食对饮，饮余或联吟或唱和，竟日不倦"，"鹭岛一时能诗之士，得自先生为多"，"皆藉藉名下士，而与先生往复论说者也"，这种群集佳游、吟咏山水、谈禅论道的盛况，促进了厦门山水文学的发展，带动了厦门清代诗坛禅悦之风的形成。在黄日纪的倡导下，黄彬、张锡麟、薛起凤、林明琨、莫凤翔、张承禄等诗人成立"云洲诗社"。"云洲诗社"的诗歌创作与黄日纪的风格相近，是厦门文化史上影响极大的一个诗文社团。

"云洲"诗人受黄日纪影响，主要创作山水诗作。张锡麟，清乾隆年间厦门知名人士，诗赋集为《池上草初集》，全书分赋、乐府、古诗、律诗、绝句等类共 12 卷，其中尤多吟咏厦门风物之作，如《春晴订郑维略游云顶岩》："十年烟景望中迷，石磴堪同雨后跻。好放眼观红日起，便将身傍白云齐。松枝低桠妨人冒，花片纷飞衬马蹄。莫以新晴迟仗策，山灵久矣待留题。"《万寿岩听松》："乔柯如盖护云林，夹道亭亭白石阴。何处刷苓寻犬迹，祇来餐实听龙吟。怒涛忽向空中起，骤雨还疑寺外深。绝爱凄清商调好，西风闲谱入瑶琴。"薛起凤（生卒年不详），字飞三，号震湖，海澄镇海卫人，后迁居厦门，乾隆三十年（1765 年）举人。他走遍同安山川古迹，细心采辑资料，并认真研究了同安宋代以来各版旧志，去粗存精，去伪存真，纂辑有《鹭江志》5 卷。薛起凤作品结集为《梧山草》，其诗《题榕林别墅》云："幽栖最爱绿荫浓，数壁书齐几数榕。枕上风声常作浪，墙间日影自翻龙。朋来共话升沉事，睡觉闲参释道宗。更有台亭堪陡倚，迎眸不尽水山容。"《照心池》云："最爱荷庵水一池，纤尘不染自涟漪。山容毕向空中现，树影全从镜里披。尽日清虚涵道妙，四围澄澈悟禅规。欲知心事分明处，请看波光月满时。"与老师黄日纪诗风一致。其他的"云洲"诗人的山水风景之作也基本保持了诗社同人的风格。

厦门这一时期的诗人还有：许温其，字玉如，厦门人，一生文名驰外，又精通篆刻，文章为人所传诵。他遍游闽粤两省的名山胜水，每到心旷神怡处，吟咏成篇，诗作清新雅淡。如《种芥》中的"老方知子辣，咬始觉根香"，《秋怀》中的"黄叶相思字，青帘卖酒家"，《岐山绝顶》中的"天垂匹练溪光合，秋入重螺暮霭横"，读来通俗易懂，颇有意境。他的著作有《箬渔近草》《如雨居稿》《琴香书屋稿》。① 陈常夏，字长宾，同安人，顺治八年（1651年）举人，授官米脂知县，不赴任而隐居南涧，筑屋躬耕马岐山下。其文常常娓娓数千言而崎岖不苟，指陈地方利弊而不拘出处，其诗愤世悲梗，自比五柳先生，著有《江园集》。② 曾源昌，同安人，康熙六十年（1721年）贡生，少年作《百花诗》，后游台湾、澎湖，有《彭游草》1卷、《台湾杂咏》30首，著有《逢斋诗集》8卷。《厦门诗荟》录有曾源昌《百花诗》，后附何连城《百花诗跋》，跋称："陶靖节诗中有酒，王摩诘诗中有画，皆其才情兴会，蕴结而流露也。曾幼泉百花诗，才情横溢，兴会不浅，或肖其貌，或取其神，或得其韵，致自觉行间绰约，纸上氤氲，即谓之诗中有花也可——读幼泉诗，恍在春园夏沼霜篱雪坞静吟雅调也。"叶廷梅，字近光，号兰春，同安人，乾隆三十年（1765年）举人，诗学昆体，落笔颇速，作有30首《春花》诗，流传到京城。晚年，叶廷梅与云泉两位道人关系较密切，并时常作诗唱和，联句成章，传为一时佳话。叶廷梅著有《抒箧诗集》《灏溪文集》和《灏溪杂作》。③ 张对墀，字丹扬，号仰峰，同安人，康熙六十年进士，任太康知县，后发配边远之地，客死他乡。他博学多识，诗作出众，人称"泉州第一诗"，他的古文奥衍宏深，力追古人，著有《同江诗文集》《同江四书文》等。许琰，字保生，号遥洲，同安董林村人，雍正五年（1727年）进

---

① 道光《厦门志》卷一三《列传·文学》。

② 何绵山：《闽文化概论》，第65页，北京大学出版社，1996。

③ 民国《同安县志》卷三一《文苑传》。

士。他 6 岁开始作诗，8 岁便能写文章，14 岁就有《寸知篇》行世。他因性情傲岸，不愿随俗，遭人诋毁，弃官不做，操琴携剑，独自一人漂游四海，返乡以后，闭门谢客，或作诗自娱，将满腹牢骚与不平尽付于笔端，或弹琴长啸，怡然自得，境遇越窘迫，他的诗作便愈工致。他作有《玉森轩稿》《鳌峰近咏》《余麟集》《水泳集》《方知集》《宁我堂诗抄》《瑶州文集》《诗余》《词调》及《济河县志》《普陀山志》等。

清代厦门还出现了一些女诗人，虽名不见经传，留下来的诗作也极少，但已弥足珍贵。同安陈廷俊妻章淑云，著有《镜花楼诗稿》，其中《落花》诗中有"匝径绿苔惟裁酒，隔帘红雨不开门"句，含意隽永，不落窠臼。马巷林中桂之妻为李光地侄女，著有《栖云阁咏》，其中《秋夜栖云楼下见菊花有感》尤为脍炙人口，"错下瑶池觅旧缘，沈埋出谷自萧然"一类诗句，借花自咏，感伤身世。洪汝敬，小名许娘，幼时从祖学诗，所作诗稿传世不多，其诗如《送祖母归金门》"深闺无记送归航，从此音容隔一方。带得真经仙岛去，长斋深归旧兰堂"，不止有闺中气息，还带着闺外的豪气。陈龙涛，字藕君，泉州人，嫁厦门许温其，夫妇每以唱和为乐，故有诗作流传，如《即事》："刻竹集新诗，缘情寄所托。吟成恐未谐，笑倩郎斟酌。"诗多写闺情，能自抒性情。①

清代厦门延续了明代书院教育的传统，出现了许多优秀的讲学者和兴学者，他们在讲学、兴学之余一般也从事文学创作。高澍然（1774—1841 年），字时野，号甘谷，晚号雨农，光泽人，曾主讲厦门玉屏书院，受课者众多。高澍然好治古文辞，著有《春秋释经》《诗音》《韩文故》等，推崇韩昌黎之文，反对奇异

---

① 颜立水：《金门与同安》，第 37 页，（台湾）稻田出版有限公司，1998。

而追求平易，不满明"后七子"而推崇"唐宋派"归有光。周凯（1779—1837年），字仲礼，号云皋，浙江富阳人，曾与林则徐、龚自珍、魏源等结"宣南诗社"，为京都二十四诗人之一。他在厦门倡修玉屏书院，聘请东南宿儒前来厦门讲学，主持编纂《厦门志》《金门志》，著作有《内自讼斋文集》《内自讼斋诗钞》。吕世宜（1784—1858年），字西村、可合，号种花道人，晚年号不翁，厦门人，自幼"好古而辟凡，金石砖瓦之文，摩抚审玩。善诗文，工篆隶"，道光二年（1822年）中举，掌教厦门玉屏书院，更沉醉于金石之中，文学著作有《爱吾庐笔记》3卷，《爱吾庐文钞》6卷等。其作文推崇韩欧，作诗则崇尚杜甫、陆游。

　　厦门与台湾仅一水之隔，自明代郑成功收复台湾之后，文人学士往来于厦台之间甚密，涌现了不少抒写台湾的文学作品。特别值得注意的是清代厦门出现了一部历史小说《台湾外记》，作者是江日昇。江日昇，字旭东，康熙年间同安人（一说漳浦人）。小说主要描写了从明代天启元年（1621年）至康熙二十二年（1683年）前后63年间郑氏家族郑芝龙、郑成功、郑经、郑克塽四代人反清复明的事迹以及清政府渡海收复台湾的全过程，是清代叙述郑氏家族在台湾始末最完整、最详细的一部历史小说。

　　作家在自序中说："闽人说闽事，以应纂修国史者采择焉。"这道出小说写作目的，秉承了中国历史小说"补史之阙"的创作观念。因为是"闽人说闽事"，小说对于闽台地区的文化特征有较好的把握，也流露出一种闽南人对闽南人特有的叙事情怀。小说的写作年代是清王朝统治时期，郑氏政权当属于"前朝遗孽"，江日昇虽然在序言中对清朝有歌功颂德之辞，但对于反清复明的郑成功却赞赏有加，将郑氏的割据台湾及最后的"四海归一"，归结为天运使然。江日昇称赞郑成功是"髫年儒生，能痛哭知君而舍父，恪守臣节，事未可泯"。在小说的展开过程中流露出对明朝遗民事迹的崇敬之情，应当说彰显郑成功以及明代遗民的忠义精神是小说的内在精神，从中也可见到郑成功的史迹以及遗民精神对于闽地文人的深刻影响。

小说最大特点是"纪其一时之事，或战或败，书其实也"①，在重要的历史事件和线索上，纪实性强。江日昇父江美鳌，南明弘光帝时曾为郑氏家族永胜伯郑彩翊部下，后又与郑彩翊同在福州跟随唐王。江日昇自幼从父游宦，对郑氏故事相当熟悉，因此这部小说的叙事较为可信。据专家考察，小说所描写的事件，如郭禄、蔡义降清，黄梧献灭贼五策以及郑芝龙一家弃市等，均与事实符合，整部小说的重要事件的叙述都符合史实，具有较强的史学价值。但是《台湾外记》毕竟是部历史小说，其叙事遵循的是中国历史小说"亦实亦虚"的做法，同样具有文学的想象特征，叙事中传闻故事带着浓重的传奇色彩。如郑芝龙败谋日本和李魁奇并杀陈衷纪的故事，叙事中的"郑氏祖墓穴地"的符谶风水之事，都具有传奇想象的典型特征；郑芝龙与郑成功的出生描写，基本取古代历史小说英雄出生的传奇叙述模式。郑芝龙出生时"其母黄氏引红霞一片堆于怀，徐而采抹地下"；郑成功出生时更是离奇，"天昏地黑，雨箭风刀，飞沙走石，鼓浪兴波，令人震怖"，"海涛有物，长数十丈，大数十围，两眼光烁似灯，喷水如雨，出没翻腾鼓舞"，"空中恍有金鼓声，香气达通衢"，与《水浒传》写108条好汉的来历、《岳飞全传》写大鹏人间转世等如出一辙。小说叙述遗民英雄事迹细致生动，特别是对黄道周、张煌言两位抗清将军慷慨就义场面的描写，周详感人，几欲催人泪下；海战场面的叙述惊心动魄，富有感染力。作品虽然在情节的设计铺排以及人物的形象刻画上较为粗疏，但其体现出来的郑成功强烈的海洋文化意识、对郑氏"通洋裕国"的描写，以及海战场面铺展，却呈现了厦门小说萌发时期的市民意识特征，体现

---

① 江日昇：《台湾外记》，第 12 页，福建人民出版社，1983。

了闽南文学的海洋性特点。

清代厦门还出现了一部地理史料书《海国闻见录》，作者陈伦炯。陈伦炯（1685—约1748年），字次安，号字斋，同安人。父亲于康熙二十一年（1682年）随靖海侯施琅平定台湾。伦炯从小就跟随父亲，熟闻海道形势，以平生闻见，著为此书。此书上卷记8篇，为《天下沿海形势录》《东洋记》《东南洋记》《南洋记》《小西洋记》《大西洋记》《昆屯记》《南澳气记》；下卷图6幅，即《四海总图》《沿海全图》《台湾图》《台湾后山图》《澎湖图》《琼州图》。详细记载了台湾及其附近岛屿的自然、人文地理状况，是一部有较高史料价值的著作，为后人提供了丰富的海洋地理资料。

第五节　"唐宋派"代表王慎中

王慎中是明代中期文坛的重要人物，是"唐宋派"的开创者。他与唐顺之等人倡导文道合一，以强调唐、宋古文和宋诗的尊道精神，反对"前七子"的"文必秦汉，诗必盛唐"的口号所造成的文学与道统的隔离，在中国文学史上有一定的影响。

一、王慎中的生平思想

王慎中（1509—1559年），字道思，号南江，别号遵岩居士，晋江人，明代"唐宋派"代表人物。王慎中兄弟五人，他排行第二，所以人称王仲子。据载，王慎中自幼聪慧，"四岁能育诗"，"日育数千言"。14岁，就投学于当时理学鸿儒易时中的门下，17岁乡试中举，翌年，即明嘉靖五年（1526年）举进士，初授户部主事，不久，改调礼部。当时，唐顺之、李开先、陈束、屠应峻等名士都在礼部办事，他们之间相与学习，名噪一时，故有"嘉靖八才子"之称。嘉靖十二年，他因大学士张孚敬嫉恨而改为吏部考功员外郎，进验封郎中，不久贬为常州通判，稍后迁户部主事、礼部员外郎，就职于南京。嘉靖十五年，他改山东提学金事，督学山东时，改革旧风陋习，免去诸多繁文缛礼，风习为之一新。不久，他又迁任江西参议，最后迁河南参政，任内，执法有据，赏罚分明，事必亲躬，以能亲仁厚德，扶孤济贫。户部侍郎王果见王慎中深得民望，向朝廷推荐以重用，但遭权相夏言所恶，因而铨落其职。王慎中被罢官后便纵游于山水之间，归家后，隐居讲学。嘉靖三十八年，他不幸病逝于出游途中，有《遵岩先生文集》存世。①

明代初期，以"三杨"（杨士奇、杨荣、杨溥）为代表的台阁体诗文点缀升平、歌功颂德。到了明中叶，以李梦阳、何景明为代表的"前七子"和以李攀龙、王世贞为代表的"后七子"，提出"文必秦汉，诗必盛唐"的主张，掀起了一场声势浩大的复古主义文学运动，给明初以来的道统文学观和虚伪空洞的"台阁体"以沉重打击，扭转明代的文学风气。王慎中早年受复古派的影响，追随过李梦阳、何景明，"初主秦、汉，谓东京下无可取"，后转而推崇欧阳修、曾巩，"悟欧、曾作文之法，乃尽焚旧作，一意师仿，尤得力于曾巩"，② 而成"唐宋派"主脑。对自己的这种转变，王慎中在《再上顾未斋》信中有自叙，他说自己自18岁起"勤思竭精者十有余年"，原本认为"掇摭割裂以为多闻，模效依仿以为近古"，亦即认同李、何的切断宋代，仿照秦、汉、唐的文学观念。但"二十八岁以来，始尽取古圣贤经传及有宋诸大儒之书，闭门扫几，伏而读之，论文绎义，积以岁月，忽然有得"，对宋代诗文有了新的看法，于是"追思往日之谬，其不见为大贤君子所弃，而终于小人之归者"，愧惧交集中，"乃尽弃前

---

① 《明史》卷二八七。
② 《明史》卷二九七。

之所学"，潜心于唐宋文钻研，① 倡导文学的尊道精神。

王慎中思想的转变与他接受王阳明学说的影响有关。明代中期出现的王阳明心学，是儒学内部进行了一次深刻调整的表现，以提出"心即理"来修正宋代程朱理学把"理"视为外在权威的观点，具有承认个性尊严而反对权威崇拜的意味。王慎中适逢其会，他与诸多心学人物如王畿、聂豹、邹守益、罗洪先、欧阳德、唐顺之等交往，受到他们的影响，尤其是王阳明的大弟子王畿对他的影响最大。在王慎中任户部主事，再升礼部员外时，有幸"得肆力问学于龙溪王畿，讲解王阳明遗说，参以己见，于圣贤奥旨微言多所契合"②。由此初步掌握了王阳明心学思想，并全面研读宋儒之书。之后，他们多次相聚，相互切磋，探讨心学，使王慎中对心学有了更深的体会。在江州所作的《宗儒祠告文》中，王慎中即表达出对王阳明的高度赞扬，并对当时的文风进行了深刻的批评，认为"今学者不能内信其心，自得于己，割裂于章句之末，矫揉于形迹之外，皆弃于先生者也。某早无师传，为学已晚，不揆固陋，窃尝尽心于先生之遗言，岂敢谓能得其所以言哉，惟知求之心而庶几有以自信"（《宗儒祠告文》）。在王阳明心学的启悟下，王慎中确立了"要当使治经之功，多赞词华之事，乃为不俗"③ 的文章之道，明白了"求之心"才能有所创见，作文才能摆脱剽窃之弊。壮年落官后，他有余闲精心研读宋儒之书，"觉其味长"，于是正式提出尊崇唐、宋文的文学主张。

二、王慎中的文学主张

王慎中倡导文学的唐、宋文章精神，文学主张主要有以下

① 王慎中：《再上顾未斋》，见《遵岩先生文集》卷三六。

② 李开先：《遵岩王参政传》，见《李开先集》中册，第 617 页，中华书局，1959。

③ 王慎中：《与原弟书》，见《遵岩先生文集》卷四一。

几点：

第一，文道合一。王慎中继承了唐宋八大家"文以载道"的文道观，以王阳明心学为理学基础，指出文与道是一个不可分割的整体。在《薛文清公全集序》中，他说："近世乃有诡于知'道'而不能为'文'，顾谓不足为也，其弊将使道与文为二物，亦可患也。"① 批评那些诡称自己明于道而不能文的人；在道与文的重要性上，他认为道重于文，但他亦肯定文的重要性。他说："窃谓文之在于世，乃天地所具设，民物所露呈，而圣贤者独能观取而类撰之。故虽圣贤不常出，而此文未尝泯绝，以天地长存而人物生成于其间如一日故也。"② 并认为："文虽末技，然人材美恶，风俗盛衰，举系于此，不得自为高阔。持重本轻末之说付之，不足为意。须明示好恶，使士知变，本末原非两物，岂有不能为文，而可谓之为学者哉？"③ 强调文与道虽为本与末，不可本末倒置，也不能重本轻末。在《曾南丰文粹序》中，他把古代文人分为三种，其一是"蔽于其所尚，溺于其所习，不能正反而旁通，然发而为文，皆以道其中之所欲言，非掠取于外藻饰而离其本"，如司马迁、刘向、扬雄等，他们能文且言之有物，但于道不纯；其二是"荡然无所可尚，未有所习"，"徒以其魁博诞纵之力攘窃于外，其文亦且怪奇瑰美足以夸骇世之耳目，道德之意不能入焉，而果于叛去"，如枚乘、公孙弘、严助、朱买臣、谷永、司马相如，他们"徒饰文词且言之无物、无理"；其三是既能"道其中之所欲言"，又能"折衷诸子之同异，会通于圣人之旨，以反溺去蔽，而思出于道德"，如曾巩。这三者中，他将曾巩这类能"会通于圣人之旨"者尊为上者，推崇曾巩是西汉以来的"杰然自名其家者"，原因是曾巩文道两全，"观其书知其于为文

① 王慎中：《薛文清公全集序》，见《遵岩先生文集》卷一五。
② 王慎中：《与纪山侍御乞集序书》，见《遵岩先生文集》卷三七。
③ 王慎中：《与蔡可泉》，见《遵岩先生文集》卷三九。

良有意乎"，"信乎能道其中所欲言，而不醇不该之蔽亦已少矣"。① 他还批评八股文不是真正的文道统一："今称述必在乎经，援引必则古先王。如书生科举之文者，岂不为正，而岂可以为文?"② 但他虽然主张文道合一，却坚持道胜于文，认为诗歌"惟其出于性情而有合乎礼义，则或为怒猛，或为宽柔，皆足以被之弦歌而有以动人者"③。强调即使诗是发乎性情，也要"合乎礼义"才是好诗。

第二，法度自饰。王慎中提出要精心揣摩唐宋文的写作法度并加以学习，倡导作文要讲究合于法度。他说："大抵文字之事有约有放，若约以法度，则一字轻着不得，若放而为之，则无不可如意。"认为今人尚未有古人收放自如的境界，"尤须以法度自饰，庶可无败耳"。④ 他尤其推崇欧阳修、曾巩的文章，强调作文要守欧、曾之法，批评提出"文必秦汉"的人"不知学马迁莫如欧，学班固莫如曾"，说"今人何尝学马、班，只是每篇中抄得三五句史汉全文，其余文句皆举子对策与写柬寒温之套。如是而谓之学马班，亦可笑也"。⑤

第三，自为其言。在讲求法度的基础上，王慎中认为为文要有自己的见解，有所自树，贵得其意，所谓"自为其言"。他在《与江少峰书一》中说："决然不敢徇近孺之是而阿流俗之好……其作为文字法度规矩，一不敢背于古，而卒归于自为其言，此在前世为公共之物，而在今日亦为不传之秘。"他比较初唐诗与盛唐诗的优劣高下时说："初唐之诗，千篇一律。数家之集，皆若一人；而一人之作，亦若一首，其声调虽俊美，体格虽涵厚，而

① 王慎中：《曾南丰文粹序》，见《遵岩先生文集》卷九。
② 王慎中：《与项欧东》，见《遵岩先生文集》卷二三。
③ 王慎中：《五子诗集序》，见《遵岩先生文集》卷九。
④ 王慎中：《答邹一山书一》，见《遵岩先生文集》卷三九。
⑤ 王慎中：《与原弟书十六》，见《遵岩先生文集》卷四一。

变化终不足。盛唐之诗，则人人有眼目，篇篇有风骨，即此以观，亦略见不同大致矣。"① 坚持自己的风骨，做到"自为其言"，是王慎中的一个重要的创作观念，为此，他还作诗讽喻那些鹦鹉学舌、东施效颦的作家诗人。如《论学示友人杂诗十首》："俗学牵缠醉不醒，而今指破与君听。沉迷传注何殊蠹，依仿科条即是伶。"② 将那些作文机械模拟法式的人贬为伶人。"筌以求鱼蹄取兔，兔鱼初不在筌蹄。画舟访会将何得，买椟还珠亦太迷。"③ 讽刺那些模拟剽窃、重形轻义的做法无异于"买椟还珠"。

三、王慎中的诗文创作

王慎中是明代散文大家，成就很高。《明史》称其"益肆力古文，演迤详赡，卓然成家，与顺之齐名，天下称之曰'王唐'"。《遵岩先生文集》中共收王慎中散文 500 余篇，书启、赠序、传记、祭文、墓志、游记乃至悼文，应有尽有。从题材上看，其散文可分为三类：一类重在宣扬道统和儒家思想，如《明伦堂记》《孔孟图谱序》《大学衍义补序》《易经存疑序》等；一类重在反映现实，揭露矛盾，作不平之鸣，如《聚乐堂记》《张毅斋先生墓表》《海上平寇记》等；一类是山水记胜之作，如《游清源山记》《金溪游记》《游笋江记》。他的散文承续唐宋八大家的作文传统，以传道说理为主。如《薛文清公全集序》开篇指出佛学的玄妙之处与儒学之旨是共通的，肯定了陆九渊援佛入儒，开创心学学说的功绩，批评了朱熹诋诽心学的错误言论。最后亮出主旨：薛瑄这样真正的道德之士是完全可以用文字来传其

---

① 王慎中：《寄道原弟书七》，见《遵岩先生文集》卷二四。

② 王慎中：《论学示友人杂诗十首·其三》，见《遵岩先生文集》卷九。

③ 王慎中：《论学示友人杂诗十首·其九》，见《遵岩先生文集》卷九。

道的，近年来有些人诡称自己知"道"却不能以文学的形式表达出来，还辩称不屑为之，这样"将使道与文为二物"。全文脉络贯畅，说理透彻。他推崇唐宋文的字字句句发古圣贤的道理，自己即使在记游文章中，也常常借游、借景阐发自己的人生之道。如《金溪游记》中，作者用比较的方法展开论述：身陷宫室之人临山水如脱牢笼，因此其乐无穷。而樵夫、牧竖、罟师、估人，虽日日面对山水，却因生活的压力而无法欣赏山水之美。由此，王慎中有所体悟："凡物之美恶无恒，而人情之欣厌有向。惟明者为能以情御物，物变于外而不足以易其中之所乐。"

王慎中行文力求平淡自然，宣称"何必瘦硬豪雄"。如《何诚轩暨梁孺人墓志铭》中有一段："其乏时，突烟不起，两人相对，翁不以愧孺人，孺人不以让翁。或得酒一瓶相酹，唇咽仅霑而意气各得已。乃呼歌自谴，曰：'富人有钱财，劳苦不休，欲如吾两人清适半刻不可得，要是彼人无福耳。'"寥寥数语，平淡自然，刻画出何氏夫妇安于贫贱、豁然自得、互敬互爱的性情。王慎中的散文深得时人褒扬。他的同乡邵廉评价他的散文"辞似淡实腴，似平实奇，似浅实深，似疏实密，似丰实约，其意盖以合辙欧、曾，嗜馥朱、蔡，而自得堂奥为指归"①。他的好友洪朝选在叙述他的文风转变时称其是："直窥先秦西京，下至宋六大家之文，得其指归。由是亦奇崛为平直，化艰棘为悠永，而君之才气沛然有余，下笔一扫数千言，滚滚不休而包涵蕴藉有深致。至其底于神妙不可测，知发其意之所欲言，而得其心之所未有。"② 著名的文学理论家李贽对他作文的整体评论是："其为文也，恒以构意为难，每一篇，必先反复沉思。意定而辞立就。细观之，铺叙详明，部伍整密，语华赡而意深长。"③ 历史上对他

①　邵廉：《王遵岩文集序》，见《遵岩先生文集》卷首。
②　洪朝选：《王遵岩文集序》，见《遵岩先生文集》卷首。
③　李贽：《续藏书》，中华书局，1959。

的散文评介甚高。

王慎中以散文著名，却也写了不少诗歌，诗体上尤擅五言诗。诗风颇受颜延之、谢灵运的影响，所以《谢志居诗话》卷一二称"道思五古文理精密，足以嗣响颜、谢"。《四库全书总目》卷一七二这样评价他的诗作："今考集中五言，如《游西山普光寺》《睡起》《登金山》《游大明湖》诸篇，固皆邃穆简远。七言如'每夜猿声如舍里，四时山色在城中'……'琴声初歇月挂树，莲唱微闻风满川'，亦颇有风调。"他的不少诗句功力深厚，浑成雅稚，为后人传诵。如"菊含露下英，泉作山中响""舒景扬云端，皓魄委广庭""苍松多古意，流水有余音""遥心连浦雁，归梦滞江花""世态无端争梦里，人生何事胜搏前"等，"皆蕴藉自然，令人三复不厌"。① 他所作的词 44 首，被赵尊岳编入《明词汇刊》，特色是"以古文家作风填词，节奏舒缓，纡徐委备，读来如文"②。如《惜瓶莲》之"芳意香魂应不恶，总在东湖，也到今时落"，被认为"妙在寄慨中，自寓排遣，为咏物家开一活法"③。但总体上成就是诗不如文，正如四库馆臣所云："然宗其全集之诗，与文相较，则浅深高下，自不能掩。文胜之论，殆不尽诬。"④ 这自然与王慎中的文学思想有关，因为他坚持道胜于文。在他看来，诗可分为"意达性情"与"伤事感物"两种，认为二者皆"非龌龊拘谨，炼字句、模体法者所可及也"。⑤ 合于道德的平和之音与发愤抒情的豪猛之作，并无高下之分，"惟其出于性情而有合乎礼义，则或为怒猛，或为宽柔，皆足以

---

① 陈田：《明诗纪事》，第 1532 页，上海古籍出版社，1993。
② 张仲谋：《明词史》，第 189 页，人民文学出版社，2002。
③ 顾璟芳：《兰皋明词汇选》，第 86 页，辽宁教育出版社，1998。
④ 《四库全书总目》，第 1504 页，中华书局，1965。
⑤ 王慎中：《黄晓江文集序》，见《遵岩先生文集》卷九。

被之弦歌而有以动人者"①。但诗毕竟长于抒情和写意，文更善于说理载道。在他为官倡导尊道精神时，他写的更多更好的是文，诗歌的上乘之作，则大多为归田之后的作品。所以清代文豪钱谦益认为他的诗"诗体初宗艳丽，工力深厚，归田以后，掺杂讲学，信笔自放，颇为词林口实"②，这是吻合他的诗作实际的。

王慎中的文学理论和文学成就对当时和后世产生了很大影响，任何一部文学史在论及明代文学时，他都是一个不可回避的重要人物。但也必须看到，他实际上在明代代表的是强大的传统势力，他的文学理论核心，乃是从维护道学的立场出发，重新提倡宋儒的文与道的合一，但又与以抄袭为能的拟古主义者有根本的区别。

第六节　李贽的文学理论与创作

李贽是明代出现的中国杰出的启蒙思想家，是中国古代第一个对封建时代的统治思想提出全面批判的人物。李贽的成就主要在哲学、思想领域，他的思想及其表达方式，有着中国文人向来所缺乏的深刻、尖锐、透彻、大胆，在文学上也有特别的贡献。

一、李贽的生平与思想

李贽（1527—1602年），原名林载贽，字宏甫，号卓吾，晋江人，别号温陵居士。李贽一辈子可用"生于闽，长于海，丐食于卫，就学于燕，访友于白下，质正于四方"来概括。他自幼思想大胆敏锐，12岁时作《老农老圃论》，反对孔子把种田人看成"小人"。他于明嘉靖三十一年（1552年）中举，历任河南共城

---

① 王慎中：《五子诗集序》，见《遵岩先生文集》卷九。
② 钱谦益：《列朝诗集小传》，第 373 页，上海古籍出版社，1983。

（今辉县）教谕、南京国子监博士、北京礼部司务、南京刑部员外郎和郎中，最后出任云南姚安知府，经历了 20 多年宦海生涯，与昏官迁儒和假道学格格不入，时常冲突。54 岁起辞官，过着独居讲学的生活。他先寄居湖北黄安，同大官僚耿定向的二弟耿定理探讨学问。耿定理死后，其兄耿定向屡次来信指责李贽"超脱"，两人遂由思想上、政治上的分歧发展为公开的激烈论战。李贽便移居黄安邻县的麻城经摩庵，过着半僧半俗的"流寓"生活，后来干脆把妻女送回泉州，自己在麻城龙湖芝佛院落发，同友人周友山等在青灯古佛下讲学论道。地方官吏以"维护风化"为名，指使歹徒烧毁龙湖芝佛院，并下令搜捕李贽。李贽被逼避入河南商城，正值好友马经伦被贬，李贽便寄寓北京通州马家，继续从事《续藏书》的著述。万历三十年（1602 年），他因都察院御史温纯和都察院给事中张问达劾奏，被万历皇帝以"敢倡乱道，惑世诬民"下狱，被迫自杀于狱中。李贽著作有几十部，最重要的有《藏书》《续藏书》《焚书》《续焚书》《说书》《史纲评要》《初谭集》《九正易因》《解老》《净土决》及批点《水浒传》《西厢记》《拜月亭》《琵琶记》等。[①]

李贽是以一位思想家的身份来论文学的，因此，研究李贽的文学批评理论不能回避他的哲学思想。李贽的哲学观点受王阳明、王艮、何心隐一派的影响，公开以"异端"自居。他否认儒家的正统地位，否定孔孟学说是"道冠古今"的"万世至论"，认为《六经》《论语》《孟子》等儒家经典只是当时弟子的随笔记录，并非"万世之至论"，"何必专门学孔子而后为正脉也"（《焚书·答耿司寇》）；反对"咸以孔子之是非为是非"，认为"圣人不曾高，众人不曾低"；肯定个人价值和私人欲望，提出"夫私者，人之心也。人必有私，而后其心乃见，若无私则无心矣"，

---

① 《福建通志》卷二一四《明文苑传》。

认为"穿衣吃饭，即是人伦物理，除却穿衣吃饭，无伦物矣。世间种种，皆衣与饭类耳"(《焚书·答邓石阳》)，具有强烈的人文主义思想。他指斥那些维护封建礼教、满口仁义道德的假道学、卫道士、伪君子，说他们"阳为道学，阴为富贵，被服儒雅，行若狗彘"(《续焚书·三教归儒说》)，实际上是借道学这块敲门砖"以欺世获利"，是"口谈道德而心存高官，志在巨富"(《焚书·又与焦弱候》)。他反驳重农抑商的传统观念，为商贾辩解，认为工商业者"日入商贾之肆，时充贪墨之囊"，"挟数万之资，经风涛之险"，起了发展生产的作用，对官对私都有好处，又"亦何可鄙之有"。他还为妇女鸣不平，反对重男轻女，批判"男子之见尽长，女子之见尽短"(《焚书·答以女人学道为短见书》)的论调。称颂武则天为"好后"，推崇卓文君自由追求，打破传统的"父母之命，媒妁之言"的婚配方式。他深刻揭露封建社会的黑暗现实，尖锐讽喻当权官吏是"冠裳而吃人"的虎狼，揭示"昔日虎伏草，今日虎坐衙。大则吞人畜，小不遗鱼虾"(《焚书·封使君》)的现实。

李贽思想的核心是"童心说"。李贽受佛教和王阳明心学的影响，视"真心""童心"为万物的本源，认为世上一切物质和精神只存在于"真心"之中。什么是"真心"？"真心"就是"童心""初心"，最初一念之本心，即不受外界影响的"我"的心。它主宰一切，可称作"清净本源"。万事万物、山河大地只是真心的显现物。这种观点与陆王学派的"吾心便是宇宙，宇宙便是吾心"，禅宗的"万法尽在自心"是一脉相承的。李贽指出童心是先天自生的。"童子者，人之初也；童心者，心之初也"，童心的本质特征就是"绝假纯真"，"若失却童心，便失却真心；失却真心，便失却真人。人而非真，全不复有初矣"(《焚书·童心说》)。他强调了保持"心之初"的重要性，在李贽看来，童心是与义理相对立的，两者的关系是此存则彼消，彼入则此障，"有道理从闻见而入,而以为主于其内而童心失","学者既以多读书识义理,障其童心矣"。义理阻碍童心的结果是,"童心既障,于是发而为言语,则言语不由衷;见而为政事,则政事无根柢;著而为文辞,则文辞不能达"(《焚书·童心说》)。为了避免童心丧失,李贽反对"多读书识义理",以绝假纯真的童心宣告人之真性情的至上性。

李贽的学说尖锐地抨击、否定封建传统思想的根基,鲜明地代表了社会变革的要求,带有强烈的人的思想启蒙意识,也是明代中国资本主义生产关系萌芽的具体表现,代表了新兴市民阶层的思想变革要求和观点,其影响具有划时代的意义。据沈瓒《近事丛残》描述,当时李贽的"惊世骇俗之论","从之者几千万人","少年高旷豪举之士,多乐慕之,后学如狂",不但"儒教溃防,即释宗绳检,亦多所清弃"。朱国帧《涌幢小品》也说李贽学说"最能惑人,为人所推,举国趋之若狂",出现"全不读'四书'本经"的景况,"而李氏《藏书》《焚书》,人夹一册,以为奇货",有"倾动大江南北"之盛况。

二、李贽新异的文学见解

李贽不是严格意义上的文学批评家、理论家,也没有系统的文学论著。他之论文学,大抵都是片言只语,偶尔一现。但字字珠玑,句句精彩,同样持有与传统文学思想根本不同的新异见解。

首先,他以"童心说"为理论基础,提出"天下之至文,未有不出于童心焉者也"(《焚书·童心说》)的文学"童心说"。李贽认为真正的文学是从"童心"发出,倘若"童心既障","发而为言语,则言语不由衷","著而为文辞,则文辞不能达"。所以不论什么时代、什么文体,凡表现真实的思想情感的童心之作都是"古今至文","无时不文,无人不文,无一样创制体格文字而非文者"。他说："诗何必古选，文何必先秦。降而为六朝，变而为近体，又变而为传奇，变而为院本，为杂剧，为《西厢曲》为《水浒传》，为今之举子业。大贤言圣人之道，皆古今至文，不可得而时势先后论也。"(《焚书·童心说》) 只要是真心、童心之作，并不以时势先后和文体论优劣。他甚至认为"六经、（论）语、孟（子）"，"不可以为万世之至论"，"不可以语于童心之言"。这是对八股文和前后"七子"复古主张的尖刻批判。

其次，他强调作文要"发于性情，由乎自然"，以此否定了传统的"发乎情，止乎礼义"。在李贽看来，真正的文学作品都是作家的真情实感亦即"童心""真心"的抒发。李贽在《焚书·卷三·杂说》中有一段议论，形象地表达了他关于创作的独特见解。他说世上"真能文者"："其胸中有如许无状可怪之事，其喉间有如许欲吐而不敢吐之物，其口头时时有许多欲语而莫可所以告语之处，蓄极积久，势不能遏。一旦见景生情，触目兴叹；夺他人之酒杯，浇自己之垒块；诉心中之不平，感数奇于千载。既已喷玉唾珠，昭回云汉，为章于天矣，遂亦自负，发狂大叫，流涕恸哭，不能自止；宁使见者闻者切齿咬牙，欲杀欲割，而终不忍藏于名山，投之水火。"突出指出文学作品是"盖声色之来，发于性情，由乎自然"(《焚书·读律肤说》)。在比较《拜月》《西厢》和《琵琶记》之高下时，他认为《西厢》和《拜月》是作者"当其时必有大不得意于君臣朋友之间者，故借夫妇离合因缘以发其端。于是焉喜佳人之难得，羡张生之奇遇，比云雨之翻覆，叹今人之如土"(《杂说》)。所以《西厢》《拜月》虽没有《琵琶记》的穷巧极工，但其所表达的感情能够深入人心肺腑，要比《琵琶记》高出一筹。评判的标准是作品的真性情，绝不在于字句、结构等形式上的追求。

再次，充分肯定小说、戏曲等市民文学的价值。中国文学传统以诗文为正宗，视小说为"小道之言"，很多文人轻视小说、戏曲。但李贽则视“新腔”“别调”为文学的价值所在。“譬之时文，当时则趋，过时则顽。又譬之于曲则新腔，于词则别调，于律则切响，夫谁不侧耳而倾听乎。”（《黯然堂类纂引》）因此特别推重、表彰被视为小道的“时文”——小说、戏曲。李贽说自己“《水浒传》批点得甚快活人，《西厢》《琵琶》涂抹改窜得更妙”（《续焚书·与焦弱侯》）。他还以极大的热情，为《幽闺记》《拜月亭记》《玉合记》《昆仑奴》《红拂记》等剧写题词，为《水浒传》《三国志通俗演义》《西游记》和《北西厢记》《琵琶记》《幽闺记》《玉合记》《红拂记》五种剧本作评点。[①] 他认为《西厢记》《拜月记》“自当与天地相终始”，《红拂记》“关目好，曲好，白好，事好”，认为这些市民文学“皆可师可法，可敬可羡”，并尖锐地反驳传统的观念：“孰谓传奇不可以兴，不可以观，不可以群，不可以怨乎？”[②] 充分肯定了小说、戏曲的社会功能和艺术价值。他对《水浒传》的评点最为人称赞，影响最广。现署名李贽评点的《水浒传》主要有两种版本：一是明容与堂刻本《李卓吾先生批评忠义水浒传》100 卷，100 回；一是明末袁无涯刻本《李卓吾评忠义水浒全传》（一名《出像评点忠义水浒全传》）不分卷，120 回。目前多数学者认为容与堂刻本非李贽评点，乃叶昼所批。李贽称《水浒传》是世间 5 大部文章之一，将它与《史记》，杜甫诗相提并论，他说：“宇宙内有五大部文章，汉有司马子长《史记》，唐有杜子美诗，宋有苏子瞻集，元有施耐庵《水浒传》，明有李献吉集。”如此评价小说作品，在中国文学史上尚属首次。他在《忠义水浒传·序》中提出了著名的小说也可发愤

① 《三国志》《西游记》的评点为别人托名（伪托已成定论），另据各家著录，经李贽评点的剧本有 15 种，但大都出于伪托，一般认为上述 5 种确为李贽评本。

② 以上所引李贽之文均据张建业主编：《李贽文集》，社会科学文献出版社，2000。

的创作论思想。他说："太史公曰，'《说难》《孤愤》，圣贤发愤之所作也。'由此观之，古之贤圣，不愤则不作矣。不愤而作，譬如不寒而颤，不病而呻吟也，虽作何难乎？《水浒传》者，发愤之所作也。"是"施罗二公身在元，心在宋，虽生元日，实愤宋事"的作品。李贽还对《水浒》的"忠义"主题、人物形象、故事情节、结构布局等，作了精妙出彩的评点。① 李贽对《水浒传》的评点反响极大。公安派袁宏道对此评点评价道："今于一部之旨趣，一回之警策，一句一字之精神，无不拈出，使人知此为稗家史笔，有关世道，有益于文章，笔头有舌有眼，使人可见可闻，斯评点最贵者也。"② 在李贽的带动下，"明末山人名士"，竞相作起"批评小说之举"③，李贽的评点结构，也奠定了小说评点的基本形态：即开首有序，序后有总纲文字数篇，相当于后世的读法，正文部分由眉批、夹批和回末总批三部分构成。④ 这无疑极大地促进了中国古代的文学批评。

李贽本着"童心说"论文学，大胆地破除了一切文学领域的种种"道理闻见"，深刻地提出"发乎性情，由乎自然"的文学新主张，抨击了传统文学的旧观念，并通过对小说戏曲的评点，给中国文学批评史带来革命性变化，成为中国小说戏曲批评的实际开创者之一。他的文学理论见解代表了明代思想启蒙的文学新方向。

---

① 以上有关《水浒传》评点引言，均出自陈曦钟等辑校：《水浒传会评本》，北京大学出版社，1987。

② 袁无涯：《李卓吾评忠义水浒全传》卷首发凡。

③ 转引吴子凌：《对话：金圣叹的评点与英美新批评》，载《浙江社会科学》2001 年第 1 期。

④ 谭帆：《小说评点的萌兴——明万历年间小说评点述略》，载《文艺理论研究》1996 年第 6 期。

三、李贽的诗文创作

李贽是一个思想家，并不以文学著名。但作为一个新锐思想家，他的散文则完全摆脱传统古文的格局，内容上无所依傍，话天问地，立意奇特，富有思想性和战斗性。形式上汪洋姿放，悠肆雄辩，文风犀利坦直，别具一格。如《答耿司寇》中的一段：

> 试观公之行事，殊无甚异于人者。人尽如此，我亦如此，公亦如此。自朝至暮，自有知识以至今日，均之耕田而求食，买地而求种，架屋而求安，读书而求科第，居官而求尊显，博求风水以求福荫子孙。种种日用，皆为自己身家计虑，无一厘为人谋者。及乎开口谈学，便说尔为自己，我为他人；尔为自私，我欲利他；我怜东家之饥矣，又思西家之寒难可忍也；某等肯上门教人矣，是孔孟之志也；某等不肯会人，是自私自利之徒也；某行虽不谨，而肯与人为善；某等行虽端谨，而好以佛法害人。以此而观，所讲者未必公之所行，所行者又公之所不讲，其与言顾行、行顾言何异乎？以是谓为孔圣之训可乎？翻思此等，反不如市井小夫，身履其事，口便说是事，作生意者但说生意，力田作者但说力田。凿凿有味，真有德之言，令人听之忘厌倦矣。①

这是写给耿定向的书札，实际是向伪道学宣战的檄文，思想深刻，言辞平易而激烈，文章连用几个对比、质问，直逼论敌，剥皮见骨，针针见血。为此，"公安派"代表袁中道称："其为文不阡不陌，抒其胸中之独见。精光凛凛，不可迫视。"②

---

① 李贽：《答耿司寇》，见《李贽文集》，第28页，社会科学出版社，2000。

② 袁中道：《李温陵传》，见《坷雪斋集》卷一七，上海古籍出版社，1989。

　　李贽的诗存于《焚书》卷六中的有 86 题 147 首，存《续焚书》卷五中的有 84 题 145 首。这 292 首诗，就其数量和篇幅而言，约占《李贽全集》的 1/35。① 他虽"诗不多作"，却"大有神境"。② 诗作如其个性，发乎性情，恣情纵性，不事格律雕饰，以自然为美，率真质朴，独具特色。用袁宗道的话描述是："龙湖老子手如铁，信手诋驳写不辍。纵横圆转轻古人，迁也无笔仪无舌。"③ 列以下几首诗歌：

　　　　天生龙湖，以待卓吾，天生卓吾，乃在龙湖。龙湖卓吾，其乐何如？四时读书，不知其余。读书伊何？会我者多。一与心会，自笑自歌；歌吟不已，继以呼呵，恸哭呼呵，涕洒滂沱。歌匪无因，书中有人；我观其人，实获我心。哭匪无因，空潭无人；未见其人，实劳我心。弃之莫读，束之高屋。怡性养神，辍歌送哭。何必读书，然后为乐？乍闻此言，若悯不谷。束书不观，吾何以欢？怡性养神，正在此间，世界何窄，方册何宽！千圣万贤，与公何冤！有身无家，有首无发；死者是身，朽者是骨。此独不朽，原与偕殁；倚啸丛中，其声振鹊。歌哭相从，其乐无穷！寸阴可惜，曷敢从容。

《读书乐并引》④

　　　　志士不忘在沟壑，勇士不忘丧其元。我今不死更何待，愿早一命归黄泉。

《不是好汉》

---

　　① 王建平：《李贽诗歌简论》，载《河南大学学报》2002 年第 3 期。

　　② 袁中道：《李温陵传》，见《珂雪斋集》卷一七，上海古籍出版社，1989。

　　③ 袁宗道：《白苏斋类集》卷一，上海古籍出版社，1989。

　　④ 李贽：《读书乐并引》，见《李贽文集》第 1 卷《焚书》，第 213—214 页，社会科学出版社，2000。

有客开青眼，无人问落花。暖风熏细草，凉月照晴沙。客夕翻疑梦，朋来不忆家。琴书犹未整，独坐送残霞。

《独坐》

笑时倾城倾国，愁时倚树凭阑。尔但一开两朵，我来万水千山。

《云中僧舍芍药》其二

诗俨然不事格律雕饰，抒情、叙事、议论，人物、事物、风景，皆缘性情而聚；语言俗雅不拘，话随情至，很能显现出一位傲岸不羁、独居任性的抒情主人公形象。

李贽的一生转折跌宕，他以异端自居，语非孔孟，言诋程朱，援禅入儒，带发修行，容留女客，狱中自刎，以其狂放的言行挑战封建意识形态主流，成为一个特异的文化存在，新异的文学思想与创作打开了古代文学的思想启蒙之路，影响之深远在中国历史上实属罕见。

第七节　黄道周与闽南遗民文学

一、遗民与遗民文学

中国五千年的历史，几经王朝更迭，沧海桑田。在王朝更替之际，都会出现一批怀道抱德、不仕新朝的士人，历史上将这样一批人称作"遗民"，于是遗民现象成为中国古代社会伴随着朝代更替而出现的一种重要的政治、文化现象。闽地地处蛮荒边陲，在改朝换代的时刻，往往成为不甘屈服的前朝遗臣延续故祚的集聚地，加上闽人受儒家的忠义观念影响较深，往往不肯接受改朝换代的事实，所以遗民文化传统及其形成的遗民文学积淀深厚。明崇祯十七年（1644 年），李自成率领农民起义军攻陷北京，朱明王朝崩溃。清朝统治集团乘机挥军攻入，明朝灭亡，清王朝建立。南明唐王、郑成功以厦漳泉为抗清活动基地，随着明朝以及散落南方各地的南明政权的相继败亡，许多明朝士人不愿向清朝俯首称臣，流落聚集于闽南三角，他们借诗歌抒发遗民情绪，兴起一股遗民文学之风。

关于遗民，归庄在为朱子素所编的《历代遗民录》序中将其分为"已仕""未仕"两种类型，并对遗民的时间特性、精神潜质等作了较为具体的界定。其后，秦光玉的《明季滇南遗民录·自序》将滇南遗民分为六派，实际上也是依照归庄的两种类型，作了更细致的划分。另据乾隆《嘉定县志》卷一一《艺文志·书籍》目所载朱子素《与友人论文书》可知，朱氏《历代遗民录》即有"孤臣""高义""全节""贞孝""知己""潜德""散逸"诸类，依照的是遗民的品格。黄容《明遗民录》也是分"已仕""未仕"两类，但其书前《自序》又将遗民分为"深潜岩穴，餐菊饮兰""蜗庐土室，僵仰啸歌""荷衣捧冠，甘作种瓜""韦布介士，负薪拾穗"① 等类型，着眼于遗民在新朝的生活方式与人生态度。这里，我们主要从考察遗民在明末清初的生活方式入手，参照钱穆《明末遗民之志节》，再结合闽南地区特殊的政治文化背景，将明清易代之际的闽南遗民分为三个类型：一为守死不二、以身殉国型；二为志在匡复旧朝型，这一类人齐集郑成功麾下；三为隐逸型，他们在明亡后或栖居于岩壑山林、江边湖畔，或家居不出，或遁入空门，或在闽南一带游走，讲学行医，这类人最多。这三类遗民的文学创作，构成了明清闽南遗民文学的独特景观。

二、黄道周的忠贞爱国诗篇

黄道周是位守死不二、以身殉国的明末大臣，他的诗歌表现

---

① 谢正光、范金民：《明遗民录汇辑·附录》，南京大学出版社，1995。

的是一种"节义千秋"的信念和情怀。

黄道周（1585—1646 年），字幼玄，一字螭若，又字细遵，号石斋，漳浦铜陵（今东山）人。他于明天启二年（1622 年）登进士，历官翰林院修撰、詹事府少詹事。南明政权时，任吏部兼兵部尚书、武英殿大学士。在清兵攻陷徽州时，他提兵赴救，不幸于婺源兵败被俘。清军督师以"得一忠义之人，胜得土地数州"方略，派降清的洪承畴等人日夜劝降，皆遭到黄道周的严词拒绝。黄道周被解送至南京后，置生死于度外，日诵《尚书》《周易》，或弈棋、作书。囚中共赋诗 311 章，取名《石斋逸诗》，表明以死完节的决心。清顺治三年（1646 年）三月初五慷慨就义。临刑，黄道周裂衿咬指血书："纲常万古，节义千秋；天地知我，家人无忧。"黄道周著作甚丰，计有百余种，涵盖理学、易学、史学、文学以及军事、政治、天文、地理，在明末颇有影响。后人辑其大部为《明漳浦黄忠端公全集》，简称《黄漳浦集》。

《黄漳浦集》中载有诗歌 14 卷，约 2300 多首。其中古诗律诗均有，四言、五言、六言、七言、九言兼赅，形式多样广泛。就诗歌的题材内容看，大部分为感怀时事、忧国忧民之作，表现了作者的忠贞爱国情怀。

其一是表达对奸佞当道、君王昏庸致使国家危亡的愤激之情。明崇祯元年（1628 年），袁崇焕被诬以"谋逆罪"而被捕入狱，大学士钱龙锡牵连论死。黄道周为钱龙锡抗疏辩冤，被降职黜离京都。此间他前后写下几组诗，痛斥奸佞昏君误国。如"总缘支厦挢群木，非谓求鱼取敝筌。霸主犹能开喷宝，清朝何必共防川。空将真谠归台省，流涕宣文七制前"①。崇祯十一年，杨嗣昌奏请与清议和，黄道周即上三疏弹劾杨嗣昌等，再遭贬官 6 级。黄道周便作《待命四十日凡再回话，以诋毁曲庇几坐重典，而蒙

---

① 黄道周：《黄漳浦集》卷四六。

恩薄谴，仅得调官，再赋示内，并答诸贺六章》，其一云："藁席将身已四旬，果然天不僇痴臣。清时小鸟催梧凤，上界飞龙戢玉鳞。汉世何须尊泣贾，秦庭无用怪啼申。亲从霹雳推车过，又得滂沱自在春。"将自己比拟秦汉时代的贾谊和申包胥，为国家安危痛哭流涕，泪尽而继以血，谴责杨嗣昌等苟且偷安，懈怠误国。又在《临安闻良固失守四帅具衂又有檄止十道师行人次且为之慨然四章》中写道："突豕已逾月，腥风何屡翻。守雌奄众志，飞牡动关门。庶士蛙蝗怒，文人鹅鹳论。盈庭多剑舄，孺子多烦言。"尖锐地抨击了朝中文武大臣尸位素餐，当用兵之际，却文臣慑懦，武将狼顾，竟然到了"未断卢龙塞，竟无射虎人""十箭相衔处，将军不出师"的可悲地步，感叹"小鬼狰狞大鬼唱，万民涂炭丑夷强。明明天子悲孤立，衮衮公卿竞利忙"，期盼"可收拾处需收拾，莫使神州叹鹿亡"（《满逆入寇，朝臣匿不上闻，愤而作之》）。这样的一些诗作，正是对奸佞不顾国家危亡而发出的愤激之词。

其二是表现了时刻不忘为国分忧，时刻准备为国建功献身的崇高精神。他那些与朋友赠别唱和酬答的诗歌，也贯穿着忧国忧民的主题。在《送大司马范质公环召入都四章》中，他以"四海无家余一剑，千秋报国仗孤身。时艰不敢辞危步，主圣犹劳念放臣。何日乾坤豺虎靖，雍容礼殿动麒麟"，勉励挚友辅佐君王，为国建功；在《张三华差肩之长寿予耳顺步韵聊答》这样的祝寿唱和中，写下的也是"次逢戎马又当场""落落云松理万章"这般的诗句；即使是表现闲居隐逸生活的诗歌，对时局的牵挂也是处处可见，于山水间优游，他突然触景伤怀："幸无羌虏窥南服，但视银河销玉关。"（《和胡仲求三章》）在荆扉柴门的平静生活中，他记挂的是关山戎马的激烈战场，"丘壑何曾谢时纷，忧时凉炎也潜焚"，"苍生于我真何与，白石青松惹泪斑"。崇祯二年（1629年），黄道周已辞官归家五年，忽闻国势危急，清兵已破遵化，他慨然"独自携挐出关"，决心像班超、管仲、毛遂、尹吉甫等良将贤臣那样，辅佐君王，抗击外敌，作诗表白："此足已云出，抚身安所归。当丝不著剑，触地谁能飞。发愤轻班管，含辛著彩衣。高堂人尚在，吾早扃柴扉。""华隼三秋翮，人焚六月诗。前筹如可借，应不鄙毛锥。"① 表现了大无畏的为国献身精神。

其三，黄道周诗的爱国情怀，集中体现于他的狱中诗作。清顺治三年（1646年）黄道周兵败被俘后，在狱中共赋诗311章，取名《石斋逸诗》。这些诗作慷慨激烈，出自忧愤，饱含血泪，最为感人。如《时发婺源，赵渊卿职方、毛玄水别驾、赖敬儒、蔡时培二中书相失寄示四章》其四："捕虎仍在野，投豻又出关。席心如可卷，鹤发久当删。怨子不知怨，闲人安得闲？乾坤犹半壁，未忍蹈文山。""捕虎""投豻"喻指抵抗清兵，为了南明的半壁江山，他既"捕虎"又"投豻"，就是不想重蹈文天祥的覆辙。《发自新安，绝粒十四日复进水浆，至南都示友》更是表现出坚贞不屈的意志和以身殉国的决心："诸子收吾骨，青天知我心。为谁分板荡，未忍共浮沉。鹤怨空山曲，鸡啼中夜阴。南阳归路远，怅作卧龙吟。"末尾以诸葛亮未能恢复中原之遗憾来表达自己壮志未酬的遗恨。在明亡之后，黄道周身为亡国故臣，有许多诗抒发了亡国之恨，寄托了对故国的一片深情，如《昏晓八章》表现出不渝的故国深情，《周颖侯司李寄至感时十议四章》体现出英雄末路的悲情。诗人的亡国之痛强烈，以至于数丛野黍，几声鸿鸣，都会激起心灵的哀痛："元兴诏草属伊谁，畏见哀鸿及黍离。王气未迴北塞路，古人多涌东山诗。"

同样，黄道周也是有山水诗作留世的。他的山水诗描画细致，有较高的艺术技巧。如《武夷山》："鹤迹少痕并，溪舟水路

---

① 《黄漳浦集》卷三九。

明。居然萦练带，触处护晶城。梅邃因风醉，云畦纵鹭耕。夜凉窗纸漏，写影自纵横。"他写于家乡的《中秋携家人出铜海玩月有作，命诸子姓属和三章》其三云："清时容钓弋，海大见安流。白露弥无际，伊人何所求。长鲸吹浪去，叠鲨挂帆浮。忍亿廿年事，芦花半上头。"有学者评价此诗说："'见安流'，使人想象道（到）周如谢安泛海'貌闲意说（悦）'的神情（详《世说新语·雅量》）。'白露'二句反用《诗经·秦风·蒹葭》，写诗人无所求的心境。'长鲸'二句最能表现东山岛外汪洋大海的恢宏气势。"①

艺术上，黄道周的诗歌直抒胸臆，语言率直，常以托古喻今的方式，比附现实，寄托理想，诗人的爱国深情在寄寓中表现得耐人寻味。

在福建文学史上，黄道周是一位少见的集文人、忠臣、义士、英雄为一身的人物，徐霞客对他评价很高，称他是"字画为馆阁第一，文章为国朝第一，人品为海内第一，学问直接周孔，为今古第一"②。他以一介文人之力企图抗清复明，最后宁死不降、慷慨就义，正所谓"立朝守正，风节凛然……不愧一代完人"。③

明郑时期有宁靖王朱术桂，他的诗与黄道周一样表现出遗民忠贞不贰的精神。朱术桂（1618—1683 年），字天球，明太祖朱元璋的九世孙。清军入关，明室南移，宁靖王居金门、厦门。1664 年，郑经奉迎宁靖王渡台。施琅平台，郑克塽乞降，宁靖王以为义不可辱，与其五妃全节从死。临死赋诗一首，曰："艰辛避海外，总为数茎发。于今事毕矣，祖宗应容纳。"这首绝命诗在台湾广为流传。连横在《台湾诗乘》中评说："绝命诗一章，

---

① 陈庆元：《福建文学发展史》，第 377 页，福建教育出版社，1996。

② 《徐霞客游记》附录徐霞客先生年谱。

③ 黄道周事迹见蔡世远《二希堂文集·黄道周传》和《东山县志》民国稿本。

凄凉悲壮，读之泪下。"另据乾隆年间的《鹭江志》记载，宁靖王还另有绝命诗一首："慷慨空成报国身，厌闻东土说咸宾。二三知己惟群嫔，四十余年又一人。宗姓有香留史册，夜台无愧见君亲。独怜昔日图南下，错看英雄可与论。"① 诗中末尾句对郑克塽降清颇有微词。宁靖王与五妃殉节之事，后来成为台湾文学史上吟咏不断的事迹，在台湾咏史诗中是仅次于郑成功的抒写题材。②

三、匡复王朝之臣与隐逸世外之士的创作

遗民文学中表现出匡复明王朝之强烈愿望者，当属郑成功父子和"海外几社"诸君，他们的作品代表了明清之际闽南遗民文学的第二种类型。

郑成功虽不以诗名，但在文学上仍有一定成就，少年时曾赋《登高》一首："只有天在上，而无山与齐。举头红日近，俯首白云低。"即显示出非凡的气魄。③ 崇祯十七年（1644 年），以榜首进南京国子监太学。他所作文章立意深远，辞藻华丽典雅，且常于学余之际舞剑学射。在南京，他曾写《游桃源洞》五言古诗二首，赢得钱谦益的赞赏，称其"声调清越，不染俗气。少年得此，诚天才也"。钱谦益将他视为旷世人才，赞叹说："此人英物，非人所比。"并根据孟子的"为巨室则必使师求大木"，为他取号为"大木"，寓"大木寄危厦"之意。

郑成功的诗作充满着匡复王朝的进取精神和爱国热忱。《出师讨满夷自瓜州至金陵》写于北征南京的复明途中："缟素临江誓灭胡，雄师十万气吞吴。试看天堑投鞭渡，不信中原不姓朱。"诗的前两句写十万大军祭奠太祖先帝的肃穆之况和军队誓师出征

---

① 薛起凤主纂：《鹭江志·流寓》。

② 陈昭瑛：《台湾诗选注》，第 44 页，（台湾）中正书局，1996。

③ 《清史稿·列传一一·郑成功》；明《郑氏族谱》。

的雄伟气势；后两句表达了自己收复失地、匡复故国的雄心壮志。郑成功遥望钟山虎踞龙盘之雄伟气势，信心十足。这一雄心体现在《晏海楼观潮》中："神州鼎沸横胡虏，禽兽衣冠痛伪朝。十万健儿天讨至，雄心激似大江潮。"

郑成功之子郑经治理台湾二十多年，继承父志抗清。永历二十八年（康熙十三年，1674 年），郑经联合三藩反攻，遭清军逐一击退，闽粤八郡与厦门、金门两岛失守，于永历三十四年（康熙十九年，1680 年）撤返台湾。①

郑经擅长写诗，郑经诗作过去大多以《玄览堂丛书》之《延平二王遗集》中署名为"元之"的 12 首诗为主。朱鸿林于 1994 年发表的《郑经的诗集和诗歌》②介绍了新发现的原始资料《东壁楼集》，并据序文内容及所盖的篆印证明是郑经于永历二十八年（康熙十三年，1674 年）西征初捷时在泉州的首刻本，全书 186 页，共有 480 首诗。

郑经一生自始至终没有放弃反清复明的宏志。清朝屡次对郑经招降、赴台议抚，但谈判屡次破裂，招降未能成功。郑经的《满酋使来，有不登岸、不易服之说，愤而赋之》所写的正是有关招降之事，诗曰："王气中原尽，衣冠海外留。雄图终未已，日夕整戈矛。"雄图未已、壮志未酬之志赫然见于字里行间。《与群公分地赋诗得京口》系步王安石七绝《泊船瓜洲》③韵而作："京口瓜州指顾间，春风几度到钟山。迷离绿遍江南地，千里怀人去不还。"深情地缅怀郑成功北伐攻金陵失利而牺牲的将士。

《东壁楼集》有多首诗作是反映作者心中宏伟大志的，"充满了痛明反清，待时恢复的志概"，"透露了郑经在台湾谋求聚养待

---

① 《清史稿·列传一一·郑经》。

② 中国明史学会编：《明史研究》第四集，黄山书社，1994。

③ 《泊船瓜洲》："京口瓜洲一水间，钟山只隔数重山。春风又绿江南岸，明月何时照我还？"

时，复仇雪耻，驱逐满清，澄清天下，救民水火的一贯志向"。①
如第一章第三节已提到的《悲中原未复》。

郑成功据厦门、金门两岛抗清复明，明朝宗室旧臣及不愿臣
服于清朝的士大夫们，纷纷浮海来到闽南，齐集郑成功麾下。
"成功素以恢复自任，宾礼遗臣，是以海上衣冠云集。"② 这批遗
民在闽南留下了不少诗作。其中成就最大的是卢若腾。

卢若腾（1600—1664 年），字闲之，又字海运，号牧洲，晚
年号"留庵"，浯州（今金门）人。他于明崇祯十三年（1640 年）
中进士，明唐王称帝福州时任兵部尚书，后因大势已去归居金
门、厦门两地。他支持郑成功收复台湾，被郑成功礼为上宾。康
熙三年（1664 年），他赴台投郑经，在澎湖旧病复发身亡。《金门
志》记载他"康熙三年，将渡台湾，至澎湖病亟。梦黄衣神，持
刺来谒，忽问今是何日，侍者以三月十九对，矍然曰：'是先帝
殉难之日也。'恸而绝。遗命题其墓曰：'自许先生'"，③ 表明他
至死都保持着对明朝忠诚。卢若腾是"海外几社"六子之一，著
有《岛噫诗》（104 首）、《岛居随录》《岛山闲居偶寄》、《留奄文
集》18 卷（现存 15 卷，末三卷只存篇目）、《方舆图考》32 卷及
《浯洲节烈传》等。台湾编印的《台湾文献史料丛刊》收有他的
《岛噫诗》，后附《留奄文集》。

卢若腾在《岛噫诗·小引》中说："岛居以来，虽屡有感触
吟咏，未尝作诗观，未尝作工诗想；如痛者之呻，哀者之哭，噫
气而已。录之赫蹄，寄之同志。异日有能谅余者曰：'此当日岛
上之病人哀人也。'余其慰已。"④ 他是把诗歌看作是发心中之

---

① 朱鸿林：《郑经的诗集和诗歌》，载《明史研究》第四辑，黄山书
社，1994。

② 李聿求：《鲁之春秋卷》一一。

③ 光绪《金门志》卷九《人物列传二》。

④ 卢若腾：《岛噫诗》，第 3 页，台湾银行经济研究室编印，1968。

"噫气"，所谓的"风者天地之噫气。诗者人心之噫气"（《君常弟诗序》）。"噫气"即诗人心中之忧愁、悲痛、愤怒。他的诗集取名《岛噫诗》，抒发的便是诗人所忠诚的明王朝灭亡后心中悲痛、愤恨之"噫气"。纵观其诗歌作品，他往往通过对忠义之士的赞颂来张扬忠义精神，来表达自己抗清复明的意志，如《叶茂林》诗凭吊义仆叶茂林的忠义气节，《次韵酬张玄箸》表现了对抗清明将张煌言的敬重，称张煌言为"为君屈指数奇人"，是"不教胡虏天同戴，羞效楚囚泪满巾"的"元勋"。他的《咏史》诗借历史人物事迹来抒发现实中的愤懑不平和忠于明朝的忠贞之意。

卢若腾身处乱世，有大量反映战乱中老百姓生活境遇的诗作，这些诗富有现实精神，具有闽南特有的社会文化特征，如《石尤风》《长蛇篇》等描写闽海一带特殊的自然环境所造成的征战、垦拓上的艰巨和险恶。《石尤风》写海中兴起的顶头逆风，使运粮船无法出海，造成"东征将士饥欲死"的惨状；《长蛇篇》由闽地的蛇信仰描述海东之百寻长蛇；《抱儿行》《田妇泣》通过现实的画面抨击了清军的暴虐行径；《老乞翁》一诗则使人联想到白居易的《卖炭翁》，两者风格相似。[①] 他还有一些借闽南风景抒情的诗，也流露着明代遗民的悲凉情愫，如《赠鹭门林烈宇，次徐暗公韵》："虎溪曾眺望，早识此翁贤。勒石岩棲迹，悬壶市隐年。奇方能却老，好句或堪传。茗椀静相对，烦襟一洒然。"《同沈复斋、黄石庵、张希文游万石岩，次壁上韵》："忧乱愁怀锁未开，偶携胜友上高台。层层寺向云霄出，片片花从水石来。身世寄将洞口棹，道心清似雪中梅。何时便作太平逸，长此茗瓯又酒杯。"《重游万石岩，次旧韵》："山灵应喜混沌开，绝顶新成缥缈台。历落人烟堪指数，微茫海市欲飞来。石峰竞簇参差笋，

---

① 杨若萍：《台湾与大陆文学关系简史（一六五二——一九四九）》，第 13 页，上海文艺出版社，2004。

泉溜长溅不谢梅。到此幽奇看未足，僧雏何事促传杯！"这些诗读来并不如闽南山水那么清澈，而有一种"忧乱愁怀锁未开"的飘零和忧愁，是遗民心态的一种表达。

张煌言也是"海外几社"六君子的一员。张煌言（1620—1664年），字玄著，号苍水，浙江鄞县（今属宁波市）人。在厦门期间，军务之暇，同明臣遗老及几社中人议论国事兴废，相互唱和，遗诗十余首。在厦门与徐孚远入几社时所作的诗歌大多表达遗民情怀，如《端阳客鹭门》的"客况凄其聊对酒，莫辜好景是朱明"，《夏日过鼓浪屿、饮程玕嘉将军署中》的"入林偏爱晚凉生，灌木疏疏坠月明"，《新秋鼓浪屿纳凉，分得"簪"字》的"披襟已在芳洲上，尘俗何能解盍簪"，以及《我师围漳郡，余过之，赋以志慨》的"愁登广武论刘项，倦向梁园逐马枚。却听雄风归楚望，聊当饮至一衔杯"，《别陈齐莫》的"今夜刀头明月满，临歧那得竟忘机"等，这几首诗无论是披襟芳洲，还是挂剑临歧，都流露出遗臣抒怀的落落英气与悲愁。

除了"海外几社"诗人外，泉州的沈佺期也是重要的遗民诗人。沈佺期（1607—1682年），字云祐（一作云又），号鹤斋（一作复斋），南安人。《泉州府志》《南安县志》有片段资料，《台湾府志》有简短"列传"，崇祯十六年（1643年）进士。明亡后，沈佺期即弃官南归。南明政权隆武元年（清顺治二年，1645年），郑芝龙拥立唐王朱聿键于福州，召沈佺期为都察院右副都御史兼福建巡按使。翌年八月，唐王被清军俘杀，沈佺期隐居同安大帽山甘露寺、南安水头鹄岭白莲寺、晋江下游北畔潘山等地，改事学医。清兵入关南下，郑成功在潘山相邻的丰州（原南安县治）焚青衣起事抗清，沈佺期积极响应，招纳南安九溪十八涧数千乡兵，赴厦门投奔郑成功，从此成为郑成功得力幕僚。郑经嗣延平王位后，沈佺期随郑经入台湾。此后近二十年，沈佺期在台湾行医济世，声名益震。其诗多以空灵、淡雅、自然之笔出之，情韵俱佳。《潘山市》诗云："机尽随鸥尚未闲，驹阴不肯驻衰颜。相将醉醒消人事，剩得风流在世间。霞绚云蒸妆淡水，花殷鸟傲静空山。此时春色又无赖，一曲渔歌一棹湾。"首联和颈联写自己机要之事已做完了，退隐与沙鸥为侣，感慨光阴如白驹过隙，只留风范在世间。颔联和尾联写景中流露出隐逸生活的闲适之趣，格调清新淡雅，多了一些安逸之气，不乏明丽闲致之音。

第三种类型即隐逸型遗民的代表人物有洪承畯、蒋德璟、阮旻锡、杨期演、林霍、纪许国、叶后诏、郑得潇等。清朝推翻明王朝后，这批人隐居不仕，沉冥孤高，与沙鸥海鸟相出入，与山泉麇鹿相做伴，或结社于乡里，或行医论道于江湖，却依然有所怀抱，也常以诗文浇胸中块垒，寄托抒发亡国悲愤之情。

洪承畯，字彦灏，号紫农，南安人。因誓不仕清，隐于紫农山。他恨其兄洪承畴降清，在洪府第对面建一座通天宫，祀奉唐代抗击安禄山名将张巡、许远。许远的塑像怒容满面，伸出右手直指洪府。"通天"与"滔天"谐音，寓有怒责洪承畴罪恶滔天之意。作为一个正直的文人，他对保卫家国的武将仍然充满期望和敬佩。其《寄贺杨新总镇度五台》诗曰："上将宜分阃，双旌复出秦。关河三晋路，宾从五原人。孤戍云通海，平沙雪度春。酬恩看玉剑，何处有烟尘？"

蒋德璟（1593—1646 年），字申葆，号八公，又号若柳，晋江人，天启二年（1622 年）进士，至官礼部尚书兼东阁大学士。南明隆武元年（清顺治二年，1645 年），唐王（朱聿键）即位于福州，召蒋德璟任阁臣。第二年蒋德璟以足疾辞归。他留给后世不少论著，除了佐政书籍之外，还有《使淮诗》《使益诗》《使还诗》《小赋集》《黄芽园诗》《石桃丙舍稿》《悫书》《诗文集》等。①

黄景昉（1596—1662 年），字太槺，号东崖，晋江人，明天

---

① 《明史·列传一三九·蒋德璟》

启五年（1625 年）进士，历任翰林院编修、庶子、直日讲、户部尚书、文渊阁等，晚年长期过着凄凉的遗民生涯。他著有《古今明堂记》《制词》《东崖诗稿》《读诸家诗评》《御览备边略》等十多种。① 乾隆《泉州府志》称其"文尚古奥，诗亦洪壮"，清初朱彝尊激赏他的诗"务去陈言，专尚新警"（《静志居诗话》），清末陈田也说他的诗"轻俊鲜妍，于闽人成派别开生面"（《明诗纪事》）。黄景昉虽然隐于乡里，深居简出，但仍心念故国，希冀有朝一日能够恢复大明江山。他的《清源独闲诗》"忧时心似杞，抱膝鬓先斑。举目江河远，临流涕泪潸"和"登陟知溪险，匡扶起步艰"，表达了自己对时势之忧伤，感叹匡扶社稷之艰难。他的两首绝笔诗写得很悲痛，前诗为："国亡合家殉，家破弟先归。② 伤心陵北望，松柏不成围。"后诗为："嬉游皆假合，啼笑亦随缘。耿耿孤明处，佯狂二十年。"两首诗既写对兄弟间的临别、悼念之情，又抒发国破家亡之遗恨。

周廷鑨（1606—1671 年），字元立，号芮公，自称朴园居士，泉州人。明天启甲子、乙丑（1624、1625 年）联第进士，时年二十岁，历官吏部验封司主事、文选郎中。他因得罪权贵，乃辞官告归。唐王朱聿键入闽后起用他任詹事兼翰林院侍读学士，先后任太常寺少卿、提督四译馆。后来，他知时事不可为，乃归隐于家。他著有《朴园诗历》《水经注钞》等书。他的《集碧湖池馆诗》主要描写自己与友人聚集在碧湖池馆饮酒赋诗之情形，但"风月归新主，莺花失旧悲"句则显出作者怀念故国家园的情感，诗酒之娱终不能排解遗民心底的隐痛。

阮旻锡（1627—1707 年），同安人，号鹭岛道人，又号轮山梦庵，字畴生。明朝灭亡时，他年方弱冠，感于时变，毅然放弃

---

① 《明史·列传一三九·黄景昉》
② 黄景昉兄弟五人，皆科甲仕宦，其中，景昭、景曦为抗清捐躯。

科举，拜曾樱为师，学习性理之学。他与杨能元、池直夫为友，相互讲论风雅，旁及道藏释典、诸子百家、兵法战阵、医卜方技等方面的学问。南明政权时，郑成功设六官及储贤馆于思明州，阮旻锡受聘入储贤馆，是郑成功的幕僚。康熙二年（1663 年）清兵占领厦门，阮旻锡弃家行遁，留滞燕云一带达 20 年之久，曾削发为僧，名超全。他撰写的《海上见闻录》（后取杨英所写《先王实录》和夏琳的《闽海纪要》两书相互印证，重新编定此书并定名为《海上见闻录定本》），翔实地记载了从崇祯十七年（1644 年）福王朱由崧即位起，至康熙二十二年（1683 年）郑克塽降清，郑成功祖孙三代 39 年的兴亡史，是研究南明史的重要史料。他的文学著作有《唐人雅音集》《唐七言律式》《杜诗三律》《梦庵长短句》《清源会诗篇》《同和东坡韵诗》《幔庭游稿》《燕山纪游》《慧庵唱和》《轮山诗稿》《韵选》《夕阳寮诗论金刚经诗》。清代沈德潜编著的《国朝诗集别裁》选其诗 3 首。他的诗"冲微淡远，一以正始为宗"，讲求自然冲淡，直抒胸臆，言必称乎情，如《前题》："凿开云壑架精蓝，数曲幽溪客共探。孤月夜悬双石壁，千林秋啸一茅庵。余生拟向闲中老，往事都从梦里参。便与名山期后约，浮名从此更休贪。"[1]

　　杨期演（生卒年不详），字则龙，号克斋，同安人，先居金门，后迁入厦门，崇祯三年（1630 年）中举人，但不出仕，而是闭门谢客，专心博览群书，后隐居雨后溪村，垂帘闭户，校对经史，逢春秋佳节，必登山顶，向北洒泪，遥望悼念明王朝，著有《易经管见》《岛上纪事》。其子杨秉机，字允中，同安嘉禾里人，崇祯十七年中秀才，明亡后，他削发为僧，自号鹭岛遁人，从此浪迹江湖，上南京、北京，游历泰山，一路上寻觅历史陈迹，吊古伤今，"胸既积有块垒，感事怀人，一托于诗"（《金门志》）。

---

　　① 戴兴华编选：《厦门诗荟》，第 61 页，鹭江出版社，1996。

其诗气势磅礴，诗意悠远，慷慨悲壮，如《天津西望》中的"海气连孤塔，波光压古城"，《舟泛浙江》中的"云收千嶂立，水涨万山高"，《渡扬子江》中的"北固斜连平树漫，金山中立信潮分"，《抵俨石》中的"倒携如意歌新曲，每着征衫语旧知"，《廿八都》中的"茅店更新留晚酌，野桥依旧送归蹄"等，作品收入《浩然小草》。

纪许国（生卒年不详），字石青，同安人，跟随父亲纪文畴师从黄道周。当时的黄道周有 200 多名弟子，纪许国是最年轻的一个，且已著有《丁史焦书》等。他于崇祯十五年（1642 年）中举人。他虽隐居不仕，却心系国家命运，李自成起义军攻占北京后，他与南下的流亡诸公交往聚集，忆前朝旧事，相对唏嘘，满腹忧愁，寓于诗文中。其他流亡诸公的哀思忠愤，也经纪许国之笔而被记录下来。他著有《吾浩堂诗文集》《同岑草》《望燕吟》等，《续修四库全书》收其《焦书》2 卷。他的文章常通过生动形象的摹物写景阐发哲理玄思，探究天人之际，性命之学，如《在岛中》通过一段岛中景象描绘后发表议论："视死如生，视富如贫，视人如我，视我如人，然则所谓至人者何等也?"《养生篇》则以自然草木阐发养生之道，"善养生者，必潇然置其身于山石草木之间"，阐发天人合一、与物共生之理。他认为诗歌"根于情、寓于景，不必以为雕镂绮缋"，"以诗名者，往往多山林抗浪之士"，"天下之诗人，皆天下之深情人也"。[①]《前期》的"十载劳予梦，才为两日游。多因尘世累，动令此心愁"，《同骆亦至夜宿半山寺》的"夜半高谈静，客心恨屡牵"，《浯屿》的"但愁炊米少，不苦食五鱼。日日戈船闹，采真何处居"等，都流露出明末遗民的郁郁悲愁。

纪许国莫逆之交林霍（生卒年不详），字子沪，号沧湄，同

---

① 乾隆《鹭江志》二三六《啸草序》。

安人，独行文士。尤重民族气节，清军占领同安后，迁居厦门，流连于虎溪岩、白鹤岭山水之间，终身以明朝"遗老"自称，拒不拥护清王朝。他博学能文，与纪许国志趣相投，常在诗文上相互切磋，著有《续闽书》《沧湄文集》《沧湄诗话》《荷楼诗选》《乐韵》《银城怀古赋》《双声谱》等。纪许国称赞他的诗歌"如空山发翠，馨香不绝，别留神于笔墨之外"。

较有代表性的明末遗民还有：叶后诏（生卒年不详），厦门人，崇祯十七年（1644 年）正要赴京殿试时，明朝灭亡，于是以诗酒自娱，与徐孚远、郑郊等被称为方外七友，后去台湾，著有《鹈草》《五经讲章》《五经讲义》《鹍笔》。郑得潇（生卒年不详），字慕生，号蘧苏子，厦门人，崇祯年间学者，一生沉酣于经史典籍，明亡时隐居厦门海滨，自号"海滨遗佚"，钻研易理之学，90 岁高龄仍手不释卷，被称为"轮山旧学八十三叟"。他著有《定云楼五经通义》《易研》《广孝经》《大学定本》《周礼挈领》《我见如是》《古文信好编》《文学指南》《蘧廨近吟选》《史统》《人字图说》等。

总体看来，当时云集闽南的文士遗臣，大多以科举入仕，曾官南明各朝，不但身怀经世辅政之术，而且博负经史文学之才，使得闽南地区文气蒸蒸日上。到后来虽明知复国大业难以实现，但忠贞不贰之情，愚公精卫之志，始终激荡于胸，终身不渝。通观这一时期文士遗臣留下的诗文作品，如黄道周的《黄漳浦集》、张煌言的《奇零草》、卢若腾的《岛噫诗》、纪许国的《吾浩堂诗文集》、曹从龙之《曹云霖诗集》等，皆少有靡丽呻吟的亡国之音，而多为寄望尽忠报国、恢复神京的豪壮之辞。除了对国家内忧外患痛哭陈词、慷慨悲歌之外，即使是登临山川、友朋酬赠及反映民困民瘼的作品，也表现了他们热爱山川、关怀民生疾苦的胸怀。明末清初闽南文学词章，因为有了遗民文学的风气，而带上了鲜明的爱国主义和民族气节相结合的基调。

第八节 明清时期闽南文学社团

明清两代，由于受闽南港口经济开放性的影响，也因为闽南书院传统的延伸，加上明清两代中国文学各个流派的波及，以及明末清初南明小王朝在闽建立，明朝遗老遗少聚集闽南，此期闽南文人的交往日益密切，文人学士经常来往唱酬，吟诗作对，由此结社成风，涌现了不少文学社团，推动了闽南文学的发展。

一、佉云诗社、"海外几社"等明代文学社团

明代闽南影响较大的文学社团是漳州的佉云诗社和明末清初厦门的"海外几社"，以及泉州的清溪诗社等诗文社团。

明代万历时期的漳州佉云诗社，是一个以退处林野的士大夫为主组成的诗社，主要成员是号为"龙溪七才子"的张燮、蒋孟育、高克正、林茂桂、王志远、郑怀魁和陈翼飞（诗社成员除了"七才子"一说外，乾隆《漳州府志·陈翼飞传》和《柳湄诗传》，又有"佉云十三才子"一说，但无文详载）。他们无意仕途，休官归乡，结为吟社之游，切磋诗艺，弘扬风雅。张燮是诗社创办人，文学成就也最高。除张燮外，佉云诗社的其他六才子也是当时闽南很有影响的文人：蒋孟育，字道力，龙溪人，万历十七年（1589 年）进士，选庶吉士。他因目睹党祸横行，乃"以亲老归养"。高克正，字朝宪，海澄人，万历二十年进士，授翰林院检讨。他曾参与撰修国史，并与东林党人一起为"争国本"而努力，后借守制辞官归隐山林。林茂桂，字德芬，漳浦人，万历十四年进士，授深州知州，罢归，有《意雅涉笔》等五部诗文行世。王志远，字而近，龙溪人，万历十七年进士，出守澧州，在四川右布政使任上因"以不满中丞意为所劾，迁江西布政"，于是拂袖归乡。郑怀魁，字辂思，龙溪人，万历二十三年进士，

直言敢谏，受小人中伤，于是携旧书数筐，拂衣而归。陈翼飞，字元朋，平和人，万历三十八年进士，官为除宜兴令，因与韩求仲同籍，韩被劾，他受牵连被罢归。[①]"七才子"中的这六人生前都有著作结集，但由于历经战乱，水火虫蚀，文集亡逸殆尽，只余寥寥数篇散见于各郡县志乘古籍中。

"炫云"诗人归隐乡里，乐山乐水，吟咏山水是他们诗歌创作的主题。郑怀魁的《龙使君水鉴舟共泛放歌》写海景："木兰为楫桂为舟，片帆随意江干驻。我来水鉴坐相鲜，四榻图书兴洒然。向闻海上黄金使，远望神君回车骑。万橹云屯寂不哗，高歌今日为君醉！"既抒发了泛舟放歌的潇洒，也借助想象展现了当年月港一派繁华的贸易景象。林茂桂的《观海楼》："高峰矗立千仞哉，名以天柱从古来。岗峦万叠纷聚米，沧海一勺仅浮杯。""聚米""浮杯"既生动地点化了层叠岗峦和无际沧海，又发出了岗峦聚米、沧海一勺的感慨。陈翼飞《虎碎岩宴集放歌》中的"游子悲吟气益振，故人慷慨心不忘"和"长剑划天天欲开，浮云为我西北来"，表现了仕途受挫却生命不沉的情怀，有一番特别的归隐豪情。王志远的《崇安道中》："结庐武夷下，还耕武夷田。但爱村无吏，不知山有仙。"将无官吏横行的社会比拟成仙境，抒发了自己"结庐武夷下"的怡然心境。

总体来看，炫云诗社各成员的诗歌潇洒飘逸，这实际上是给当时的福建诗坛吹来了一股清新之风。明代福建诗坛带有复古倾向，以林鸿为首的"闽中十子"将古来典籍视若金科玉律，发展为文学史上的"闽派"，中经郑善夫的发扬，得到万历、天启年间陈荐夫、徐𤊹、曹学佺等的重振，"流传未已"[②]，但炫云"七才子"的创作则突破了"闽派"的形式主义束缚，促进了福建诗

---

①　以上六人生平见光绪《漳州府志》。

②　周亮工：《因树屋书影》。

风向抒写性情方面发展。值得一提的是，佾云诗社成员具有先进的经济战略思想，他们在从事文学创作的同时，倡导开放海外贸易，发展生产振兴经济。张燮的《东西洋考》成为一部重要的海上交通及贸易指南，郑怀魁的《海赋》的传播也起到宣传开禁、动员人民的作用。因此，佾云诗社诸人在福建经济史和文学史上都有所贡献。康熙年间的漳州诗人郑亦邹在《问月居》中表达了对佾云社的敬仰之情："久仰佾云社，来过问月堂。宝珠真陈椟，唾玉是文章。"佾云诗社影响可见一斑。

在佾云诗社的影响下，明以来漳州府城结社蔚然成风。明代卢维祯与朱淡庵等10余人结社梁山，"自辟水竹居，日偃曝其中，客至呼觞或枯韵为诗"①，从此代有诗社相承，使古典诗词唱和这一传统的活动在漳州得以保存和发展。

明末清初的"海外几社"是厦门历史上第一个见诸文献记载的文学社团，这是一个由遗民文人组成的文学团体。当时郑成功据金、厦反清复明，明代不愿屈服于清朝的遗老遗少，辗转入闽并直接参加郑成功的抗清斗争，其间随鲁王入闽投奔郑成功的徐孚远，与张煌言等人结成"海外几社"，人称"几社六子"。连横在《台湾诗乘》中写道："暗公（徐孚远）寓居海上，曾与张尚书煌言、卢尚书若腾、沈督御史佺期、曹督御史从龙、陈光禄士京为诗社，互相唱和，时称海外几社六子，而暗公为之首领。"②除几社六子外，当时向徐孚远等人请教诗文或"从之游"者还有同安人纪文畴、纪许国父子和林霍等一大批寓厦的闽南士人，厦门人叶后诏和郑郊还与徐孚远结为"方外七友"。几社诸子或入郑成功幕中参议军务，或助郑氏守土治政，在抗清战斗的间隙，经常在金、厦两岛"寻幽选胜"，他们的宗旨是以社课交流诗赋

---

① 王文径编：《漳州文化》，第18页，海潮摄影艺术出版社，2003。

② 陈耕主编：《闽南文化研究》，第171页，厦门市闽南文化研究所，厦门市闽南文化学术研究会，2001。

辞章，更讲求经世致用之学问。

几社诸子的诗文曾受前后"七子"的影响，倾向复古，多模拟古人之风，但在内容上具有鲜明的时代特色。他们身处乱世，遭逢国破家亡之巨变，身为遗民文人，诗文一转明代多谈经论性之弊，转而关注现实，或抒写报国理想屡遭挫折的心境，或表达对前朝往事的遗民追思，或抒发厌乱望治的愿望，使得诗歌富有现实品格，诗风慷慨悲壮。徐孚远诗"大都眷怀君国，独抱忠贞，虽在流离颠沛之时，仍寓温柔敦厚之意"①，诗作大多是写赠明末忠义之士，表现的是尽忠明朝的遗民气节和立场。张煌言的文采和气节最为突出，诗既有怒发冲冠式的民族愤恨，也有反映百姓水深火热的痛苦悲叹，即使是在崇山峻岭间山居小住的低吟，也多是英雄抒怀的落落华章。陈士京诗被称为"崛崪奇伟，尤擅长歌"②，曹从龙诗则"节苦而神悲"③。

"海外几社"诸子辗转入闽，直接参加郑成功的抗清斗争，同时把当时相对繁荣的江南文风引进闽南，甚至传播到了台湾，他们的诗文创作和对闽南文化的影响可在地方文化史上占据重要的位置。清初学者黄宗羲说他们"犹是东林之流亚余韵也，一堂诗友，冷风热血洗涤乾坤"（《东林学案》）。事实上，其积极意义自有东林党人未能企及的地方。

明代泉州文人交往密切，结社之风颇盛。清溪诗社，重要成员有黄克晦、詹仰庇、朱梧等，他们生性娴于文学，经常于山水泉石间吟啸。紫云社主要由李廷机、苏濬、郭惟贤等 28 人组成，以研究易学为主，但也涉及文学。耻躬社为何乔远所创办，他敦请泉州知府蔡继善重修一峰书院，与郑孩如、唐见梅、韦衷芹等

---

① 连横：《台湾诗乘》。
② 《厦门志》卷一三《列传下》。
③ 张煌言：《曹云霖诗集》，见《张苍水全集》，第 163 页，宁波出版社，2002。

人在一峰书院公开讲学，用"耻躬"为名创办学社，并题联"人心中无私便圣，天理内行事最乐"以自勉。笋堤学社为林孕昌所创立，蔡高标、何承都均出自该社。此外还有朱梧、朱汶、江一鲤、于宗亮和陈鸥组成的"五子诗社"等。文学社团多，是明代泉州文学一个值得注意的现象。

二、清代闽南诗社、文社

清代，闽南文人继续明代以来的结社风气，泉州、漳州、厦门一带的诗社、文社依然不断涌现，增强了文学朝团体风格化发展的风尚。

翼社是厦门清代前期的文学社团之一，据《鹭江志》叶其苍的《翼社谱序》所载，翼社是"同学诸子，共订嘤鸣，鸠集文坛，同歌伐木"，以"振文学于海滨"，属于同人性质，宗旨则在振兴厦门文学，该社其他成员及其活动情况尚无从查考。

清代厦门影响较大的文学团体是云洲诗社。乾隆二十八年（1763 年）前后，由黄日纪倡导，厦门的一部分颇有名气的诗人成立云洲诗社。清道光《厦门志》载，云洲诗社的主要人物有黄日纪、黄彬、张锡麟、薛起凤、莫凤翔和张承禄等 8 人，被称为"云洲八子"。此外黄秉元、黄名香、黄梦琳、张廷仪和蔡天任等人与云洲诗社也有关系。他们"登临山水、唱和无虚日"，以自己的创作在"岛中称风雅焉"。云洲诗社的诗人受黄日纪影响，主要创作山水诗作。

清代泉州的文学社团有桐阴诗社、温陵羧社和古欢社。桐阴诗社是由龚显曾、陈棨仁两人组织起来的。龚显曾，字咏樵，泉州人。同治二年（1863 年）进士，授翰林院编修，官至詹事府赞善，后隐于家，受聘主清源书院。陈棨仁（1837—1903 年），字戟门，人称铁香先生，永宁（今属石狮）人，随父迁居泉州，翰林出身，博涉群书，淡泊名利，一生致力于文教，平时常邀诗人墨客聚啸吟诵，认识龚显曾后一起组织诗社，著有《薇花吟馆诗存》等。温陵"哛社"，代表诗人苏大山，字荪蒲，贡生，著有《红兰馆诗抄》，辑有《温陵诗徵》，惜被焚毁。古欢社为黄虞稷和好友丁雄飞等人组成，他们结成团体，尽出家藏秘本，互通有无，相与质疑问难，也时常唱诗吟和。

清代漳州文人的结社之风也较浓，一直持续到光绪末年。据乾隆《漳州府志·记遗》载："漳文儒多寒素……同志重文社，多者数十人，少者十数人，按期拈题，呈能角胜，虽穷乡僻壤亦汇集邮致，竟以此为乐事焉。"漳州诗社、文社参加的人数较多，规模较大。

东江文社为理学家蔡世远倡立，参加的文人有 60 多人。他们在芝山问业堂"讲经论文"，"拈题而课，互相切磋"。康熙年间，郑亦邹倡立南屏文社，蔡应钺组织南州文社。南屏文社与会者常有 300 余人，每每彻夜高谈阔论，引商刻羽，倜傥不羁。石溪倡立的仰山诗社，文人多落拓不羁，有"仰山十三狂"之称。此外，僧人隐愚和性发也在东岳庙成立吟诗论文的莲社。

闽南文学社团的竞起兴办，文人结社的蔚然成风，意味着文学队伍的形成和文学自觉性的增强，无疑推动了整个闽南文学的自觉发展。

第四章

现代闽南文学

在中国文学史的写作体例中，最通常的编年方式是将 1840 年鸦片战争爆发到 1915 年新文化运动发生作为近代文学时期，将 1915 年《新青年》创刊到 1949 年新中国成立作为现代文学时期。按照这种体例，在讨论现代闽南作家的文学建树时，我们将对近代闽南作家的创作做一个概括梳理。

近代闽南文学没有现代闽南文学的辉煌，却是现代闽南新文学诞生和辉煌的前奏。面对鸦片战争之后清政府的丧权辱国，眼见台湾、沿海口岸主权沦丧，帝国列强的铁蹄在国土上践踏，闽南作家不可能再像唐宋明清几代作家那样，抒写出许多山水隐逸之作，而更多的是那种感时伤世、痛失家园、愤恨清政府无能的爱国情怀的抒发。尽管近代闽南文学的成就不高，却为中国文学留下了一份东南沿海文人关于那个时代的情感记录。

就整个中国文坛而言，近代闽南文学作家星光微弱，总体成就有限。但五四新文化运动以来的中国现代文学，则有闽南作家特殊的建树。从中国新文学开创期的五四文学时期，到创建中国现代文学新风尚的延安等解放区文学阶段，无论是新文学的初创，还是左翼文学的建设，也无论是民族危难时期文学的呼叫，还是独裁统治下的文学抗争，整个中国现代文学 30 多年的历程，都留下了闽南作家深深的印迹，都离不开闽南作家富有建树的贡献。这期间，闽南出现了一批影响深远的现代作家，诸如"两脚踏中西文化"的幽默大师林语堂，风格奇特的人生哲理作家许地山，七月派诗人鲁藜，中国诗歌会发起人杨骚，以及乡土作家林憾，抗战诗人陈桂琛、苏警予、刘铁庵，诗歌会诗人童晴岚和李青鸟，学者型作家林林等。现代闽南文学的星空可谓璀璨明亮，在中国现代文学的史册上写就了特别的篇章。

第一节 近代闽南作家的创作

一、先于内陆的现代化脚步

1840年鸦片战争爆发，中国沦为半殖民地半封建国家。1842年《南京条约》签订，厦门和福州被迫开埠，成为通商口岸。1866年清朝政府在福州设立船政局，创办了当时全国最大的船舶制造厂马尾造船厂，成为近代洋务派发展民族工业的一块基地。近代的福建东南沿海，一方面是抗击外国侵略的前沿阵地，一方面在被迫开放中较早地迈出了现代化的历史脚步，在鸦片输入、白银外流、洋行林立、洋货倾销的殖民经济中，先于中国内陆广大区域开启了现代化历史进程。因此，在近代历史的舞台上，福建既涌现了一批杰出的爱国志士，如主持虎门销烟、"开眼看世界第一人"的民族英雄林则徐，为抗击英国侵略军而壮烈牺牲于吴淞炮台的江南提督陈化成，写作《申明刑赏疏》"抗直敢言"的御史陈庆镛，被道光皇帝赞曰"矢志同仇，留心时务，可嘉之至"的《演炮图说》的作者丁拱辰等。同时，也出现了一批具有世界眼光、推进中国现代历史文化进程的学者，如著名的"福建三杰"严复、林纾、辜鸿铭。严复是近代中国系统翻译介绍西方资产阶级学术思想的第一人，一生译著颇丰，其中以《天演论》

对当时中国思想界产生的影响最为巨大。林纾以古文大家的身份翻译域外文学，他的翻译成果对中国现代文学的发生，影响和贡献甚大。辜鸿铭则是用西方人的语言倡扬着古老的东方精神，在欧洲中心主义的现代场域中，坚定地阐发着中国的传统文化。在这批近代中国的仁人志士行列里，属于闽南人的就有陈化成、陈庆镛、丁拱辰和辜鸿铭。由这些影响全国的仁人志士的思想和行动中，大致也可以看到近代闽南文学的思想文化背景。

二、感时伤世的近代闽南爱国诗文

近代闽南文学最突出的特征是感时伤世。面对清王朝的懦弱无能，福州、厦门被迫开放，国土被列强瓜分，尤其是台湾被日本殖民者侵占，百姓遭受欺辱的现实，正直的作家感慨万千，他们以自己的创作记录了这段历史的耻辱，抒发了痛心疾首的爱国情怀。这一时期的主要作家当推吴鲁和林鹤年。

吴鲁（1845—1912 年），字肃堂，号且园，晚号老迟，又号白华庵主，晋江人。吴鲁自小好学多问，"凡古今治乱兴衰之故，因革损益之宜，与夫儒先性命诸书，无不穷原竟委，口讲而指画之"。[1] 这与他后来具有现代文明的思想和品质有很大关系。他于清同治十二年（1873 年）登拔萃科，入国子监，次年参加朝考授刑部七品京官。他于光绪十四年（1888 年）顺天乡试中举，两年后光绪殿试状元及第，授翰林编修，为福建科举时代最后一个状元。他历任陕西典试（主考），安徽、云南督学，云南主考，吉林提学使。任职期间，吴鲁以振兴文教为己任，把兴学育才当作施政的第一要义。督学安徽太平府时他修复翠螺书院，任吉林提学使时他措办提督学政公署，督学云南时，他从云南实际情况出发，主张功课不能强求与其他地区一致，提出"此地之要，务精

---

[1] 粘良图：《晋江史话》，第 338 页，厦门大学出版社，2005。

其化学，冀开农矿之利源。以中学为普通，以西学为专门，应兼者兼之……应分者分之"。① 为了振兴教育，他特上《请裁学政疏》，建议：一、广筹经费，遍立学堂；二、严督各府厅州县，实力奉行；三、遴委道府精于学备者，认真考察；四、鼓励本籍绅士协力相助。② 科举废除后，吴鲁于1906年奉派赴日考察，回国后努力推行新政，创办新学，倡办《吉林教育官报》，促进国家的教育改革。他建议破格重用留学东洋的学子，量其才而授之以事，或分发各省学堂以为人师，或入官诏糈出其所学以襄理新政，在当时具有较开明、先进的思想。吴鲁一生著述颇丰，著有《蒙学初编》《兵学经学史学讲义》《教育宗旨》《杂著》《国恤恭纪》《文集》《读王文成经济集书后》《使雍皖学滇学西征东游诸日记》《正气研斋类稿》《正气研斋遗诗》《百哀诗》《纸谈》等，其中后四部著作曾刊印行世。

　　吴鲁的文学代表作是《百哀诗》，写于庚子之乱时期，是我国诗歌史上以反帝为主题入古诗的一部专集。光绪二十六年（1900年）庚子之变，列强借口"义和团"之乱，于6月组成八国联军，由天津向北京进犯。在天津遭义和团协同清军的坚决抵抗。7月14日，津门陷落，守备弃城而走。7月21日，日军炮轰北京地安门，抢先突入西城，围捕慈禧未果。八国联军随即烧杀抢掠，火烧圆明园，古都一片火海。《百哀诗》上、下两卷100多首诗写的就是这段历史，历述庚子事变"祸败之原因，流离之状况，宫廷之忧辱，人民之惨伤"，③ 集中反映八国联军攻掠津京、慈禧太后挟帝出奔、人民备受凌虐的悲惨情况，同时有力鞭挞了那些丧师失地、媚外辱国的奸佞之徒，表现了作者的爱国情怀和

① 曾阅、李灿煌主编：《晋江历史人物传》，第239页，海峡文艺出版社，1997。

② 粘良图：《晋江史话》，第339页，厦门大学出版社，2005。

③ 粘良图：《晋江史话》，第339页，厦门大学出版社，2005。

民族气节。吴鲁写作此诗集，正如他在《百哀诗·自序》中所言"盖以志当日艰窘情形，犹是不忘在莒之意焉。后之览者，亦将有感于斯诗"，为的是记录当时情景，让后人铭记这历史的一幕。

《百哀诗》中，篇幅最多的是作者对帝国主义侵略军滔天罪行的揭露，"强胡十国联军来，阵云黑压黄金台。巨炮连环竞攻击，十丈坚城一劈开"，列强的炮火恣意狂轰，造成"东城火鸦拍烟起，炮弹开花恣焚毁。赤虮一扫成灰尘，千家万家火坑死"的惨景；而入侵的八国联军公然抢劫，强盗行为令人发指，"搜仓掘窖倾盎缶，驱男挞女鞭疲癃"，致使"富室寒门一扫空"；更令作者痛心的是宫内国宝被抢，"日酉八宫遍搜求"，"千仓天庾资强寇，万轴宸章落市廛"（夹注中云："内府御书，被洋兵掠出，堆在街衢售卖"），到处遭受列强洗劫，"百尺龙楼标敌帜，两行鸾驾导夷兵"（洋兵开銮仪库，将銮驾仪仗搬出，一黑夷踞坐其上，沿街戏游），"天球大训落东倭（大内重器，均被日兵攫去），琳琅秘册堆泥土"，痛心与愤怒交加于字里行间。

在控诉外国侵略者罪行的同时，作者还把批判锋芒指向当朝统治者。诗中指责弃城而逃的守将，"武卫军十万，闻风悸战魄"，甚至指名道姓，直斥荣禄、李鸿章等当权者贪生怕死、昏聩误国："中军统帅荣相国，得脱虎口飞惊魂。京营骑兵十余万，什什佰佰投戈奔。"为此，作者愤慨地呼喊："节钺重臣皆缩手，何人洗甲挽天河？"作者还在夹注中特别点明："武将皆临阵逃脱，乃不科其罪，反旌其功。"国破家亡之际，逃往西安的朝廷却照旧歌舞升平，浑然忘记京都沦陷的耻辱，于是作者感叹道："燕蓟胡尘动地昏，长安宫殿岿然存。衣冠仍旧千班列，宗社浑忘六合翻，谁握空拳思雪耻？幸逃法网竟承恩（临阵逃脱者，赏穿黄马褂）。葵忱愿仗义和力，日驭高回照北原。"临阵逃脱的武将受到朝廷优待，而自己满怀爱国热情，却无缘被召见。对此，作者一针见血地指出："政府袒护，变乱黑白，大局安得不坏？"

犀利锋镝，已经直指朝廷的最高统治者了。

八国联军进犯北京时，吴鲁被困在京城，为不被洋兵捉去做苦役，他曾逃出城外，在城外却被武卫军抢去行囊，只得回到城里过艰苦的生活，但仍坚守着一个中国人的节操。他在《百哀诗》中也描述了自己的困境："白日欹枕清梦长，酸风淅沥搅饥肠。睡起呼童供夕爨，空瓶倒倾无余粮。烧薪汲水煮苦茗，一瓯清沁如琼浆。杜陵诗编手一卷，再历饿乡入睡乡。"（《无米行》）从诗中足见其生存条件的恶劣，但仍作《梅花》诗自励，"梅花不受胡尘厄，犹自凌寒次第开"，"独与孤松争晚节，盘根长耐雪霜寒"，作者借梅花咏志，表达自己不与侵略者妥协的坚贞不屈的情怀。后来，吴鲁终于出京赴西安，一路上疮痍满目，他有感而发，沿路写了一系列忧国忧民的诗歌，悲愤"谯楼四面飞黄埃，瓦砾如山辗车辙"，描绘了"道边积骨同一邱，横竖槎枒白如雪"和"沿途皆饿殍，凄怆不忍瞩"的悲惨情景。

作为一个封建王朝的官员，吴鲁在《百哀诗》中所体现的对义和团的态度和情感是值得称道的。《百哀诗》以《义和团》开篇，以亲历亲见的第一手资料，用近20首的篇幅，详细记述了义和团设坛习武、除害安良、拆铁路、烧教堂、围攻使馆等宏大斗争场面，读之令人如临其境。在《百哀诗》的诗文夹注中，吴鲁认为义和团虽有"拳匪"之贬称，但起因是"官逼民反"，他用诗句指出义和团是"斯民皆赤子"，只是"昏蒙涞水令，虐民等犬豕。赳赳一雄方，讼庭冤莫理"，如此这般，民众"负屈心不甘，听夕思雪耻"，才出现了"策骑山东来，登坛习拳技，归来煽谣言，应者遂四起"。然而官府不明真相，"大帅聩而昏，视民如蝼蚁。轻听营弁言，举兵肆焚毁"，朝廷听信谗言，滥杀无辜，民心自然愤恨不平，酿成不可收拾的局面。"巨祸谁酿成？大官夫已矣"，明确指出"官逼民反"的事实。诗章中最光彩夺目的是《红灯照》一诗。作者以赞赏的语气，浓墨重彩，渲染义和团女战士的飒爽英姿："红灯照，闪烁空中一星曜。腾云驾雾高复低，睁睁万目齐瞻眺。"①

《百哀诗》真实具体地描绘了"庚子之变"全过程，是列强侵华、庚申国难第一手诗化的史料，史家称之为难以匹敌的庚子信史，是一部可以与唐代杜甫"三吏""三别"相提并论的诗史，对于近代闽南文坛来说，《百哀诗》则是一部以诗代哭、表达爱国情怀的优秀诗作，是作者光明磊落人格的写照。

林鹤年的诗作也是近代闽南文学的代表。林鹤年（1847—1901年），字谦章，又字铁林，号氅云，晚号怡园老人，安溪人。他擅长于诗，时人称他与黄遵宪、丘逢甲为"晚清闽粤诗坛三大家"。他于光绪九年（1883年）中进士，任国史馆誊录官，后分工部虞衡司。他幼时曾随父渡海到台湾，光绪十八年再次至台，承办茶厘船捐等局务，并担任唐景崧幕客。他在台湾做过土地开发、购买西洋机器、兴修水利、创办金矿、开采樟脑等工作。闲暇时，他与台湾士绅立吟社唱和，为牡丹诗社社员。《马关条约》条约签订后，他参与了抗日保台斗争。日军入据后，他携家眷回大陆，寓居厦门鼓浪屿怡园，后又担任工部郎中职，不久，回福建承办商务并主讲于厦门东亚书院。他著有《福雅堂东海集》《选订东亚书院课艺》初、二集等。《福雅堂诗钞》16卷，由其子林景商刊行，收林鹤年诗1900多首。光绪二十九年三月北京都门印书局初版，民国五年（1916年）再版，由厦门鼓浪屿怡园发行。

林鹤年的诗格调沉雄，流露出一种悲愤的情绪。他愤慨日本殖民统治台湾，曾大力支持刘永福率领的黑旗军抗日。黑旗军兵败后，林鹤年专程到南安孔庙前"郑成功焚青衣处"哭诉，并赋诗八首。他写于甲午战争后的诗歌，更充溢着金戈铁马的爱国情怀。1897年4月7日，他登鼓浪屿日光岩，面对台湾方向赋诗一

---

① 文中所选吴鲁诗歌均出自《百哀诗》（北京古籍出版社，1990）。

首："海上烟云涕泪多,擎天无力奈天何!仓皇赤壁谁诸葛?还我珠崖望伏波。祖逖临江空击楫,鲁阳挥日竟沉戈。鲲身鹿耳屠龙会,匹马中原志未磨。"后仰天长叹,感极而泣,奔下山去。咏志诗《古剑》很能表现他的情感世界："聚首琴书未肯闲,几番磨洗出深山。消沉烽火逃秦劫,吒咤风云入汉关。斩马果能如我愿,化龙聊复戏人间。故交肝胆今谁是?千古英雄为破颜。"①虽隐藏悲情,却意气雄健。所以吴鲁在《林鹙云先生家传》认为："公早岁所履皆顺,豪情逸概,其发为诗者,绝少角徵音。中年以后,身世之感,多伤于哀乐,而年以不永,亦遭际使然矣!"林鹤年曾长住安溪,其间曾标题芦田八景(即:莲洞茶歌、新岩梵响、杯桥泛春、石潭钓雪、边林山瀑、朵岭樵云、鱼山啸月、狮寨品泉),并赋诗 8 首赞颂。安溪是著名的铁观音茶产地,他一生还写下几十首茶诗。如《莲洞茶歌》:"采茶莫采莲,茶甘莲苦口。采莲复采茶,甘苦侬相守。"

从吴鲁的《百哀诗》和林鹤年的诗作看,近代闽南文学的精神基调是爱国主义。地处东南沿海,面对鸦片战争以来列强的铁蹄蹂躏,国土的被蚕食,不少文人的创作都不免忧国忧民,一腔悲愤。诗歌方面,有苏镜潭的《东宁百咏》;龚显增、林验、吴增、苏大山等的伤时忧世的诗章,作品如《薇花吟馆诗存》《半邨诗集》《红兰馆诗钞》等。古文方面,金门人林树梅的创作"笔意严洁,切于时务"(《金门志·艺文志》),著有《治海图说》《战船占测》《啸云诗钞》《云影集》《诗文续抄》等若干卷。他的《吊御夷死事诸公》诗,描写的是 1841 年 8 月英船突犯厦门青屿,军民奋起反抗的事迹:"战守纷纷议不同,一时捍御独诸公。即看壮气能吞敌,始信捐躯是尽忠。大将漫言尸裹革,后军先作鸟惊弓。千秋自有平心论,为诵招魂吊鬼雄。"(《啸云诗钞》)除

_____

① 本文所选林鹤年之诗均出自《福雅堂诗钞》。

此，海澄人邱炜菱（1874—1941 年）作于光绪末年的《五百石洞天挥麈》，是近代比较有影响的诗话之一。民间文学方面也出现了不少歌颂林则徐禁烟和斥责清政府丧权辱国的歌谣。

近代还有一批闽南诗人对台湾文化建设做出了重要贡献。前面叙述过的林鹤年是个代表。众多的闽南诗人，东渡台湾，在台湾沦为日本殖民地时，悲愤交加，以诗文感叹国土的沦丧。诗人王松，祖籍晋江，迁居台湾新会。他厌弃科举仕途，常以诗酒、远游自娱。甲午战争后，愤台湾被殖民统治，携眷内渡。归途中遇盗，财物被洗劫一空。在晋江作短暂停留后，他又回到台湾，自称"沧海遗民"，洁身自好，数度拒绝日本驻台殖民当局邀请。他的诗骨力清健，常含忧国忧民之痛，著有《台阳诗话》《沧海遗民剩稿》等。诗人洪弃生，祖籍南安，移家台湾鹿港。1895年，愤台湾被殖民统治，杜门敛迹，潜心著述，写成《瀛海偕亡记》（又名《台湾战记》），记叙台湾抗日之事，表达自己的爱国情怀和国破家亡之痛。他还参加倪承灿在上海发起的友声社，成为该社骨干。除《瀛海偕亡记》外，洪弃生还有《寄鹤斋诗集》《寄鹤斋古文集》《寄鹤斋诗话》《八州游记》《八州诗草》《中东战记》等传世。另有泉州人苏镜潭，曾东渡台湾，久客是地，写成《东宁百咏》一册。总之，近代闽南文学不少作品，关注台湾宝岛的沦丧，表现出对清政府无能和对列强的愤怒，倾诉了期盼故土回归、国家统一、骨肉相聚的殷殷爱国之情。

第二节　"两脚踏东西文化"的林语堂

现代闽南文学之所以成为中国现代文学史册上的特别篇章，与林语堂这位大师级的作家有着很大的关系。林语堂是中国现代文学的重要作家，同时也是一位思想复杂、在现代文学史上颇受争议的人物，他的文学成就很高。

　　林语堂（1895—1976 年），龙溪（今漳州）人，原名和乐，改名玉堂、语堂，笔名毛驴、宰予、岂青等。他的父亲林至诚是虔诚的基督徒，为乡村牧师，受到西方文明的浸染，其对林语堂的启蒙和教育也是西方式的。这种独特的家庭环境对他的思想观念、宗教信仰都产生了极大的影响。林语堂 6 岁入家乡坂仔教会办的铭新小学读书，10 岁到厦门鼓浪屿继续读小学，13 岁入厦门寻源书院，1912 年入上海圣约翰大学，1919 年赴美国哈佛大学比较文学研究所深造，一年后前往法国教华工读书写字，1921 年获文学硕士学位，后转赴德国耶拿大学、莱比锡大学，专攻语言学，1923 年获莱比锡大学博士学位回国，先后任北京大学教授、北京女子师范大学教务长和英文系主任。1924 年 9 月，林语堂加入新文化社团语丝社并成为《语丝》周刊的主要撰稿人之一，1926 年南下到厦门大学任教，并与沈兼士一起组织厦门大学国学研究院，1927 年离开厦门到武汉，任外交部秘书，为期 6 个月。林语堂 1932 年创办《论语》半月刊，提倡幽默，1934 年另创《人间世》，主张文章须发抒性灵，1935 年又办《宇宙风》半月刊，提倡"以自我为中心，以闲适为格调"的小品文。同年，林语堂的英文著作《吾国与吾民》（*My Country and My People*，又译作《中国人》）在美国出版，4 个月内印了 7 版，登上美国畅销书排行榜，林语堂因此在国外一举成名。1936 年，他受美国著名作家赛珍珠（Pearl S. Buck）夫妇邀请，举家迁往美国，开始了他长达 30 年的海外生涯，这也是他文学创作的重要时期。他的英文作品《生活的艺术》（*The Importance of Living*）长达 52 周在美国畅销书排行榜第一名，长篇小说《京华烟云》（*Moment in Peking*）出版后，被美国《时代周刊》认为"很可能是现代中国小说之经典"，后来在 1975 年被推荐为诺贝尔文学奖候选作品。1940 年和 1944 年，他曾短暂回国，到重庆讲学，1945 年赴新加坡筹建南洋大学，并任校长，1966 年后定居台湾，1967 年受聘为香港中文大学研究教授，1975 年被推举为国际笔会副会长，1976 年病逝。其著作有《剪拂集》《开明英文读本》《开明英文文法》《大荒集》《我的话》《生活的艺术》《吾国与吾民》《无所不读》《京华烟云》《风声鹤唳》和《语堂文存》等。1994 年，东北师范大学出版社出版了《林语堂名著全集》共 30 卷。

一、《语丝》与《论语》时期的散文创作

林语堂的散文创作分别以加入《语丝》和创办《论语》为标志分为两个时期。

《语丝》是一个文艺性周刊，1924 年 11 月 17 日在北京创刊，发起人和组织者是鲁迅的学生孙伏园，是中国现代文学史上产生过重要影响的刊物。《语丝》1927 年 10 月因遭北洋军阀查禁而停刊，1927 年 12 月在上海复刊，由鲁迅主编，从 1929 年 1 月的第 5 卷第 1 期到 8 月的第 26 期由柔石编辑，从同年 9 月的第 5 卷第 27 期起由北新书局编辑，1930 年 3 月自动停刊。《语丝》从创刊到终刊，前后共出 260 期，其固定撰稿人有 15 位，他们是：鲁迅、周作人、林语堂、钱玄同、李小锋、江绍原、章川岛、裴君女士、王品青、章衣萍、曙天女士、淦女士、顾颉刚、春台、林兰女士，其中撰稿最多的是鲁迅、周作人兄弟，林语堂的撰稿数量在 15 人中居第五位。[①] 林语堂共计在《语丝》上发表 35 篇文章（包括译文），其中，北京《语丝》发表了 19 篇，上海《语丝》发表了 16 篇，这些文章大部分结集为《剪拂集》，小部分收在《大荒集》里，多为杂文。

《语丝》的创办宗旨是"想冲破一点中国的生活和思想界的混浊停滞的空气"，反抗"专断与卑劣"，[②] 其特点是"任意而谈，

---

① 杜玲：《林语堂在〈语丝〉时期的思想倾向》，载《史学月刊》2005 年第 11 期。

② 《〈语丝〉发刊词》，载《语丝》第 1 期，1924 年 11 月 27 日。

无所顾忌，要催促新的产生，对于有害于新的事物，则竭力加以排击"。①《语丝》时期的林语堂的杂文正是《语丝》宗旨的体现。他与"语丝"的大多数同人一样，以一个有良知、正直的知识分子的身份，关注时局，担当社会责任，同情和支持学生的正义行动，抨击军阀、政客、官僚的罪恶无耻，解剖和批判国民劣根性。他配合鲁迅，与"学衡""甲寅""整理国故"派的复古倾向展开斗争；围绕五卅运动、"女师大事件"、三一八惨案与"现代评论"派进行针锋相对的论争。这是林语堂一段品评时事、纵横捭阖、意气风发的时期，胡风称"语丝"时期是林语堂批"名流"、斥"文妖"、伐"走狗"的"黄金时期"。② 这是林语堂一生中思想最激进的时期。

这个时期，林语堂旗帜鲜明地反对"正人君子"们关于"不谈政治""闭门读书""读书救国"的论调。在《谬论的谬论》里，作者指出"不谈政治""闭门读书"这类论调"就是现时政府及名流的主张"，它掩盖我们民族的懒惰性与颓丧性，是中国人"古来恶谈政治的恶根性的具体表现"，"政治消极的护符"；揭示这种"学理"实质"是与政府的行为互为表里"，"是中华官国的政治学"。他明确表示，我们反对闭门读书，非真反对大家读书，而是反对借闭门读书之名，行闭门睡觉之实。他高呼"凡健全的国民不可不谈政治，凡健全的国民都有谈政治的天职"。在《"读书救国"谬论一束》中，林语堂再次强调国人"必谈政治"，认为这是"今日吾人的最重要问题"，表示"我们不但要反对人家提倡勿谈政治，我们并且应该积极地提倡"谈政治。林语堂的这些文章有力地揭露了借读书之名压制阻拦学生、民众救亡

---

① 鲁迅：《我和〈语丝〉的始终》，载《萌芽月刊》第 1 卷第 2 期，1930 年 2 月 1 日。

② 胡风：《林语堂论》，见《中国现代文学里程碑·评论卷》，第 309 页，上海文汇出版社，1997。

的图谋，是对当时爱国学生救国救亡正义行动的有力支持。

这个时期，林语堂散文最为突出之处，是他站在被迫害被压迫者的立场上，尖锐地揭露自号"公允""稳健派"的学者们的实质与嘴脸，无情地谴责军阀政府的黑暗统治和镇压爱国学生和民众的罪行，与鲁迅等人一起，祭起"痛打落水狗"的正义之棍。

林语堂坚持主张《语丝》"绝对不要来做'主持公论'这种无聊的事体"，他说"世界上本没有'公论'这样东西"。① 1925年1月，北京女子师范大学驱逐校长杨荫榆事件爆发；5月8日，杨荫榆宣布开除6位学生，激发了师生与校方的矛盾；8月10日，教育部颁布《停办女师大令》，强行把学生赶出校门；11月28日至29日，北京各界民众走上街头，反对段祺瑞政府，发起"首都革命"；1926年3月12日，日本军舰炮轰大沽口，向段祺瑞政府发出撤除大沽口防御工事的最后通牒；3月18日，10余万人在天安门举行国民大会，要求政府驳回最后通牒，敦促国民军为废除不平等条约而战，却不料遭受到段祺瑞政府砍杀和枪击，47人惨死在自己政府的屠刀下，伤132人，失踪40人，死者包括女师大学生刘和珍、杨德群、张静淑等人，鲁迅将这一天叫作民国历史上最黑暗的一天。面对如此严酷的现实，"现代评论派"的陈源等人却以"主持公道"的面目发表"闲话"，劝说学生要服从公理，嘲讽民众烧毁《晨报》，将学生惨死的责任推给教职员。对此，鲁迅哀叹道："惨象已使我目不忍视，流言犹使我耳不忍闻。"林语堂此时写了《闲话与谣言》《讨狗檄文》多篇杂文，揭露那些貌似"公允"和自号"稳健派"的"学者们""表面上较公平，似与学生同情"，实际上是"肆弄其鬼蜮伎俩，一

---

① 林语堂：《插论语丝的文体——稳健骂人及费厄泼赖》，载《语丝》第57期，1925年12月8日。

方对政府的罪轻轻抹过，一方却用轻抹淡描的笔法将此祸的责任嫁于民众领袖"。指出这些人的实质是观望形势、与势推移、帮反动军阀的忙，是"替政府大卖力气的叭儿狗"，号召要将他们"全数歼灭，此后再来讲打倒军阀"。在《〈"公理"的把戏〉后记》《苦矣！左拉》两篇文章里，林语堂分别对"公允"的"学者"们的"不东，不西，不此，不彼，不明，不暗，不人，不鬼"的"八不主义"和"闲话家"所谓"不党同伐异"的"中国评论界的一条新例"予以辛辣的嘲讽，揭开了"正人君子"为反动政府做帮凶、走狗的嘴脸，谴责他们恶意诋毁学生进步行为的丑恶。

面对着北洋军阀的残暴杀戮，林语堂更表现出一个有良知和正义感的知识分子的反抗和批判精神。三一八惨案发生后的第三天，林语堂写下了《悼刘和珍杨德群女士》一文，与鲁迅的《无花的蔷薇（二）》、周作人的《关于三月十八日的死者》、朱自清的《执政府大屠杀记》等文章一起刊登在《语丝》第 72 期上，使这一期的《语丝》实际上成了三一八惨案的纪念专号。林语堂在文章中指出，刘、杨二女士之死"是在我们最痛恨之敌人手下，代表我们死的"，他说自己"暗中已感觉亡国之隐痛"，因为"女士为亡国遭难，自秋瑾以来，这回算是第一次"。接着他回忆刘、杨二女士的"热心国事的神情"，"为人和顺"的性格和"百折不挠"的精神，指明她们的死"是死于与亡国官僚瘟国大夫奋斗之下为全国女革命之先烈。所以她们的死，于我们虽然不甘心，总是死的光荣"。他呼吁："我们于伤心泪下之余，应以此自慰、并继续她们的工作。总不应在这亡国时期过一种糊涂生活。"[①] 林语堂的这篇文章是当时最早纪念青年学生的文章，比鲁迅的《纪念刘和珍君》早了 10 天。而且血的教训改变了他曾赞同周作人所提

----

① 林语堂：《悼刘和珍杨德群女士》，载《语丝》第 72 期，1926 年 3 月 29 日。

的不打落水狗的"费厄泼赖"精神的态度，写了《讨狗檄文》《打狗积疑》《发微与告密》等一系列打狗文章，成为"打狗"运动的"急先锋"。

这个时期，林语堂的创作坚持着新文化运动的主流方向，在启蒙主义的时代主题中，担当着揭示和批判国民性的文化使命。林语堂在《语丝》上发表的第一篇文章《论土气与思想界之关系》就猛烈抨击了"老大帝国阴森沉悔之气"的象征——"土气"，认为它代表了"中国混沌思想的精神及混沌思想的人的心理特征"，在这种落后保守的"土气"的氛围中，任何有理想，想改革的人都会被它所"软化"；在"土气"中，"一切原有的理想如朝雾见日的化归乌有，最后为'他们之一个'"；① 在其后不久发表的《论性急为中国人所恶——纪念孙中山先生》和《给玄同的信》两篇文章里，他又把这种"心理特征"称为"性癖"和"癖气"，认为"中国人今日之病固在思想，而尤在性癖"，"今日中国政界之混乱，全在我老大帝国国民癖气太重所致"；他列举了"国民癖气"的种种表现"若惰性，若奴气，若敷衍，若安命，若中庸，若识时务，若无理想，若无热狂"等，认为"革一人的思想比较容易，欲使一惰性慢性的人变为急性则殊不易"，从而提出"今日救国与其说在'思想革命'，何如说在'性之改造'"的主张，呼吁"激成一个超乎思想革命之上的精神复兴运动"。② 《萨天师语录》③ 系列文章对国民性的批判更为全面，这个

---

① 林语堂：《论土气与思想界之关系》，载《语丝》第 3 期，1924 年 12 月 1 日。

② 林语堂：《给玄同的信》，载《语丝》第 23 期，1925 年 4 月 20 日。

③ 林语堂：《Zarathustra 语录》，载《语丝》第 55 期，1925 年 11 月 30 日；《萨天师语录》（二），载《语丝》第 4 卷第 12 期，1928 年 3 月 19 日；《萨天师语录》（三），载《语丝》第 4 卷第 15 期，1928 年 4 月 19 日；《萨天师语录》（四），载《语丝》第 4 卷第 24 期，1928 年 6 月 11 日。

系列包括 4 篇文章。首篇批判中国的"文明"以及在这种文明熏陶下的民族的缺点，即稳重、识时务、知进退、中庸、驯服、少年老成、自大、懦弱、缺少进取和反抗精神。第二篇将东方文明比作"扳面、无胸、无臀、无趾的动物——是一个无曲线的神偶"，是僵化的、肤浅的、矫揉造作的，毫无美感可言，像一个有痨病菌的妇人，充满了病态，死气沉沉。第三篇倡导妇女解放，提出妇女解放要打破束缚自身自由的桎梏——男子的好恶，要"无愧的标立、表现，发挥女性的不同，建造新女性于别个的女性之上"。林语堂的关于国民性的文章，表现的是新文化运动中激进派的立场：由儒家礼教为批判核心而延伸到中国传统思想和文化的各个领域，全面彻底的否定批判旧文化，将传统文化认定为中国近代以来被列强打败的根源，实现以科学民主"打倒孔家店"的启蒙。

　　林语堂在《语丝》时期所写的杂文，体现了"生于草莽，死于草莽，遥遥在野外莽原，为真理喝彩，祝真理万岁"[①] 的叛逆精神。20 世纪 30 年代，人们曾高度评价林语堂在语丝派中的战绩："《语丝》全盛时代，林语堂扯起了革命的旗帜，他反封建的战绩，和鲁迅是不相上下的。……（鲁迅）发起所谓打狗运动，把章陈攻击得体无完肤，而林语堂正是那时打狗运动的急先锋。"[②] 这时期林语堂的文章任意而谈，浮躁凌厉，情感悠肆，语言泼辣明快，带着鲜明的"语丝体"特征。

　　20 世纪 30 年代，以创办《论语》为标志，林语堂的知识分子角色由担当责任的"战士"转变为提倡闲适幽默的"绅士"，思想也由激进走向平和。1932 年 9 月，林语堂在上海创办《论

---

　　① 林语堂：《祝上匪》，见《林语堂名著全集》第 13 卷，东北师范大学出版社，1994。

　　② 悟公：《鲁迅先生与时代》，见《林语堂研究论集》，第 89 页，同济大学出版社，1997。

语》半月刊，声言"不谈政治"，反对"涉及党派政治"，提倡"以自我为中心，以闲适为格调"，刊载"取较闲适之笔调语出性灵"的小品文（即提倡个人主义的"言志派"小品）。由于《论语》在市场上的成功，1934 年 4 月林语堂又创办《人间世》半月刊，"旨在提倡小品文笔调，即娓语式笔调，亦曰个人笔调，闲适笔调"。① 林语堂创办的《论语》《人间世》及《宇宙风》三份杂志，皆在提倡幽默，鼓励闲适，推行小品文，这酿成了一股声势甚大的小品散文热潮。这一时期，林语堂的散文创作由先前的对现实的批判转向对"自我""性灵"的表现，追求"会心的微笑"的幽默。"性灵""幽默""闲适"，构成林语堂"自我为中心，以闲适为格调"的小品文创作理论的三个范畴。

"性灵"一说，源于明末袁中道为代表的"公安"派的"独抒性灵"，又经明末清初钟惺等人的"竟陵"派继承发展，是中国封建社会末期影响很大的文学观念。周作人曾在《近代散文抄》新序中认为："公安、竟陵一路的文是新文学的文章。现今的新散文实在还是沿着这个统系。"② 1932 年，周作人把在辅仁大学授课的讲稿整理成《中国新文学的源流》一书出版，再次把五四新文学的源流确认为明末公安、竟陵派的性灵文学，认为："今次的文学运动，和明末的一次，其根本方向是相同的。"③ 周作人的提法使林语堂有"近来识得袁中郎，喜从中来乱狂呼"④之感，马上撰文"从而和之"。他在《论语》第 15 期上发表了《论文》一文，同年 11 月又续写了《论文》下篇，借对明末公安、

---

① 林语堂：《关于〈人间世〉》，见《林语堂文集》第 10 卷，第 405 页，作家出版社，1998。

② 钟叔河编：《知堂序跋》，岳麓书社，1987。

③ 周作人：《中国新文学的源流》，第 58 页，华东师范大学出版社，1995。

④ 林语堂：《四十自叙诗》，载《论语》第 49 期，1934 年 9 月 16 日。

竟陵派文艺理论的评述提出"性灵"文学的主张，指出性灵"小仅为近代散文之命脉，抑且足矫目前文人空疏浮泛雷同木陋之弊"，现代散文"得之则生，不得则死"，① 认为"文章之孕育取材及写作确不能逃出性灵论范围"，"发抒性灵，斯得其真，得其真，斯如源泉滚滚，不舍昼夜，莫能遏之"。② "凡人不在思想性灵上下工夫，要来学起、承、转、伏，作文人，必是徒劳无补"。③ 而写作有了性灵，"乃有豪放之议论，独特之见解，流利之文笔，绮丽之文思"，④ "苟能人人各抒性灵，复出以闲散自在之笔，则行文甚易，而文章之奇变正无穷"。⑤ 将抒写性灵作为文章第一要义。

　　林语堂文学观念中影响最大的是"幽默"，《语丝》时期他就在提倡幽默。1924 年 5 月至 6 月，他以林玉堂署名在《晨报副刊》上发表了《征译散文并提倡"幽默"》和《幽默杂话》两篇文章，主张"在高谈学理的书中或大主笔的社论中"，加进一些幽默"以免生活干燥无聊"。⑥ 这时的林语堂把幽默当作一种美学要素来提倡，以对抗封建文化对人的个性的箝制，引起鲁迅的注意和附和。随着对北洋政府的批判越来越激烈，幽默问题被搁置起来。《论语》创刊时，林语堂重提幽默，但这时林语堂追求的则是一种"会心的微笑"，是那种"读下去心灵启悟，胸怀舒适"的幽默。他力主把幽默与讽刺分开，称幽默虽"与讽刺极近，却

---

　　① 林语堂：《论文》，见《林语堂名著全集》第 14 卷，第 152 页，东北师范大学出版社，1994。

　　② 同上书，第 154 页。

　　③ 林语堂：《生活的艺术》，见《林语堂名著全集》第 21 卷，第 357 页，东北师范大学出版社，1994。

　　④ 林语堂：《新旧文学》，载《论语》第 7 期，1932 年 12 月。

　　⑤ 林语堂：《再谈小品文之遗绪》，载《人间世》第 24 期，1935 年 3 月。

　　⑥ 林语堂：《征译散文并提倡"幽默"》，载《晨报副刊》1924 年 5 月23 日。

不定以讽刺为目的", 而"只是一位冷静超远的旁观者", "是冲淡的", [①] 所以他把陶渊明式的"闲适的幽歇"称为最上乘的幽默。1934年1月发表的《论幽默》是他系统阐述幽默的文章。文章提出"幽默只是一种态度, 一种人生观", "无论哪一国的文化、生活、文学、思想是用得着近情的幽默的滋润的", 指出"幽默并非一味荒唐, 既没有道学气味, 也没有小丑气味, 是庄谐并出, 自自然然畅谈社会与人生", 所以"凡写此种幽默小品的人, 于清淡之笔调之外, 必先有独特之见解及人生之观察"。[②] 林语堂的幽默主张影响很大, 乃至1933年被称做上海文坛的"幽默年"。

林语堂的"闲适"观, 一方面指文章内容上的"闲适", 他主张文章要表现"闲适的自我""闲适的境界", 他说: "在人生途上小憩谈天, 意本闲适, 故亦容易读出人生味道来, 小品文盛行, 则幽默家与自然出现"; [③] 另一方面也指表现手法上的"闲适", 即"闲适的笔调"。何谓"闲适的笔调"? 林语堂说: "此种笔调, 笔墨上极轻松, 真情易于吐露, 或者谈得畅快忘形, 出辞乖戾, 达到西文所谓'衣不纽扣之心境(unbuttoned moods)'", "取较闲适之笔调, 语出性灵, 无拘无碍而已"。[④] 可见, 闲适在林语堂那里, 是与性灵、幽默形成一个文学整体的。

这个时期林语堂以小品文创作最突出, 其小品文涉猎范围较大, 论文化、谈教育、道古今、抒情致、言志趣、明哲理……古今中外, 任意而谈, 而最有特色的是那些关于中西文明比较的议

---

① 林语堂:《论幽默》, 载《论语》第33期、第35期, 1934年。
② 同上。
③ 林语堂:《再与陶亢德书》, 载《论语》第38期, 1934年4月1日。
④ 林语堂:《叙〈人间世〉及小品文笔调》, 载《人间世》1934年第6期。

论。"两脚踏中西文化，一心评宇宙文章"的文化立场，常常使他以西方文化为参照系来审视中国传统文化的弊端，引发人们对中国传统文化的思考。但写得最多的还是抒写个人生活情志、"喜怒哀乐"、"一时之思感"的轻松幽默小品。如《个人的梦》《秋天的况味》《大荒集序》《言志篇》等抒发个人情志，《大暑养生》《谈避暑之益》谈养生之道，《纸烟考》《论西装》《论躺在床上》述掌故、叙闲趣，《阿芳》《我的戒烟》《买鸟》《我怎样买牙刷》《记春园琐事》《记元旦》等，这些小品叙述家庭、社会生活琐屑，大多远离社会现实，表现出来的作者的志趣是"换上便服，带一渔竿，携一本《醒世姻缘》，一本《七侠五义》，一本《海上花》，此外行杖一枝，雪茄五盒，到一世外桃源，暂作葛天遗民"（《个人的梦》），或是走进"几分凌乱，七分庄严中带三分随便"的书房，在"一个可以依然故我不必拘牵的家庭"，有"一位能做好的清汤，善烧青菜的好厨子"，配有栽"几棵竹树，几棵梅花"的庭院（《言志篇》），过一种闲适的生活。

在这样的艺术观和人生观支配下，林语堂也形成了他独特的艺术风格。在笔调上追求亲切自然，常以第一人称叙说的方式，采用"娓语体"叙述，闲谈家常，随意亲切；题材上大多捕捉生活中有意思的琐事，以趣味横生幽默的笔调引起读者的微笑，庄谐并处，让人在微笑中受到启发；语言运用上平正通达，不避俗、不堆砌、不追新。除了20世纪30年代那些为实验而作的语录体、文言体外，大多朴实无华，口语化程度很高，追求"平淡不流于鄙俗，典雅不涉于古僻"①，雅俗共赏。

客观地说，林语堂力倡"闲适"话语，固然维护了文学独立、自由的品格，张扬了"无拘无碍自由自在"的生命状态，在

---

① 林语堂：《国语的将来》，见《林语堂名著全集》第16卷，第198页，东北师范大学出版社，1994。

一定程度上是对文学政治化、功利化的纠偏。但在 20 世纪 30 年代这样一个阶级矛盾日趋尖锐、文学的政治意识日趋强烈的特定语境下，人们无暇幽默，难于闲适。林语堂的这种高蹈思想和远离现实的小品，带有消滞人们斗争意志的负面因素，因此遭到左翼作家的批评反对。

二、林语堂的小说创作

20 世纪 30 年代末以后，林语堂转向小说创作。从 1938 年开始，林语堂在国外创作了《京华烟云》《风声鹤唳》《朱门》《唐人街》《远景》《红牡丹》《赖柏英》《枕戈待旦》《逃向自由城》9 部小说。其中，《京华烟云》《风声鹤唳》《朱门》被称为"林语堂三部曲"。

林语堂小说具有深厚的文化内涵。《京华烟云》（1938 年）、《风声鹤唳》（1940 年）、《朱门》（1952 年）三部小说既各自独立，又是一个有机的整体，都是对中国文化精神的弘扬。《京华烟云》展示的是道家思想，《风声鹤唳》展示的是佛家禅宗思想，《朱门》展示的是儒家思想。从表面上看，《风声鹤唳》是一部充满浪漫色彩的"抗战＋恋爱"小说，但透过战争背景、革命性的故事情节，我们可以感受到作品的佛禅文化气息。老彭的佛教信仰使他把亿万同胞的苦难当作自己的苦难，并积极投身于佛教红十字会的工作，以其来自佛的慈悲和慧心"普度众生"；崔媚玲（丹妮）追随大善人老彭救苦救难，成为难民们心中的"观音姐姐"。不过，林语堂摈斥了佛教思想弃世绝情的消极面，其作品中的人物在国难关头得到人格的升华和精神的超越，如崔媚玲最终以一种糅合了的儒佛文化精神，投身于民族解放事业。写于 1952 年的《朱门》表现的是儒家思想。小说以出身于西安一家"朱红色的大门"的师范学院女生杜柔安与上海《新公报》驻西安记者李飞的爱情故事为中心，描述了 1932 年 2 月至 1933 年 7

月间中国西北地区几个出身不同的男女青年的爱情故事，展示了西北边疆地区饱受军阀战乱之苦的汉、回人民的不幸命运。小说的主旨是介绍儒家"仁者爱人"的观念，贯穿了关怀人、尊重人、嫉恶从善的仁爱思想。林语堂借小说中人物之口，表达了"一个人不能只让自己活着，而不让别人活着"的博爱精神。

《京华烟云》被公认是林语堂的代表作，曾于 1975 年获得诺贝尔文学奖提名。作者写作的目的很明确，就是倡扬道家文化。作者声称："全书以道家精神贯穿之，故以庄周哲学为笼络。"①为强化这一观念，每卷卷首均以一段庄子的语录作为题旨，基本含义是："道"无时不在，荣辱贵贱死生祸福如梦中烟云，不可强求也不可回避。浓郁的宿命论色彩的文化意蕴，是林语堂体认世事的出发点。林语堂在倡扬道家文化的同时，有意识地把道家与儒家置于同一现实背景中加以比较阐发，对儒道互补持赞同态度。

《京华烟云》描写的是 1900 年至 1938 年间政权更迭、军阀混战的北平城内，姚家、曾家、牛家三大家族的兴衰沉浮和三代人的悲欢离合，以及他们在民族危亡时刻的性格转变与命运选择，体现一种人生往复、岁月枯荣、福祸无常的超然达观情怀，具有浓厚的道家文化意蕴。姚家的主事人姚思安是个"现代的庄子"，在姚家风风雨雨数十年的历程中，始终保持着一份独特的清醒与泰然。他虽有万贯资财且儿孙满堂，却长期沉潜于"黄老之道"，对凡俗世务不感兴趣，只关心书籍、古玩和儿女。在八国联军逼近京城的时候，他处乱不惊，全然尊奉道家哲学，对大小事宜采用"无为而治"。妻子的死并没有给他带来多大的悲伤，反而让他卸去家庭的重任，削发改装，云游四海。与此相对，曾家的主事人曾文璞是一位保守的儒家，他企图坚守祖宗的道统却终于在

---

①　刘慧英编：《林语堂自传》，第 255 页，江苏文艺出版社，1995。

时代的洪流中呈江河日下之势。两相比较，隐含了林语堂褒扬道家的心态。

小说的女主角姚木兰是儒道互补的典型代表，是作者心目中的"理想女子"。木兰"除了两眼具有迷人的魔力和婉转娇弱的声调之外，她真有一种神仙般的姿态"。她自幼接受父亲的道家文化熏陶，继承了父亲豁达、大度以及爱好自然、顺其自然的品性，性情宽厚，处乱不惊。她喜欢"草木小民的淳朴生活"，在旖旎秀丽的湖光山色的陪伴下，穿布衣下厨房，自己亲自干活。但同时严厉的母亲又给了她"世俗智慧"，使她具有女人勤俭持家、守礼谦恭等美德。她深爱着孔立夫，却接受命运的安排嫁给曾荪亚，由一个道家的女儿变成了一个儒家的媳妇。她努力做好贤妻良母，对上对下谦谦有礼，与人和睦相处，甚至劝丈夫纳妾。但她对孔立夫的爱始终不渝，在孔立夫被捕入狱之时挺身而出，夜闯军阀司令部，用自己的机智和胆略弄来开释的手令。她爱儿子，却能识大义，送子参军救国。她忍受丧女之痛苦，满怀家仇国恨，在逃难途中，接二连三地收养孤儿寡女。在木兰的身上，我们看到道家与儒家并存，"出世"与"入世"交替的生命痕迹和生活感悟。小说第45章写木兰渐渐步入晚年后对人生的体会："现在她看自己已到了人生的秋天，而儿子还正在春天。秋叶之歌里就含有来年春季的催眠曲以及来年夏季的全部曲调。因此道所含的阴阳两种力量的盛衰盈亏表现在轮流升降和交叉上。……人的一生也有青春期、成熟期和衰老期的循环。……而木兰感到自己今生已经进入了秋季，却也深切地感到人生的意义，而青春正在阿通身上涌现。她回首自己将近五十年的此生，觉得国家也是同样。枯败的老叶片片凋零，新的蓓蕾又萌发出来，生气勃勃，前途无量。"这段感悟说明了"生命在循环中升华"的真谛，兼有道、儒两家的哲思。作者就是通过塑造这样一个理想女性形象，来阐明儒道不再是中国文化的对立两极，而是构成了一种具有互补性价值理念的独特文化形态。

　　林语堂从 1936 年移民美国，到 1966 年回到台湾定居，在海外整整待了 30 年。特殊的文化身份使他一直努力于中西文化合璧的工作，强调中西互补。当中西文化调和不能达到预期的目的时，他便另辟蹊径推出以"高地人生观"为基点的"高山文化"。这在那些域外风情的小说《唐人街》《奇岛》《赖柏英》等中表现得异常明显。换言之，他的小说就是他对中西文化的一种形象图解。《唐人街》描写的虽然只是一个普通的华侨洗衣工人家庭，但是这个家庭的成员构成却相当复杂，既有中国人，又有西方人；既有早期赴美的老一代中国人，又有较晚才来美国的新一代中国人；既有在西方文化熏陶下接受了现代观念的中国人，也有在西方文化背景下"依然故我"的中国人。佛罗拉本为意大利人种，希望像其他美国人一样过脱离父母的独立自主的小家庭生活，但在中国式的大家庭里共同生活了一段时间后，却体味到这种大家庭生活的温馨，最终和谐地成为华侨家庭中的一员。相反，完全以西方文化观念来构筑爱巢的义可夫妇，却落得个家庭破碎的结局。小说暗示着这样一个事实，西方世界虽然有着发达的物质文明，但物质文明并不能解决人类生活的一切问题，特别是精神上的隔膜状态。[①]《奇岛》中的奇岛是作家心目中的文化的乌托邦乐土，"岛上温暖，有人情味，充满优美的弧线和柔和的色彩，温暖，迷人而安详"。在这块乐土上，有希腊人、法国人、意大利人等不同人种，有王子、神学家、哲学家、音乐家等各种身份。在岛上，人们可以自由享受上天的恩赐和人类的文化成果。但这种乌托邦式的文化理想在现实中却是不可能存在的。《赖柏英》是林语堂的一部自传体小说，主人公新洛与欧亚混血

---

　　① 孙凯风：《林语堂小说论》，载《中国现代文学研究丛刊》1998 年第 1 期。

儿韩沁之间的爱情的失败象征着中西文化合璧理想的失败。新洛虽然接受了西方的现代教育，但在他身上更多的是中国传统文化的因子；韩沁是个狂放不羁的女孩，有着外国女人独有的思维方式，他们的结合，是林语堂企图实现中西文化互补理念的文化载体。但最终韩沁另觅新欢，跟着一个葡萄牙船长远走高飞。新洛的初恋情人赖柏英——一个淳朴的闽南山地姑娘带着当年与新洛合生的儿子来到新加坡与新洛团聚，而新洛则"感觉自己仿佛经历了一段很长、很长的错误旅程，如今才迷途知返"。这种结局颇具文化意味，显示了林语堂中西文化调和的艰难和无奈。林语堂的小说力图表现"两脚踏中西文化的理想"，实现中西文化的合璧，但这两种不同传统不同性质的文化，毕竟具有各自的独立的体系，存在并不会因人的理想愿望而转移。因而，林语堂在探索中西文化融会的小说中所表现出的矛盾性也是可以理解的。

"我们一生的作为，会留在我们身后。"这是林语堂《八十自叙》中的话。的确，林语堂"一心著天下文章"，他给我们留下了巨大的精神财富，也成就了闽南文学最辉煌的一页。

第三节　风格独特的许地山

一、许地山的前后期小说

许地山（1893—1941 年），原名赞堃，字地山，笔名落华生，出生于台湾台南府城（今台南市），1895 年随父迁入龙溪（今漳州），13 岁入随宦学堂，课外补习经史。1911 年，许地山任漳州福建省立第二师范教员，1913 年任缅甸仰光中华学校教师。生活在遍布佛塔和佛寺的异国他乡，许地山对深奥、神秘的佛学发生了浓厚的兴趣，并从此开始了他的宗教研究。1915 年底，许地山回国任漳州华英学校教员。1917 年，他考入燕京大学，曾积极参加五四运动，合办《新社会》旬刊，1920 年毕业时获文学学士学位，翌年与沈雁冰、叶圣陶、郑振铎等人在北京发起成立文学研究会，创办《小说月报》，并积极参加燕京大学文学研究会活动。1922 年，他毕业于燕京大学宗教学院，获神学士学位，留校任燕京大学助理，兼任平民大学教师，1923 年入美国哥伦比亚大学研究院哲学系，研究印度哲学和宗教比较学，1924 年获文学硕士，当年再入牛津大学研究院，研究宗教史、印度宗教和哲学、人类学等。1926 年，他获文学硕士学位，同年归国途中经印度，研究梵文、佛学，1927 年起任燕京大学副教授、教授、《燕京学报》编委，这一时期还在北京大学兼课，开授印度哲学，在清华大学兼课，讲人类学，并在北京师范大学兼授历史课。1933 年，他应中山大学邀请，赴广州中山大学讲授人类学，同年冬季，再赴印度研究，一年后回国，仍执教于燕京大学。1935 年因与燕大校长司徒雷登不合，他去香港大学任教授。抗日战争开始后，他任中华全国文艺界抗敌协会香港分会常务理事，为抗日救国事业奔走呼号，后终因劳累过度于 1941 年 8 月 4 日心脏病发作去世。

许地山是五四新文学运动中涌现的著名作家，是一位在新文学史上具有一定地位和影响的作家。他的主要文学作品有：《命命鸟》《缀网劳蛛》《危巢坠简》《换巢鸾凤》《玉官》《春桃》《空山灵雨》等；学术研究主要集中在宗教比较学和宗教史方面，对哲学和文字改革也有深入的研究，著作有：《达衷集》《印度文学》《中国道教史》《扶箕迷信底研究》《国粹与国学》等。

他的前期小说取材独特，以闽、台、粤和东南亚、印度为背景，想象丰富，情节奇特，感情深沉真挚，充满浪漫气息，呈现出浓郁的南国风味和异域情调。《命命鸟》将敏明和加陵的爱情设置在缅甸的仰光，在碧波荡漾的绿绮湖、金光闪耀的瑞大光塔和悠扬动听的恩斯歌调中展开情节。《商人妇》的主人公惜官从厦门出海到新加坡，又再流浪到印度，接触的是《可兰经》、面纱、槟榔、椰子、白鸥。《缀网劳蛛》的故事发生在马来半岛。《醍醐天女》的故事发生在印度和印度洋上。这种浓浓的异域风情深受人们喜爱。沈从文评价许地山说："用南方国度，如缅甸等处作为背景，所写成的各样文章，把僧侣家庭及异方风物，介绍得那么亲切，作品中咖啡与孔雀，佛法同爱情，仿佛无关系的一切联系在一处，使我们感到一种异国情调。"① 而传奇性故事情节在许地山的小说里也是俯拾皆是：宦门小姐和鸾与祖凤私奔，后沦为草寇，最终跳崖身亡（《换巢鸾凤》）；70 岁孤苦无依的云姑居然会在意外的机缘中重逢青年时代的情人，两人旧情复萌，上演了一幕"枯杨生花"（《枯杨生花》）；麟趾在家破人亡之后，开始了颠沛流离的生活，凭两根"断指"固执地追寻父亲的踪迹（《女儿心》）……

在中国现代作家中，许地山一直被普遍认为是具有鲜明个人风格的作家中的一个，除了异域情调，其作品还呈现出浓郁的宗教色彩。许地山的母亲与舅父都笃信佛理，独特的家庭背景使许地山从小就深受佛教之熏陶，青少年时期的漂泊流徙更使他产生了人生无常的观念，再加上成年后又长期从事宗教学习和研究工作，因而，许地山本人具有浓重的宗教哲理思想。他早期作品受宗教思想影响较深，充满着博大的"泛爱"思想。

其前期小说大都收入《缀网劳蛛》一集中，其中处女作《命命鸟》以浓厚的佛教色彩和异域情调而为人所瞩目。小说讲述的是一对仰光青年男女敏明和加陵在封建婚姻制度和宗教礼法压制下，为争取爱情以死抗争的故事。敏明和加陵开始是有爱情的，是父亲与蛊师实施法术离间了她和加陵。她感到伤痛和迷茫，进入了一种虚幻的梦游境界，使她看清了世俗男女之虚伪，情之无

---

① 沈从文：《论落华生》，见《沈从文文集》第 11 卷，第 103—104 页，花城出版社，1984。

常，从而对婚姻有了另一番见解，最后终于彻底悔悟，发誓不再恋世，与敏明相约赴死。小说发表于 1920 年，一年前许地山的妻子林月森去世对他打击很大，令他十分悲伤，明敏和加陵身上有着许地山和其妻的影子。作者借一对男女殉身佛国的奇异浪漫故事，表达了自己对现世的不满和逃遁，希望自己脱离心灵的苦海，走向自由、快乐的理想境界，从而完成对现世的否定与超越。因此，这篇小说受佛教思想影响很深，有以生为苦恼，以涅槃归真为极乐的思想倾向。"命命鸟"本是佛经中的一种在极乐国土居住的一身两头之鸟，和其他诸鸟一样是阿弥陀佛的化身，是为了宣扬佛法的。敏明和加陵如同一对坠入尘世的命命鸟。他们经历了由贪恋对方到其中一只在幻境中开悟，双双涅槃，回归原来所在乐土的过程。所以他们最后是平静而喜悦地相携赴水，"好像新婚的男女携手入洞房那般自在"，伴随他们的是明亮的月光、闪闪的萤火、瑞大光塔远远传来的鼓乐声，还有动物园的野兽也为他们唱起雄壮的欢送歌。

虽然许地山前期的作品存有无所作为、乐天安命的思想，但不能就此认为作者在逃遁现实。事实上，许地山一直是以无能为力、却又尽力而为的积极态度作为他的人生哲学和处事原则。《商人妇》和《缀网劳蛛》就很好地表达了作者的这种观点。《商人妇》中，惜官 16 岁嫁给开糖铺的林荫乔，丈夫因赌博输尽财产而只身远走南洋谋生。10 年后，惜官千里迢迢到新加坡寻夫。可是发了财的丈夫却另觅了新欢，不但不念旧情，反而把她骗卖给印度的回教徒阿户耶作妾。在印度她备受前房太太的排挤、迫害，忍辱含垢地生活了几年。印度商人病故后，为免遭暗算，惜官携子逃离了家门，却又无颜返回故里，只能带着黑皮肤的混血儿，如一叶小舟，孤零零地漂泊在茫茫的人海之中。面对如此悲惨的命运，惜官并不以之为苦，在她看来，这一切磨难都是命中注定，无需伤痛。"人间的一切事情本来没有什么苦乐的分别，你造作时是苦，回想时是乐；临事时是苦，过去、未来的回想和希望都是快乐。"我们从惜官对世事的态度中似乎觅见她对人生的消极悲观情绪。但是我们透过这种逆来顺受的人生态度，又能看到主人公在无力回天之时却又尽力而为的一种坚韧不拔的精神。对于一个面对强大势力的柔弱者来说，这不失为一种生存的方法，不失为一种积极的人生态度，这里包含了许地山本人对于世事、人生的基本态度和在逆境中求得生存的理想观念。《缀网劳蛛》可说是许地山用宗教文化思想对现实人生所作的一次综合阐释。小说主人公尚洁是一个慈爱清明、逆来顺受、一切听其自然的虔诚的基督徒。她以仁爱之心，救治受伤的盗贼，遭到丈夫的误会。先是被丈夫疑为不贞，后又被丈夫刺伤身体，最后被撵至土华岛。在岛上，她毫无怨言，只身过着清苦的日子，安闲宁静，泰然处之。尚洁冤情昭雪后，既无喜悦，也无悲愤，认为："我像蜘蛛，命运就是我的网，它不晓得那网是什么时候会破和怎样破法，一旦破了，它还暂时安安然然地藏起来，等有机会再结一个好的，所有的网都是自己组织得来，或完或缺，只能听其自然罢了。"这里，"缀网劳蛛"包含了作者对人生的一种深刻独到的隐喻。人生如"网"，人世如"网"，这"网"既来自客观现实，又来自人类自身的主观精神。蜘蛛与网恰如人与生命，正是在这张生命之网中，在不断地补缀中，人才找出生活值得一过的理由，即在现实中把握现实，在命运中主宰命运。尚洁的忍耐顺从，看似消极，实乃反映了许地山的一种人生哲学："网破了，不是随之灭亡而是伺机再结一个好的。"

透过这些作品，我们看到许地山前期思想的矛盾性。这种矛盾性是人道主义与宗教思想的矛盾。许地山青少年时期的谋生经历使他深刻体会到生活的艰难。他的父亲和两个兄长都曾投身保家卫国的战争。这种背景使许地山能够关心民生疾苦，关注国家安危。人道主义使他同情被侮辱、被损害的人，对黑暗的现实不满，痛恨社会的不平；佛教思想又使他趋于归隐，凡事但求顺其自然，把一切痛苦的根源归于"生之不乐"，忽视它的社会的、现实的原因；人道主义使他肯定现实生活，追求生存的价值；佛教思想又让他弃绝现世，厌生乐死。这两种思想的对立，使其成为一个颇为矛盾的复合体。

许地山20世纪20年代末以后所写的小说，保持着清新的格调，但已转向对群众切实的描写和对黑暗现实的批判，具有写实主义倾向，表现出作者心中的某种人性理想。1934年写的《春桃》，在当时被誉为现实主义的杰作。小说的情节并不复杂，女主人公春桃结婚才一天的丈夫李茂在战乱中失散不知去向。为此，春桃不得不流离京城，靠捡破烂为生，并与刘向高产生了真挚的感情。后来她失散四五年的丈夫突然出现了，而且失去双腿，沦为乞丐。在春桃究竟归谁的问题上，最终两个男人达成妥协：在城里，向高是户主，李茂是同居；到乡下，李茂是户主，向高是同居。春桃成为李茂和刘向高的共同媳妇。作者许地山从当时的社会现实出发，塑造了一个善良、勤劳、敢作敢为，有自己独立的思想和见解的妇女形象。她敢于反抗封建礼教和陈规旧俗，勇敢地与两个单身男子同睡一炕。在中国传统观念中，一夫多妻似乎不足为怪，而一妻二夫则很难为人接受。当李茂第一次到她家时，看到她和别的男人同居一室，就问："你还算是我媳妇吗？"春桃答道："谁的媳妇，我都不是"，"我是我自己的"。当李茂感到自己做了"活王八"时，春桃反驳说："有钱有势的人才怕当王八，像你，谁认得，活不留名，死不留姓，王八不王八，有什么相干。"她爱刘向高，当李茂提出要和她重新开始生活时，她说："你认我做媳妇，我不认你，打起官司，也未必是你赢。"她反对这个虽有名分但却已无爱情可言的婚姻。在她的观念中，"嫁鸡随鸡，嫁狗随狗"的传统观念已荡然无存。当两个男人商量着怎样处置春桃时，她明确表示"不能由你们来派"。

当李茂和刘向高都在心里打着鼓，无法排解"二男一女同睡一铺炕"的尴尬时，春桃心里已另有了主意，她决定"咱们三人开公司。"从春桃身上，我们看到了"依自己的能力而生活的"劳动妇女最宝贵的性格。春桃积极进取的人生观，比作家早期作品中的敏明、尚洁、惜官、玉官等安于天命的女性，具有更高的道德审美价值。她已经完全摆脱了惜官、尚洁那种听天由命、不做反抗的思想局限。我们能够从春桃身上，看到许地山后期进取向上的人生态度，看到他走出了宗教的虚幻，转向对现实人生的关注的变化。同时，小说通过春桃由一个丰衣足食、养尊处优的财主小姐，沦落为一个难民，她孤苦无助地逃难的求生经历，揭示了民不聊生的社会状况，具有深刻的现实意义。

写于《春桃》之后的《铁鱼底鳃》（1940年），是作者生平最后一篇小说，发表以后，甚受称赞，是作者向前跨了一大步的成果。郁达夫在《敬悼许地山先生》中说："到了最近，他的作风竟一变而为苍劲坚实的写实主义……他的一篇抗战以后所写的小说，叫作《铁鱼底鳃》，实在是这一倾向的代表作品……"① 这篇以抗战时期为背景的小说，描写的是科学家雷教授报国无门、学不能致用的苦闷。它沉痛地抨击了不合理的旧社会，并从主人公倔强性格的刻画中，抒发了作者深挚的爱国之情。尽管雷先生最终还是伴着那凝聚了他一生心血的铁鳃模型葬身海底，但他认识到"切不可久安于逃难生活"，"越逃，灾难越发随在后头；若回转过去，站住了，什么都可以抵挡得住"，他觉悟到"现在就要从预备救难进到临场救难的工作"。雷教授这一形象，无疑带有许地山本人在香港投身抗日救亡工作后思想变化的深刻印记。

二、"落华生"的散文

与小说一样，许地山的散文，在五四一代作家中也是卓尔不

---

① 郁风编：《郁达夫海外文集》，第463页，三联书店，1990。

群，成就很高。他的《落花生》家喻户晓，影响非凡。他的散文小品集《空山灵雨》，是五四以后最早结集出版的散文小品集之一。阿英评价这本散文集是"现代小品文的最初成册的书"，并认为"落华生的小品，在小品文运动史上，是将永久存在的"。①

许地山传世的散文小品集只有《空山灵雨》一部，共收文 45 篇。如果以取材特点为标准的话，《空山灵雨》大致可分为如下三类：一是以写物为主的，诸如《禅》《海》《梨花》等，这类作品借自然界的实体，边描写边议论，或从其神志，或从其处境，来寄寓他个人对人生的理解，对人生哲理的玄想，这是《空山灵雨》的基本内容。二是以写现实事件为主的，诸如《三迁》《愚妇人》《别话》等，作者借身边事，或描画一种世相，或抒写一丝感慨，或倾泻一种爱憎。这类作品常以记事开始，而以自我的哲理升华作结。三是写夫妻生活小景的，诸如《七宝池上的乡思》《愿》《爱流汐涨》，主要抒写人间浓郁的真情深意。②

受其宗教思想影响，许地山的散文氤氲着玄机禅理，具有浓郁的宗教氛围。空、灵二字，历来为佛家所惯用，以此为集子命名，最能说明许地山的审美情趣。《海》是颇能体现许地山早期思想的一篇小品。许地山在这里将人生誉为风狂浪骇的海面，意思很明显：人生茫茫，苦海无边。《香》一文则是一段夫妻对话，对丈夫爱闻香这一嗜好，妻子最后说："因为你一爱，便成为你的嗜好，那香在你的闻觉中，便不是本然的香了。"《蛇》蕴涵着作者对人生的哲理思考。写"我"看见盘在树根上的蛇，我不动，蛇也不动，我飞也似的逃跑了。蛇也箭一样射入蔓草中，接着写我和妻子探讨是我怕蛇，还是蛇怕我，并从中悟出了一个道

---

① 阿英：《落华生小品序》，见《现代十六家小品》，上海光明书局，1935。

② 王新：《许地山散文创作中的宗教情结》，载《锦州师范学院学报》2001 年第 2 期。

理：双方互相惧怕，才有和平，若有一方大胆一点，不是它伤了我，便是我伤了它。因而，沈从文在《论落华生》一文中认为："在中国，以异教特殊民族生活，作为创作基本，以佛经中邃智明辨笔墨，显示散文的美与光，色香中不缺少诗，落华生为最本质的使散文发展到一个和谐的境界的作者之一。"①

许地山虽然在开篇《弁言》中的第一句话就是"生本不乐"，但《空山灵雨》总体来讲，表达的是一种乐中有苦、正视其苦、超脱苦难、执着以求的较为乐观的感情。在《空山灵雨》里，表现积极感情、深刻思想的文章占多数。在脍炙人口的名篇《落花生》里，作者宣扬"人要做有用的人"的思想。《愿》进一步表达了他的人生追求："但我愿做调味的精盐，渗入等等食品中，把自己的形骸融散。且回复当时在海里的面目，使一切有情得尝咸味，而不见盐体。"即使是如前述宣扬人生苦海的《海》中，作者还是主张奋力向前："在一切的海里，遇着这样的光景，谁也没有带着主意下来，谁也脱不了在上面泛来泛去。我们尽管划罢。"

许地山的散文构思精巧，想象丰富，具有诗的意境美。如《春的林野》，作者用极其精美的语言，为读者展现了一幅丰富多彩的春天林野美景：漫游的薄云、盛开的桃花、天中的云雀、林中的金莺、悦耳的鸟叫声……无不令人遐思神往。即使写夫妻生活，作者也着意突出爱的意境美。沈从文在《习作举例》中提及《空山灵雨》时说："虽所写到的是人事，不重行为的爱，只重感觉的爱。主要的是表现一种风格，一种境界。人或沉默而羞涩，心或透明如水。给纸上人物赋一个灵性。也是人事的哀乐得失，也是在哀乐得失之际的动静，然而与同时代一般作品，却相去多远！"②

---

① 周俟松、杜汝淼编：《许地山研究集》，第218—219页，南京大学出版社，1989。

② 转引自俞元桂主编：《中国现代散文史》（修订本），第91页，山东文艺出版社，1999。

　　总之，许地山以其独特的艺术风格成为五四新文苑中最独特的作家之一，在中国现代文学史上占据了不可抹杀的一席之地，也为现代闽南文学增添了一道亮丽的风景线。

第四节　左联诗人杨骚

　　杨骚（1900—1957年），名古锡，字维铨，漳州人。杨骚从小天资聪慧，勤学好问，1907年入汀漳龙道师范附属小学，1914年入省立第八中学（现漳州一中）就读，1918年中学毕业后留学东京，进官费的东京高等师范学校就读。1924年，杨骚创作了诗剧《心曲》，1925年到新加坡道南小学任教并从事文学创作，1927年回到上海，专事创作，1928年1月与鲁迅相识，此后成为鲁迅主编的《语丝》和《奔流》杂志的主要撰稿人之一，与鲁迅的交往也日益密切。1932年9月，杨骚与蒲风、穆木天、任钧发起组织中国诗歌会，出版《新诗歌》旬刊。在上海生活的10年是杨骚创作的丰收期，他写下了《十日糊记》《因诗必烈孙》《Yellow》《他的天使》《空舞台》《蠢》等散文、剧本和小说。1937年夏，杨骚应郁达夫之邀到福州，与许钦文、楼适夷等人一同组织福州文化界抗敌后援会（后改组为福州文化界救亡协会），还在《小民报》上开辟了《救亡周刊》《救亡文艺》等专栏，宣传抗日。1938年杨骚赴重庆参加"中华全国文艺界抗敌协会"，并于翌年6月参加"作家战地访问团"，途经四川、陕西、河南、山西，深入中条山、太行山一带访问，还负责途中采访文章的编辑工作，后有诗集《半年》发表，被誉为"抗战诗星"。1941年"皖南事变"后，根据文化界党组织安排，杨骚到新加坡担任闽侨总会机关刊物《民潮》主编，并参加"星华文化界战时工作团"，新加坡陷落后撤到苏门答腊。1950年杨骚到印尼雅加达《生活报》编副刊《笔谈》，后任总编和副社长，以"北溪""半山""素"等笔名写了大量社论、时评、杂谈，1952 年 9 月回到祖国，任广州作协副主席、中国作协广东省分会常务理事，曾回闽南一带侨乡体验生活，1957 年 1 月病逝。

杨骚一生著述甚丰，出版书籍 22 种。主要包括诗集：《乡曲》《受难者的短曲》《春的感伤》《半年》；剧本集：《他的天使》《记忆之都》；译著：《十月》《铁流》等 10 余部；另发表集外诗歌 20 余首；剧本《本地货》等 10 余部；散文《十日糊记》、杂文《做人与做文章》等 20 余篇，与白薇合著出版书信集《昨夜》等。

杨骚是"中国诗歌会"的发起人之一，以诗和诗剧闻名。杨骚的诗歌大致以 1930 年为界分为两个阶段。第一阶段是 1921-1930 年，这时期杨骚在日本东京留学及在新加坡小学任教，回国后至上海从事诗歌创作。第二阶段是 1930 年以后，杨骚加入左联，从此他的文艺创作进入一个崭新的时期。从杨骚的不同阶段的诗作中，我们可以看到作者思想及其诗歌风貌的蜕变过程。从 20 世纪 20 年代对个人感伤情绪的吟咏，到 30 年代对现实生活的抒写；从西方的象征主义、唯美主义的象牙塔，走向抗战文艺的大舞台，杨骚完成了从"孤独的追梦者"到时代的"战斗者"的转变。

一、孤独的追梦者

杨骚前期的诗歌，基本上是以苦闷伤感为基调的。他的一生大部分时间过着漂泊不定的生活，早年留学日本，随后多次到过新加坡、苏门答腊、印尼等地。孤苦伶仃的漂泊生活，初恋的挫折，易感多情的气质，使杨骚产生了忧郁感伤情绪。"身体不好，经济窘迫，自尊心的受伤，这三者是形成那时候我的忧郁病和厌世观的。"① 在早期的抒情诗集《受难者的短曲》② 中，他常常把

---

① 杨骚：《我与文学》，收入杨西北编《杨骚选集》，第 695 页，厦门大学出版社，1989。

② 1929 年由上海开明书店出版。

自己比作"零丁扑朔飘落在海外"的"落叶""受难者""夜游人""游子""流浪儿",真切地描述了自己早年生活的真实感受,毫不掩饰地向人们敞开他那孤独、痛苦、郁闷、感伤的心扉。翻开杨骚早期的诗集,我们看到了这样的抒情主人公:他徘徊在午夜,面对"飞雾来无边""飞雾浓无限",发出"啊!游子心凄惶,/这飞雾何时散"的焦灼期盼;他踯躅于月夜,感叹"多善恼的额角发深落了。/……市上何时骚扰静,/月夜何时天边沉,/我心中何时哀愁平,/听,钟表不断的滴答声"(《夜色》);他借酒消愁,"哦,醉罢,你恶毒的毛虫,/一切尽在此杯中"(《酒杯中的幻影》);他自杀未遂,"将衣带解下,挂上桃枝",告别"灰色的都市""丑恶的人间",可是"衣带子吓断了,我堕地……"(《自杀未遂犯》)。面对黑暗的现实,杨骚将深深的积郁、痛苦淋漓尽致地诉诸于笔端。

杨骚前期作品的感伤阴郁风格的形成,还与他所受的象征主义、唯美主义的影响有关。象征主义是欧美现代主义文学中最早出现的一个流派,产生于19世纪七八十年代的法国,然后波及欧洲其他国家。20世纪20年代,象征主义出现了第二次高潮(通常称为后期象征主义)。《恶之花》的作者波德莱尔被认为是象征主义的鼻祖。前期象征主义的代表作家有法国的保尔·魏尔伦、阿尔多尔·韩波和斯蒂芬·马拉美。后期象征主义的代表作家是法国的瓦雷里、奥地利的里尔克、爱尔兰的叶芝、美国的庞德、英国的艾略特、比利时的梅特林克。象征主义反对肤浅的抒情和直露的说教,主张情与理的统一,通过象征、暗示、意象、隐喻、自由联想和语言的音乐性,去表现理念世界的美和无限性,曲折地表达作者的思想和复杂微妙的情绪、感受,具有朦胧美和神秘色彩。唯美主义发端于19世纪30年代的法国。诗人、小说家戈蒂耶最早提出了"为艺术而艺术"的主张,成为唯美主义的纲领性口号。英国的唯美主义晚于法国,但理论更加完备,创作更加丰富，影响也更广泛。19世纪四五十年代出现的拉斐尔前派是唯美主义的先声。到了19世纪八九十年代，英国唯美主义达到高潮，涌现了王尔德、佩特等一批作家、批评家。王尔德被公认为是唯美主义的集大成者。他的作品如《道林·格雷的肖像》《莎乐美》是唯美主义的代表作。唯美主义作家既反对文学的政治功能，也反对文学的道德教化，认为绝对的、至高无上的美，是艺术追求的唯一目标。他们注重形式，重视艺术技巧上的精雕细刻。唯美主义在一定意义上肯定了艺术的独立价值，提高了艺术的地位，但对功利性和现实性的彻底否定，又在实际上贬低了艺术在社会文化中的地位和作用。

　　20世纪，象征主义和唯美主义传入中国。杨骚深受象征主义和唯美主义的影响，他说："在我所接触的西洋作家中，最初顶喜欢的是安特列夫，其次喜欢诗人海涅，后来变成喜欢王尔德这些唯美派的。到了要离开日本的前后，转成喜欢看剧本，最高兴看的是霍普特曼（Hauptmann）的作品，尤其是他从自然主义转成象征主义以后的《沉钟》。"[①] 杨骚把象征主义和唯美主义的特色融入了自己的前期创作当中，形成了阴冷神秘、凄冷感伤的美学风格。我们就以中国新文学史上最早出现的诗剧之一《心曲》[②]为例，来看看杨骚的这种风格。《心曲》写"旅人"在清幽的月色中游荡在梦境般的森林里，林中的灵精森姬被美妙的乐声所诱引，也离开长年孤居的古井，追寻着银鞭一闪的流星，飘临林中的草坪。她误会倦睡的"旅人"为被玉帝谪降的流星之化身，旅人也为仙袂飘拂的美姬而着迷。当曙光升起，看不得黎明微光的森姬消逝了。这时，林外传来了细妹子追扑鸟儿的婉转动人的歌声，哀怨的旅人奔出密林，追赶细妹子去了。整部诗剧处处应用

---

① 杨西北编：《杨骚选集》，第266页，厦门大学出版社，1989。
② 收入《记忆之都》，商务印书馆，1937。

象征手法："旅人"是追求者的象征，他寻找的不是森林中的出路，而是实现理想的希望之路；"森姬"既是一个爱情女神，也是诗人追求的"永恒美"的象征；"任跑总跑不出"的森林，则象征着无奈的人生和黑暗的现实；"细妹子"代表美好和希望，引导他走出困境走向光明。《心曲》通过一系列象征意象的创造，从而构成一个似梦非梦、似真非真、奇幻朦胧的艺术世界。而在长篇童话《粉蝶与红蔷》[①] 中，我们可以感觉出王尔德般的唯美倾向。诗人用极尽凄艳、缠绵悱恻的辞藻，描写了"粉蝶"与"红蔷"的哀艳恋曲，暗示出一段"同是天涯沦落人，相逢何必曾相识"的故事。在诗人眼里，爱情是美的极致，却是苍白脆弱易逝的。诗人借"红蔷"之口倾诉："我这幸福好像小孩做出雪人美女，/顷刻就容改肤消，化成一滩清冷水，/不知流到何处去，流得无踪无迹……"粉蝶和红蔷相爱在美丽的花园里，最后情死在狂风暴动的月夜里。"粉蝶无气力地扑在红蔷怀里，/红蔷用力地把他抱。/风在狂呼，/天地在飞舞。/……粉蝶的柔唇永接在红蔷的花心深处！"诗歌将"美丽的死"推向极致，诗人赞美这种情死是"造化的不可思议"。于是"诗人""把红蔷连粉蝶的嫩枝折去"，将蝶与花穿在一起，列在"爱的标本"里，并注明"它们死在狂风暴雨的月夜里"。

二、现实主义的战斗者

1930 年，杨骚参加左联，标志着诗人的创作进入了一个崭新的阶段。诚如杨骚自己在 1931 年所说的那样："时代已经不是浪漫好玩的时代，人心当然要受着影响，我相信这不是我的衰老，而是我更进一步地知解人生和创造人生的开始。"[②] 这一时期，杨

---

① 收入《杨骚选集》，厦门大学出版社，1989。

② 杨西北：《杨骚选集·杨骚简谱》，第 880 页，厦门大学出版社，2006。

骚抛弃了自己早期诗歌中的象征、唯美的诗风，告别感伤的情绪和小我的局限，努力地表现客观的现实生活，反映时代风貌，同中国诗歌会诸诗人一道，把新诗推进到革命现实主义的发展阶段。杨骚这个时期的代表作是长篇叙事诗《乡曲》和抒情诗《福建三唱》，它们是中国革命诗歌的杰作。蒲风认为：杨骚创作的《福建三唱》《乡曲》"已把诗的时代任务放在肩上"。① 龙泉明评价："这些作品用叙事的体式对 30 年代的社会生活作了动态的整体的反映，它们在题材的现实性，思想的先进性和表现形式的规模上都超越了此前的新诗叙事创作。"②

　　《乡曲》③ 是一部反映农民自发的抗暴分粮而惨遭镇压的宏伟诗篇，共分为五章，即："在写信""黎明""骚动""锄声""短简"。第一章描述大旱和苛捐杂税等灾难，揭示矛盾，铺垫故事发展的原因，酝酿故事发展的气氛；第二章通过叙写矛盾的进一步激化，反映农民的反抗意识开始觉醒，斗争一触即发；第三章描绘农民的反抗过程及对手的狡猾凶残，是全诗的高潮部分；第四章描写农民的反抗被统治者镇压下去的过程，是故事的结局；第五章是故事的尾声，暗示农民经过血与火的洗礼，在斗争中真正觉醒了，表明了反抗者的革命坚定性。这五章以农村妇女阿梅的"悲伤—懵懂—愤怒—对抗—觉醒"的情感变化做主线，贯以生动真实丰满的"老三"形象，并辅以广大群众的斗争行为和敌人的反面形象，生动有力地描绘出 20 世纪 30 年代南方农村的兵匪横行、苛捐杂税沉重、旱灾肆虐、农民食不果腹的动乱现实。诗人愤怒地控诉："你该晓得年年的兵和匪，/已经把我们的村庄搅乱捣毁。/你该晓得上头的苛捐杂税，/已经吸尽了我们的心血

---

① 蒲风：《杨骚的诗》，见《蒲风选集》下卷，第 367 页，海峡文艺出版社，1985。

② 龙泉明：《中国新诗流变论》，第 204 页，人民文学出版社，1999。

③ 收入《杨骚选集》，厦门大学出版社，1989。

和骨髓。/……我们吃的饭早是米糠和麸皮/我们走的路早是悬崖和绝壁。/……我们非捣烂吃人的他们这一窝,/我们便永远要当牛马都不得活……"

《乡曲》的一个重要意义在于,作者描写了农民由自发走向自觉的革命过程,借以表达"人民必然走向革命"的时代命题。农村妇女阿梅善良、怯懦、逆来顺受,遭逢灾难时,她首先想到的是,地方恶势力太强大,担心丈夫阿三冲动,想和阿三一起投奔在城里当小学教员的哥哥。后来,她看着阿三鼓动农民反抗,带领农民们砸开地主陈爷的粮仓,看着阿三和不屈的农民兄弟一起被镇压,她在悲愤中觉醒,不再流泪,不再诉苦,而是要哥哥"丢开你那白色的粉笔/来和你的妹妹阿梅在一起,/打碎这乌黑的天地"。全诗写活了阿梅的性格演变、思想觉悟的过程。堪与高尔基笔下的母亲尼洛夫娜相媲美。

在艺术表现上,《乡曲》完全体现了中国诗歌会大力提倡的"大众歌调"的原则,借鉴民间诗歌的长处,运用了大量的口语俗语,浅白质朴,音乐感强,便于吟咏。《乡曲》以其历史性的概括实现了杨骚诗歌创作的飞跃,以其鲜明的现实主义风格奠定了杨骚在中国新诗坛的地位。

在发表《乡曲》的同时,杨骚在《光明》创刊号上发表了乡土抒情诗《福建三唱》,通过控诉日军对我国的侵略,表达了诗人对帝国主义的憎恨和对家乡的热爱。诗歌的开头描绘故乡物产丰富,气候宜人。那儿有米、麦、甘蔗、山田、水田、荔枝、龙眼、岩茶、水仙……有"清冽的泉水,暖和的太阳","胸藏丰富的矿产/颈缠闪耀的闽江",可是在日寇铁蹄的侵占下,故乡变成了"荒地,一片,/废墟,连绵",到处是"菜色的脸,/饥饿的眼","浪人,汉奸/鸦片,机关枪"横行,最后诗人号召泉漳的子弟"点燃武夷山上的森林罢,/烧毁汉奸的狼心狗肺","鼓起厦门湾中的怒潮罢/淹没远东的帝国主义"。全诗忧时愤世,悲壮苍凉，洋溢着浓烈的爱国热情。在艺术形式上，杨骚采用民歌中常用的重章复唱手法，运用通俗的大众化语言，诗句朗朗上口，有着浓郁的民族色彩。

"杨骚过完了他平凡人的一生了。然而平凡人却有他的正直和伟大。"① 的确，作为芸芸众生中的个体，杨骚是"平凡"的，而在他那些"伟大"的诗歌中，我们看到了时代的投影、个人气质与民族精神的交汇，具有不可替代的个体价值和典型意义。

第五节　七月诗人鲁藜

一、鲁藜生平与诗歌创作

七月派诗人鲁藜（1914—1999 年），原名许图地，同安人，出生不久就随父母迁往越南西贡谋生。其后，他在那里进入华侨学校学习，才读完高小一年级便因经济困难辍学。1932 年春，鲁藜护送病重的父亲返回故乡。父亲病故后，他考入陈嘉庚先生创办的免费入学的集美乡村师范就读，在地下共青团员陈剑旋②的影响下，受到革命思想的熏陶。1934 年夏天，鲁藜前往上海，进宝山县"山海工学团"任辅导员，秘密参加宋庆龄等发起的"反帝大同盟"，1935 年秋参加左联，翌年 6 月，加入中国共产党，从此，辗转于安徽凤台、安庆、芜湖一带，担任民众教育馆职员、《皖江日报》副刊编辑等职，向民众宣传抗日救亡。他创作的歌词《淮河船夫曲》，经青年音乐家杜矢甲谱曲后广为流传，成为最流行的抗战歌曲之一。南京失守后，他到武汉参加抗战工

---

① 巴人：《记杨骚》，收入杨西北编《杨骚选集·附录》，第 303 页，厦门大学出版社，1989。

② 陈剑旋，同安马巷镇山亭人，1939 年以田犁化名牺牲在上海日本监狱里。

作团，从事文化宣传工作。1938 年秋，鲁藜从武汉经皖北绕道去延安，进入抗日军政大学受训。抗大毕业后，他被分配到陕甘宁边区文化协会工作。翌年，他随军出发到达晋察冀边区抗日民主根据地，1940 年，又任随军记者奔赴前线，参加反日寇"扫荡"的战斗。1945 年抗战胜利后，他被担任晋鲁豫边区文委领导的陶铸留在边区文联。不久，他又被调到北方大学文学系任教。1948 年，他赴河北石家庄任文协秘书。1949 年 9 月，他当选为天津市文协（后改作协）主席，主编《文艺学习》月刊，兼任文化局党支部书记、中国大戏院经理等职。1955 年 5 月，他因"胡风反革命集团"错案被捕。1957 年一度被释放，因向党中央发出申辩书，又被划为"右派分子"遣回农场"劳改"，"十年浩劫"中惨遭迫害。1981 年 3 月，鲁藜获得正式平反，任天津市文联副主席、作协主席、中国作协第四届理事。

鲁藜一生命运多舛，但他始终没有放弃自己的诗歌创作，写作成为他战胜磨难的精神支柱。鲁藜 1932 年开始发表作品，1938 年他到达延安以后，很快便形成了"向我所尊重的时代，读者的心灵，倾诉衷情的质朴的诗风"。写于 1938 年 8 月的《延河散歌》在胡风主编的《七月》上发表以后，鲁藜开始走上抗战诗坛，成为七月诗派的重要诗人。1941 年，七月诗丛出版了鲁藜第一部诗集《醒来的时候》，使其诗名大振。这一时期，鲁藜先后写了《青春曲》《锻炼》《夜葬》《素描》等，其中叙事诗《锻炼》曾获得延安青年文艺奖（甲等）。1943 年，鲁藜的第二部诗集《锻炼》出版，1944 年创作的组诗《第二代》在 1945 年《希望》第 1 辑第 1 期刊登，产生了广泛的影响。20 世纪 80 年代，鲁藜重返诗坛，虽已近古稀之年，但他还是发表了大量新作，相继出版《天青集》《鹅毛集》等。

七月诗派是我国抗日战争时期涌现的一个重要的诗歌流派，也是中国新诗史上最大的、颇有影响的一个流派。该派因胡风主编的《七月》而得名，代表作家有艾青、田间、阿垅、鲁藜、曾卓、绿原、彭燕郊、孙钿、方然、芦甸、杜谷、郑思、牛汉、化铁等。其创作深受胡风理论影响，强调主观战斗精神，主张从现实现象突进，深入生活的底蕴，真实形象地反映现实生活，揭示时代生活中最本质的东西。在众多七月派诗人中，鲁藜诗歌的风格比较独特：清新、隽永，富有哲理性。特殊的生活经历和自小受到的文学熏陶，使他的诗歌饱含着自己对"严酷的现实"和人生的思考。

鲁藜早期的诗歌格调比较激昂，情绪比较高亢，充满深沉的爱国主义情感。如其刊于洪深等主编的左联刊物《光明》上的70行长诗《愤怒吧！炮台湾》，就是他参观上海吴淞口炮台湾的感受。诗人吟咏："我踏下那紫色海岸的泥阶，/我说：再会了！炮台湾，/为了祖国的防御，/你寂寞的冒着十二月的浪和风！//但那黄海的风和黄海的浪，/不分朝夜的奏出悲壮的歌，/那歌音撼动我的心，/使我好似听到祖国抗战的怒吼。"《想念家乡》中，作者悲痛呼喊："谁抢去了我的家乡？/谁使我成了无家可归的流亡？/说不出我心头的仇恨，/说不出我心头的苦痛。"接着，诗句从悲壮转入高亢激昂："我要叫唤我们的祖国，祖国；/我要去炮火猛烈的战场，战场；/为着祖国，为着家乡！"

到了延安后，鲁藜在诗歌创作上上了一个新台阶。延安生活激发了诗人的灵感和情思，他写下大量歌唱延安、赞美延安新生活的诗歌。但鲁藜不是浮光掠影式地描绘延安的新生活，也不是口号式的空洞赞美，而是将延安风物与自己独特的生命感受联系起来，运用富有哲理意味的诗句抒写战斗和劳动，歌唱延安新生活。组诗《延河散歌》中，延安的城池、宝塔、窑洞、夜会……一经他渲染，都升华为一个光明欢乐的世界，引起大后方多少青年对延安的向往，掀起了轰动的社会效应。《延河散歌》之三的《山》中写道："在夜里，/山花开了，/灿烂地//如果不是山底颜色比夜浓，/我们不会相信那是窑洞的灯火，/却以为是天上的星星。//如果不是那，/大理石般的延河一条线，/我们会觉得是刚刚航海归来，/看到海岸，/夜底城镇底光芒。/我是一个从人生的黑暗里来的，/来到这里，/看见了灯塔。"鲁藜通过对夜里灿烂的山花、星星点灯般的窑洞灯火、大理石般的延河以及夜的城镇的光芒的描绘，深情含蓄地歌颂了人生的灯塔——延安。这开着花的山，是民族的希望之所在，也是进步青年的希望与前途之所在。所以诗人在这里"看见了灯塔"，找到了生命和灵魂的归属，人生从此有了方向。在《延河散歌》之五的《城》中，鲁藜用拟人化的手法来写古老的延安城的新生。诗中的老城虽然老了，但春天的绿草却和它谈起了恋爱，爱情使老城焕发了青春，变得欢乐、年轻、有力，含蓄而生动地揭示了革命是改天换地的巨大的精神力量。《延河散歌》之六《野花》写道："野花生长在荆棘里，/好像理想活跃在监狱。/在河边，/我们走，/崖上野花向我们点头。/望着野花，/我们不再怕艰难的道路。/野花要结实，/我们的理想就要开花。"作者以野花的生存状态，表达进步青年摆脱桎梏后的欢欣与理想的萌发，歌颂延安自由进步的新生活。《锻炼》是一首长达 621 行的叙事诗，荣获中华全国文艺界抗敌协会延安分会举办的"青年文学奖"甲等奖。该诗记叙的是一位受伤被俘的青年知识分子与亲日派坚决斗争，最后被抗日地下组织救出虎口的故事。主人公在一次执行任务的过程中，遭到了汉奸的暗算。在被押解的途中，这位血气方刚的知识青年，高唱《国际歌》，痛骂汪派汉奸的无耻，抱着宁死不屈的信念，几次寻机自尽都没有成功；在汉奸的牢狱里，这位青年战士面对敌人的严刑威逼和金钱美女的诱惑，意志坚定，不为所动，并且怒斥敌人的卖国罪行；最后，他在地下组织的营救下，"在民众的爱护里"，"再生了"。诗人着重描写主人公的心灵历程，不但叙写了主人公宁死不屈的坚强精神，而且也写了他面临死亡时的一瞬间的软弱，和暂时屈服的念头以及克服这种怯懦的心路历程。全诗曲折回环、波澜起伏、感情跌宕。阿垅在《〈锻炼〉片论》中对该诗有很高的评价。鲁藜其他的诗歌如《青春曲》赞美边区青年的生活和战斗；《开荒曲》描写边区人民开荒，生产自救；《夜葬》《红的雪花》悼念牺牲的战士；《我爱冬天》《春天》《明星》抒写自己对生活的热爱。这些诗作的诗歌意绪，无不和时代的旋律声相同契。

二、鲁藜"泥土"诗歌的艺术特色

鲁藜的诗歌既有宏伟壮丽的长诗，也有简练精致的小诗。鲁藜的小诗创作成就很高。录入《绿叶集》《点滴集》中的那些小诗，思想与形象、哲理与诗情和谐地融合在一起。郭沫若称赞他："诗写得纯粹而坚韧，无瑕可蹈。"[①]"五四"时期，受日本俳句、和歌以及泰戈尔诗歌的影响，小诗风靡一时，如冰心的"繁星体"（或称"春水体"）、"湖畔"诗派的抒情小诗。鲁藜最令人称道的小诗《泥土》，深受人们喜爱，成了许多人的座右铭。孙玉石在《不曾凋谢的鲜花——读〈白色花〉随想》中这样叙说这首短诗："人们记忆中刻下的某些印痕往往是不易泯灭的。记得五十年代初，还是中学读书的时候，鲁藜的题为《泥土》的小诗就为我所珍爱了。""即使在鲁藜的全部诗作中这也并非是最好的一首，但我喜欢它。我用我幼稚的心灵来体味诗中的生活哲理。那时候，作品中朴素的诗意和想象中的生活一样单纯而透明。"[②] 这是一首由四行精辟的诗句组成的诗篇："老是把自己当作珍珠，/就时时有怕被埋没的痛苦。/把自己当作泥土吧，让众

---

① 转引自钱志富：《浅议鲁藜的诗》，载《当代诗坛》第 45、46 期。

② 孙玉石：《不曾凋谢的鲜花——读〈白色花〉随想》，见《鲁藜研究文粹》，第 107 页，天津社会科学院出版社，1990。

人把你踩成一条道路。"① 全诗将"珍珠"与"泥土"作了象征性的对比,"珍珠",因为它光泽诱人,价值昂贵,所以就有"时时怕被埋没的痛苦"。诗人讥讽那些"老是把自己当作珍珠"的人,高度赞美那些"把自己当作泥土"的人;"让众人把你踩成一条道路"蕴涵着浓郁的诗情和深刻的哲理,昭示了一个平凡的真理。又如《种子》:"真理,有时只有一句话/但我要用尽一生才能理解/它像一粒种子/延续了人类无限青春。"诗人将抽象的"真理"比喻成具象的"种子",在直观可感的形象中,展开一种诗的思考。

鲁藜的诗歌总体上较含蓄,常常在貌似平静的画面摹写中,内蕴着炽热的情感激流,其诗感情深邃绵长,令人回味再三。《我爱冬天》里的诗句"我愿我的情感/像冬天的太阳/表面是冰冷/内在涌着火焰的血液",可以说是作者的心声。阿垅曾评价他:"鲁藜底几首诗就是如此的。正像一个幽潭:澄碧透底,没有杂物,没有激浪,没有涟波,没有芳菲,没有色彩,只有极其简单的平面构成;但是里面却辉耀地通过了从蓝空来的日光,无遗憾地溶解了它,庄严,崇高,明净,向太阳接受,向太阳拥抱,向太阳反映,每一点每一滴都水晶一样通明了的!水草在舒适地袅动,鱼群在鲜活地浮游,看得清楚,数得明白;而且,人也可以照照他底影子。赤链蛇呢,是没有处所藏匿的,水獭呢,是没有方法潜入的,沉渣和浮沤呢,是没有地位存在的。自然是完全的平静;但是不可能不是战斗性的平静。"② 例如《红的雪花》一诗。诗的第一节写道:"冬天,在战斗里/我们暂时用雪掩埋一个战死的同志/雪堆成一座坟/血液渲染着它的周围。"作者

---

① 鲁藜:《泥土》,见《鲁藜诗选》,人民文学出版社,1982。

② 阿垅:《小诗片论》,见《鲁藜研究文粹》,第97—98页,天津社会科学院出版社,1990。

的语气是平静的，给人的感情仿佛是冰凉的，但在看似冰凉的语调中寓含了作者最深切的情感。诗人接着写："血和雪拥抱/辉映成虹彩的花朵/太阳光里，花朵消融了/有种子掉在大地里。"烈士的精神，将在祖国的大地，将在人民大众的心间生根、开花。

鲁藜甘当泥土，但他的诗歌却像珍珠一样珍贵，光芒璀璨，具有永恒的魅力！难怪绿原在为《鲁藜研究文粹》写序时赞叹："四十年代的文学青年，不知道鲁藜这个名字，或者没有读过他的诗的，恐怕很少吧。倒不是说他当年在诗坛上如何显赫，或者任何报刊杂志怎样少不了他的影像。事实上，当时由于邮路险阻，他发表出来的诗作为数不算多；但是，几乎每一篇作为新世界的福音，让天真的读者读了，无不在惊诧和期待中睁大了眼睛。如今过去了半个多世纪，鲁藜和他的读者们都已老白了头，但他的诗还是那么新鲜，他们对它的感觉和印象还是那么亲切，这实在是很奇怪的。"[①]

第六节　林憾、林林与陈桂琛等抗战诗人

一、乡土诗人林憾

乡土诗人林憾（1892—1943 年），原名林和清，号憾庐，1892 年生于平和坂仔乡，是林语堂的三哥。林憾在老家坂仔乡读完教会办的小学后，再到厦门鼓浪屿教会办的寻源中学深造，然后又到鼓浪屿救世医院医科就读。从医院毕业时，他刚刚 19 岁，接下来做了 7 年的医生，直到林至诚派他去南洋经商才停止。在

---

① 绿原：《鲁藜研究文粹·序》，见《鲁藜研究文粹》，天津社会科学院出版社，1990。

南洋飘浮 4 年后，林憾重返家乡在鼓浪屿开了一家药店。1927年，林语堂率先到了上海，林憾也于同年而来。在上海期间，他担任《宇宙风》编辑，活跃于上海文坛，与鲁迅、郁达夫、杨骚、白薇常有来往。抗战期间，林憾随刊物迁往广西桂林，并抱病编辑《宇宙风》，最后心力交瘁病逝。

值得一提的是林憾与鲁迅、巴金的交情。在《鲁迅日记》中，林憾的名字（林和清）多次出现，计有 26 条，如鲁迅日记在1928 年 1 月 25 日记载："二十五日，雨，下午晴。寿山来。林和清及杨君来。"[①] 26 日又记："晴，林玉堂及其夫人招饮……席中有章雪山，雪村，林和清。"1926 年，鲁迅到厦门后不久，林憾便携长兄林景良（当时在厦门大学国学院任职）前去拜访，不久又单独前往拜见。林憾到上海不久，即与也刚刚由 1927 年 9 月从广州奔到上海的鲁迅相互来往。当然，他在接办《宇宙风》之后，由于办刊的关系，就跟更多的人交往密切了。他后来把自己在上海的感触写入《S—H—A—N—G—H—A—I》一诗，揭露上海的黑暗现实。该诗在鲁迅的推荐下不久便发表在《奔流》杂志上。1929 年 9 月，林憾再次来到上海，与林语堂、杨骚等人一起会晤鲁迅，鲁迅邀请他们在"中有天"餐馆共进晚餐，还邀请柔石作陪。此后，林憾不断地寄信寄稿件给鲁迅，得到鲁迅的诸多帮助和指导。

林憾与中国现代文学史上另一位著名作家巴金的关系尤为密切，他们相处很好，巴金称他为"憾翁"。林憾最早遇到巴金是在 1930 年的泉州。巴金在《关于〈海之梦〉》中说："我和林憾相处很好，我们最初见面是在泉州关帝庙黎明高中，那一天他送他的儿子来上学，虽然谈得不多，但我了解他是个正直、善良的

---

① 这里与林憾同时出现的杨君即中国左翼作家联盟成员、中国诗歌会发起人之一的杨骚。杨骚与鲁迅的相识也正是林憾带他去找鲁迅的。

人，而且立志改革社会，这是 1930 年的事。以后我和他同在轰炸中过日子，同在敌人迫害的阴影下写文章，做编辑工作，产生了深厚的感情。""他是一个忠诚的爱国者，我至今还怀念他。"① 20 世纪 30 年代初期，巴金几次路过厦门，林憾均尽地主之谊。1938 年，林憾跟着《宇宙风》杂志迁到广州不久，巴金也来到广州负责文化生活出版社事务。广州陷落前，巴金离开广州时于 1938 年 10 月 20 日与林憾相遇，于是两人结伴而行，辗转 8 日才到了桂林。巴金后来将这段经历写在了散文集《旅途通讯》中。在桂林有很长一段时间，两人相邻而居。此间，巴金为《宇宙风》写过多篇散文，巴金的夫人萧珊也曾以"程惠"的笔名为《宇宙风》写稿。1943 年，林憾去世，巴金参加完他的葬礼后写了一篇情深意切的纪念文章，名为《纪念一个死去的友人》（收入文集时改名为《纪念憾翁》）。文中巴金写道："你的死使神圣的抗战失掉了一个热烈的拥护者，使为正义奋斗的人失去了一个忠实的朋友。"他还深情地说："你太慷慨了，你为我打开了你那海似的心，让我的心灵在你的鼓舞、安慰、帮助下成长起来。……这些日子里都是你的笑声引起我的笑声，你的镇定和乐观增加了我的勇气，你的豪侠的精神净化了我的心灵。……我原是一个渺小的人，但我现在也知道为大义献身；我原是一个心贫的人，但我如今也愿意做一块木柴给人间添一点温暖。我始终是在朋友的庇护下面生活的。你正是那些能够了解我、鼓舞我、安慰我、督责我、帮助我的友人中间的一个。现在我又能够在什么地方找到更多的这样的友人呢？"② 在巴金的长篇小说《火》的第三部里，主人公田惠世为人善良谦逊，国难当头之时敢于挺身而出，以笔为

---

① 巴金：《关于〈海之梦〉》，载香港《文汇报》1979 年 7 月 8 日、15 日。

② 巴金：《纪念憾翁》，见《巴金全集》第 13 卷，第 492—493 页，人民文学出版社，1990。

武器，创办《北辰》杂志，号召民众抵御日寇侵略。这个人物形象便是以林憾为原型塑造的。巴金后来在自传中《关于〈火〉》一节中写道："看见这位和我一起共过患难的年长朋友在我眼前死去，我感到悲伤。参加了朋友葬礼后两个多月，我开始写《火》的第三部，就把他写了进去，而且让他占了那么多的篇幅。我在 1960 年 1 月修改小说的《尾声》时，曾经写道：'我们之间有深厚的感情。这感情损害了我的写作计划。'""我在小说里借用了那位亡友的一部分的生活、思想和性格。"①

　　林憾一生行医，但他一直对文学怀着热情的执着。他热心文学报刊的编辑出版工作，并为此耗尽心力。《宇宙风》杂志开始时是由林语堂任主编，陶亢德作编辑。1936 年秋天林语堂举家迁往美国后，就由陶亢德和林憾一起负责了。后来陶亢德投日做了汉奸，就只剩林憾一人主持。抗战爆发，杂志社于 1938 年 4 月 11 日迁到广州，同年 10 月因广州陷落而休刊，1939 年 5 月 16 日在桂林复刊。1943 年 2 月，林憾去世后，杂志由林憾的儿子林翊重接管，1944 年 11 月再度停刊，1945 年 5 月在重庆复刊，仅出 3 期又告休刊，1946 年 7 月在广州复刊，1947 年 8 月终刊。《宇宙风》前后共出版 152 期。林憾接手《宇宙风》之后，一心一意想办好这份杂志，并伴同着杂志历尽波折，呕心沥血，最终死于工作之中。这份杂志被文艺界誉为贯通抗战时期"硕果仅存"的杂志。林憾还对《宇宙风》的风格进行变革，改变林语堂创办之初的"畅谈人生""言必近情"的旨趣，发表了大量关注民族命运的文章，而且，林憾也亲自撰写了如《不战的损失》《主战论》等主张抗战的文章。此外，除了主持《宇宙风》外，林憾还创办并编辑了一些其他刊物，如 1938 年的《见闻》半月刊，1940 年的《西洋文学》《中国与世界》杂志等。

---

　　①　巴金：《关于〈火〉》，载香港《文汇报》1980 年 7 月 2 日、24 日。

除了为他人做嫁衣的编辑工作外，林憾也写了大量的诗歌及戏剧，在文学创作上有独到之处。1929 年印制的《影儿集》①是林憾的重要诗集，正文收有现代白话诗作 47 篇，并有附录收旧诗词近 30 首。其 47 首白话诗中有不少好诗，林憾在自叙中也提到，其中有几首是"高格调"的。如《秋的》一诗：一个清爽的午后，/我在林间散步游行。/苍绿的树荫里，/斜阳的光线特别金黄。/风从树间轻微地吹过，/声响由微细而静寂，/如同是人的叹息。/我微声的说：/"这是秋的叹息！"//在那宽旷的海上，/潮流和狂风激荡着，/碧绿色的波浪。/卷涌着白的波涛如雪，/秋风呼呼地飘拂作响，/音调由低微而激昂，/如同是人的呼啸。/我纵声喊道："这是秋的呼啸！"这首诗作于 1922 年 9 月 17 日，两两对比，前半部分安详平和，后半部分慷慨激昂；前者在林间树荫里，后者在狂风怒海中；前者是轻微的叹息，后者是激昂的呼啸。诗集里还收了 16 首编号的小诗，风格如同冰心的《春水》和《繁星》，既有一定智慧，也带着些许情趣。如《小诗》之五："船上安静的早晨，/我在舱里静坐——/唉哟，我的不可说的哀痛啊！"再如《小诗》之八："晚间僻静的游行，/月儿因为和我同情，/遂引着我前进。"又如《小诗》之十："树间歌唱的小鸟啊！/是我留恋着你——/还是你留恋着我呢？夜有些深了。"这些小诗无不诗趣盎然，感情浓郁。

总体看，《影儿集》的诗歌大多感情缠绵忧郁。有位署名海戈德的作者称他是个"多情的诗人"②。不过，其中也杂有壮怀激烈、呼喊革命的诗歌，如《镶红的军衣》一诗，作者质问几个穿着镶红军衣的军人："这鲜红得像鲜血一般的，/是你们自己流的吗？/是别人溅在你身上哟！……是你们用当表记，/表示你们的

---

① 1929 年由北新书局出版。

② 柯文博：《现代作家与闽中乡土》，第 36 页，福建教育出版社，1993。

残杀恐怖！/……要来威吓小孩子吧？/……威吓那农人工人吗？"接连几个问句，表达了作者的愤怒之情。还有一首写于 1922 年10 月 25 日的《祭牲》，面对两个报馆里的童工被无辜炸死，作者痛呼道："我的心狂沸着了！/我的心要炸裂了！/我们为什么流着泪？/我们为什么忍受着？/让我登昆仑的高峰，/狂呼唤起青年的生命：/起来！我们革命去！"

林憾之所以被称为乡土作家，主要是因为他创作了乡土诗歌《鼓浪屿竹枝词十首》。"竹枝"本是巴渝（今重庆市长江沿岸地区）一带的民歌，歌曲杂咏当地风物和男女爱情，富有浓郁的生活气息。这一优美的民间文学形式，曾引起一些诗人爱好并仿作。顾况、白居易、刘禹锡等都有仿作，此后文人亦多仿作。他们把自己以通俗形式写成的反映当地民风民俗的诗歌称为"竹枝词"。这种竹枝词在闽台一带也十分流行。例如清朝末年，萧宝菜曾刊行《鹭江竹枝词》一书，其中搜集了 300 多首竹枝词，反映厦门生活的各个侧面。[1] 林憾的《鼓浪屿竹枝词十首》最初刊于鲁迅编辑的《语丝》第 100 期（1936 年），后收入《影儿集》。他的竹枝词可谓是"旧瓶装新酒"，在继承竹枝词的优点的同时，又注入新的思想内容。他在《鼓浪屿竹枝词十首》的开篇就点明宗旨："南词北曲旧声多，到处笑歌奏又和。料得古歌君听惯，为君翻唱竹枝词。"可见他要突破"旧声""古歌"，旧调新唱。

旧调新唱主要表现在内容的突破。十首竹枝词具有反帝反封建的思想内容，带有鲜明的时代色彩。描写日光岩水操台的诗云："日光岩上水操台，尽有雄风扑面来。一自台湾割让后，采茶歌调带余哀。"作者凭吊水操台，缅怀郑成功，感慨万千。采茶歌为台湾一带民歌，多为男女酬答应合之辞。而诗中写的采茶歌自台湾沦陷后便"带余哀"，带有弦外之音。鼓浪屿一向以风

---

[1]　徐学：《厦门新文学》，第 64 页，鹭江出版社，1998。

光优美著称，作者也用优美的笔调描绘了鼓浪屿的美景。如："夏月清光碎碧波，中流鼓棹兴如何。为有清风能解愠，枕波席浪和弦歌。"短短四句便勾勒出月夜泛舟海面的美妙。但即使在写鼓浪屿美景时，作者也不忘国耻。鸦片战争后，鼓浪屿成了外国殖民者的聚集地，作者描写了鼓浪屿林立的洋楼，穿丝罗泳衣、戴泳帽在海滨游泳戏水的西娃（对外国人的蔑称）。这种场景多么的刺眼，使人深深地感受到丧权辱国之恨。

在西方列强的经济蚕食下，中国农村经济破败，许多闽南人被迫背井离乡，出洋谋生，留下妻子独守空房。林憾有好几首竹枝词写到少妇闺房之怨和相思之情。如："汽笛呜呜番舶开，鹭江潮汐水萦回。潮水有情去复返，小郎番去不回来。""皎皎冰轮上虎头，鹭江潮水向西流。暗想玉人何处所，清歌一曲思悠悠。""更深夜静月明时，江畔何人唱竹枝。迁客离人肠欲断，半缘调苦半相思。"这几首诗通过深闺侨眷静夜迸发的思绪，反映出侨乡当年带有普遍社会意义的夫妻离散的悲苦。[①]

林憾的竹枝词形象地表现了鼓浪屿的风物、民情、风俗，艺术上继承了竹枝词的传统特点，多用白描手法，音调朗朗上口，语言既有通俗的一面，又有古雅的一面，如鼓棹、绿罗、冰轮等词语明显受古诗词影响。

二、学者型作家林林

林林（1910—2011 年），学名林仰山，诏安人，著名作家、书法家、翻译家和外交家。林林是他在日本东京写诗时起的笔名，取自柳宗元的"总总而生，林林而群"。1927 年，林林在漳州龙溪第三高中学了一个学期后被召回家乡当小学校长，因自感

---

　　① 柯文博：《现代作家与闽中乡土》，第 30 页，福建教育出版社，1993。

学力不足，便多方学习充实自己，开始读蒋光慈的小说，接触创造社出版的《文化批判》等杂志，一心渴望进入大学深造，并开始学习写诗。1929 年夏，林林只身北上，就读于北平中国大学，1933 年毕业，旋即留学日本。在日本期间，他加入了左联东京分盟，办过《杂文》《东流》《诗歌》等文学刊物，常与郭沫若交往，得到他的支持。新中国成立后，先后担任我国驻印度大使馆文化参赞，中国人民对外友好协会副会长和全国政协第五、六、七届委员，中日友好协会副会长，日本文学研究会会长，中国书法家协会副主席，中华诗词协会副会长，郭沫若研究会副会长，中国作家协会理事。他以文学、书法著称中外。

　　林林 20 世纪 30 年代步入文坛，著有诗集《阿拉悦山》《印度诗稿》《雁来红》和散文集《崇高的忧郁》《海和船》《扶桑杂记》《扶桑续记》等，译作有海涅《织工歌》《日本古典俳句选》《日本近代俳句选》等。由于林林解放后主要从事学术研究和外交活动，其文学作品大多是在解放前写成的，所以我们将林林的创作放在闽南现代文学部分来论述。

　　林林素以诗人著称。1934 年，以红军长征为题材创作的短诗《盐荒》是林林的诗歌处女作，描写了因苏区被封锁后闹盐荒，父亲从军，母亲教给儿子取盐法。此后，他一生作诗不辍，出版有《同志打进城来了》《印度诗稿》《雁来红》《剪云集》等诗集多种。他的诗歌抒写革命者的情怀，富于时代气息。抗战时期，林林创作了大量与抗战有关的诗文，如 1938 年发表在《文艺阵地》的两首小诗《炸弹片》与《战尸的愁恒》，一方面歌颂了前方英勇作战的士兵，另一方面将蒋介石斥为后方的行尸走肉，讽刺其对抗战有害无益。在菲律宾四年（1941—1945 年）中，林林与当地人民并肩抗击日本侵略军，出生入死，屡历险境。在纷飞战火中，他写下了许多富有时代气息的战斗诗篇。回国后，林林将自己在菲律宾写的诗作汇成集子《同志攻进来了》出版，1950

年再版时改名为《阿拉悦山》。阿拉悦山是林林领导的游击支队活动所在地的山名。这本诗集是林林本人履艰历险的生活写照，也是中菲两国人民联合抗击法西斯的英雄史诗。诗中写道："中国人，菲律宾，和日本法西斯对抗，火对火，迸击而散出光焰……山上，留下日本人抛下的炸弹片，然而山上，也凝着日本人的血……"

林林的诗歌艺术风格多样，有些诗清新俊逸，比较唯美，如他写给井上靖的《梦之花》，在绮丽的诗句中，蕴含着深厚的感情："是因胡姬捧出夜光杯，/葡萄美酒引起你的醉意？/是因杨贵妃跳起胡旋舞，/惹得你眼花缭乱？"有些则较激昂慷慨，如《我得掌握我自己》一诗："哦，要做鸟，就做鹰吧，高飞的鹰！/哦，要做兽，就做狮子吧，勇壮的狮子！/哦，要做人，就做个不平凡的英雄！"

林林在诗歌艺术上还做了一件很有意义的事，就是创建汉俳。俳句是日本特有的一种诗歌样式，每首诗仅 3 行，共 17 个音，五、七、五句调，还规定季题——无季不成句。它在日本延续数百年，拥有广泛的群众基础。林林主张的汉俳就是用汉字写的俳句，也仅 3 行，但不是 17 个音而是 17 个字。20 世纪 80 年代初期，当林林同志与赵朴初、钟敬文共同倡导汉俳时，中国诗歌界对它还很陌生。汉俳出现不久，就引起了冰心的关心。之后，林林和冰心关于汉俳一直都有交流。写汉俳并不易，要以小小的诗体，即景抒情，给人宽泛的联想，留下长长的余韵。经过林林同志多年的示范和推广，汉俳现已在中国诗坛开花结果，有一定的影响力。林林所作的由冰心题写书名的汉俳集《剪云集》就受到人们的高度评价。袁鹰评论汉俳集《剪云集》时指出："《剪云集》中有些用白话写的作品，用韵在若有若无之间似乎可以窥见作者多方尝试开拓的用心。"金克木在一篇文章中为《剪云集》赋诗云："剪云片片成飞絮，俳句汉装欲斗艳"。程千帆也称《剪云集》新颖独特，"文场之异军，艺林之奇卉也"①。林林的汉俳，如他的《花木吟》9首，分别吟咏早梅、凌霄、杜若、睡莲、玫瑰、含羞草、牡丹、柿子、昙花，形象生动，意境幽远。如《凌霄》诗云："岂敢充花豪，/不攀大树怎扶摇，/有愧称凌霄。"又如《玫瑰》诗云："玫瑰与蔷薇，/美香易惹人伸手，/长刺来防卫。"汉俳的诞生，既为中国新诗增添了新品种，也在中日文化交流史上写下了美丽的篇章。

林林还是我国知名的散文家。作家陈大远曾评论他的散文说："虽是散文杂记，堪登词社诗坛。风骚清骨韵飘然，写出真情一片。"② 他的散文既是学者式的，又是诗意的，熔学问和诗情于一炉。说它学者式，是因为他的散文具有知识性成分。林林很看重做学问，认为"兴趣越广博，各方面常识知识丰富，做人就不会走窄路"，写文章就不会"蒙于一种偏见"，而且，丰富的知识"将会对读者起启发思想、增加知识和陶冶情操的作用"。③ 为此，他提倡随笔应添加"知识性成分"。林林的散文旁征博引，天文地理、古今中外，无所不谈。阅读他的散文，可以学到很多知识。在《劳动的音乐》一文中，作者描绘了南吕米圣安东纽山人民的民居建筑、舂米方法、劳作情景、男女对歌等，让读者了解到20世纪40年代南吕山区人民的生活情况。《印度的牛》通过描写牛在印度的地位，告诉人们印度人是如何在日常生活中爱护牛、崇拜牛，如何在绘画、雕像、文学中表现牛，以及因禁止杀牛而在历史上引发的教派之争。所以作者总结："印度的牛，像

---

① 以上三人的评语均转引自胡仰曦、崔琦：《林林的生平与创作》，载《日本学论坛》2003年第4期。

② 转引自顾子欣：《跨世纪的文化之星——贺林林同志九十四寿辰》，载《友声》2000年第5期。

③ 任伟光：《现代闽籍作家散论》，第217页，厦门大学出版社，1989。

一本复杂的书,其中牵涉到宗教、文学、历史各种知识。"在《闽中茶话》里,林林介绍了福建名茶产区的历史,茶叶的品种,泡茶的讲究和程序以及与日本茶道的关系,其中,还引用了许多有关茶的神话传说、历史典籍,材料极为丰富。像这样的文章在林林的散文集中俯拾皆是、不胜枚举。

一般来说,知识含量太多往往会喧宾夺主,冲淡散文应有的美感。但林林很好地将两者结合起来,熔学问和优美于一炉。其文笔清新雅致,富于诗情,使人读来如饮香醪。比如,在《乡思》中,作者以读贺知章的"少小离家老大回,乡音无改鬓毛衰"为契机引发自己对故乡的怀念,描绘了故乡的榕树、水牛、瓜果等,文笔优美,别有风姿。在《花道谈》一文中向国人介绍说:"花道既然是艺术样式,同样有它自己的美的原则。它要成为美妙的画面,必须注意线、块、色三个方面适当排比。就是要有浓淡、疏密、高低、强弱,奇偶参差,色彩变换等。插花的造型法是最重要的,需要生动活泼,千姿百态,令人神往。花道来自自然,也应返乎自然,富有自然美的情调。很有技巧的插花,看不出技巧的痕迹,那才是真技巧。在花道里,可以说花如其人了,插花人的修养、道德、信仰、情操等,不能不渗透到他所设计的花道艺术里面去。"作者用质朴又不失文采的语言,将日本的花道特色娓娓道来,既有知识性,又有文学性。

林林,人如其名,正如柳宗元所写的那样"总总而生,林林而群",他为中华大地这片茂盛的文学之林增添了一抹悠悠新绿。

三、闽南抗战诗人

抗战诗人陈桂琛(1889—1944年),字丹初,号漱石山人,别署靖山小隐,厦门人。1909年毕业于改制后的官立厦门中学堂,1912年以最优等成绩毕业于"福建优级师范学堂"数学选科,回厦后在思明、厦南、同文等中学任教。1916年,他在厦创办励志女校，开妇女接受现代教育之先河，1931 年到上海任漳泉中学校长、教育会评议等职，1937 年应聘前往菲律宾宿务中华中学执教，后改在古达磨岛中华中学任教。1942 年 5 月，他因不愿与日本人合作，与其他华侨入百雅渊深山，自耕自给，并援助抗日游击队，1944 年 6 月 7 日被日寇逮捕，忠贞不屈，惨遭杀害。抗战胜利后的 1947 年 4 月，菲律宾侨界人士在古达磨岛建立"百雅渊廿九位殉难义士纪念碑"，《碑铭》中写道："古岛华侨陈丹初先生等 50 余人，因不愿与敌合作，相率入百雅渊，以示反抗，自耕自给，备极辛苦。间曾援助抗日游击区，与游击队合作，遂为汉奸日寇所衔，于 1944 年 6 月 7 日，派大队日兵围捕，丹初先生等 29 人被掳，不屈受戮。忠心耿耿，正气磅礴，殊足以表扬我民族精神，而为华侨后辈之楷模。"① 1947 年 7 月，国民党政府内政部也颁发旌义状："查福建省厦门市陈桂琛旅居菲岛，从事教育工作，不受敌威胁利诱，被敌枪杀，殊堪矜式，应予褒扬，以资表彰。"②

　　陈桂琛精文史、工诗词、擅书法。1959 年，为纪念陈桂琛牺牲 15 周年，他的诗友苏警予、陈觉夫在马尼拉编辑出版了《陈丹初先生遗稿》，计收录陈桂琛的《鸿爪集》138 首、《北溪集》67 首、《抗战集》30 首、《投荒集》48 首，共 283 首以及 10 多篇短文。1969 年 6 月 7 日，陈桂琛牺牲 25 周年之际，旅菲华侨文教界在马尼拉编辑出版了《陈丹初先生成仁廿五周年纪念刊》，收集了先生的遗作，包括诗联、随笔、小简等，蒋介石题"义行足式"、严家淦题"浩然正气"、孙科题"碧血常新"、林语堂题"精忠报国"……陈桂琛一生赋诗千首以上，两次纪念刊收录的仅占总量 1/4 左右，随笔、短文也大量未录。陈桂琛的《抗战

---

　　① 　彭一万：《抗战时期旅菲诗人陈桂琛纪事》，转引中国侨网 http：//www.chinaqw.com.cn。

　　② 　同上。

集》30 首，连同 1931 年九一八事变、1932 年的一·二八淞沪抗战时写的 18 首，构成了中国现代文学上一部独特的抗战编年诗史。

陈桂琛在《抗战集》里愤怒地揭露日寇的狼子野心，歌颂抗战英雄，表达自己对抗战必胜的信心。1937 年卢沟桥事变发生后，他写了《抗战集》的第一首诗："卢沟桥撼海东鲸，澎湃风潮震旧京。遂使三忠化猿鹤，剧怜再战失幽并。平型暂阻长驱下，保定旋看小丑横。吟罢召旻哀故国，万民血肉筑防城。"诗中的"东鲸"指日本，其时它正想鲸吞中国；"旧京"指北京，"三忠"指佟麟阁副军长、赵登禹师长、杨芳圭团长，三人于 1937 年 7 月间在北平附近战亡。"猿鹤"指从军战死者。古幽州、并州即今河北、山西一带。"平型暂阻长驱下"，指 1937 年 9 月间，八路军在山西东北部平型关伏击日军、歼敌 1000 多人的战斗，此役沉重打击了敌人的嚣张气焰，阻止其长驱直下的意图。"小丑横"指被日寇占领。"召旻"是《诗·大雅》中的篇名，讽刺周幽王用人不当，国势衰弱，将遭灭亡之祸。此时，陈桂琛身在南洋，心系祖国，对日寇的入侵，愤恨交加，发出"万民血肉筑防城"的呐喊，表现出必胜的信心。第 12 首云："按兵不动误三刘，齐鲁雄师只自谋。竟有淮阴甘相背，幸从李晟早通喉。黑烟弥漫迷青岛，突骑纵横扰兖州。平汉平津游击战，肤功专仗后方收。"作者谴责韩复榘等人率领的齐鲁雄师贻误战机，坐视鲁北沦陷，而认为朱德、彭德怀所率领的八路军在抗战中立下了不世之功。

陈桂琛的抗战诗还详细描述日军在闽南一带烧杀抢掠的血腥罪行。作者描述厦门沦陷的情景，写道："故国乌衣事可哀，覆巢转眼化尘灰。换防妄效空城计，为镞翻成海盗媒。五百士惭田氏客，八千人陋李陵台。更怜孤垒炊烟绝，发炮犹遮敌舰来。"日军占领厦门、金门，侵入马尾，封锁闽江后，经常骚扰漳泉。

"威胁漳泉力已殚，闽江敌舰又翻澜。海疆纵使沦川石，幕府何妨转永安。投弹鲤城图毁灭，居心狠毒逞凶残。更怜唐刹开元寺，也厄妖魔体不完。"该诗写日军飞机轰炸泉州，连开元寺的佛祖、僧人都不能幸免，民众死伤狼藉，残肢断臂挂于树杈，惨不忍睹。

抗战诗人苏警予（1894—1965 年），又名甦，祖籍南安，居厦门。苏警予在青年时代就参加同盟会，积极宣传孙中山先生革命学说，后来致力于教育事业，历任厦门同文书院、励志女校文史教员，兼任《思明日报》《江声报》《厦声商报》主笔，并参加菽庄吟社、鹭江诗社的活动。1930 年，苏警予任新民书社编辑，曾经与陈佩真、谢云声合编《厦门指南》。1936 年底，郁达夫来厦门时，作为厦门著名诗人和书法家的苏警予，也在中山路天仙旅社与郁达夫会面。郁达夫与苏警予一见如故，相见恨晚，他们谈诗论书，话语投缘，见解时局，深有同感。临别时，郁达夫在苏警予的书画册上挥毫写下"岂有文章惊海内"的赠言。七七事变后，菲律宾菲华抗敌后援会主席李清泉电聘苏警予到马尼拉担任后援会秘书。日本侵略者入侵南洋，苏警予几经浩劫，幸免于难。苏警予的诗作有《菲岛杂诗》《乙亥杂诗》《朝气三十律》《鹭门名胜杂咏》《旷劫集》《离忧集》《新生集》《吟望集》《闻鸡集》《怀归集》《待旦集》《稀龄集》《松泉高咏图》《东坡生日诗词汇集》等，另有《唐人律诗之研究》《诗本事补》《食破砚斋谈艺录》等学术著作，总共 30 多种。[①] 苏警予的诗歌格调豪迈。如《挽林赣余烈士》："联吟鹭岛气犹豪，卅载匆匆白发搔。杜甫哀时诗作史，董狐书法笔如刀。安贫知命原吾辈，取义成仁愧彼曹。一死平生堪论定，千秋人共仰风高。"董狐是春秋时晋国史

---

① 陈芳、黄夏莹主编：《闽南现代历史人物录》，第 181 页，中国华侨出版社，1992。

官，以秉笔直书见称，被孔子誉为"良史"。作者怀念诗友，激扬义举，高歌抗日，以先贤为楷模，表达了对烈士林赣余的崇敬之情，以及与日寇的不共戴天之仇。

抗战诗人刘铁庵世居厦门，自称"鹭江人"。20 世纪 30 年代，刘铁庵在厦门行医，并以工余作诗、书法、篆刻，成为鹭门名士。日寇陷厦，刘铁庵与苏警予诸名士，不愿屈节事敌，弃家南渡菲律宾，悬壶行医于菲律宾马尼拉。20 世纪 70 年代末，刘铁庵回归故乡，数年后，病殁于厦门。刘铁庵遗作有《铁庵印存》、《铁庵诗存》（收诗近百首）。1941 年 3 月（日军侵厦两年余），刘铁庵自菲返厦省亲。回厦半年多（10 月返菲），他耳闻目睹日军暴行，家乡惨遭蹂躏，人民备受屈辱，激愤异常，"触事兴怀"，写下《鹭门杂咏》30 首。作者记载了日军的暴行，留下了很有史料价值的史诗，比如写虎头山日军枪杀同胞场所："颓垣破宇人烟绝，残水残山鸟迹稀。多少健儿渲血处，腥风犹挟怒涛飞！"写日寇占领下的厦门，到处设鸦片烟馆，毒害我国平民，"烟云吐纳便成仙"，"游乐场"（即妓院）遍镇南关（即大生里一带），并痛斥没有骨气的"文人"失身任"日军秘书"，哀吟老百姓"米珠薪桂食无盐"。当年，日军要求所有中国人路过演武亭必须向日军鞠躬。他目睹厦港演武亭日军驻扎处，行人须向日军鞠躬，怒诉："此行最是伤心处，演武亭前一鞠躬！"

第七节　厦门诗歌会等现代
闽南文学社团

闽南现代文学的蓬勃发展还体现在各地文学社团的涌现和文艺刊物的创办，有影响的社团有厦门诗歌会、"初社"、菽庄吟社、鹭江诗社、鹭华社、蓬薇社、海啸社、新刑社等；文艺刊物有厦门的《鹭华》《同文学生》《炉炭》《浮屠》《机轮》《艺苑丛刊》《灯塔》《闽南风》，泉州的《泉音》《枕戈》《喔喔》《晦明校刊》，漳州的《霞文钞》《芝山月刊》《龙溪青年》等。①

一、厦门诗歌会

厦门诗歌会是中国现代文学史上知名的地方性文学社团。1937 年 5 月 6 日，在中国诗歌会发起人、著名诗人蒲风的倡导下，闽南一批进步文艺青年组成了厦门诗歌会，由蒲风、李青鸟、童晴岚、陈亚滢②任理事，主要成员还有陈俊麟、连城、童丹汀、曾逸梅、吴汝舟、许文辛等人。该会章程由蒲风根据中国诗歌会章程起草而成，以推进闽南新诗歌运动、致力于中华民族的解放事业为宗旨。厦门诗歌会从理论到创作实践都受到了中国诗歌会所倡导的现实主义的深刻影响。他们提倡国防文学，致力于诗歌大众化，主张以诗歌鼓舞人民，打击敌人。诗歌会还举办了多次诗歌座谈会和朗诵会。厦门诗歌会对推进福建新诗歌运动起到了重要作用。1938 年 5 月，厦门沦入敌手。厦门诗歌会的许多成员离开厦门，奔赴各地参加抗战。至 1939 年 10 月，原厦门诗歌会部分成员和福州的诗作者，为团结一切力量抗战，再度联合，在晋江成立了诗歌战线社，出版了社刊《诗歌战线》，并在当地报纸开办诗副刊《半月诗坛》，由李青鸟负责编辑。《诗歌战线》开创时为月刊，但由于种种原因，到 1939 年秋就停刊，共出了 6 期。厦门诗歌会编有《厦门诗歌》《前哨诗歌》会刊，还出版

---

①　汪毅夫、欧声和：《福建文艺期刊见闻录（二）》，载《福建新文学史料集刊》第二辑，第 90—109 页，1982 年刊印。

②　陈亚滢（1915—1940 年），女，原名陈康容，永定县人，出生于缅甸，以陈亚滢的名字参加厦门的抗日救亡活动。她当时系厦门大学中文系学生，中共地下党员，在厦门诗歌会理事会中担任总务。1938 年 4 月，她在中共闽南特委举办的抗日救亡干部训练班受训后，回故乡开展工作。1940 年农历 7 月 16 日，她在永定被国民党政府当局逮捕，后壮烈牺牲。

了《打铁歌》等小丛书。

诗歌会诗人利用当时有限的诗歌园地，发表了许多鼓动人心、团结抗日的诗作。厦门诗歌会发起人之一童晴岚（1909—1979 年），原名童霁霖，厦门人。高中肄业后当过店员，早年曾在天津、上海、广州的诗刊上发表过作品。1937 年 6 月，他在蒲风的支持和鼓励下，发起、组织厦门诗歌会。抗战期间，他曾在广西、贵州的几所中学任教，发表了大量诗作。抗战胜利后他回到厦门，改名童雨林，在省立厦门中学任教。新中国成立后，他任厦门市文联副主席、厦门市文协主任、中国作家协会福建分会理事，1954 年，调福建师范学院中文系任现代文学教研室副主任。他主要作品有《南中国的歌》《中华轰炸机》《狼》《海堤诗草》和《童晴岚诗选》等。

童晴岚的作品秉承五四以来的新诗战斗传统，受到中国诗歌会现实主义理论和创作的影响，具有强烈的战斗性和浓郁的时代色彩。《南中国的歌》是童晴岚的第一本诗集，正如蒲风在序言中所说，其诗"唱出了破碎的农村，而且也唱出了不景气的都市市面。尤其是明察了我们的时代"，"他更能指出南中国的危机"，诗人"是无时不惦念着帝国主义的侵略，无时不在鼓吹怒吼之狂涛的"。[①] 诗集收诗有 10 余首，主要抒发作者对黑暗现实的不满和对光明的追求。在长诗《南中国的诗》里，读者看到的是一幅20 世纪 30 年代南中国的悲惨图景：乡村农民破产、衣食无着，或沦为盗寇，或进城为流民；城镇商业凋敝、工厂倒闭、工人失业。诗中写道："农民遭受深重的苦难，/弱的只是挨饿，/壮点的挺身为盗，/为着饥肠，/为着寒冻，要生活，/终于把危险抛到脑后，/竟造成了这个大匪窝，/前天东路白昼劫车，今晚南村星夜抢谷，/官兵说是要为民除害，/召遣了大队前来，/匪未剿，

---

① 蒲风：《南中国的歌·序》，诗歌出版社，1937。

先派下捐单，/漫说养不起父母妻子，/更须加上养兵的负担；/痛苦一丝没有减轻，/背上的负担一天天加剧/农村破碎了，农村破碎了，/投到都市的怀里去吧！……"流离失所的农民本以为城市是天堂，他们满怀希望和憧憬，"扶老、携幼、负包、担笼、背了田地，离了家乡"。谁知城市里也是危机四伏，浪人、恶棍横行霸道，外国侵略势力走私猖獗，商号纷纷倒闭，失业人数剧增，而当权者却不管人民死活，一味寻欢作乐，中饱私囊。作者选择了几个典型的城乡场景，用朴素的语言，白描的手法分别从几个方面加以渲染，真实地反映了人民的苦难生活。为此，作者满怀悲愤地发出："起来啊，/觉醒的人们！/怒吼吧，/南中国！/为民族的解放，/为人类生存的真理，/振一振你的威严，/和这野兽——帝国，/作个最后的斗争！"①

《九月的风》和《闽江》两首诗在艺术技巧上要比《南中国的诗》娴熟。《九月的风》以九一八事变为背景，写出"松花江变了色，/吴淞口也滚过红色的火球"。《闽江》将闽江人格化，诗人向她倾诉热爱之情，感谢她的养育之恩，担心她被异族欺凌，期望她能收敛起温柔的容颜，发出反抗的吼声。《闽江》一诗"与《黄河大合唱》中的'怒吼吧，黄河'有异曲同工之处"。② 这两首诗在艺术上都达到了较高的成就，特别是《九月的风》更是被蒲风高度赞扬："《九月的风》在内容、形式和音调上均是值得推崇的。……诗人不仅已有热的心怀，显然，诗人也有相当成熟的手法了。"③

1938 年，童晴岚又出版了另一部重要诗集《中华轰炸机》，诗集以"粗猛的音调、急速的旋律，唱出了八闽儿女反帝的爱国

① 童晴岚：《童晴岚诗选》，福建人民出版社，1983。

② 徐学：《厦门新文学》，第 78 页，鹭江出版社，1998。

③ 蒲风：《南中国的歌·序》，诗歌出版社，1937。

主义的最强音"。① 诗集出版之时正值抗战局势严峻，金门危在旦夕。他在《诗集》后记里激动地写道："载着中华民族揭起神圣抗战旗帜的现在……我们诗歌工作者虽然不能立即上前方，最少我们也要以最熟练的笔杆代表枪杆，使每一句诗句都是重炮、手榴弹。"② 童晴岚以诗为武器，向日寇喷火发射满腔的愤恨。而这种愤恨中流淌的是对故土的深厚情感，他把厦门比做亲娘，发誓要爱护她："那绿的海水，/那冲击着岩石的白浪，/那波涛的忽起忽落，/厦门港湾——我们的亲娘/我们爱护你。"眼看厦门就要沦陷，他痛心疾首："问问它吧，/汹涌的波浪：/南太武，/鼓浪屿，/厦门港湾，/是不是我们的？"诗人由此充满激情地呼喊："血的酝酿里，/一股热气/散步在/我们中华各地。/不信？/吴淞炮台/就是个先例。""厦门，厦门！/我不让你，/在敌人的威胁下白送——沦亡。"

童晴岚前期诗风粗犷热烈，语言通俗，多采用白描手法，但诗作手法比较简单，诗的形象有概念化缺点。此后，他在抗战征程中经受了磨炼，开阔了视野，诗作在思想和艺术上都提高到一个新的水平。抗战爆发后的诗歌形象生动，感情隽远，意味深长，如写于 1942 年的《夜》塑造了一个"以苍黄的小手指，疲倦地拨动着琴弦"的消瘦的卖唱女孩。作者以消瘦的女孩、颠踬的身影、幽怨的琴声、悲恻的歌声营造出一种伤感寂寞的氛围。全诗先抑后扬，伤而不悲，最后一节写"旅人"告别感伤情绪："失眠的心啊/反较宁静了；/而失踪的歌声呢？/将向辽阔的天穹/严肃地，悲壮地/果敢地歌唱吗？"诗篇的氛围、意境与戴望舒的《雨巷》颇为相似。在《小草》中，作者借被巨石压迫的小

---

① 黎舟：《福建新诗运动的先驱——忆童晴岚同志》，见《福建新文学史料集刊》第四辑，第 83 页。

② 柯文博：《现代作家与闽中乡土》，第 170 页，福建教育出版社，1993。

草抒发了自己的反抗意志。"为什么/我们要像一根枯黄的草儿/活在岩石底重压下/没有一点绿色呢?/为什么,我们/不伸出头颈/和阳光亲一亲/滋润滋润一下雨露呢?"这类比较形象的诗歌,在童晴岚这一时期的创作中还有《司机》《老马》《老牛》《远行者》等。

童晴岚为厦门新诗发展做出了巨大的贡献,被认为是"厦门新文学史上,土生土长的厦门人,以厦门生活为题材创作新诗的第一人"①。王亚平称誉他为"新诗运动的推进者"②。新中国成立后,童晴岚仍然诗情喷涌,创作了不少诗歌。

厦门诗歌会另一重要诗人李青鸟,原名李曦,字宾呐,闽侯人,17 岁时入福州格致书院读预科,后考进中学部。20 岁时他投考中华邮政被录取,从此进入邮政部门服务。抗战胜利后,李青鸟奉调赴台湾协助接收邮务组织,此后,历任宜兰、澎湖等邮局局长、总局设计研究会副主任。1991 年 9 月 13 日,李青鸟在台北病逝,享年 92 岁。他生平著述甚丰,但多数作品未结集,已出版的有《奴隶的歌》《解放集》《新绿的田野》等。他的诗歌《开战壕》《咱们的平津》《悲鹭江》《游击战颂》等明白晓畅,通俗易懂,有的是用民歌调,便于传唱。如《说金门》(仿新凤阳歌调)第一节:"说金门,道金门/金门本是咱家乡,/自从来了邝县长,/无心注意到国防,/民枪一律被缴尽,/不许民众有武装。/咱们没有枪和弹,/怎能保卫咱地方?"这首诗揭露了当时国民党政府官员执行不抵抗政策,痛斥日寇的侵略暴行,后来被蒲风选编进在广州出版的《街头诗歌》。《钢铁长城》一诗也因通俗流畅,由蔡朝阳谱曲后在群众中传唱。1937 年 12 月,李青鸟把自己的诗作汇集起来寄给在广州主持《中国诗坛》和诗歌出版

---

① 徐学:《厦门新文学》,第 79 页,鹭江出版社,1998。

② 柯文博:《现代作家与闽中乡土》,第 168 页,福建教育出版社,1993。

社的蒲风，得到热情的鼓励和支持。蒲风为这部诗集定名为《奴隶的歌》，并为之写了序，还选择了一幅木刻作封面画，并请当时途经广州的郭沫若题签。从联系该书印刷、校对，以至出书、发行，蒲风都亲自负责。1938 年 1 月 26 日，茅盾在《救亡日报》上撰文评述中国诗坛新秀的作品，说自己读过"歌咏这大时代"的 7 种诗集，其中就有李青鸟的《奴隶的歌》。①

二、初社与菽庄吟社

除厦门诗歌会之外，闽南比较有名的文学社团当属初社和菽庄吟社。

初社是抗战时期惠安诗坛的学术组织，成立于 1939 年，由林枕玉、涂去病、张斗南、张国辉、赵复纾、蔡受谦、张渔篷等诗人发起，林骚作指导。林骚，字叔潜，号醒我，晚自号半村老人，泉州人，光绪三十年（1904 年）进士，授镇江知县，因无意仕途，告假归里，致力吟咏，为一代诗人，著有《半村诗集》。初社历时 8 年，创作诗歌 1000 多首，编有《初社诗集》4 册，在闽浙一带颇具影响。初社社长林枕玉（1898—1945 年），原名锦玉，又名震陆，惠安崇武潮乐村人，著有《风尘心血集》《洞江唱和集》《枕玉诗草》，可惜诗集均毁于"文化大革命"。其诗歌《哀鹭岛》《悼郭副团长志雄暨大湖战役惠籍殉职诸烈士》《杂感》等无不表达出作家的忧患意识和爱国热情。初社另外一位重要成员涂去病（1900—1954 年），字希桓，惠安崇武人，泉州名医。《惠安历史人物传》记载："涂去病生活浪漫，性格豪爽，交往甚广，待人坦诚。……善作旧体诗，是'初社'的骨干。"他的吟稿多数作于抗日战争期间，不少内容流露出作者对祖国命运的关

---

① 陈松溪：《李青鸟与三个文学社团》，载《新文学史料》2004 年第2 期。

注，对抗战志士的敬仰。林骚曾对涂去病先生诗作予以高度肯定，他在《鹦鹉》后批曰："起势便佳，飘飘欲仙，用事典雅，芳草美人一联亦锦心绣口也。"称《村庄早起》"摹写如绘，出隽绝尘"，称《姑苏台》"慨以当慷，击碎唾壶"，评《落花》"清气溢纸"，《除夕》"清言娓娓，不同堆砌"。①

菽庄吟社是鼓浪屿菽庄花园的主人林尔嘉②于 1914 年 7 月创办的诗社。1944 年停止活动，前后长达 31 年，存在时间之长创下了我国文人诗社之最。诗社创立伊始就有吟侣 300 多人，几乎囊括了在厦的台湾诗人和厦门本土术有专攻的饱学之士。许南英、施士洁等台湾著名诗人，陈衍、林琴南等福建名士均雅集吟社。后来，吟社诗友更发展至近千人，范围遍及福建、湖南、江苏、浙江等省。吟社成立后，林尔嘉的住宅"座上客常满，杯中酒不空"。每逢"佳时令节，折简召南州名士高会于斯，偕游'藏山''补海'之园，看桥卧明波，听松吟翠岭，醉晴畦芍药，钱雨后黄花，偶然怆怀家国，则托诸于咏歌。厚涵乎万类，淡泊乎无营，非专寄其性情而已……日吟啸其中，煮茗焚香，评花量竹，视世俗之纷纷扰扰，漠然无所动其心"（《林公尔嘉传略》）。

菽庄吟社佳话甚多，而"以菊换诗诗换菊"的佳话最为后人所称道和向往。根据"来燕楼主"所写的《菽庄赏菊记》记述："菽庄艺菊，历有年矣。魏紫姚黄盛放之时，每举行菊花大会。……园中陈列菊花，色色具备。……客之来者，或评花，或

---

① 蔡友谋、胡毅雄主编：《闽南地方文献资料丛刊》第二辑，第 123 页，香港人民出版社，2005。

② 林尔嘉（1875—1951 年），字菽庄，晚号百忍老人。其父林维源为台湾首富。甲午战争爆发后，林尔嘉随父内渡，定居厦门鼓浪屿。他曾捐款 40 万元置办舰艇、兴练海军而获得侍郎衔。1916 年被选为厦门市政会会长，并连任鼓浪屿公共租界工部局董事会华人董事 14 年。林尔嘉自谓"爱诗如生命"，写有不少诗歌。

品茗，或题诗，或步桥，各适其意，各得其趣。"菽庄吟社还在全国范围内进行五次征诗、一次征词、一次征赋、一次征序，每次一个主题，共得诗、文、词、赋、序 12000 首（篇），评选出甲、乙、丙、丁四等，按等赠给图书券奖金；以书刊列每年征文的甲等作品，当年结集出版，每届的吟稿都出单行本，再汇编成册。后又择其佳者，出版"菽庄丛刻"8 种：《虞美人诗录》《黄牡丹菊诗录》《菽庄吟社七夕四咏、闰七夕回文合选》《帆影词》《菽庄三九雅集诗录》《壬戌七月既望鹭江泛月赋选》《菽庄小兰亭征文录》。1936 年，林尔嘉及菽庄吟社又出版"菽庄丛书"6 种：吕世宜《文字通释》、陈铁香《闽中金石录》、沈琛笙《寄傲山馆词稿》及《壶天吟》，林尔嘉《顽石山房笔记》、江煦《鹭江名胜诗抄》。"菽庄丛书"由江煦及林履信负责校勘，三年完成。这些书籍一出，各省风雅人士争相阅读，一再翻印达几万册之多。林尔嘉还将吟侣及社会名流祝贺他寿辰或结婚纪念的诗词，结集出版，如《四十寿言》《四十有八寿诗》《五十寿言》（第一、二篇是孙传芳、萨镇冰的文章）、《六十寿言》（有蒋鼎文、洪晓春、苏警予等人的诗文），此外，还有《银婚帐词》《结婚三十年帐词》《庚申咏菊》（全部为作者墨宝，孙道仁作序）、《菽庄梦中得句倡和集》等书。菽庄吟社体现的是雅士名流的文学之风，它的成立为旧体诗的发展提供了良好的生存空间，促进了厦门文学的发展。

第五章

当代闽南文学

第一节 概　述

1949 年中华人民共和国成立后，中国文学进入被称作"当代文学"的历史新阶段。伴随着共和国文学走进一个激昂热烈的抒情时代，二十世纪五六十年代的闽南文学也奏起放声歌唱新中国的主旋律。热情赞美新的时代，浪漫地歌颂祖国、民族、人民和领袖，一边是激情满怀地表达对未来美好生活的憧憬，一边是焦虑阶级的复辟和资本主义的卷土重来，文学更多地弥漫着政治的色彩和二元对立的斗争想象。这个时期，诗人蔡其矫以其赴向闽南大海的抒情，小说家高云览以其描绘厦门革命越狱斗争的长篇小说《小城春秋》，司马文森以其表现一位名门闺秀走向革命的长篇小说《风雨桐江》，为闽南文学赢得了很高的荣誉。

20 世纪 80 年代以来，闽南文学真正呈现出百花齐放的局面。无论是伤痕、历史反思文学思潮，还是知青文学、"寻根"文学的创作高潮，或是"寻根"后种种牵扯着新写实主义、现代主义、后现代主义的创作风气，都能在闽南文坛上烙刻下此起彼伏的时代印痕。20 世纪 70 年代末、80 年代初舒婷的出现，是闽南文坛近百年来的又一件大事,作为"朦胧诗"的一面旗帜,舒婷让中国乃至世界无法忘却文化转型时期的闽南文学。而此时漳州的小说创作群体,厦门的知青文学群落,泉州的散文作家群,也都以自己不凡的努力和创作实绩,宣示了闽南文学走向全国的发展趋势,也蓄积了诸如陆昭环的《双镯》和后来杨少衡、须一瓜等对于中国文坛的影响。

一、当代闽南诗歌

当代闽南诗歌有其辉煌的篇章,不仅是因为在整个 20 世纪后半叶的两个历史时期中,这里出现了代表着两个时期中国诗歌艺术的诗人——蔡其矫和舒婷,而且在他们的影响下,闽南涌现了一茬接一茬的诗歌创作群体,至今依然有年轻的诗歌团体活跃在闽南的都市和乡村。

蔡其矫从 1940 年开始写诗到 2007 年 1 月逝世,几乎从未停止过他的诗歌创作,他是中国当代诗坛很少有的保持了创作延续性而且不断有所突破的诗人。在政治标准第一的二十世纪五六十年代,他以赴向南方的大海、江河和贴近民间的情怀,吟咏着自己的良知世界,求索着艺术的升华,难能可贵地发出了自己的声音,在颂歌与战歌之外,为当时激情浪漫的诗坛,增添了一份独具诗歌精神和诗美追求的礼物;即使是在诗歌成为革命和斗争的"齿轮和螺丝钉"而要求诗人一个个成为"战士"的年代里,他也基本上没有付出人格和诗风扭曲的代价。因此,他那些写于二十世纪五六十年代的诗篇,像《船家儿女》《南曲》《鼓浪屿》《雾中汉水》《川江号子》,尤其是《波浪》和《双宏》等,都可以作为那个时代中国诗歌艺术的最佳代表作。

舒婷是中国当代诗坛的代表诗人之一,她与北岛、顾城等一起引发了新时期"朦胧诗"创作和理论争鸣的高潮。她的诗以一个普通年轻女性的身份作为抒情主人公形象,在优美动人的意境、真切细致的形象捕捉和闽南女性特殊的温情中，于那个刚刚从践踏人性的时代走出来的历史时期，倾诉着自我内在的柔情，寻找着失落的正义，充满着对人、人的价值的关切，表现着一种浓郁的人道主义情怀。她那时的诗忧伤、缠绵、悲怆，又带着对爱、对人的尊严和价值的呼唤，隐含着对于美好世界的期待。她的《致橡树》《祖国啊，我亲爱的祖国》《这也是一切》《双桅船》《神女峰》等是产生过极大"轰动效应"的诗篇，为亿万人所传诵。

　　作为闽南诗坛的旗帜，蔡其矫和舒婷的身后其实有一块很厚实的闽南诗歌土地，这块土地活跃着延绵不断的诗歌创作群体。新中国成立后，童晴岚、碧沛、李灿煌、王者诚、王尚政、陈钊淦等诗人活跃在二十世纪五六十年代诗坛，尽管他们的创作风格不尽相同，或豪迈激昂，或柔和优雅，但大都热情歌颂自己生活的这块土地和这块土地上的人民，倾向于浪漫现实主义的抒情方式。20 世纪 70 年代末到 80 年代，最能体现闽南诗歌创作实绩的是知青诗人。知青诗人是一个极富热情、极富生活底蕴和历史、生命思考的创作群体，他们曾充满了革命激情和青春活力，又经历了特殊的社会变革，在思想禁锢被打破，文学重新焕发生机的觉醒期，他们感慨大地的沧桑沉浮，感叹生命和情感的沉浮与变迁，抒写一代人关于祖国、关于父老乡亲、关于自我命运遭际的感受，唱着一曲曲对土地和人的"永远的恋歌"。知青诗人除舒婷外，主要的代表诗人有谢春池、陈志铭、陈仲义等，他们的诗歌体现了思想解放时代诗人们对诗歌艺术努力探索的精神。与知青诗人一样对闽南 80 年代诗歌做出贡献的还有鲁萍、洪泓、刘溪杰、许琼林、蔡芳本等，其中鲁萍的音乐抒情诗独具特色，他将音乐化的语言化为诗的语言，表达自己特殊的生命体验。90 年代之后闽南诗坛的活力，主要体现在一批 60 年代、70 年代初出生的年轻诗人的创作和诗歌活动上。漳州的陈道辉、安琪、张奇斌、李来有、卢一心，厦门的周丽、颜非、李可可、雷霆、江浩，泉州的施勇猛、叶逢平等，这批诗歌新秀创办诗歌网站，召开诗歌论坛，成立诗歌沙龙，出版诗歌集子，举办诗歌朗诵会，在商品经济的包围中，把闽南诗坛搅得蓬蓬勃勃，用他们对新诗的探索、追求和所达到的艺术高度，为新世纪的闽南诗坛注入了新鲜的、充满活力的元素，体现了闽南诗歌的希望，也预示着闽南诗歌今后的发展。

二、当代闽南小说

二十世纪五六十年代的闽南小说总体成就并不是很高，却因为诞生了两部重要的长篇小说，而让中国当代文学史无法忘却这块土地上的独特想象。这两部作品分别是厦门作家高云览的《小城春秋》和泉州作家司马文森的《风雨桐江》，两部长篇在那个时代都属于革命历史斗争题材的小说。《小城春秋》写的是 1930 年党领导下的厦门劫狱斗争事件，它通过四敏、剑平、吴坚、秀苇等知识分子的英勇斗争故事，表现了革命知识分子的英雄品质，在描写知识分子题材的小说历历可数的那个时代，《小城春秋》被认为"是当代文学史上的可贵的收获"①，与《青春之歌》一起构成知识分子题材创作"一南一北，交相辉映"的景象。《风雨桐江》完成 1964 年 1 月，描写的是 1935 年中央红军北上长征后，闽南沿海地区侨乡人民在共产党的领导下与敌人展开惊心动魄的斗争故事，小说通过出身名门望族的蔡玉华从一个名门闺秀成长为一位革命战士的艰难历程，表现了侨乡革命人物的成长，为中国当代文学画廊增添了一个"林道静"式的人物，小说有着浓厚的闽南侨乡特色。

---

① 张钟、洪子诚等：《当代文学概观》，第 345 页，北京大学出版社，1980。

　　20 世纪 80 年代以来，闽南小说有着长足的发展，小说的创作队伍空前壮大起来，漳州、厦门、泉州都形成了小说创作群体，时时涌现出一些优秀的作品，引起全国文坛对闽南小说的关注。

　　漳州可以说是当代闽南小说创作的重镇，从 20 世纪 70 年代末开始，以青禾、杨少衡和海迪为代表，漳州形成了一个久盛不衰的小说创作群体，这个群体还包括赖妙宽、何也、何葆国等一些更年轻的作家。青禾原名黄清河，他的小说大多"怀着温柔向人们倾诉"作者的爱，将"尊重、珍惜、歌颂人间纯真美好的感情，净化人的灵魂"作为小说创作的美学追求。① 小说流动着浓郁的南方小城特有的文化气息，关注以小市民为主体的城市民众的生活与精神状态，表现出朴素的人文关怀精神，通过明静和柔美的风格叙事，编织了一部部南方小城的风情录。但青禾也有像《寻找那个她》这样的探索之作，它穿透了通常的戏剧冲突展开人物意识内部的波动，从而表现出人类更复杂的精神状态。1999年，青禾参与了台湾推出的"小说三十六计"的写作，用 36 部历史小说的形式诠释中国谋略智慧的"三十六计"，青禾创作了 6部，引起了海峡两岸读者的兴趣和关注。海迪从他的处女作《偷鸡的人》开始，就是一个颇受文坛关注和批评的作家，他的《黑风谷》、中篇小说《再来四客冰激凌》在 20 世纪 80 年代、90 年代初的中国小说界有较大反响。与青禾不同，海迪在艺术上重视借鉴西方现代主义的象征叙事，作品以另类和先锋的面目而为人瞩目，常常通过人物的心理意识活动展开故事情节，充分展现了人的意识的流动性、非逻辑性，行文随意飘忽，跳跃性强。杨少衡是目前在全国最有影响的闽南作家之一。他的小说有《彗星岱

---

　　① 转引曾焕鹏：《温柔的人生意味——青禾小说创作刍议》，载《泉州师专学报》1999 年第 1 期。

尔曼》《西风独步》两本中短篇小说集和《相约金色年华》《金瓦砾》《危险的旅途》等长篇小说。在 20 世纪 80 年代、90 年代初，他的小说原本有着鲜明的"天将降大任于斯人"的使命感责任感，后来也意识到"潜藏于人们心中的那种与生俱来的痛苦"，创作便表现出某种文化失范时期人们普泛性的生命躁动和命运的再选择，但社会本位主体却一直是他最深厚的心理积淀，所以他的小说不管如何变化，总是离不开现实主义的精神和叙事。2000年以来，他沉潜于现实深处，以深厚的基层生活体验，创作了《钓鱼过程》《霸王阵》《水挺深的》《老林的枪》等一批表现基层官场的小说，探寻权力在现实境遇中的运行踪迹，为当下文学如何介入现实并抒写现实的体验，做了成功的艺术尝试，引起文坛较大的反响。

　　比青禾、海迪、杨少衡年轻的漳州小说作家是赖妙宽和何也。赖妙宽当过眼科医生，后来弃医从文。她的创作由少女的"花儿的芳香"开始，处女作《谁之过》以及后来的《花儿的芳香》《含泪的笑》《有这样一位姑娘》及其代表作《共同的故乡》，都是以一位多情无邪和略带忧伤的少女视角，去抒写纯真女儿们的寻美、求知和觅爱，叙述着她们在这一条路上的向往和忧郁，构置起一个温馨浪漫的理想世界。到了《街景》《天赐》《楼高》和《消失的男性》这批小说，她的叙事转向与"花儿的芳香"反差极大的世俗世界。世袭的阴影，现实的媚俗，粗鄙生存的精神挤压，都带上了生命之轻难以承受的沉重体验。一个理想浪漫，保持着一尘不染；一个世俗卑琐，丑陋、冷漠而沉重，作家就在这人性的丑陋与美好的交错中向往着精神的绿洲。她的传记长篇小说《天堂没有路标》塑造了中国著名的妇产科专家林巧稚的艺术形象。何也是闽南的山里人，但他非常注意学习现代小说的技法，因而，他的叙事总有那么一点山的野气，构思和叙事则又受西方现代派小说较深的影响。主题模糊，故事拉得很远很远，悬念迭起，又注重人物刻画，善于塑造闽南山乡中三教九流各色人等，叙事比较接近中国 20 世纪 80 年代后期的先锋派小说。漳州较有影响的小说作者还有何葆国和今声。何葆国的小说有强烈的批判色彩，今声则致力于微型小说创作。

20 世纪 80 年代以来，厦门形成了一个富有生气的小说作家群，小说创作成绩斐然。阎欣宁是个从军队转业到地方的作家，他认真探索小说的叙事艺术，叙事技法精当老练。他的短篇"三枪"（《枪圣》《枪队》《枪族》）和《极限三题》是 80 年代极热闹的军旅小说的名篇，叙事结构的精妙和人物刻画的准确，是可以作为短篇小说的写作教材来剖析的。90 年代以来，阎欣宁用更多的精力写作长篇和中篇，但依然是将最多的笔墨用在他所熟悉的在册或不在册的军人身上。他著有《金帆船》《铁券丹书》《秋白之死》《天狗》等。张力是位从厦门码头上成长起来的小说家，他总是带着呼啸的海风和闽南土地的豪气来到我们面前，叙事具有震撼人的特点。他的《别裂切迭》《蛇侠》《乌肥古》等小说，让人感受到那种大厮杀、大风流、大碗酒、大块肉的特殊风味。他的叙事喜欢传奇，喜欢风俗画，喜欢不羁的结构和人物，人物总被推到事物两极以突显性格的奇特性。谢春池也创作小说，他的中篇小说《喷薄欲出》和《东征之旅》无论是在"意识到的历史内容"开掘上，还是在"红色经典"的继续创作的艺术探索上，都称得上是成功之作，是闽南乃至整个福建文坛新时期创作的可喜收获。除谢春池外，厦门的知青作家群也是厦门小说创作的重要力量。须一瓜是近几年涌现出来的一位富有创造力的小说作家，她的《雨把烟打湿了》《蛇宫》《淡绿色的月亮》《第三棵树是和平》《穿过欲望的洒水车》等作品，在 21 世纪中国文坛上颇有反响。人们常用"机智""轻巧""复杂""精致"这样的词汇来评价须一瓜的小说创作，须一瓜的中篇被认为是当下中国小说成就的重要举证，是"拓展了中国小说的精神空间"的创作范例。她表现的是这个时代所忽略的人格、道德和生命价值，除此，她似乎还想说出一个疑难：这世界上的一切是否经得起生命的追问。而恰恰在这样的追问艺术中，须一瓜迈向了中国当代小说方阵的前列。

小说创作一向是泉州文学的弱项，但 20 世纪 80 年代以来却不再是这样。陆昭环的"惠女"系列和从北京回到晋江挂职的作家许谋清的"新乡土"小说，以及几位女作家的创作实绩，为泉州的小说赢得了不小的声誉。陆昭环的《双镯》《胭脂碧》等描写"惠女"的系列小说，是 80 年代闽南文学的亮点，它们以极浓厚的地域色彩和渔村的传奇性，抒写了惠安女们长期被遮蔽的苦痛命运，引起文坛的很大关注。与陆昭环一样从民间底层去开掘乡土文化题材的泉州作家还有潘年英、蒋维新等，潘年英有"人类学小说"系列《故乡信札》《木楼人家》《伤心篱笆》等，蒋维新有中篇《古厝》《银链礁》等。在泉州土生土长而后又从外地回归晋江挂职多年的许谋清，沿着鲁迅、沈从文的路子写乡土，并试图作出时代的超越性叙事。他精心提炼闽南方言，描绘故乡"海土"这片古老土地上发生的事情，细腻地挖掘海土人物的精神真相以及时代浪潮冲击下人物的内心变动，叙事极富闽南风味。他的《海土》系列小说被冠以"新乡土小说"之名，在躁动的 90 年代初期的文坛，引起很大的反响。80 年代的泉州小说界崛起一批女作家。描写一代高僧弘一法师的长篇小说《袈裟情缘》的作者潇琴，20 年来勤勤恳恳在小说领地笔耕不辍，先后推出了《爱情无童话》《绿苹果》《闽南秀》《大欲之魂》等作品。潇琴的小说呼唤真情与挚爱，有着自己对社会与人生的思考；寸月（原名戴冠青）的《梦幻咖啡屋》以 80 年代初女大学生及当代知识分子为原型，描绘他们的人生轨迹和思想变化；黄一虹的小说集《海祭》取材于身边人和身边事，以幽默的方式调侃着窘迫的人生。这些女作家的创作呼应了 80 年代后期以来女性文学的创作潮流。

三、当代闽南散文

散文是个大家族，闽南的散文作家队伍也较庞大。

在老一辈散文作家中，郑朝宗的散文无疑写得最老到最凝练，艺术成就最高。郑朝宗曾负笈英国剑桥，回国后一直在厦门大学任教授。他学贯中西，知识渊博，作品将学者的理性思考和个人的感性表达融为一体，天上人间学识，古今中外典故，信手拈来，于笔下游刃有余，且不露锋芒，沉淀为一种内敛的散文风格，平淡的叙述蕴含无穷韵味，厚重典雅，尽显学者风度。他的作品集有《护花小集》《海滨感旧集》《梦痕录》《海夫文存》等。

老一辈的散文作家中，泉州晋江的李灿煌以抒写乡情为己任，在那块有着厚重文化的乡土上，将自己的生命和文化关注，融入故乡鲜明的风物人事的描写中，他的散文有着浓郁的闽南色彩。厦门的傅子玖写大海和海峡的情思，他常在叙事抒情中融入小说的叙事因素，追求散文的华美。除此，王尚政、何骞、王钦之也都有散文佳作发表，而陈佐洱在 20 世纪 60 年代也曾经以他青春的书写引起闽南文坛的特别关注。

泉州的万国智是闽南较有思考的散文作家，有散文集《相会的独语》《"爱情之邦"的沦亡》《万国智散文选》等。他的散文在题材上可以分为三类：一是叙写故乡的山水人物、乡音亲情，如《浔江风水》；二是描写个人和身边的生活，如《焙花生》《不妨写信》；三是抒发现实的感受和思考，如《晋江，人和土地的传奇》《女儿岛的早市》《"茶王"大赛》等。万国智的散文比较有个性，注重现实世界的文化观照，追求文字背后的生活底蕴，具有浓郁的思辨色彩，常会在世事的现实和人类的行为活动中，悟出那么一点属于自己的人生道理。与万国智同代的散文作家是厦门的沈世豪和漳州的陈文和。他们的写作跨越两个时代，留下了革命激情燃烧和人道情怀呼唤的衔接印记，祖国、故乡、英雄、海峡两岸的同胞情缘以及新生活的理想，是他们热衷表达的主题。

20 世纪 80 年代福建散文界，曾有人提出一个"闽南三陈"的说法，这"闽南三陈"指的是厦门的陈慧瑛和泉州的陈志泽、陈瑞统。陈慧瑛著有《无名的星》《月是故乡明》《南方的曼陀林》《芳草天涯》、《归来的啼鹃》等散文集。她的散文写人记事、写景抒情，笔涉中国、东南亚与其他国家和地区的人物景色，特点是长于抒情，喜于渲染，文笔温婉绚丽，犹善于引古典诗词入境，追求秀润优美的风致。散文主调是抒写华侨的乡土之思、祖国之恋，怀人之作《竹叶三君》在 80 年代的中国散文界有较高的声誉。陈志泽有《相思树》《爱的星空》《阳光与灯影》《大地与履痕》《岁月的回声》等作品集。他借诗意化的散文笔法抒写故乡泉州的风土人情，笔触伸向泉州古城历史文化的细枝末节，侨乡的风物民情、仪式古迹，经他的抒情点化，增添了人生的况味和文化思考，别有一种亲切的情味。他的文章优美，熔情、景、理于一炉。陈瑞统的散文集有《刺桐赋》《写给大海》《泉州游踪》。他钟爱自己生活的泉州古城，将自我体验与泉州古城联系在一起，将古老的文明历史与泉州新时期风貌结合起来，以"一颗滚烫的心"描写古城的历史文化。与陈志泽不同，他写泉州古城更倾向写实的展示，以铺排人杰地灵的历史、丰富的文物胜迹、多元的文化艺术为泉州古城写照。

大海、白鹭、灵性的城市、优美的水光山色，造成了闽南文人多情的气质，许多出生或生长在这块土地上的女性，都会情不自禁地写出美文。20 世纪 90 年代以来，舒婷的文学耕耘主要转向散文园地，她的散文平实简洁，行文不露痕迹。她写身边的人、身边的事，自有属于自己的捕捉自己的体味，特别的生活气息，别致的人情俗事，于素朴中蕴涵着诗的韵味，耐人寻味。出生于厦门的斯好是以反叛散文的"三家模式"而走上写作天地的，她的散文风格多变，由优缓平和到朦胧荒诞，探索着散文世界的空间拓展，既先锋又典雅，既绮丽又深情，主要代表作有《两种生活》《橄榄树》《爱情是风》等。相较之下，林丹娅的散文更富有女性意识，她著有《人生的花季》《用痛感想象》《女性景深》等散文集，写作大多以女性的特殊体验，抒写"生命的流象""不死的思念""用痛感想象"等女性的成长和命运，女性特有的温馨中融入了性别的思考与反省，"龙吟细细"中有着一股书卷之气。

像诗歌、小说创作领域一样，知青作家群同样是当代闽南散文创作的中坚，厦门的陈元麟、谢春池、陈志铭、徐学，漳州的杨西北，泉州的蔡芳本等是至今笔耕不辍的知青作家。陈元麟有散文集《我们看海去》《爱的祈祷》等，他的散文实在，不玄乎，不造作，而以一个与时代共同体验过忧患和欣喜的成熟者，领你进入他的人生和世界，叙事中有不经意的感悟，行文犹如其人，严谨而内敛。谢春池则性情率真，有刻骨铭心的心灵抒写，有忧愤不平的坦然议论，阳刚激奋中依然透露着追寻心灵深度的努力，他有散文随笔集《寻找那棵橡树》《归来者的秋天》等。他的《惠东女人》是新时期福建报告文学的佳作。杨西北擅长叙事，散文集《在那遥远的地方》里的文章多为叙事性散文。他让笔下的人物在平凡的事件中闪烁出美好的人性光芒，无论是知青与村姑的爱情，还是自己对白薇的寻访，或是两个小女孩的结伴而行，都体现着作者对于美好人性的向往。而陈志铭行文的诚实，徐学用笔的辛辣，蔡芳本诗意化的叙事，也都体现了曾经是那么理想热烈一代青年在成长之后岁月回首的特殊姿态。

当代闽南散文就这样呈现出枝繁叶茂、薪火相传的景象。

第二节　个性诗人蔡其矫

诗歌创作是闽南文学的一个传统强项。自唐代欧阳詹开始，诗坛人才辈出。中国当代文学史上的闽南诗坛，创作生命最长久，诗情最激越，在当代中国诗坛上有重要影响的诗人，当属泉州晋江籍著名诗人蔡其矫。

蔡其矫（1918—2007 年），8 岁时全家迁居印尼。1938 年 5 月，他到延安陕北公学就读，年底转鲁艺文学系学习，1940 年在华北联大当教员，1948 年调到中央社会部。革命战争年代，蔡其矫写下了《乡土》《哀葬》《肉搏》《子弟兵战歌》《兵车在慈雨中前进》《人民解放军在前进》等一首首热烈、雄浑的战歌。这些诗歌描绘了战争年代解放区的生活和人民的浴血斗争，充满爱国主义的热情。《肉搏》写于 1942 年，作者以朴实的语言，如实叙述了一个惊心动魄的故事，写出了那场肉搏的血腥、残酷和惨烈，塑造了一个气壮山河的英雄形象。

新中国成立后，蔡其矫从中央情报总署转到丁玲领衔的中央文学研究所（后改为中央文学讲习所），从事教学、写作。这个从延安解放区走出来的诗人，自然也是与同行一样，以胜利者的姿态抒情，出版了《回声集》《涛声集》和《回声续集》三部新诗集，但这些诗并没有直接作出政治的歌唱，没有取当时流行的以自然景象嵌接政治思想的写法，而是在寄情大海的景与物、人与事的描绘中将柔情融入时代的豪迈。如《船家女儿》①："诞生在透明的柔软的/水波上面，/发育成长在无遮无盖的/最开阔的天空下；/她是自然的女儿。/太阳和风给她金色的肌肤，/劳动塑造她健美的形体，/那圆润的双肩从布衣下探露，/那赤裸的双脚如海水般晶莹，/强悍的波涛留住在她的眼睛。最灿烂的/是那飞舞着轻发的额头/和放在船上的手，/当她在笑，/人感到是风在水上跑，/浪在海面跳。"这是一幅对船家姑娘的极具特色的素

---

① 收入《蔡其矫诗选》，人民文学出版社，1997。以下所引诗句均出自该诗选。

描。作者用白描的手法描绘了渔家少女的本色美、自然美。就在那个政治激情高涨的年代，诗人依然怀着人道主义情怀，以真挚的心灵去感触世间的美丽，去抒写历史与土地，这就有了后来被人视为当代诗歌经典的《雾中汉水》《川江号子》《红豆》。在这些诗作中，诗人同情汉江的纤夫"赤裸着双腿倾身向前/在冬天的寒水冷滩上喘息……/艰难上升的早晨的红日，/不忍心看这痛苦的跋涉，/用雾巾遮住颜脸，/向江上洒下斑斑红泪"；甚至发出了"宁做沥血歌唱的鸟，/不做沉默无声的鱼"的呐喊。正因为诗人"不合时调"的创作个性，这些诗歌曾被认为表现了"不健康"的情调而受到批评，蔡其矫也被看成是一面"反现实主义"和"唯美主义"的"灰旗"。

1958 年，蔡其矫从中央文学讲习所下放到故乡福建。虽然命运多舛，但诗人仍然执着于诗歌创作，决心像智利诗人聂鲁达那样，写故乡福建的历史、地理、人文和习俗。20 世纪 60 年代初期，他借助闽南的大海写出《波浪啊》这样的诗章，把和个人的自由相对立的力量，称之为"强权"，在对波浪的赞美中昭示自由的信念："是因为你厌恶灾难吗？/是因为你憎恨强权吗？/我英勇的、自由的心啊/谁敢在你上面建立它的统治？//我也不能忍受强暴的呼喝，/更不愿服从邪道的压制；/我多么羡慕你的性子/波浪啊！""为了一次快乐的亲吻，/不惜跌得粉身碎骨。"写于 1975 年的《祈求》，是一首脍炙人口的名篇："我祈求炎夏有风，冬日少雨，/我祈求花开有红有紫/我祈求爱情不受讥笑/跌倒有人扶持；/我祈求同情心——/当人悲伤/至少给予安慰/而不是冷眼竖眉；/我祈求知识有如泉源/每一天都涌流不息/而不是这也禁止，那也禁止；/我祈求歌声发自各人胸中/没有谁要制造模式/为所有的音调规定高低；/我祈求/总有一天，再没有人/像我做这样的祈求！"诗歌从自然、爱情、生活、人际关系、知识和话语的角度出发，连用 7 个"祈求"排比，批判锋芒直指那个压制个性的浩劫年代，发出了祈求美好、真诚、善良和自由的呼声。

新时期以来，蔡其矫创作了许多独放异彩的诗篇，先后出版了诗集《双虹》《祈求》《福建集》《迎风》《醉石》以及诗选集《生活的歌》《蔡其矫选集》。蔡其矫这时期的诗，如果从表现的生活内容和特征来看，大致可以分为以下三类：一类是直接关注现实社会生活的作品，一类是寄情山水和自然景物的诗作，一类是表现爱情和友谊的诗。这时期的诗有《双虹》《祈求》《波浪》《落日》《灯塔》《悲伤》《时间的脚步》《漠风》《云海》《竹林里》《距离》《葛洲坝》《二月》《黄浦江上》等，这些诗依然内蕴着激情和思考，表现了独自守护自己的诗神的精神姿态，体现出一位撤出中心而在时代边缘追寻的独特诗人的生命光亮。他的爱情诗，渗入许多人生之爱和人生之泪，寄寓着生命的激越和美丽，感情深沉、柔婉而悱恻，是当代诗坛上独具个性特色的爱情诗章。《思念》《夜》《也许》《回赠》《感激》《泪珠》等是这方面经常受到赞扬的有代表性的作品。①

蔡其矫非常注重对东西方诗歌艺术传统的吸收、继承和革新。他幼年即受到中国古典诗词的熏陶，特别喜欢李白和苏轼，成年后深受惠特曼和聂鲁达的影响。他对惠特曼的生平与创作有过专门研究，并得到公木先生的肯定，后来又翻译过聂鲁达的诗作。他曾费尽心血把中国优秀的唐诗宋词翻译成现代诗，把西方优秀的自由诗翻译成汉语诗，并从汉赋、唐诗和宋词中吸取句式表达的音乐效果和意境美，从美国诗人惠特曼、智利诗人聂鲁达、俄国诗人莱蒙托夫、希腊诗人埃利蒂斯等西方杰出诗人的诗歌中，学习自由诗的结构句式、浪漫主义的表现手法、意象的建构以及史诗传统与超现实主义艺术手法的结合，甚至从福建民歌

---

①　丁永淮：《论蔡其矫的诗》，载《文艺理论与批评》1994 年第 6 期。

《只菜歌》中吸取重复呼吁的圆周句式和旋律表达。因此，蔡其矫接受了中外诗歌艺术的多种表现方法，在对艺术传统的兼收并蓄中形成自己鲜明独特的艺术个性。

第三节　高云览与《小城春秋》

高云览（1910—1956 年），出生于厦门，原名高怡昌，笔名高云览、高健尼、也鲁、高法鲁等，二十世纪二三十年代喜爱普罗文学，深受《洪水》《创造月刊》等文艺刊物的影响，经杨骚介绍加入"左联"和中国诗歌会。三四十年代在新加坡、马来西亚从事抗日进步文化活动。新中国成立后，他于 1950 年举家定居天津，1952 后开始专心致志地创作长篇小说《小城春秋》。其主要作品还有中篇小说《前夜》（1932 年由上海湖风书局出版），《春秋劫》（1946 年新加坡《现代周刊》连载）；剧本《夕影》《大岗》《没有太阳的早晨》，主要以控诉帝国主义侵略战争的罪行以及表现贫苦人民反抗压迫为主题；评论《救亡戏剧以胡弦譬喻说》《对戏剧艺术提高的一点意见》《论郭沫若》《通俗与媚俗的另一个解释》《陈嘉庚论》等；杂文《纪念鲁迅先生》《关于纪念鲁迅先生杂话》《我们所以悼念鲁迅先生》（演说稿）等。除此，他还发表散文《我们在旅途上》《重庆五月》，报告《孙夫人廖夫人访问记》《在桂南前线观察桂南战局》《一年来的中日货币战》《叶挺将军访问记》《抗战中的红十字会》，通讯《日本在桂南的自杀》《在炮火中苦斗的祖国士兵》《文化将军冯玉祥》《在祖国所见到的伤兵》《不放鬼子渡黄河》《一年来目击敌军的衰退》等，这些作品大多作于抗战期间，表达了作家坚决抗日的爱国热情。《记陈嘉庚先生在祖国》《陈嘉庚先生对祖国的影响》等则记录了陈嘉庚的事迹，歌颂了陈嘉庚先生的爱国精神。其中产生较大影响的作品是长篇小说《小城春秋》。

《小城春秋》1956 年由作家出版社初版，1961 年再版，1979 年和 1997 年人民文学出版社两次再版，2005 年以"中国当代长篇小说藏本"再次出版；小说曾被改编成连环画，拍成电影；被译成英文、法文、西班牙文、俄文、日文等文字。它与《青春之歌》一起被称为"当代文学史上的可贵的收获"①，与《青春之歌》一样，"都是专门写城市地下斗争的，一南一北，互相辉映"②。

与《青春之歌》的革命成长主题不同，《小城春秋》是通过共产党领导下的一次劫狱斗争，描述青年知识分子的革命斗争史实，表现革命知识青年的高尚品质。

1930 年 5 月 25 日，中共福建省委在厦门展开了一次震撼全国的破狱斗争，整个行动以迅雷不及掩耳之势速战速决，成功营救出被国民党关押的 40 多位革命者，史称厦门破狱斗争。高云览本人虽没有参加这次武装劫狱，但这次斗争轰动一时，新闻详细报道了破狱的全过程，并迅速传遍全国甚至东南亚地区，参加这次斗争的英雄们深深地感动了他，在他的心上留下了不能磨灭的印象，他觉得作为一个文艺工作者，有责任把它写出来。据高云览自述，这次劫狱事件发生不久，一位叫傅树生的共产党员将一本油印的关于记载劫狱的小册子给他，希望他写。高云览便以此为素材写了中篇小说《前夜》。《前夜》接近于 20 世纪 30 年代"革命"＋"恋爱"的小说，没能达到作家的创作意图，却为日后《小城春秋》的创作奠定了基础。新中国成立后，高云览从南洋回国，1952 年开始创作《小城春秋》，前后历时 4 年，经过十几次反复修改，才完成这部作品。作家曾说："我希望能用我坚

---

① 张钟、洪子诚等：《当代文学概观》，第 345 页，北京大学出版社，1980。

② 冯牧、黄昭彦：《新时代生活的画卷——略谈十年来长篇小说的丰收》，载《文艺报》1959 年 19—20 合刊。

持的劳动来完成严肃的付托。我不量力地想用我的生命来写这一件激动人心的史实，同时也纪念我旧日的同志、老师和朋友，他们每一个人的英勇就义都震动过我的心灵。"小说出版的前半年，高云览因肠癌医治无效去世，可以说这是作家用生命写成的一部小说。

《小城春秋》是在劫狱斗争和青年的爱情两条线索上展开小说情节的，小说以厦门破狱斗争故事为背景，以何剑平、陈四敏、吴坚、丁秀苇等青年知识分子的革命斗争和爱情生活为内容，展现了 20 世纪 30 年代前后中国革命形势和广大知识分子的思想、政治和精神风貌。作品联系 30 年代抗战前夕厦门这座通商口岸小城的现实情景，从狱外写到狱中，从监狱斗争写到劫狱胜利，通过何剑平、陈四敏、吴坚等革命青年与阴险狡诈的侦缉处长赵雄、叛徒周森的斗争，突出描写了革命青年知识分子无论在狱外还是在狱中，都英勇顽强，忠贞不屈，为自己的理想信念和革命事业，视死如归，不惜牺牲生命；并借助于剑平、四敏与秀苇的爱情，吴坚与林书茵的感情纠葛，表现了时代青年"爱情诚可贵，自由价更高"的革命精神和崇高的道德情操。

小说较为成功地刻画了不同类型的青年知识分子的形象。何剑平是个"纯朴、热情，绝少想到自己"的闽南热血青年，他从贫困中走向革命，在正确的道路选择中，他走出封建的家族仇恨，成长为一位忠贞的革命战士。他虽然性情耿直，性格冲动，不善谋略，但对革命忠心耿耿，四次的严刑拷打没能摧毁他的意志，为劫狱斗争的胜利不顾自己的生命安危。吴坚是报社副刊的编辑，他以自己的笔无情地抨击国民党对日妥协的政策，加入中国共产党后很快成为一个成熟的革命领导者，虽然带着知识分子的书生气息，却具有坚定的革命信仰和革命的策略性。入狱后与恋人相遇他保持高度的警惕性，面对特务头子赵雄的威逼利诱从容应对，领导狱中斗争思考周密清晰。四敏当过教师，待人诚恳热情宽厚，处事稳妥，外表像个好好先生，真正的性格却是铁骨铮铮，富有自我牺牲精神。妻子牺牲时，他以加倍的精力为革命工作，秀苇爱上他后则能理性地处理好自己、剑平与秀苇之间的关系，最后在越狱中为掩护自己的同志光荣牺牲。丁秀苇是个受过高等教育的女青年，虽然骄傲、任性，带着浓厚的小资产阶级的罗曼蒂克情绪，但她纯洁正直，富有正义感。被捕入狱后，面对敌人她嬉笑怒骂，毫无媚颜奴骨，追求"和海洋一样永恒的生命"，她对剑平、四敏的"脉脉温情"，正是一位热情的青年女性对于革命和革命者人生的向往与价值的追寻。除了这些革命青年形象，作品还描写了单纯的林书茵、唯美主义者刘眉和"孙克主义"学者丁古等形象，也成功地塑造了走在反动道路成为特务头子的青年赵雄的恶魔形象。整部小说以明快的笔触，充沛的热情，把 20 世纪 30 年代一些知识分子的精神面貌巧妙地表现出来，既体现了时代青年的共同特征，也表现了各个人物鲜明的个性，对于我们认识那个时代青年知识分子的人生道路和复杂的动向，具有重要的意义。

高云览喜爱《红楼梦》等传统小说，同时对于现代俄国小说也有所涉猎，这些都丰富了他的小说创作技巧。他特别注意人物的塑造，善于描摹人物的心理活动。小说对陈四敏、何剑平与丁秀苇三人陷入恋爱纠葛时的心理描绘生动，何剑平冲动而又能克制自己，陈四敏敏感而善于反省，丁秀苇单纯而多情，人物心态的展示同时突显了人物个性；对特务头子赵雄的不少心理描写，也有力地揭示了赵雄这个刽子手的阴暗心理，揭示他凶残无比的恶魔本性。小说较明显地汲取了传统小说和闽南文化的资源，对渔村的械斗和何、李两家的家仇叙事，对吴七这个江湖义士形象的刻画，以及充满了曲折和悬念的大劫狱情节，都具有中国传统小说的传奇色彩和浓厚的闽南地域色彩。这是本书吸引读者的重要原因之一，也是特点之一。

第四节　司马文森的小说与报告文学

司马文森（1916—1968 年），原名何应泉，笔名有林娜、林曦等，泉州人，9 岁时到南洋谋生，12 岁返乡读了几年小学，1932 年参加革命活动，次年加入中国共产党，主编地下刊物《农民报》。1934 年，由于地下党组织受到破不，潜至上海，加入中国左翼作家联盟，在《光明》《作家》《文学界》等刊物上发表小说、散文。抗战初期，在上海文化界救亡协会宣传部工作，抗战时期著有长篇小说《南洋淘金记》（当时未出版）。1941 年他在桂林创办当时大后方享有盛名的《文艺生活》月刊。抗战胜利后，他辗转至广州，恢复了《文艺生活》，又办《文艺新闻》。这两家杂志遭封禁后，他转移至香港改出海外版，并在香港及海外华人集中的地方建立分社，发起"文艺生活社"社员运动，社员多达1500 人，"对香港文学的推动、培养香港本土青年作家也起了积极的作用"①。1946 年，他在香港任中共南方局文委委员、香港《文汇报》主编，1952 年被港英当局逮捕，获释后回内地，负责筹建中国作协广东分会，主编《作品》杂志。1955 年任中国驻印尼大使馆文化参赞，后任中国驻法国大使馆文化参赞。1962 年回国担任对外文化联络委员会西亚司司长，1964 年出版长篇小说《风雨桐江》。他在"文化大革命"中遭受迫害，于 1968 年含冤去世。司马文森著有小说集《一个英雄的经历》《寂寞》《孤独》《奇遇》《危城记》《蠢货》，长篇小说《雨季》《南洋淘金记》和《风雨桐江》。

司马文森的小说创作大体上有两类题材：

一是写东南亚人民和华侨的生活。这些作品主要有短篇小说

---

①　曾敏之 1997 年 5 月 17 日致朱水涌一信。

集《菲菲岛梦游记》《我们的新朋友》和长篇小说《南洋淘金
记》。写于 1941 年的《菲菲岛梦游记》，是他为"少年文库"写的
一部 8 万字的长篇童话。小说以一个 12 岁儿童梦游菲岛的见闻为
线索，描写了菲律宾人民的劳动生活、华人和土著的密切关系、
华人劳工的不幸命运、殖民侵略者的罪行等。1943 年创作的中篇
小说《妖妇》，以近乎冷酷的叙述，描写一个青年女性千里寻夫
而遭蹂躏、最后被驱逐出境的悲惨故事，冷静中表现出作家深沉
的人道情怀。《南洋淘金记》写于抗战时期，修正稿完成于 1949
年 9 月从香港北上的船上。小说以菲律宾的岷埠、巴那第地区为
活动背景，通过一个 14 岁少年何章平的谋生经历，广泛地反映了
二十世纪二三十年代之交的菲律宾华侨社会，为我们展现了一幅
幅斑斓的华侨生活图景。小说写到九一八事变之后，菲律宾"整
个侨区就像一座火山似的爆炸了"，再现了菲律宾华侨的反日爱
国运动。《我们的新朋友》主要抒写东南亚人民与中国人民的友
谊。在小说里，马古鲁岛的姑娘、沙拉迪加的农民、答厘海滨旅
馆前卖纪念品的小姑娘们、训练"福鸟"讲中国话的里娜无不对
中国人民表示了最热烈的欢迎。在这些作品中，司马文森往往还
将笔触深入到侨民的内心深处，挖掘中国人身上的心理弱点和国
民劣根。

二是反映抗日战争和革命斗争事迹。八年抗战生活在司马文
森的生命中烙上了不可磨灭的印迹，抗战生活是他创作的重要源
泉。《战歌》写被俘后宁死不屈的中国军人，《呆狗》写一个受民
族自尊心触发而投案自首的贩毒青年，《战工第八十三队》描述
到敌人后方去组织民众、发动游击战争的知识分子，《少年队》
刻画一位引爆手榴弹与敌人同归于尽的少年英雄，《荔枝姑娘》
讲述的是一个被抓进慰安所仍坚持做抗日工作的船家少女的故
事，《入籍》写坚决拒绝为日本浪人兜售日货的小商人，《壮丁》
描写在泉州车站行刺日本军官的壮丁。这类作品集中刻画了一批

不同身份却都很普通的抗日英雄形象。

　　1964 年 1 月完成的长篇小说《风雨桐江》是这方面的代表作。《风雨桐江》描写的是 1935 年中央红军北上长征后、闽南侨乡人民在党的领导下与敌人展开惊心动魄斗争的故事，表现了侨乡革命新人的涌现和成长。蔡玉华是小说中塑造得最生动的人物形象。她出身名门望族，容貌秀丽，在刺州高中时被人称为“校花”，在禾市（厦门）读大学时，认识了地下党员林天成（德昌），两人受组织派遣，回到刺州开展地下斗争。由于叛徒的出卖，刺州的党组织遭到破坏。他们便把斗争的重点从城市转移到农村，在青霞山建立起革命根据地，打开了斗争的局面，同时在刺州地区坚持开展地下斗争。由于吴启超的阴谋和陈聪的叛变，林天成和蔡玉华相继被秘密逮捕。在狱中，蔡玉华坚贞不屈，在恶劣的条件下，仍然寻找机会为革命开展工作，启发看守班长李德胜的阶级觉悟，取得他的同情，与吴启超的情妇加使女“小东西”建立友谊，最后她在“小东西”的帮助下，脱离虎口。由于吴启超在报上登载了一份伪造的《蔡玉华自新书》，逃出虎口的蔡玉华无法得到党组织的信任，经历了一段相当苦闷的日子。经党组织的审查后，她被分配到游击队当政治教员。经过血与火的考验，成为刺南特区游击支队副政委，“她像颗刚出土的钻石，斗争把她磨出了光辉”。小说生动地描写了一个名门闺秀成长为一位革命战士的历程，为中国当代文学的人物画廊增添了一个“林道静”式的人物。

　　这部作品在艺术上也达到了较高的水平，叙事规模宏大，结构严密精巧。小说以老黄来刺州开展农村武装斗争为主线，以若干主要人物的命运为副线，故事连贯而不跳跃，比较接近中国传统小说的叙事风格，具有浓厚的民族色彩。全书有名有姓的人物 80 余人，不少人物写得有声有色。难能可贵的是作者并没有受写作年代盛行的阶级决定论和血统论的制约，在人物角色的设置上，"把宗族家庭、阶级地位、社会交往、文化教养和道德品质错综结合，展示出丰富多彩的人性和人生形态"①。作者对特定地区的风光、民俗风情刻画得纤细入微，把福建侨乡的革命斗争历史、社会状况、风俗民情图画融为一体，具有浓厚的闽南风味。

司马文森对我国现代报告文学运动有着重要贡献。抗战爆发后，他受党的委派，从上海到广州国民党军队工作。在此与周钢鸣等领导了南方的工农兵文艺通讯运动，成为文艺通讯运动广州总站（包括广州、福建、贵州和湖南部分地区）的主要领导人之一。这个时期，他的理论著作《文艺通讯员的组织与活动》成为南方文艺通讯运动的理论指导书之一，提出"文艺通讯员运动"的"主要意义应该是把文艺从狭隘的圈子解放出来，把文艺运动从少数的作家身上，从少数知识分子身上，展开成为一个广泛的群众运动"。在他的指导下，广州文艺通讯总站举行了"五月文艺通讯竞赛"，推动那时报告文学的发展。

从 1938 年 7 月开始，司马文森先后发表了《死难者》《模范老爷》《粤北散记》等一系列报告文学作品。1940 年，出版了报告文学集《粤北散记》《一个英雄的经历》和中篇报告文学《记尚仲衣教授》，其中《瀚江的水流》和《记尚仲衣教授》是抗战时期报告文学的优秀作品，当时香港"文协"还专门为《记尚仲衣教授》的发表举行过座谈会。

司马文森的报告文学既努力表现中国军民保家卫国行动，也勇于揭露国民党消极抗日，鞭挞那些贪生怕死、甘做亡国奴的自私者。《乡村自卫团》《少年队》《瀚江的水流》《一个英雄的经历》等描写中国军民为保卫自己的家园英勇战斗的事迹；《野火》《在山谷中》和《大时代中的小人物》暴露国民党的无能，揭露不顾国难、梦想升官发财小人的嘴脸。司马文森自己最满意的是

---

① 王福湘：《司马文森论》，载《学术研究》1998 年第 6 期。

那些"人物志"的报告文学。他自己对中篇报告文学《记尚仲衣教授》"颇为满意"，这是作者在文化人无用论盛极一时的时候作出的一个沉默的回答。尚仲衣是一个正直的爱国知识分子，勇敢的文化斗士。他留学美国，获得博士学位，回国后在北平当过大学教授，因支持一二·九运动被诬蔑为"共产分子"。抗战前夕，他放弃了"奢侈的大学教授生活"，来到上海参加全国救国会。抗战爆发后，他担任了第 X 战区政治部的一位上校组长，工作积极，敢于抵制不良之风，受到那些"狗似的人"的排挤和迫害，最后死于反动派制造的车祸中。

司马文森的报告文学，表现手法比较多样，避免了抗战初期报告文学直接记录经验、手法平铺直叙的毛病，给人具体的、真实的、生动的感受。

在中国当代文学史中能够占有一席之地的闽南作家并不多，司马文森是其中一个。《中国现代小说史》对他的概括是："传奇生涯，开阔艺术。"① 他的创作为现当代闽南文学增添了光彩。

第五节　新时期的代表诗人舒婷

舒婷（1952—　），原名龚佩瑜，祖籍泉州，1952 年生于漳州石码镇，生长于厦门，现为中国作协理事、福建省作协副主席。她于 1969 年下乡插队期间开始写作，诗作在知青中流传，并流传到蔡其矫手中。蔡其矫看重她的诗才，与她通信并不断抄诗给她，指导她阅读了聂鲁达、波特莱尔等人的诗作，开阔了她的艺术视野。1978 年，舒婷应约在北岛、芒克主编的油印刊物《今天》创刊号上，发表了诗歌《致橡树》和《呵，母亲》，从此开

---

① 司马小苹：《怀念父亲司马文森》，载《中国统一战线》2005 年第 12 期。

始在《今天》和福建的油印刊物《兰花圃》上发表诗作，获得了
许多文学青年的喜爱。以《今天》为基地，舒婷与北岛、芒克、
顾城等在中国诗坛上掀起了一股"朦胧诗"创作大潮，引起一场
关于诗的"美学原则"和"新诗创作问题"的大论争，带给文坛
极大的震撼。舒婷的诗集有《双桅船》《舒婷、顾城抒情诗选》
《致橡树》《祖国啊，我亲爱的祖国》《会唱歌的鸢尾花》《始祖
鸟》《舒婷的诗》《最后的挽歌》等。她的《祖国啊，我亲爱的祖
国》获 1976—1979 年全国中青年诗人优秀作品奖；《双桅船》获
中国作家协会第一届新诗优秀诗集奖。1985 年以后，舒婷诗作减
少，主要转向散文创作，有散文集《心烟》《硬骨凌霄》《露珠里
的诗想》《柏林：一片不发光的羽毛》等。她的作品被翻译成 20
多国文字，并在境外出版 5 个语种的诗集单行本。

舒婷崛起于 20 世纪 70 年代末的中国诗坛，其间虽然也转向
散文写作，但诗歌创作延续到了 90 年代。其诗歌创作具有阶段性
特征，大约可以分为三个时期：70 年代末到 80 年代初期、80 年
代中期到 80 年代末、90 年代。

第一个时期即被称为"朦胧诗"时期，这时期舒婷诗歌的创
作影响最大。她和北岛、顾城、梁小斌等以迥异于前辈的诗风登
上文坛，树立了诗歌抒情主人公的个性，开启了中国当代历史变
革时期的一代诗风。跟与她同时代的朦胧诗人相比，"舒婷独特
的艺术个性就在于她很少以理性姿态正面介入外部现实世界，而
是以自我情感为表现对象，以女性独特的情绪体验辐射外部世
界，呈现个人心灵对生活熔解的秘密"①。舒婷这一时期的作品充
满浪漫主义与理想主义色彩，是一个忧郁痛苦的理想歌唱者，诗
歌主要表达对个人价值、生命意义、自由理想、平等爱情的追

---

① 朱栋霖、丁帆、朱晓进主编：《中国现代文学史 1917—1997》下
册，第 143 页，高等教育出版社，1999。

求，表现了一种自我与时代双重复合的情感特征，流露出一种乳汁般的醇美，代表作如《致橡树》《致大海》《墙》等。繁复的诗歌意象、传统象征手法的使用以及清新流畅的语言，使得她的诗歌更近于一种情绪的委婉倾诉。意象的使用往往形成较鲜明的对比关系，一类是木棉、大海、土地，一类是凌霄花、暴风、沙漠，这些意象多取自自然和闽南特有的事物。此外，诗歌经常使用转折、让步、假设等虚拟语序，一方面使情绪的表达更为委婉曲折，另一方面也表达一种自我承担与牺牲的精神。如《会唱歌的鸢尾花》的"如果子弹飞来/就先把我打中"，《献给我的同代人》的"为开拓心灵的处女地/走入禁区，也许——/就在那里牺牲/留下歪歪斜斜的脚印/给后来者/签署通行证"，《人心的法则》的"假如能够/让我们死去千次百次吧/我们的沉默化为石头/向矿苗/在时间的急逝中指示存在……"舒婷的诗歌还表达了对于女性命运的关怀，如《惠安女子》《神女峰》等，但这并不代表着舒婷的诗高唱女性主义。尽管《自画像》中塑造了一个"任性的小林妖"，一反传统女子的柔顺，招之不来，挥之不去，但作为一个追求自我价值和尊严的女性，她还是更愿意为"炭"为"土"，"如果你是火/我愿是炭/想这样安慰你/然而我不敢……你没有问问/走过你的窗下时/每夜我怎么想/如果你是树/我就是土壤/想这样提醒你/然而我不敢"（《赠》）。

1982年后舒婷搁笔三年，三年过后，"朦胧诗"的高峰期已经过去，新的一代诗人出现，他们宣布"朦胧诗"已经"死亡"。时代变了，舒婷再次执笔时诗风同样也有了变化，她的诗歌创作进入第二个时期。这个时期舒婷诗歌的叙事成分明显增加，出现了一些叙事诗如《别了，白手帕》讲述一个爱情故事，再如《老朋友阿西》记录与朋友相处的点滴，用诗的形式记录一个完整的故事情节，诗风摆脱早期浪漫与理想主义色彩，更具有现实特征，也夹带着现代派诗歌的一些痕迹，甚至有点荒诞意味，如

《旅馆之夜》。她诗歌意象的攫取不仅仅来自自然，还出现了一些都市意象，如绿灯、红灯、流行歌曲、咖啡馆等，意象的组合奇特，表意隐晦抽象，诗的韵律也不如早期诗的齐整。这时期的诗歌依旧保持对于女性的关注，但那个"任性的小林妖"变成"心甘情愿的女奴"，"小屋/自己的小屋/日夜梦想/终于成形为我们的/方格窗棂/分行建筑"（《女朋友的双人房》），诗人自然也还歌颂着女性的情感品性，如《水仙》。这样的变化只是对诗所做的一些尝试，诗人的创作基本上保持原先的风格。但面对 20 世纪 80 年代中期以后的文学转型，舒婷的诗创作同样陷入了困境，一些诗歌也记录了作家的矛盾心理，"在湖漪的谐震里/我颤抖有如一片叶子/任我泪流满面吧/青春的盛宴已没有我的席位/我要怎样才能找到道路/使我/走向完成"（《日落白藤湖》）。这样的困惑持续到 90 年代。这一时期作家诗歌数量明显减少，其重心转向散文写作。

　　20 世纪 90 年代舒婷的诗风有了较大转变，她对自己浪漫唯美的诗歌进行了一次尝试性的反叛。这时期的诗歌接纳了现实生活的各个方面，日常的、琐碎的、庸常的生活碎片，日常化的语言，反讽的语气，荒诞的色彩，这些早期作品没有的情绪与话语方式，却在 90 年代的诗歌中频频出现。"好朋友不宜天天见面/顶多两天打一次电话/好朋友偶尔在一起吃饭/最好各付各的账/好朋友禁止谈恋爱/宁可给他心不要给他嘴唇/好朋友不幸成了你的上司/赶快忘记他的绰号。"（《好朋友》）这类似打油诗，没有理想美好的友谊向往，没有蕴涵情愫的意象，只剩下最实际的生活交际，戏谑中带点无奈；还有《离人》："'多情只有春庭月/犹为离人照落花'/丈夫拎行李上波音飞机/当一回离人过把瘾……'山远水远人远　音信难托'/因此打长途电话……"古典、优美、理想都在现实中被肢解，戏谑与自嘲可在当中感受得到；再如《给东京电脑人回信》："红衣裙的女孩/第六或第七次自摩天大楼/头朝下掠过你的长窗/堕落/堕落/你才模拟出一声尖叫/发表在母国杂志上/现在你有了理由/以恐高症自怜。"与"朦胧诗"时期的抒情主人公判若两人，带着荒诞气息。此时，"臭袜子""葱花蛋汤""垃圾桶""空调机"等被引入诗歌，语言日常口语化，失去了早期的崇高、激情、单纯和典雅，却表示着作家对人对世界思考的深入，这一时期的代表作是长诗《最后的挽歌》。这首诗是舒婷在 1997 年居德国柏林写作期间完成的，完整地体现了作家 90 年代的诗歌风格，带有诗人自我总结的意味，名字本身似乎也透露出这样的信息："一棵木棉/无论旋转多远/都不能使她的红唇/触到橡树的肩膀/这是梦想的/最后一根羽毛/你可以擎着它飞翔片刻/却不能结庐终身……" 90 年代中国社会发生巨变，文人"失重"，价值难于确定，于是诗人写道，"画家的胡子/越来越长越来越落寞/衣衫破烂/半截身子卡在画框/瘪三抽着主人的万宝路/撕一块画稿抹桌/再揉一团解手/炒鹅蛋下酒"。诗人表达了时代的精神焦虑，却也没有放弃精神追求的执着，"然而大漠孤烟的精神/永远召唤着"，"这个礼拜天开始上路/我在慢慢接近/虽然能见度很低"，个性在诗中再次体现。舒婷诗歌创作在 90 年代的蜕变，这当中虽有得有失，但她对于诗歌艺术的执着与努力，却是不变的。

20 世纪 80 年代中期以来，散文在舒婷的创作中占有很大的比重，她的散文以生活散文为主，在日常生活的叙写中感悟人生乐趣，即便是琐碎庸常的衣食住行，育儿养花，买菜做饭，在舒婷笔下也有了另一番滋味，常常体现出一种甘愿淡泊、避免尘嚣的人生态度，感性直观，真诚而又充实，读之亲切而有情趣，如《花事》《家传之累》《好汤送苦夏》《我儿子一家》《儿子的天地》；一些散文则再现女性在家庭与事业间的进退唯难，反映女性角色扮演的困境，如《两栖女性》《给她一个足够的空间》；写知青题材的散文取材于自己生活过的闽西，讲述边远山村普通人的故事，凄美含蓄如诗，有着牧歌情调，如《心烟》《小桥流水人家》《梅在那山》。散文集《柏林：一片不发光的羽毛》写印象，写直觉，采用了许多西方文学中常用的手法，是舒婷尝试散文新写法的成果。正如作家自己所说，其基本特点是"尝试'跨文体'写作结构，让许多文体串缀起来，资料、文献、日记、诗作，多体混杂的'诗意缝缀'"，这种尝试是对现代散文的一次变革。作为生于闽南长于闽南的作家、诗人，舒婷的诗歌、散文总是将闽南人独有的情感和人文精神融会贯通在创作中，带有自然浓郁的闽南风味。

主要参考书目

（乾隆）《泉州府志》。

（乾隆）《晋江县志》。

（嘉靖）《永春县志》。

（乾隆）《鹭江志》。

（道光）《厦门志》。

（民国）《同安县志》。

（乾隆）《马巷厅志》。

（光绪）《漳州府志》。

（乾隆）《龙溪县志》。

（康熙）《平和县志》。

朱维幹：《福建史稿》（上册），福建教育出版社，1985。

朱维幹：《福建史稿》（下册），福建教育出版社，1986。

陈碧笙：《台湾地方史》，中国社会科学出版社，1982。

陈支平：《福建六大民系》，福建人民出版社，2000。

徐晓望：《闽南史研究》，海风出版社，2004。

徐晓望主编：《福建思想文化史纲》，福建教育出版社，1996。

王耀华主编：《福建文化概览》，福建教育出版社，1994。

陈庆元：《福建文学发展史》，福建教育出版社，1996。

陈庆元：《文学：地域的观照》，上海远东出版社，上海三联书店，2003。

朱双一：《闽台文学的文化亲缘》，福建人民出版社，2003。

刘登翰：《中华文化与闽台社会》，福建人民出版社，2002。

曲金良：《海洋文化与社会》，中国海洋大学出版社，2003。

刘登翰等主编：《台湾文学史》（上卷），海峡文艺出版社，1991。

曲金良主编：《海洋文化概论》，青岛海洋大学出版社，1999。

何绵山：《闽文化概论》，北京大学出版社，1996。

何绵山：《闽文化续论》，北京大学出版社，2004。

何绵山：《闽台文化探略》，厦门大学出版社，2005。

郑立宪主编：《闽文化》，厦门大学出版社，2004。

李玉昆：《泉州海外交通史略》，厦门大学出版社，1995。

陈方、黄夏莹主编：《闽南现代史人物录》，中国华侨出版社，1992。

张文良：《漳州简史》（内部刊印），1982。

王秀花主编：《漳州历史名人》，海风出版社，2005。

王文径编：《漳州文化》，海潮摄影艺术出版社，2003。

福建师范大学图书馆古籍组编：《福建地方文献及闽人著述综录》，福建师范大学印刷厂，1986。

中国作家协会福建分会、福建师范大学中文系编：《福建新文学史料集刊》。

周亮工：《闽小纪》，福建人民出版社，1985。

杨琮：《闽越国文化》，福建人民出版社，1998。

杨若萍：《台湾与大陆文学关系简史（一六五二——一九四九）》，上海文艺出版社，2004。

黄以结编：《漳浦史话》，厦门大学出版社，1993。

黄鸣奋、李菁编撰：《厦门人物（历史篇）》，鹭江出版社，1996。

粘良图：《晋江史话》，厦门大学出版社，2005。

庄炳章主编：《泉州历代名人传》，晋江地区文化局、文管会编印，1982。

林振礼：《朱熹与泉州文化》，福建人民出版社，1999。

曾阅、李灿煌主编：《晋江历史人物传》，海峡文艺出版社，1997。

万平近：《林语堂论》，陕西人民出版社，1987。

方航仙、蒋刚主编：《巴金与泉州》，厦门大学出版社，1994。

周俟松、杜汝森编：《许地山研究集》，南京大学出版社，1989。

柯文溥：《现代作家与闽中乡土》，福建教育出版社，1993。

施建伟：《林语堂研究论集》，同济大学出版社，1997。

王盛：《许地山评传》，南京出版社，1989。

王玉树编著：《鲁藜研究文粹》，天津社会科学院出版社，1990。

杨益群、司马小莘、陈乃刚编：《司马文森研究资料》，北京十月文艺出版社，1998。

徐学：《厦门新文学》，鹭江出版社，1998。

任伟光：《现代闽籍作家散论》，厦门大学出版社，1989。

林语堂：《林语堂文集》，作家出版社，1995—1996。

许地山：《许地山文集》，新华出版社，1998。

张建业主编：《李贽文集》，社会科学文献出版社，2000。

杨西北编：《杨骚选集》，厦门大学出版社，1989。

吴鲁：《百哀诗》，北京古籍出版社，1990。

吴捷秋、黄锭明主编：《泉州古今诗选》，泉州刺桐吟社，1996。

徐伯鸿：《〈龙湖集〉编年注析》，光明日报出版社，2004。

高云览：《高云览选集》，海峡文艺出版社，2000。

常振国、降云编：《历代诗话论作家》，湖南人民出版社，1984。

黄启明编：《温陵英彦：泉州历代状元宰相全传》，中国文联出版社，2003。

曾阅编：《晋江古今诗词选》，海峡文艺出版社，1998。

曾平晖编：《晋江历代山水名胜诗选》，厦门大学出版社，2005。

鲁藜：《鲁藜诗选》，人民文学出版社，1983。

舒婷：《舒婷文集》，江苏文艺出版社，1997。

蔡其矫：《蔡其矫诗选》，人民文学出版社，1997。

中共泉州市委宣传部编：《闽南文化研究》，中央文献出版社，2003。

中国人民政治协商会议福建省泉州市委员会文史资料研究委员会编：《泉州文史资料》，1961—1994。

中国人民政治协商会议福建省晋江市委员会文史资料研究委员会编：《晋江文史资料》，1991—2005。

晋江市诗词学会编：《晋江诗词》，1993—2003。

中国人民政治协商会议福建省漳州市委员会学习与文史委员会编：《漳州诗存》（唐宋卷），2000。

中国人民政治协商会议福建省漳州市芗城区委员会文史资料研究委员会编：《漳州文史资料》，1960—1991。

中国人民政治协商会议福建省厦门市委员会文史资料研究委员会编：《厦门文史资料》，1983—2002。

原版后记

　　撰写这部《闽南文化丛书》中的《闽南文学》是件很不容易的事，因为还没有人对闽南文学作出这样从古至今的整体性研究。在我们之前，有陈庆元先生的《福建文学发展史》，但那是对八闽文学的梳理提炼，闽南文学只是他关注研究的一个部分，而且研究的主要是古代文学；有徐学的《厦门新文学》，但那仅仅是闽南一个区域的文学，而且其研究也仅仅在1840年鸦片战争以后的现代文学阶段；有刘登翰、庄明萱、黄重添、林承璜主编的《台湾文学史》和朱双一的《闽台文学的文化亲缘》，这之中可以看到他们所阐述的包括闽南文学在内的闽文学自明清以来与台湾文学的关系。这些先前的成果，自然给了我们不少的启示和借鉴，但我们基本上还是在没有什么可以直接参考的基础上来完成我们的研究的。几千年的闽南文学，浩如瀚海，我们只能沉潜于史料与散见于各种各样文学非文学的文史资料、作家作品研究、评论中，或海中捞针，或按图索骥，攫微取菁，条分理叙，终于做成了一件作为闽南学者应该做而没人做过的事，以至有人说我们的书是闽南文学的筚路蓝缕之作。这其中的艰辛，可以从书中所附的参考书籍的类型与页下注释中窥其一斑。

　　本书共五章三十一节，文学纵线的梳理从东晋中原文化南移到20世纪中国文学转型，重点作家作品的分析从唐代古文运动的实践者欧阳詹到新时期新诗的代表诗人舒婷，横线上则力图提出闽南文学的基本特征，阐发闽南文学与台湾文学自古以来的关系，并对闽南文学社团等方面的材料做一次整理。本书付出最多劳动的是宋向红博士，除了个别章节之外，整部书是由她完成初稿的；朱水涌作为主编之一，负担着整部书各章各节和主题结构的确定，对全书的观点和语言进行提炼，整合全书的内容，并撰写了第一章的第一、三节和第五章的第一节；唐琰博士主要撰写第一章的第二节；苏丽璇硕士提供了第四章第四节（明清时期的厦门文学）和第五章的第一节（当代厦门文学）的初稿。

非常感谢台湾交通大学人文学院周英雄教授的合作。周先生因名为"英雄"，所以台湾、香港很多学者都尊称他为"大侠"，实际上他是位很儒雅、很谦逊的学者。我们的第一次合作是 1991 年在香港中文大学，那时他是香港中文大学英文系系主任，邀我至香港中文大学做"当代中西小说比较"的合作研究。那时我还年轻，在他的指导、启发下，我的学术视野、思维和做学问的方法，有了一次关键性的提升。此次我请他一起担任本书的主编，我知道他的祖籍也是闽南的同安，那个历史上被称为"正简风流，紫阳过化"的"海滨邹鲁"之地。倘若岁月有情，我们自然还会有更多的学术合作的。

因为是对闽南文学整体研究的第一次尝试，也因为我们师徒几人的水平有限，面对着闽南文学这块近年来人们开始重视的领地，我们的耕耘一定难于深耕细作，提供给读者的这本著作也一定会有不少的缺漏和问题，但毕竟有了这重要的第一步。敬请专家学者和广大读者批评指正。

朱水涌

2008 年元月于厦门大学海滨